二 見 文 庫

夜の記憶は密やかに

ジェイン・アン・クレンツ／安藤由紀子＝訳

SECRET SISTERS
by
Jayne Ann Krentz

素敵な編集者レスリー・ジェルマンに本書を捧げる。
彼女は秘密を知っている。

夜の記憶は密やかに

登場人物紹介

マデリン・チェイス	ホテル・チェーン代表取締役兼CEO
イーディス・チェイス	マデリンの祖母
ジャック・レイナー	警備会社レイナー・リスク・マネジメント社経営者
エイブ・レイナー	ジャックの弟。 レイナー・リスク・マネジメント社のアナリスト
ベッキー・アルバレス	レイナー・リスク・マネジメント社の秘書
ウィリアム・フレミング	カウンセラー
ダフネ・ナイト	マデリンの幼なじみ。 インテリア・デザイナー
トム・ロマックス	オーロラ・ポイント・ホテルの管理人
ラモーナ・オーエンズ	トムの孫娘
イーガン・ウェブスター	クーパー島の有力者
ルイーザ・ウェブスター	イーガンの妻
トラヴィス・ウェブスター	イーガン家の長男。 下院議員選挙立候補者
ゼイヴィア・ウェブスター	イーガン家の二男。兄の選挙参謀
パトリシア・ウェブスター	トラヴィスの妻
カール・シーヴァーズ	株式仲買人
シャロン・リチャーズ	株式仲買人
ジリアン・バーンズ	元証券会社社員
ノーマン・パーヴィス	私立探偵
ヘザー・ランブリック	レストラン経営者

1

クーパー島　十八年前……

男はキッチンの物陰に立ち、どっちの少女にしようか迷っていた。一時間後、二人はそろってテレビの前で眠りに落ちた。幼い者特有の健やかで深い眠り。

二人とも願ってもない年頃である。十二歳、あるいは十三歳。そろそろ女になりかける年頃。それくらいが好きだった。純粋で無邪気で純潔。しかもこういう小さな町の少女に都会の少女のようなしたたかさはない——となれば、恐怖のあまり秘密を守る。もしも誰かにこのことを話したら、またここに来ておまえの親を殺し、そのあとおまえを殺すからな。

そのコテージはホテルの本館からはだいぶ離れて建っていた。ホテルではいま結婚披露宴が催されている。オーロラ・ポイント・ホテルは小柄なほうの少女の祖母が所有するホテルであり、もうひとりの少女はその子の友だちで、母親がホテルで働いている。祖母も母親も今夜は披露宴の客のもてなしで忙殺されていた。二人の少女の周辺に男——父親、兄弟——

の気配はない。祖母と母親だけ。だから心配は無用だ。

ホテルに到着してからずっと、少女たちを間近で観察してきた。二人とも披露宴の準備を手伝っていた。折りたたみ椅子を広げて並べたり、卓上花をテーブルに配置したり。

宴がはじまると少女たちは会場を離れ、二人で遊びはじめた。しばらくピンポンをしたのち、コテージに入ってテレビを観はじめた。

比べたところ背の高い少女のほうがかわいいが、細く長い脚を見ているうちに、その子の背丈と腕の長さは押さえつけるときにいささか面倒なことになるかもしれないと思えてきた。もし抵抗されれば——脅しても抵抗する子がいないわけではない——近くにある物が倒れ、その音で誰かが気づくこともある。とはいえ、その子が放つ甘い夢見るような雰囲気はなんとも魅力的だ。夕方には会場のばかげた飾り付けを楽しそうに手伝っていたが、その子がビュッフェ・テーブルの花の飾り方に文句をつけると、大人たちは笑顔でその子の好きなようにさせていた。

小柄なほうはそっちほどにはかわいくないが、自信ありげな態度にどこかそそるものがある。チェックインの際はフロントデスクの向こう側にいて、男に鍵を手わたしながら大人顔負けの堂々とした物腰で部屋についての注意事項を伝えた。長じたのちは人にあれこれ命令を下す、その手のくそ生意気な女になりそうだ。男のプライドをぺちゃんこに叩きつぶす女。身の程をわきまえさせてやる必要がある。

そうだな。物陰に身をひそめ、男はこっちのほうが御しやすそうだと踏んだ。一発強烈なパンチを見舞って度肝を抜いてやれば、悲鳴もあげられまい。とはいっても、簡単に脅しに屈する子ではなさそうでもある。口を封じるためには、あとで殺さなければならなくなるかもしれない。

そうこうするうち、運命の女神が男に決断を下させた。小柄なほうの少女が目を覚まし、あくびをしながら裸足で足音を忍ばせ、キッチンへ水を飲みにやってきた。

少女は男がそこにいることなどもちろん知らないまま、いきなり口を手でふさがれて夜気の中へと連れ去られた。

2

サンクチュアリー・クリーク　現在

「きみはまだ悲しみの中にいるんだよ、マデリン」ドクター・ウィリアム・フレミングは両手をデスクの上で組みあわせた。まなざしがたたえる職業的な関心にはやさしさ、というより親密感がにじんでいる。「おばあさまが亡くなられてからまだ三カ月足らずだ。おばあさまはきみにとってきわめて身近な存在でいらした。きみの世界でたったひとりの家族だった。心が負った傷は深くて当然だ。精神的にまいっている状態で人生を左右する重大な決断を下すのは賢明とは言えないな」

窓の外では雲ひとつない春の空でアリゾナの太陽が輝いているというのに、ドクター・フレミングのオフィス内ではエアコンがいやに大きなうなりを響かせていた。それでもマデリン・チェイスは体の芯まで寒くてたまらなかった。おそらくエアコンのせいにしてはいけないのだろう。マデリンにこれほど強烈な寒さを感じさせているのはドクター・フレミングなのだ。身に覚えのある、罠にはまったあの感覚が胸の奥で渦巻いている。ここから脱出しなければ。いますぐに。

マデリンは脚を組み、革張りの椅子の背にゆったりともたれた。祖母が経営する小規模ではあるが大繁盛しているブティックホテル・チェーンの役員室で育てられたため、女性がどうしたら主導者たる風格をただよわせることができるかを知っていた。いまや祖母イーディス・チェイスはこの世を去り、彼女自身が正真正銘の主導者となった。祖母の唯一の相続人として、ホテル経営を引き継いだのである。

「あなたがもし、自分で思っているようにわたしという人間をわかっているなら、わたしが自分のしていることをよくわかっていることくらいわかっているわよね。これはわたしの最終的な決断。わたしたち、もう二度と会わないことにしましょう」

ドクター・フレミングはしゃれたチタン製フレームの眼鏡をはずしてデスクに置き、大きく息を吐きながらボディランゲージではっきりと気持ちを伝えてきた。きみには大いに失望しているが、それでもぼくはこうして忍耐強く理解を示そうとしているんだ。

そのとき彼の手がマデリンの目をとらえ、しばし目をそらせなくなった。手は彼の素敵なところのひとつ——二人の交際がはじまったころ、ほぼ一カ月前に用意した採点表の十の欄にマデリンが書きこんだたくさんの長所の中のひとつだった。彼の手はすべすべで、爪の手入れが行き届いていて、彼のほかのところ同様、こちらを怖気づかせるほどには大きくも力強くもない。話しながら両手が小さな弧を描いて優雅に動くことがよくあった。ベストセラーリスト入りした文学系の本を読んでいる男の手、流行のレストランでの食事と現代美術を展示した美術館巡りを楽しむ男の手だった。あくまで滑らかで、威嚇的なところのない手。

ドクター・フレミングのそのほかのところもその手と似ていた。男性としては背は低いほうだ。マデリンがハイヒールをはくと、今日もそうだが、背丈はちょうど同じくらいになる。間違いなく健康体であるにもかかわらず、がっちりしているわけでも筋肉隆々でもなく、ほっそりとしているところも気に入っていた。

もしかしたらベッドでの相性もいいかもしれない、少なくとも短期間なら、と思いはじめてもいた。マデリンの恋愛は関係がベッドの段階に進むや、けっして長続きしなかった。ドクター・フレミングも完全な性行為をはっきりと求めてきたが、マデリンは急いで体の関係をもちたくはなかった。なぜなら、マデリンにとってセックスはつねに終わりのはじまりだからだ。心から楽しめるのは相手をよく知ろうとする段階だけ。その段階ではまだ夢見ることができるからだ。理想の男性、この人となら自分の家庭をもてるかもしれないと思える男性に出会えた気分に浸れるからだ。

「マデリン、きみはぼくたちの関係を終わらせたくなどないはずだ」ドクター・フレミングの口調が講義じみてきた。教室で学生を前にしているときのような口調。彼は地元の大学で非常勤講師をしている。「さっきも言ったように、ぼくたちの相性は理想的だ」

マデリンが声をあげて笑った。もう我慢ならなかった。笑い飛ばすか、あるいは手近にある重い物をつかんで彼の頭めがけて投げつけるかの二択だったが、経営者であるマデリンは冷静さを見失うことが割に合わないくらい重々承知していた。そこで笑い飛ばすほうを選んだ。しかし、その笑いにはユーモアのかけらすらなかった。彼の言葉のあまりの皮肉っぷりには驚くほかない。なんと言おうが、ドクター・フレミングはカップルのカウンセリングを専門とするセラピストなのだから。

「このひと月、あなたはずっとそう言ってたわね。でも、違うわ。言わせてもらえば、あなたはずっとわたしに嘘をついてきた」

「ばかなことを。無礼なのはむろんだが」

「すべてはカップル・セラピー研究の資金を調達するためだったと思っているけど、どうかしら。大金が必要な人間にとって現実は厳しいわよね。でも、わたしを誘惑すれば、本当に研究資金が出てくると思っていたの？　冗談でなく？」

「マデリン、明らかにきみは何かに動揺している。いいかい、まず気持ちを静めて、いったいどういうことなのか話してくれないか。二人で話しあえば問題は解決できるはずだ」

もう遅いのよ、とマデリンは思った。ある従業員の仕事ぶりがサンクチュアリー・クリーク・インズの経営方針にもはやそぐわないとの結論に達したときと同じ、けっしてぶれることのない決意がそこにあった。ありがたいことにサンクチュアリー・クリーク・インズでは、しかるべき訓練を積んだスタッフの解雇はめったにないが、それでもそれを断行しなければならないこともある。最後の面談では問題の従業員に解雇通告すると同時に、ここを辞めてべつの道を見つけたほうがいいと助言する。この面談における重要なルールは〝けっして説明しないこと〟だ。解雇の理由をあげつらえば、それは反論への扉を開けることになる。そうなればたちまちめちゃくちゃになる。これは祖母から学んだ多くのことのほんのひとつだ。無能な従業員をクビにすることとドクター・ウィリアム・フレミングを捨てることには相違点がある。従業員の場合、気前のいい退職金を与え、サンクチュアリーを辞めるのは自分が思いついたことだと思いこませて送り出すようにしていた。

しかし、ドクター・フレミングにそんなものを与えるつもりはなかった。

「解決しなくちゃならないことなどないと思うの」マデリンは組んでいた脚を戻し、椅子から立った。「〝精神的にまいっている状態〟にあるわたしへのご心配には感謝するけれど、この決断はもう変わらないわ。わたしたち、もう会わないことにしましょう。どんな形であれ、もう連絡をとったりしないで」

マデリンはドアに向かって部屋を横切った。こんなに長くいるはずじゃなかったのに。そろそろ冷静ではいられなくなっていた。

ドクター・フレミングもデスクの向こう側で勢いよく立ちあがった。

「ばかなことを言うんじゃない」鋭い口調だ。「もう一度そこにすわって、何が問題なのか聞かせてくれ。ぼくにそれくらいの借りはあるはずだ。きみが性的行為について深刻な問題を抱えていることはわかっているが、ぼくたちはそういう面でも申し分なく進展してきただろう」

激しい怒りの波が前触れもなくマデリンの全身を駆け抜けた。手のひらが凍るような焼けつくような感覚でぴりぴりした。階段を踏みはずしたときにアドレナリンがいきなり噴出する不快感に似ている。転落はなんとか回避できたと気づきながらも、全身が受けた衝撃は間違いなく大きいのだ。

ドクター・フレミングに激怒してはいなかった――ううん、たしかにむかついてはいた。むかつく権利くらいはあると思った。だが、怒りの矛先は主として自分自身だった。こんな変態男とのセックスを考えていたなんて身震いがする。

ドアの前で足を止め、くるりと振り返って彼を見た。たぶんこれも間違いだわね。あやうく災難を回避したからには、さっさと部屋を出てドアを閉めるのが賢明なのだ。

もしドクター・フレミングがマデリンが抱える性的行為に関する問題に触れたりしなければ、彼女もそのまま部屋を出ていくことができたかもしれない。だが、もう無理だった。

「何か誤解しているようだからはっきりさせてもらうわね、ウィリアム。わたしはクライアントとしてあなたと会っていたわけではないの。あくまで私的な関係だったわ」

「もちろんさ」

ドクター・フレミングは経験豊富な俳優よろしく声の調子を瞬間的に変えた。今度は彼女をなだめすかすような口調だ。デスクの後ろから出て、マデリンに近づいた。ドアの取っ手を握ったマデリンの手に反射的に力がこもる。

「性的行為に関するわたしの問題を深く心配してくれるのは、あなたがわたしを好きだからだと自分に言い聞かせてきたわ。すごく気に障ったけれど、わたしのためを思ってのことだと信じていた。実際、あなたの診断どおりなのかもしれない」

ドクター・フレミングはマデリンの前で立ち止まり、控え目な笑みをたたえた。

「そうだね、性的行為に関する問題はぼくの専門分野だ、ダーリン。だが、もしきみがまだそれについて話しあう気持ちになれないのなら待てばいい」

「わかってないのね、ウィリアム。あなたと出会ったとき、わたしは治療法を探していたわけじゃなかった。わたしは有意義で真剣な恋愛関係を望んでいたの。でも、いまとなってはあなたがそういう相手ではなかったことがわかったわ」

「何を言ってるのかさっぱりわからないんだが?」

「それじゃ、要点だけを伝えることにするわ。あなたは嘘つきよ。嘘ばっかりの最低なやつ」

ドクター・フレミングが斧で殴りつけられたかのような表情を見せた。「いったい何があったんだ?」

「データがあったのよ」

「えっ？」

「わたしは経営者、お忘れかしら？　データが命。そこで調査員にあなたの身辺調査を依頼したわけ」

「ええっ？」

彼の顔に浮かんだ恐怖はこんな状況でなければ愉快だっただろう。

「べつにあなただから調べたということではなく、通常の手順にすぎないわ」マデリンがにこりとした。「わたしね、交際が本気かもしれないって思えてくると、いつも相手の身辺調査を依頼することにしているの。今回、祖母の遺産の整理ですごく忙しかったものだから、あなたに関する調査は依頼が少々遅くなってしまったのよ。でも今朝、報告書が届いたわ。そうしたら、あなたはどうもわたしがつきあいたいような男性ではないみたいだとわかったの」

「頭がおかしくなったんじゃないのか？」

「そうかもしれない。でも、もうあなたには関係ないわ」

マデリンがドアを開けようとしたとき、ドクター・フレミングが思いもよらぬ素早さでドアを手のひらで押して阻んだ。マデリンは取っ手を力をこめて引いたが、彼は見かけによらず力があった。男を体格で判断するのはよそう。

罠にかかった感覚が恐ろしくて戦慄が全身を駆け抜けた。この恐怖とは理屈をもって闘うしかない。まずは身の危険が差し迫っているわけではなく、ドアの向こうの受付にはドクター・フレミングの秘書がいる。さらなる安心材料として、マデリンが雇った用心棒ジャック・レイナーがオフィスの外の廊下に待機してもいる。おそらくジャックは銃は持ってきていないが、わたしに雇われていることは間違いない。

わたしはひとりじゃない。罠にかかってはいない。

「わたしを静かに出ていかせたほうがあなたのためだと思うわ。騒ぎは起こしたくないでしょ。わたしを力ずくでここに閉じこめようとしても、あなたが間抜けに見えるだけよ。間抜けですめば御の字だけど。職業柄、ご自分のイメージを大事にしたほうがいいわ」

「ぼくをさんざん侮辱しておいて、そのまま立ち去るってのはないだろう」彼がうなるように言った。「暴言を浴びせた理由を聞かせてもらおうか」

「ええ、いいわ。あなたについてわかったことがあるのよ、ウィリアム。あなたは信頼のおけるセラピストとしての立場を利用して、過去一年間に少なくとも二人のクライアントを誘惑したわ」

ドクター・フレミングの顔が怒りのせいで鈍い赤みをおびた。「嘘をつくな。誰がそんなことを言った？」

「二人とも、あなたが誘惑した時点では結婚していた。彼女たちの夫もあなたのところへカウンセリングを受けにきていた。そういうことをするやつをなんていうか知ってる、ウィリアム？　げす野郎っていうのよ。もし彼女たちが表沙汰にすれば、あなたのキャリアは地に堕ちるはず」

「誰を雇ってぼくの悪い噂を探させたか知らないが、そんな噂は根も葉もない嘘だと断言できる」

「これまで何人の女性クライアントを誘惑したの？　わたしはそのうちの二人に関することしか知らないけれど、この二件を見るかぎり、余罪がありそうね。調査員にもっと探らせましょうか？」

「クライアントのファイルは極秘だ。きみが雇った調査員にハッキングする権利などない」

「まあまあ、そうかりかりしないで。その調査員、あなたのファイルをハッキングしたわけじゃないわ。聞いて回ったのよ。情事に関する情報もあるわ、ウィリアム。秘密はいつまでも秘密ってわけじゃないの。遅かれ早かれ誰かがしゃべるものよ」

ドクター・フレミングがマデリンの腕をつかんだ。指先が濃紺のブレザーの生地に食いこむ。

「聞いてくれ」彼の声は低くざらついていた。「その二人のクライアントだが、ぼくは彼女たちにセラピーを施していたんだ。彼女たちにはまだまだ性的な魅力を失ってはいないことに気づかせる必要があった。そうすれば勇気をもって離婚が正しい決断だと考えられるようになる。セックスはしたが、私的な感情はいっさいなかった。とりわけぼくの側には」

マデリンは自由なほうの手をショルダーバッグに伸ばし、携帯電話を取り出した。

「いますぐここから出して。さもないと警察を呼ぶわよ。そうなれば、あなたの仕事に影響が出るんじゃないかしらね」

一瞬、ドクター・フレミングがマデリンを見た。まるで彼女がまったく理解できない外国語で話してでもいるかのように。つぎに彼の視線は携帯電話に移った。

そしてマデリンの腕から手を離し、一歩あとずさった。

「出ていけ」

マデリンはドアを開けて受付の部屋へと出た。秘書が顔を赤らめ、いきなり忙しそうにパソコンに向かった。マデリンは彼女に向かってにこやかに会釈したが、秘書は顔を上げなかった。

マデリンは廊下に出ると、おもむろにドアを閉めた。

3

新たな仕事用の名刺には〝ジョン・サンティアゴ・レイナー〟と記されているが、誰もが彼をジャックと呼ぶ。

ジャックは雇い主が少し前に部屋に入っていったときと同じ位置で待機していた。たくましい肩を片方壁にもたせかけ、腕組みをしている。黒いズボンをはき、デニムシャツの襟元を開け、しわだらけのスポーツコートにアンクルブーツといったいでたちだ。ジャックの先祖はアリゾナがまだ準州だった時代から数世代にわたって牧場を営んできた。

そしてだいぶ前に家業を牧畜から不動産開発へと鞍替えしたが、ジャックは先祖返りしたような男だった。何を考えているのかを相手に読みとらせない眼光鋭い目は、西部開拓時代の保安官を彷彿させた。過去の数々の伝説を背負う南西部の無法の町では昔から、ジャックのような男にバッジをつけて埃が舞いあがる真昼の通りに送り出し、名だたる悪漢の息の根を止めてきたのだ。

だからというわけではないが、ジャックはホテル警備の仕事を選んだ。丸腰での警備は現代への譲歩だが、それでも彼の凄みはいささかも失せはしなかった。スポーツコートを着ている姿でさえ、ＯＫ牧場やトゥームストーンの町にたたずんでいてもなんの違和感もなさそうである。

ジャックがドクター・フレミングのオフィスのドアにちらっと目をやった。

「何か問題でも？」いやにゆったりと聞こえるアリゾナ訛りで尋ねる。

マデリンの中で張りつめていた緊張感は、彼を見た瞬間にいくぶんやわらいだ。ドクター・フレミングにはないあらゆるものがそこにあった——圧倒的な長身、さまざまな点での力強さ、ハシバミ色の目は何を考えているのか見当がつかない。しかし、まさにその瞬間の彼は素敵に見えた。すごく素敵に。

そこで思い出したのは、ジャックがさまざまな面をもつ男だということ。ジャック・レイナーを解雇しようとした日、マデリンは彼の隠された一面を垣間見ていたのだ。解雇の思惑ははずれた。解雇通告と助言だけでクビにできる男ではなかった。彼にはあいにく転職の意志がまったくなかったからだ。あくまでサンクチュアリー・クリーク・インズの委託業務にこだわり、一歩も引く気がなかった。

最強の論拠は、レイナー・リスク・マネジメントとサンクチュアリー・クリーク・インズとの契約はまだ有効であるという点だった。

ビジネスの世界にあっては契約は契約だ。たとえジャックの警備会社との契約書にサインしてまもなく、祖母イーディス・チェイスがホテル火災で死亡したとしてもである。マデリンはこの契約については反対だった。というのは、レイナー・リスク・マネジメントが設立したばかりの会社で、熾烈な競争を繰り広げる法人警備業界でなんの実績もなかったからである。

マデリンはそのとき、その契約を思いとどまるようイーディスを説得しようとしたが、イーディスは思いがけないことを言ってマデリンの懸念を払拭した。たとえホテル警備の経験はなくても、彼にその資格はあると思うわ。だってあの人、FBIのコンサルタントをしていたのよ。マデリンはそれに対してこう切り返した。まあ、すごいわね。でも、わたしたちは接客業よ。連続殺人犯や犯罪組織を相手にするわけじゃないわ。するとイーディスはこう言った。レイナー・リスク・マネジメントは本部がこのサンクチュアリー・クリークにあるの。条件がそろえば地元の会社と手を組むのは悪いことじゃないわ。そこでマデリンは指摘した。ジャックの経営者としての力量は大したことはなさそうだということを。なぜなら、ジャックの以前の会社——シリコンバレーの警備会社——は最近、世間をあっと言わせる形で倒産したからだ。

最終的にはマデリンは闘いに負け、こうしてジャック・レイナーとの縁を切れないままでいた。無愛想な点はあいかわらずだ。祖母のオフィスではじめて顔を合わせた日、マデリンは負けたとは思いながらも、ビジネスウーマンとしての体面を保つために手を差し出した。

するとと彼はマデリンを二、三秒じっと見たあと、彼女の手に目を落として、それをどうしたものやら戸惑ったような顔をのぞかせた。しばしののち彼の手がようやくマデリンの手を握ると、マデリンは彼の体温と力強さを強烈に意識した。そして手を引き抜くのにかなり苦労した。彼は手をつかんでいることを忘れてしまったかのような印象すら受けた。

そのことがあって以来、ジャックはわたしのタイプじゃない、とマデリンは自分に言い聞かせてきた。だが、彼に関してはいくつか好都合な点があった——こちらが雇っている、なかなか便利である、守秘義務がある。

だから、ドクター・フレミングはなんだかちょっと変、と直感的に察知したときも、マデリンはジャックに電話をして身辺調査をたのんだ。ジャックは型どおりのつまらない仕事に苛立ちを隠そうとはしなかった。彼の仕事には就職希望者の身辺調査も含まれているのにな ぜ？ マデリンには苛立ちの理由がわからなかった。対象がホテル・チェーンの求人応募者であれ、チェーンの代表取締役兼CEOの交際相手であれ、身辺調査は身辺調査のはずだ。

「いいえ、べつに」マデリンはとっさに答えた。「すんなりとはいかなかったけれど、これで一件落着」ショルダーバッグをさっと肩に掛け、エレベーターに向かって元気よく歩きだした。「今日、わざわざここまで付き添ってもらう必要はなかったわ。ウィリアムはいろいろあっても、暴力的なタイプではないから」

ジャックは歩幅を意識してせばめ、彼女と並んで歩いた。マデリンは、手持ちの中でいちばん高いハイヒールをはいてきたというのに、長身の彼は上からのしかかってくるような感じがした。

「状況しだいでは誰でも暴力的なタイプになる可能性がある」ジャックが言った。

マデリンは身震いを覚えた。「そうよね。わたし、世間知らずってわけではないのよ。でも、正直なところ、あのウィリアムはそんな心配ないと思うわ」

「ま、おそらくそうだろうな」ジャックが振り返ってオフィスのドアを見た。「標的に食ってかかられることに慣れていないんだ。これでまたつぎに移るはずだ」

「えっ、標的？」

「彼にとってきみは最初から標的だった」

マデリンが顔をしかめた。「まあ、そういうことよね」

「彼のようなタイプはもっと簡単なカモを好むんだ」

「彼がどういうタイプだか知ってるみたいな言い方ね」

「前の仕事で何人か見てきた」

「つまり、ＦＢＩのコンサルタントか何かをしていたときってこと？」

「ああ、そうだ」

「ウィリアム・フレミングに関するあなたの分析は評価する。でも、わたしに〝標的〟とか〝カモ〟みたいな言葉を当てはめないでほしいわ」

ジャックはマデリンの不満は無視した。「間違っても彼からの電話には出ないこと。どんなメールにも返信しない。電話で話すにしろ、会ってコーヒーを飲むにしろ、とにかく話しあう機会を与えちゃだめだ」

マデリンはエレベーターの前で足を止め、ボタンを押した。「対処法は心得ているわ。それから、これはたまたまなんだけど、明朝から遠出することになっているの。二、三日留守にするわ」

「行き先は？」

「クーパー島」あなたには関係ないでしょ、と思った。「ワシントン州のサンファン諸島のひとつよ。そこに祖母が所有していた不動産があるの。いまはわたしのものになったけど」

「オーロラ・ポイント・ホテルだな」

マデリンは心底ぎくりとし、ジャックをちらっと見あげた。「知っているの？」

「きみの会社を事前に調査したとき、財産税の納入記録にも目を通した」

マデリンは大きく息を吸いこんだ。「あなたの調査って……徹底してるのね」

「それについてイーディスに訊いたところ、そこのホテルの警備については心配していないと言っていた。あれは個人資産で、サンクチュアリー・クリーク・インズのポートフォリオには含まれていない、と」

「そうなのよ」

エレベーターのドアが開いた。まずマデリンが乗りこみ、つづいてジャックが乗りこんでロビーの階のボタンを押した。

「クーパー島で休暇を過ごすのか？　悪くないな。おばあさまが亡くなってからずっと、きみは時速百マイルで走りつづけてきた。慰労休暇をとってもばちは当たらないと思うね」

マデリンは不満げだ。「さっきはわたしを標的と言い、今度は疲れ果ててよれよれだと言う。降参よ、ジャック。あなたは女性のおだて方をよく知っているわ」

ジャックが眉間にしわを寄せた。「ぼくはただ、少し休んだほうがいいと言いたかっただけだ。この三カ月、そりゃあいろいろたいへんだっただろう。だが、イーディスは信頼できる経営陣を遺してくれた。彼女の死で受けた最初のショックがそろそろ薄らいできたいま、会社のことは彼らに二、三週間、あるいはそれ以上、任せても大丈夫だ」

「そんな説明、必要ないわ。あなた、そういうのは得意じゃないみたいね。でも、これだけははっきりさせておくわ。わたしがクーパー島に行くのは休暇のためじゃない。オーロラ岬の不動産に関して何か問題が発生したからなの。それだけ」

「きみが現地へ出向く必要のある問題か？」

「当たり前でしょ。祖母があのホテルの管理を任せていたトム・ロマックスから連絡があったの。わたしにじかに話したいことがあるって」

「電話では話さなかったのか？」

「それに関して言うと、トムは電話を信じていないの。Eメールもね。古い人間なのよ」

「被害妄想と言ってもよさそうだな」

「そうなの、トムはちょっとした変人よ、言わせてもらえば」

「なのにきみはわざわざワシントン州まで出かけて、おばあさまが保険すらかけないほど長年放置していた、いまや廃墟となったホテルに発生した問題についてそのトム・ロマックスと話しあうのか？」

マデリンはジャックにちらっと目をやった。「ええ、そうよ。あなたのご指摘どおり、うちの経営陣はわたしが留守でも会社を任せられるほど有能だから大丈夫。もし警備に関して何か問題が起きたら、そのときは遠慮なくジャック・ジョンソンと直接話して」

「ジョンソンは優秀だ」

「ええ」

ジャックがマデリンを見た。「きみが何もかも放りだしてクーパー島へ行く理由を教えてくれる気はないんだね？」

ドアが開き、マデリンがエレベーターを降りた。

「ええ、ないわね。さっきも言ったように、問題がなんなのかを知らないからでもあるけれど、主な理由はあなたには関係がないことだからだわ。個人的なことなのよ、ジャック」

しかしマデリンにはもうわかっていた。ジャック・レイナーに問題が何かを知られようものなら、そう簡単に彼を追い払えないことを。彼もエレベーターを降りた。

「おばあさまから聞いたところでは、きみたち二人がクーパー島をあとにしたのは二十年近く前だそうだね。それ以来、戻ったことは？」

「ないわ」

マデリンは足を止めることなく、ビルのロビーを反対側にあるガラスドアめざして歩きつづけた。

「本当はウィリアム・フレミングについて調査させる必要などなかったんだろう？」ジャックが言った。

唐突に話題が変わったことに警戒し、マデリンはジャックに目をやった。「何が言いたいの？」

「きみは彼との結婚なんか考えてもいなかった」

「考えていたわ」だが、マデリン自身の耳にもその声は弱々しく聞こえた。

「いや、それはないな」ジャックが言った。「遅かれ早かれ彼とは別れたはずだ」

マデリンの声が今度は怒りをおびていた。「あなたにそんなことわかるはずないわ」

「脱出口を探してでもいなけりゃ、ぼくに身辺調査をたのむことなどなかったはずだ。ぼくがきみが利用するのにぴったりの理由を見つけたんで、きみはすんなりと脱出に成功した。だが、ぼくを使わなかったとしても、たぶんきみは自分で彼を切ったと思うね」

「ずいぶん自信満々ね」

「人間が追いつめられたり、あるいは罠にはまったりしたと感じたときの表情っていうのがあってね。きみはそういう顔をしていた」

「それ、どんな顔？」

「うまく説明できないが、ぼくが見ればわかるとだけ言っておくよ。いまも言ったが、きみは脱出口を探していた。そこでぼくに体《てい》のいい方法を見つけてこさせた」

マデリンはそれについて考えた。反論したかったが、彼の説は的を射ていた。「あなたの言うとおりだわ。ウィリアムはちょっと完璧すぎた。それがなんだか気に障って、別れようとしたけれど、それにはじゅうぶんな理由が必要だった」

「彼に対してじゃなく、自分自身に対してのじゅうぶんな理由だ」

マデリンはショルダーバッグに手を入れて色の濃いサングラスを取り出し、ゆっくりとかけた。彼に目を見られたくなかったからだ。

「それじゃ、これで」マデリンが言った。

ジャックは何も言わなかった。黙ってポケットからサングラスを取り出してかけ、重いガラスのドアを開けた。

外に出ると、気持ちよく晴れた春の日のあたたかさに包まれた。太陽が輝き、オフィスビル前の駐車場の車が陽光を受けて光っている。まだ三月だというのに、舗装面から照り返す熱が早くも感じられた。

駐車場の向こうにはサンクチュアリー・クリークの目抜き通りが走っている。サンクチュアリー・クリークの町ができたのは一世紀以上前のことだが、長い歴史があるにもかかわらず、アリゾナ州の地図ではあいかわらず小さな点のままだ。十八年前、イーディスとマデリンはこの小さな町にやってきて、イーディスはB&Bを開いて生計を立てた。それがいまではブティックホテル・チェーンに成長したというわけだ。

最近になって観光客や退職者、さらにはサンベルトに冬場の別荘を探していた人びとがこの町に注目した。そしてサンクチュアリー・クリークはいまや、スコッツデールやセドナと肩を並べる南西部の風光明媚な観光地となった。

ジャックはマデリンの車までいっしょに歩いてきた。そのあいだずっと無言のままの彼にマデリンは不安を覚えた。何かまずいことを切り出されそうな気がしたのだ。

運転席にすわってから彼を見あげた。

「なあに?」これ以上はらはらするのに耐えられなくなり、ついに訊いた。

ジャックはじりじりするくらい長いこと砂漠と山々のほうを見やっていた。

「委託契約事項については承知しているが」彼が言った。「ちょっと言いたいことが」

マデリンはハンドルをつかんだ手にぎゅっと力をこめた。ほら、ゆっくり深呼吸。

「悪いけど」マデリンはどこまでも冷ややかな経営者っぽい口調で言った。「あなたと委託契約事項について検討した記憶はないわ」

　ジャックが上からマデリンを見おろした。黒いサングラスが陽光を受けてきらりと光った。

「つぎにきみのデート相手の弱点を掘り起こしたくなったときは、誰かべつの人間にたのんでもらいたい」冷たくそっけない声に感情はいっさいこもっていなかった。「業務関係の調査は問題ないが、きみの恋愛にかかわりたくないんだ」

　マデリンは出ばなをくじかれた気分になった。

「誰かべつの人間にたのむ？」マデリンは彼の言葉を繰り返した。「でも、身辺調査はあなたの仕事の一部よね」

「わが社としては業務関係の身辺調査は引き受けるが、私生活に関するものはちょっと」

「気を悪くしないでね。でも言わせてもらえば、あなたのところで処理できる仕事はなんでも引き受けるようにしたらどうかしら。こういう仕事をしたくない理由はなあに？」

「使者の役目を負った者の身に何が起きるかは、誰もが知っているとおりだからさ。遅かれ早かれ使者は依頼主が聞きたくなかった知らせを届けることになる。その結果が使者にとっていいものであったためしがない」

　ジャックは車のドアを閉めるとマデリンに背を向け、数台分離れたところに駐車してあるシルバーグレーのＳＵＶに向かって歩きだした。一度も振り返らない。

　マデリンはエンジンをかけて駐車場をあとにするや、サンクチュアリー・クリーク・インズの本社をめざして車を走らせた。自宅に戻ってクーパー島行きの荷造りをする前に片付けておかなければならないことがいくつかあった。

一度だけちらっとバックミラーをのぞいた。シルバーグレーのSUVはすでに影も形もなかった。

これからはもう、ジャック・レイナーをお抱えの用心棒と考えるのはよそう。

4

ジャックはウイスキーをぞんざいに注いだグラスを手に、コンドミニアムの窓辺に立った。そこからは峡谷とサンクチュアリー・クリークの町が一望できる。山腹に町を見おろして建つ家やコンドミニアムやリゾート施設の明かりが、砂漠を照らす月の下でちりばめた宝石さながらにきらきらきらしている。

峡谷の反対側にはゲーテッド・コミュニティーの明かりが見えた。マデリンのコンドミニアムもその中にある。今夜は北への旅の準備で荷造りをしているはずだ。明日になったら、十八年前に祖母とともに離れたクーパー島へと向かうわけだが、ジャックが知るかぎり、二人とも一度も島に戻ったことがないばかりか、戻りたい気持ちすらのぞかせたことがない。

それなのに、イーディス・チェイスはオーロラ・ポイント・ホテルを売却しなかった。

イーディスは目端のきくビジネスウーマンだった。その彼女がなぜ、朽ち果てるいっぽうの資産に固執していたのか？

初の大型契約を結んでくれた顧客をもっと知る時間がなかったことが悔やまれた。正直なところ、イーディスには感服していたし、大いに感謝もしていた。イーディスにチャンスをもらったからこそ、自分の会社は小さいけれどホテル・チェーンの警備を請け負えることを証明しようと意欲に燃えた。だが、イーディスが他界したいま、ジャックの契約相手はマデリン・チェイスになった。

とりあえず今回の仕事は今日で終わった。クライアントである彼女にデータをわたし、彼女はその情報に基づいて決断を下した。ドクター・フレミングとの対決を終えて出てきたマデリンの怒りの表情がよみがえった。さながら戦士を率いる女王といった空気を全身から放っていた。コーヒーブラウンの髪を後頭部できっちりとひねって結っていたため、琥珀色の目と印象的なはっきりした顔立ちがなおいっそう引き立って見えた。あの瞬間、あれほどの怒りのエネルギーを放ちながらも彼女の背後に稲妻が見えなかったのが不思議なくらいだった。

すさまじい怒りでありながら冷たかったのだ。フレミングではなく自分自身に対する怒りだ。ジャックには理解できた。彼にも経験があったからだ。

ウイスキーを飲んだ。マデリンはあのろくでなし野郎にまんまとだまされてしまったわけだが、彼女に落ち度があったわけではない。彼女は頭のいい女性だ。しかし、フレミングのような男はそれはそれは巧妙に人をだます。それが彼らの最大の才能であり、生き抜くためにはそれだけが頼りだから日々磨きをかけている。もし嘘で人を操る自己愛野郎の本性がちらっとでものぞこうものなら、ふつうの人間からの論理的反応は、この人でなしが、ということになるはずだ。

フレミングの経歴に、彼が暴力的な社会病質者《ソシオパス》に分類されることを示唆する記載は何ひとつなかったが、だからといってこれまでに多くの被害が出ていないとはかぎらない。マデリンの悲しみを利用して接近し、自己防衛機能が低下しているところにつけこんで言い寄った。しかし、最後には彼女の内なるファイアウォールが作動し、彼女は使者を呼びつけて身辺調査を依頼した。そして使者である彼が届けたのは悪い知らせだった。

戦士の女王はごく軽い火傷を負いはしたが、ひどい火傷には至らなかった。

ある一点で彼女は正しかった——デート相手の身辺調査を通常の手順としている点だ。ハイスクール卒業時のダンスパーティーにさかのぼってすべて調査の記録が残っていた。

またウイスキーを少し飲んでから、クーパー島の不動産のことを考えた。イーディス・チェイスが死亡したいま、少々変わったところのある管理人が古いホテルと自身の職のこの先を相談したいと考えたとしても無理はない。そしてその相談のために会いたいと言い張ったとしても不思議はない。

だが、オーロラ・ポイント・ホテルについては何もかもが濃い霧に包まれていた。イーディス・チェイスはそれに関する質問にいっさい答えようとしなかったし、いまは孫娘も同じように隠し通そうとしている。

その古いホテルについてはインターネットでもごくわずかな情報しか得られなかった。イーディスは経営に苦心していたホテルを買い取り、そこを北西部の隠れ家的ホテルに変身させようとがんばったわけだが、そのころもまだ経営はきつかった。そんなころにマデリンの両親が自動車事故で他界し、イーディスは遺された五歳の孫を家に引き取った。

記録によれば、オーロラ・ポイント・ホテルは最終的には黒字に転換した。それなのに十八年前、理由は定かでないが、イーディスはホテルを閉鎖して、土地と建物の管理を管理人に託すと、マデリンを連れてサンクチュアリー・クリークに引っ越し、以来一度たりとも戻らなかったようだ。

だが、そうして長い年月を経たいま、マデリンは不動産の今後について——地元の不動産業者や開発業者ではなく管理人と——話しあうため、やむなくサンファン諸島までの長旅に出ようとしていた。

ジャックはいくつもの疑問について考えをめぐらしながらウイスキーを飲み終えた。グラスが空になると、キッチンへ行ってオーヴンのスイッチを入れた。

冷蔵庫を開けて中のものを見つくろった。料理は好きだ。ゆったりした気分になれるからだ。かといって自分ひとりのための料理にさほどわくわく感はない。毎晩誰かといっしょに食事をする。それは恋人がいない期間にひどく寂しく感じることのひとつだ。そう、もちろん、セックスもそのひとつだ。

残念ながら、カリフォルニアでの不幸な出来事以来、恋愛と恋愛のはざまは長くなりがちだった。その数少ない恋愛も、なんとか燃えあがらせても長続きはしなかった。

フェタチーズの塊、青タマネギ、グリーンオリーヴを取り出して、冷蔵庫を閉じた。戸棚にはダイストマトの缶詰がある。鍋で青タマネギを炒め、トマトと白ワイン少々を加えた。そこに塩少々とクミンを入れ味をととのえる。

トマトソースをあたためるあいだ、オーヴン皿の底にフェタチーズを数かけら並べて、その上にオリーヴをちらした。チーズとオリーヴの上にトマトソースを注ぎ、皿をオーヴンに入れた。

それからの二十分はパソコンの前にすわり、少人数——二名——ではあるがスタッフからの報告に目を通した。それがすむとキッチンに戻り、冷蔵庫から卵二個を取り出した。それをすでにぐつぐつ沸騰している皿に一個ずつ割り入れる。今度はアルミホイルで皿に蓋をして、もう一度オーヴンに戻して、さらに八分焼く。

卵にほどよく熱が通ったころ、皿をオーヴンから取り出してカウンターに置いて冷ました。グラスに赤ワインを注ぎ、その日、自分がマデリンに言ったことを考えた。

使者の仕事は二度とやりたくない——彼女のデート相手の身辺調査はやりたくない——と言ったのは本心だった。そういう仕事は誰かほかの人間にたのむこともできるはずだ。

そうした調査をする際の問題は、内心の葛藤が半端ではないことだった——なぜなら、彼はマデリン・チェイスに半端ではない関心を抱いているからだ。

ワインを少し飲んでから、キッチンテーブルにトマト&フェタチーズの皿を持ってきた。テレビをつけ、ニュースを相手にひとりぼっちの夕食を食べながら、マデリンのことを考えた。

彼女には祖母の死の悲しみからだけでなく、フレミングの一件からも立ち直る時間を与える必要があった。マデリンは昔から恋愛に対してきわめて用心深かったが、この件でなおいっそう慎重になるはずだ。せかせてはまずい。

もしこのぼくに賭けてみるよう彼女をなんとか説得できたとしたら、そのとき彼女は誰を雇って過去を調べさせるのだろうか。調査担当者が探り出す中身に関して不安はなかった。警備業界に身を置く者の特典のひとつは、自分自身の秘密を葬り去る術を知っているということなのだ。

5

トム・ロマックスは死にかけていた。血とその他のものが混じった液が頭部の深い傷から流れ出し、すり切れたカーペットにしみこんでいく。痩せてはいるが屈強な体が、かつてはオーロラ・ポイント・ホテルのロビーに風格を添えていた大階段の下にぐったりと倒れていた。

ショックと失血で生気を失った青い目がどんよりとマデリンを見あげている。

「マディー？　マディーなんだね？」

「ええ、わたしよ、トム。階段から落ちたのね。動かないで」

「しくじったよ、マディー。すまない。イーディスは私ならきみを守れると信じてくれていたのに。しくじってしまった」

「もう大丈夫よ、トム」マデリンは丸めたスカーフをトムの頭部のひどい裂傷に押し当てた。「いま九一一に電話するから、すぐに救急車が来るわ、そのままじっとしてて」

「手遅れだよ」トムは最後の力を振りしぼり、何十年にもわたる肉体労働のせいでかさかして傷跡だらけの、鉤爪を思わせる手をマデリンのほうに伸ばした。「もう遅い」

九一一のオペレーターが状況を訊いてきた。

「……患者の状態を教えてください」

「こちらはオーロラ・ポイント・ホテル」反射的に上から指示を出すような物言いになっていた。「管理人のトム・ロマックスが怪我をしたの。階段から勢いよく落ちたみたい。ただちに救急車をお願い」

「では救急車を向かわせます」オペレーターが言った。「出血はありますか？」

「ええ」

「それでは圧力をかけて血を止めるようにしてみてください」

マデリンは傷口から噴き出してくる血を止めようと押し当てているスカーフに目をやった。すでに血でぐっしょりだ。

「わたしが何をしてると思ってるの？　当然でしょう、そんなこと。早く誰かをここによこして。急いでちょうだい」

それだけ言うと携帯電話を床に放り出し、トムの傷により強い圧力をかけた。だが、トムから生命力がじわじわと抜け出ていくのが感じとれた。その目はもううつろで、どこも見ていない。

「ブリーフケース」トムが弱々しくつぶやいた。

「トム、ブリーフケースがどうかしたの？」

「しくじった」トムは目を閉じた。「日の出。きみは小さいころから私の日の出が好きだった」

「トム、しっかりして。ブリーフケースがどうしたのか教えて」

だが、トムはもう口がきけなかった。荒い息を最後に一度吸いこむと、彼のすべてが停止した。死がもたらす完全なる静けさが彼を包んだ。

気がつけば、血はもう流れ出ていなかった。マデリンは血に染まった指先でトムの喉に触れた。脈も打ってはいなかった。

廃業したホテルのかつてのロビーが怖いほどの静寂に満たされた。トムがもうこときれたことはわかっていたが、発見者は救急隊が到着するまで胸部に圧を加える人工呼吸を施しなさい、とどこかで読んだことがある。マデリンはトムの胸に両手を当てた。

暗がりのどこかで床板がきしむ音がこだました。マデリンはぴたりと動きを止め、折れて落下した階段上のバルコニーの手すりをじっと見た。トムの亡骸《なきがら》のかたわら、すり切れたカーペットの上に落下していたものだ。そのときマデリンははじめて、そこに血と髪の毛が少し付着していることに気づいた。

折れた手すりに付着した血と毛髪を説明するシナリオは何通りか考えられたが、もっとも筋が通るのは、その手すりがトムを殺すのに使われたと考えるものだ。

きしみ音にもさまざまな説明がつきそうだが、その中のひとつは、トムは本当に殺されて、頭上の犯人がまだ現場にいるというものだ。

マデリンはサイレンの音が聞こえないかとじっと耳をすましたが、風が強くなってきたいま、遠くで風の音が聞こえるだけだった。

頭上で床板が再びぎしぎしときしんだ。今度は足音らしきものを聞いた気がした。直感が甲高い悲鳴をあげて警告を発した。

とっさに携帯電話の電源を切った。もしオペレーターが折り返し電話をかけてきたりしたら、犯人に居場所を知られてしまう。あわてて立ちあがった。

上の階のどこかで、錆《さ》びついたドアの蝶番《ちょうつがい》がぎいっと鳴った。二階のベランダへと通じるドアのひとつを開けたらしい。

マデリンはもう一度トムを見やり、彼のためにできることはもはやないことを無言のうちに確認した。

「ごめんなさい、トム」マデリンはささやいた。

乗ってきた車は正面玄関前の広い円形の車寄せに停めてあった。マデリンは重いトートバッグを肩にかけると、ロビーのドアをめざして駆けだした。

広々した華麗なロビーは歳月の流れと闇に包まれていた。高い天井の中央から吊りさがる薄汚れたシャンデリアは、黒いしぶきが凍った滝のようだ。電気は十八年前に切られていたが、祖母はホテルを閉鎖するとき、家具調度はすべてそのまま残してきた。

祖母によれば、重くて大きすぎる椅子やエンドテーブル、優雅な猫脚ソファー、ベルベットのカーテンはヴィクトリア朝様式の建築に合わせて特注したものだから、ここ以外の建物には似合わないわ、ということだった。だが、マデリンはそれが本当の理由でないことを知っていた。ここから家具調度を何ひとつ持ち出さなかった本当の理由、それは二人ともオーロラ・ポイント・ホテルを思い出させるものを身近に置きたくなかったからだ。

全盛期だった二十世紀初頭、その時代の旅行や休暇を楽しむ裕福な人びとにとってこのホテルは魅力たっぷりな保養地だった。マデリンの祖母はそんな時代の贅沢な雰囲気をよみがえらせようと努力したものの、結局、それにはあまりにお金がかかりすぎることが判明した。だが、十八年前の血なまぐさい夜のあと、ホテルは処分できなくなった。オーロラ・ポイント・ホテル売却という選択肢は消えた。敷地に数えきれないほどの秘密が埋もれていたからだ。

広いロビーを半分ほど横切ったとき、張り出し窓のひとつをおおったベルベットのカーテンの向こうで影が動いた。近づいている嵐が何かを揺らしたのかもしれないが、マデリンに危険を冒す気はなかった。どう見ても、その影があわただしく正面玄関に向かう人影の一部に思えたからだ。トムを殺した犯人の影ということもありえる。犯人は建物の後ろ側にあるベランダの階段を使って庭に下りたあと、今度はマデリンを捕らえるためにロビーの入り口に向かっているのだ。

何者なのかは知らないが、いまにもロビーのドアから入ってきそうだ。マデリンは最悪の場合を想定した——トム殺しの犯人がわたしを追っている。

マデリンは肩にかけたトートバッグから車のキーを取り出し、バッグは床に置いた。一階のベランダの上を走る鈍い足音が聞こえてきた。

マデリンは大階段の裏側に逃げこみ、業務用の狭い廊下を進んだ。オーロラ・ポイント・ホテルで育った彼女は建物の隅から隅まで知り尽くしていた。建物は何十年ものあいだに数えきれないほどの改築や修繕を重ねてきており、誰もが入れる優雅な空間がたっぷり確保されている陰には、それに比べれば狭い裏方用の空間が迷路のごとく隠されていた。広い厨房、業務用サイズの食料貯蔵室、備品室、洗濯室などである。

そのほかにスタッフが客室サービスのために使う裏階段もあった。

マデリンは不規則に手足を広げるホテルの見取り図を頭の中に描いてみたけれど、ベランダにいる何者かに姿を見られずに車までたどり着く術がないのは明らかだ。

狭い廊下から食料貯蔵室に入ったまさにそのとき、ロビーのドアが開く音が聞こえた。つづく静寂にマデリンの全身は凍りついた。たまたま入ってきて死体に出くわしたとしたら、たいていの人間は何かしら声か物音を立てるはずだ。少なくとも警察に通報はするだろう。

入ってきたのが何も知らないホームレスあるいは高校生で、殺人現場に足を踏み入れたとでマデリン同様、恐怖で固まってしまったのかもしれない、との期待はつかの間で打ち砕かれた。

また足音が聞こえてきたのだ——ゆっくりとした歩調だ。一階に移動してきた何者かがわたしを探している。見つかるのは時間の問題だ。侵入者が武器を手に忍び寄ってくるとしたら、車までたどり着ける見込みはもうない。

そこでべつの作戦を考えることにした。前向きになれる要素としては、救急車がこっちへ向かっているということがあった。それが到着するまで隠れていられる避難所のようなところを探さなくては。

食料貯蔵庫のドアを開けて広い厨房をのぞいた。薄暗い中に恐竜さながらの古い調理器械がのしかかるように並んでいる。上階の客室へと通じる業務用階段はその向こうにある。

厨房を走って横切った。侵入者に動きを悟られないような気づかいすら放棄して。古いタイル敷きの床で靴が音を立てた。追っ手にも聞こえることは百も承知していた。

それまでは鈍かったロビーの足音がいきなり大きな音に変わり、ロビーを突っ切って厨房へと向かってきた。

マデリンは業務用階段のドアを開け、ひとつ上の階めざして駆けあがった。体重で段が壊れたりしないようにと祈りながら。

最初の踊り場に到達すると、廊下に出て前へ進んだ。ほとんどの客室はドアが閉まっている。廊下のいちばん奥の部屋を選び、素早く中に入った。くるりと身を翻しながらドアを閉め、昔ながらの差し錠をかけた。男がその気になればドアは蹴破られるだろうが、多少の時間は稼げるはずだ。侵入者が業務用階段をのぼってくる足音が聞こえたが、向こうは部屋をひとつひとつ調べて彼女を探さなければならない。

心臓の鼓動が速まり、息苦しくなった。そんな状況でふと手に目を落とすと、まだ電話を握りしめていたことに気づき、なんとなく驚いた。電話をじっと見つめる。手がしびれたような奇妙な感覚。もう一度、慎重に緊急通報番号を押した。電話を埃をかぶったドレッサーの上に置いた。

「もう切らずにこのままでお願いします」とオペレーターが深刻な声で言った。「救急車と警察がまもなく到着します。大丈夫ですか?」

「大丈夫じゃないわ」マデリンは言った。

いちばん近いところにあるがっしりした家具は、と室内を見まわし、重厚な肘掛椅子のところに行くと、それを動かそうとした。

「危険な状況ですか?」オペレーターの口調が鋭くなった。

「ええ、そう。二階の客室に隠れているんだけれど、誰かが廊下をこっちに歩いてくるの。

もうすぐ見つかりそう。ドアはロックしたけど、それくらいでいつまでもちこたえられるかわからないわ」

「ドアの前に何か押しつけてください」

「名案だわね」マデリンが喘ぐような声で言った。重い椅子をなおいっそう力をこめて押す。

「そんなことくらい誰だって思いつくわよ」

大きな椅子は一トンくらいありそうな気がしたが、ようやく動いた。そしてなんとかドアの前まで移動させることができた。

部屋の外で足音がした。マデリンはとっさに電話をつかみ、ベランダに通じるフレンチドアへと急いだ。

外に出たとたん、嵐の攻撃を受けた。強風にあおられた雨がマデリンに叩きつける。それでも遠くからサイレンの音が聞こえた。

侵入者の耳にも届いたにちがいない。廊下の足音が業務用階段のほうへとせわしげに遠ざかっていく。敷地の裏手は林だ。おそらくそっちへ向かっているのだろう。林をぬって走る古い支線道路があったことを思い出した。

やがて、エンジンがかかる音がした。侵入者は行ってしまった。

そのときマデリンは気づいた。クーパー島を脱出する手段はそういくつもあるわけではない。民間のフェリーは日に二回の運航だ。あとはフロート付き水上飛行機にチャーターボートだろうか。これなら地元警察が捜索してくれるかもしれない。してくれないかもしれないが。クーパー島の大部分は未開発のままだ。大部分が林におおわれている。殺人者がその気になれば、島からの脱出方法を見つけるまで身をひそめる場所は無数にある。

正面玄関前に入ってきた救急車を迎えなければ、と急ぐあいだも、頭の中では警察に話せること——話せないこと——のリストを作成していた。

これまで十八年間、秘密を守りつづけてきたのだ。そうしたことには長けている。

6

翌日の午後、マデリンがコーヴ・ビューB&Bの窓辺にたたずみ、小さな集落クーパー・コーヴに降る雨を眺めていると、ジャックがドアをノックした。わずか二回だけの短く命令的なノックだったから、きっとジャックだわ、と思った。遊びを排したぶっきらぼうで現実的な彼の流儀はこうした小さな行動にまで貫かれていた。無駄な動きがほとんどない。まるですさまじい砂嵐がどこかの時点で、彼がかつてはそなえていたかもしれない洗練された仕種などといったうわべを飾るものをすべて吹き飛ばし、あとに残ったのは硬い岩だけといった感じなのだ。

マデリンはすぐさまドアまで行って開けた。われながらびっくりしたのは、廊下に立つジャックを見た瞬間、大いなる安堵感に全身を包まれたことだった。彼の髪は雨でぐっしょり濡れ、傷だらけの革ジャケットにしずくがしたたっている。片手に使いこまれたダッフルバッグを持っていた。

「いったい何があった?」ジャックが訊いた。

ジャックを呼び寄せたのはそのためだ。思いやりややさしさが欲しかったわけではない。社会慣習的な挨拶を時間の無駄と考えるのが彼だ。おそらくそれはいいことなのだろう。陽気な決まり文句や、会話や関係を円滑に運ぶための礼儀を彼がうまく使いこなせるかははなはだ疑問だからだ。生まれてから今日までに彼が「それじゃ、いい一日を」といったたぐいの言葉を口にしたことがあるかどうかも疑問だ。たとえその場にぴったりの言葉を発したとしても、ハシバミ色の目の冷たさがあたたかな気持ちを帳消しにしてしまいそうだ。

プラス面に目を向ければ、ジャックはけっして泣き言を言わない。前夜遅く、さんざん考えたあとで電話したというのに、思ったとおり、彼はこうして現われた。フェニックスを夜明けと同時に飛び立ち、長旅——飛行機を乗り継ぎ、車とフェリーも何度か乗り継いで——を経てここに来た。クーパー島への道のりは簡単ではないが、電話を受けた彼はやってきた。ジャックはそういう男だ。

だが、マデリンはそこで気持ちを切り替えた。ジャックはマデリンの願いを聞き入れてクーパー島にやってきたわけではない。なんと言おうが、彼にとって彼女はクライアントなのだ。ここに来たのは彼自身のため、そして立ちあげたばかりの警備会社のために報酬を得るのが目的である。

マデリンはずっと彼の到着を待っていた——じつを言えば、室内を行ったり来たりしていた——というのに、入り口に立つ彼を見たときは、ほっとしただけでなくどぎまぎもした。

彼のそばにいるときはいつもそうなのだ。彼にはわたしの感覚という感覚に奇妙な影響をおよぼす何かがそなわっている、とマデリンは思った。

それでもジャックのことはいろいろな面でかなり深く理解できるような気がしていた。彼は暗い影に包まれ、近づこうとすると立入禁止の標識が見逃しようもなく立っているのだが、マデリンには暗い影も警告の標識も理解できた。彼女自身にも同じものがあるからだ。

ウィリアム・フレミングのような人間はそうした標識を、人間関係や性的行為といった部分に問題を抱えていることでもたらされる兆候だと解釈する。考えてみれば、数世代にわたって個人の秘密はもっと尊重されてきた。誰にでも秘密のいくつかはあるもので、それを自分だけの胸におさめておく権利があると認められてきた。しかし、人びとが各自の考えや感情をソーシャルメディアに衝動的に投稿する現代では、秘密を隠しつづけることは精神衛生上問題があると一般的にみなされる。

だが、自分が秘密を胸におさめた人間であれば、ほかの人間が同じことをする理由は理解できる。

「どうぞ、入って」マデリンが言った。

ジャックは警備上の問題を点検するかのように、スイートルームに素早い視線をくまなく走らせながら部屋に入ってきた。マデリンは突然、キングサイズベッドを妙に意識した。

「この隣の部屋をあなた用に予約しておいたの。とりあえずひと息つきたければ――」

「そんなことはあとで」ジャックはダッフルバッグをドアからすぐの床に置いた。「まずコーヒーを一杯たのんでいいかな」

「ジャケットを掛けてくるわ」マデリンはそう言いながら、奥にあるコーヒーメーカーを顎で示した。「ご自分でどうぞ」

「ありがとう」

ジャックはジャケットを脱いでマデリンに手わたすと、まっすぐコーヒーメーカーの前に行った。

これもまたジャックらしい、と、彼のジャケットを手にバスルームへ急ぎながらマデリンは思った。彼が「ありがとう」と言うとき、心からそう言っていると思えるのだ。

ジャケットの裏地はまだ彼の体温を残してあたたかかった。フックに掛けたときも彼のにおいがそこはかとなく感じられた。

一瞬そこに立ったまま、白いタイルの床に垂れる雨粒を見つめて、気持ちを落ち着かせた。彼はなんとしてでも答えを知りたがるはずだ。それを話すとなれば、十八年間守ってきた秘密を明かすことになるが、もはや選択の余地はない。

息を深く吸いこんでジャックのところへ戻った。「昨日の今日なのに、こんなところまで来てくれてありがとう。ほかに連絡する人を思いつかなかったものだから」

「礼を言う必要などないさ」ジャックはコーヒーメーカーのスイッチを入れてから、マデリンを見た。「これがぼくの仕事だ。きみの会社がぼくを雇っているのはこういうときのためだ」

マデリンは咳払いをした。「まあ、そういうことだわね」

「きみが電話で話してくれたわずかな情報に基づけば、ぼくにわかっているのはこれだけだ。きみはここに、オーロラ・ポイント・ホテルの不動産をずっと管理してくれていた男に会うためにやってきた」

「ええ、それがトム・ロマックス」

「そしてきみはひどい怪我を負った彼を見つけた」

「瀕死の状態だったわ」マデリンは胸の下できつく腕組みをした。「まず緊急通報してから、血を止めようとしたけれど、もう打つ手はなかった」

「頭部に傷、だったな?」

「何者かが彼を後ろから折れた階段の手すりで叩いた。彼はロビーの階段の下に倒れていたの。それはもう……血の海だった。警察は、ホテルに侵入して金目のものを物色していた男がトムに気づいてあわてた、と考えているわ」

「だが、もっといろいろ事情があるってことなんだな。さもなければ、きみがぼくに連絡してくるはずがない」

これこそ典型的なジャックだ。彼女に雇われて仕事をしているふりをしながら、どういうわけか主導権はつねに自分にあるような態度をとる。ジャックはあたたかくてふわふわしたタイプではないかもしれないが、どんな重大局面にも対処できる男だと感じさせる。

マデリンは窓辺に置かれた読書用の椅子に力なくすわりこみ、黒曜石さながらの入り江の黒い水面に目を向けた。ここまでの数時間、自分の置かれた状況をどう説明したものか、何通りもの方法を考えていた。しかし、いざジャックを前にすると、どう切り出したらいいのかわからなくなった。十八年間守ってきた秘密を打ち明けるのは容易ではない。

「電話で話さなかったことはこういうことなの」マデリンは言った。「トムはこときれる前にわたしにこう言った。すまない。しくじった。そのあと、ブリーフケース、とも言っていたわ。そのあと、わたしに思い出させるように、きみは小さいころから私の日の出が好きだった、と言った。自分が撮った写真のことを言っていたんでしょうね。彼——写真が大好きだったの。死の間際に幻覚を起こしたんだと思うわ。そのときよ、頭上で足音が聞こえたのは」

ジャックは標的に狙いを定め、引き金を引く瞬間を待つ狙撃手のように身じろぎひとつしなかった。「それで?」

もういい。これじゃうまくいきそうもない。マデリンは息を大きく吸い、残りの説明を一気に話そうと心の準備をととのえた。

「侵入者が二階の奥のほうにある外階段を下りていくみたいな足音だったわ。だからわたし、犯人は逃げていったと思ったの。でも——」マデリンはそこで息を継いだ。「でも、今度は一階のベランダで足音がした。犯人が誰であれ、わたしを車まで行かせないつもりなんじゃないかと思った。そこで、わたしは二階に上がって、客室のひとつにこもって警察が到着するのを待ったのよ。男はわたしを探していたけれど、あきらめて逃げたわ。救急車やパトカーのサイレンに驚いたんでしょうね」

ジャックは瞬きひとつせずにマデリンを見ていた。「男だったのか？」

「あるいは女。正直、どっちなのかはわからなかった。どっちにしろ、そいつはホテルの裏手から車で走り去ったわ。警察が捜索したけれど、発見はできなかった。警官がこれからしばらくは島を出ていくフェリーの乗客を監視すると言ってくれたけど、誰にも見られずに島にボートを運んでこようと思えば方法はいくらでもあるわ」

短い不吉な沈黙があった。ジャックはあいかわらずマデリンから目をそらさなかった。

「昨日の夜の電話では、きみが現場に到着したとき、ホテルにきみ以外の人間がいたとは言っていなかったが」ジャックの声には意外なほど感情がこもっていなかった。

「そんなことを話してもあなたを警戒させるだけだと思ったし、アリゾナからでは何ができるわけでもないでしょ。それに、このB&Bなら安全だから」むきになって反論したくはなかった。ジャックを雇っているのはこのわたしで、その逆ではないのだから。

「くそっ」あくまで小声でだが、ジャックが言った。「きみをひとりで行かせてはまずいとわかっていたんだ」

マデリンは一瞬ぎくりとした。ジャックがそんな粗野な言葉を使うのをこれまで聞いたことがなかったからだ。いい前兆ではなさそうだ。

「聞いて。さほど大げさには考えなかったのよ。わたしの責任で解決しなければならない問題を抱えこんでしまったから、プロであるあなたに協力が必要だと思っただけなの。もしもあなたがそんな頼みを聞き入れる立場じゃないと思うなら、誰かほかの人を探すわ」

「いや、ほかの人間なんか探さなくていい。ぼくたちは契約を結んでいるんだ。その侵入者のことは警察に話したのか?」

「ええ、もちろんよ。でも、人相とか風体とかを伝えることはできなかった。さっきも言ったけれど、警察は泥棒がトムに気づいてあわてたと考えているわ。たしかにそうなのかもしれないわ。でも、なんだか疑問が残るのよ」

「それはつまり、トムが死の間際にきみに言い残したことがあるからか?」

「瀕死の状態であれこれ幻覚を起こすことはありえるわ——過去と現在がごっちゃになってしまって。でもね、わたしが誰かはわかっていた。気にかかるのは、トムがブリーフケースについて言ったことと、しくじったと思っていたことなの」

ジャックがここからは話が込みいってくると考えて、身構えているのがマデリンにも伝わってきた。

「よし、それじゃ」ついに彼が口を開いた。「ブリーフケースからはじめよう」

マデリンは息を大きく吸いこみ、ゆっくりと吐いた。「ちょっと待ってね。ブリーフケースのことは十八年間誰にも話さなかったの。家族の秘密なの」

「聞かせてもらってもいいかな」

マデリンは無理やり神経を集中させた。「トムが言っていたブリーフケースというのは、十八年前にオーロラ・ポイント・ホテルにチェックインした男のものだったの。その男はポーターと名乗ってはいたけれど、たぶん本当の名前じゃないわ」

「そのポーターって男の身に何が起きた？」

マデリンは椅子の肘掛をぎゅっと握った。

「わたしの祖母とトムが園芸用の頑丈な道具で殺したの。二人は死体をホテルの裏の林に埋めた。そのあと、トムが墓穴をコンクリート板でおおって、その上にしゃれた東屋を建てたのよ」

7

マデリンはジャックをじっと見ていたが、どうやらジャックはポーターが殺されたと聞いても、その他のことを聞いたときと同じように――たんなるひとつの事実として――受け止めているらしい。ショックを受けたようすも、いささかの驚いたようすもなく、ただじっと考えこんでいる。

ＦＢＩでプロファイリングの仕事を経験する中で見てきたとなれば、園芸道具による殺害はさほど刺激的な事件ではないのだろうが、それでもジャックとはよく祖母の話をしていた。生まれてから死ぬまで人を殺したことなどない善良な女性としての祖母の話を。

ジャックは二杯目のコーヒーを注ぎ終えると、片方を黙ってマデリンにわたした。二人の手が軽く触れた瞬間、マデリンはそこにパチッと火花が放たれるのを感じた。その動揺でひるんだ隙にコーヒーがこぼれそうになったが、なんとか平常心を取りもどして難を逃れた。

ジャックは窓に近づき、その前に立った。窓の外を静かに眺める姿からは、瞬間的とはいえ体が触れたことに動じた気配はいっさい感じられない。マデリンは考えた。いったい彼はどんなことが起きたら動揺するのだろうか、と。

「そのブリーフケースだが、ポーターのものだったのか?」

「ええ」

「ポーターが死んだ日、ホテルで起きたことをひとつ残らず聞かせてもらいたい」

「オーロラ・ポイントは祖母の最初のホテルだったの。祖母と祖父はあそこを二束三文で買い取って改装するつもりでいたけれど、祖父は自動車事故でわたしの両親といっしょに死んでしまった。それで、わたしもここに来ていっしょに暮らすことになったの。祖母はホテルを再開しようと必死でがんばったわ。ポーターがチェックインしたのは、ようやく黒字に転換した時期だった。本館で盛大な結婚披露宴が開かれた日で、祖母やそのほかスタッフ全員は大忙しだったのよ。わたしと仲良しのダフネはその夜、ダフネとお母さんが暮らしていたコテージでゲームをしたりテレビを観たりして遊んでいたの」

「ダフネ?」

「ダフネ・ナイト。当時、わたしといちばんの仲良しだった子。お母さんはシングルマザーで、ホテルで清掃スタッフとして働いていたわ。その夜はダフネのお母さんも本館でほかの人たちといっしょに忙しく働いていたのよ」

「つづけて」

「夜も更けたころ、ダフネとわたしはテレビの前で寝てしまったの。わたしが目を覚まして、キッチンに水を飲みにいくと、そこで男が待っていて、わたしをつかまえた。口を手で乱暴に押さえて、騒いだら殺すって言ったわ。それでもわたしは必死でその手を振りほどこうともがいたの。無駄だったけど。大きな男で、力もあった。わたしは息ができなくなって、少しのあいだ気を失っていたような気がするの。でも長い時間ではなかった。というのは、つぎに気がついたときは男に運ばれて備品倉庫に入っていくところだったからだけど、そのときはもう恐怖で文字どおり凍りついたわ。悪い夢を見ているんだろうと思ったくらい。だって現実のことだとはとうてい思えなかったのよ」

マデリンの手の中でカップがかすかに震えた。用心しながらそっと置く。その夜の出来事については十八年間ずっと考えまいとしてきたのだ。秘密を守りつづけてきた長い年月――のしかかってきた男の、汗にまみれた大きな体の下で動けずにいる悪夢に襲われつづけてきた長い年月――ののちに、はじめて話すのだから冷静ではいられなかった。悪夢に襲われ、息ができなくなって目が覚める年月であり、恋愛という恋愛が性的行為によって必然的に終止符を打つことになった年月だった。

そこでいったん口をつぐみ、頭の中を整理しようとした。ジャックは先をせかしたりはしなかった。窓辺に立ってコーヒーを飲みながら、時間ならたっぷりあるとでもいうかのようにクーパー島の上空を通過していく嵐雲をじっと見ていた。

せかしたりはしない彼の態度から、彼がマデリンの体験を理解していることがなんとなく伝わってきた。おかげで先を話すのが少し楽になった。

「あとでわかったことだけれど、ダフネはポーターがキッチンのドアからわたしを連れ出したときに目が覚めたのね。彼女はどうしたらいいのかわからなかった。怖くてたまらなかったみたいだけれど、それでも信じられないほど勇気があったわ。ポーターのあとをつけて、わたしが備品倉庫に連れこまれるのを見届けたのよ。そしてトムのコテージまで駆けていってドアをドンドン叩いたの。トムはすぐに備品倉庫に向かったけれど、ダフネに祖母を探してくるように言った。祖母はたまたま厨房でビュッフェの料理か何かをチェックしているところだったから、ダフネは祖母を外に引っ張り出して、備品倉庫で何か恐ろしいことが起きていることを懸命に伝えようとしたの」

マデリンがまた口をつぐみ、ジャックはまた待った。

「わたしがつぎに憶えているのは、倉庫の入り口からはじめにトム、つぎに祖母が復讐の天使のように入ってきたこと。二人とも園芸道具を握りしめてポーターに向かってきたわ。ポーターはそのとき、わたしを園芸用の培養土の袋に押しつけて、ジーンズを脱がせにかかっていたの。祖母もトムも最後はもう正気を失っていたんだと思うわ。気がつくと……あたり一面血の海だった」

「ポーターを殺したわけか」

「ええ、そう」

「よかった」ジャックが安心したようにうなずいた。「きみは……怪我はなかった?」

「レイプは未遂に終わったわ。いまの質問がそういう意味なら」

「でも、トラウマを負わされた」

マデリンが体を震わせた。「トラウマは四人全員が負ったと思うわ。ダフネだって一部始終を目のあたりにしたんですもの」

ジャックが振り向いてマデリンを見た。「で、ポーターのブリーフケースは? それもポーターとともに埋められたのか?」

「いいえ、そうじゃないの。当時、オーロラ・ポイントは改装工事中だったんで、トムと祖母はそれを二〇九号室の壁の中に閉じこめたの」

「イーディスとトムはなぜ警察に知らせなかった?」

「ブリーフケースの中身のせい。あなたに訊かれる前に言っておくと、残念ながら、わたしは何が入っていたのか知らないのよ。わたしが知っているのは、祖母とトムはブリーフケースを開けたあと、警察には知らせない、と決めたってことだけ。二人はダフネのお母さんにも何があったかは話したけれど、ブリーフケースの中身が何かは話さなかった——ただ、ものすごく危険なものだと言っただけなの。たぶん、中身がなんだったのかを知らなければ不安を感じないですむ、と考えたんじゃないかしら。いまとなっては知りようもないわ。でも、三人——祖母、トム、ダフネのお母さん——が死体を埋めて証拠をすべて消し去ろうと決めたのはそのときだったの」

「すべてを消し去りたかったが、ブリーフケースは埋めなかったし、中身を燃やしもしなかったんだな？」

マデリンがためらいがちに言った。「役に立つかどうかはわからないけど、わたし、祖母がトムとダフネのお母さんに話しているのを立ち聞きしたの。ブリーフケースの中身は保険証書で、運がよければ使わずにすむわって言ってた」

ジャックの目尻がきゅっと引きつった。「イーディスがそう言ったのか？　保険、保険証書だと？」

「ええ。祖母はわたしたちには、ブリーフケースの中身はとても危険なもので、権力を握っている人たちが困るかもしれない、と説明したの。もしそんなことになれば、わたしたち全員の命が危なくなる、と。だからわたしたち、ポーターとブリーフケースのことは絶対誰にも言わないと約束をかわしたわ」

「ポーター殺害とブリーフケースのことを知っているのは全部で何人になる？」

「わたしたち五人だけよ——祖母とわたし、トム・ロマックス、ダフネとお母さんのクララ・ナイト」

ジャックが首を振った。「危険な秘密を守りつづけるには四人よけいだな」

マデリンが怒りをあらわにした。「言っておきますけど、わたしたち、今日までずっと秘密を守ってきたわ」

「きみが知るかぎりでは、ってことだな」

「それぞれに秘密を守る理由がじゅうぶんあったわ」

「頭数を数えてみようか。秘密を知っている人間のうち、いま生きているのは何人だろう？」

その質問にマデリンはぞっとした。「祖母とトムは逝ってしまった。ダフネとお母さんとはその後十八年間、いっさい連絡をとっていないの」涙がこみあげてきた。「二人がどうしているのか、わたし、なんにも知らないの。ダフネは親友だったのよ。あの夜、わたしを救ってくれたのも彼女。それなのに、彼女が生きているのかどうかすら知らないなんて。こんなことってありえない」

熱い涙があふれ、頬を伝い落ちはじめた。マデリンはティッシュを取りにバスルームへ行こうとして、よろめきながら立ちあがりかけたが、ジャックがコーヒーのサービストレイに置かれた小さなナプキンをさっと差し出した。マデリンはまた椅子に腰を落とし、ナプキンを目に押し当てた。

ジャックはマデリンが落ち着くまでじっと見守っていた。マデリンをしばらくそっとしておこうと考えたわけだが、マデリンにはわかっていた。ジャックがこれから何を言おうとしているにせよ、彼に衝撃をやわらげるつもりはないことを。彼はたぶん、悪いニュースをオブラートで包む方法を知らないのだ。

マデリンは最後にもう一度鼻をすすると、丸めたティッシュをごみ箱に放りこんだ。

「ごめんなさい。長い一日だったものだから。で、今度はなあに？」

「つまり、こういうことだな」ジャックが言った。「イーディスとトムだが、二人は三カ月とあいだをおかずに死んだ。そして何者かが――おそらくはトムを殺した犯人が――きみを殺そうとした。一方で、十八年前の出来事の中心人物だった残りの二人――ダフネとその母親――の所在は不明のままだ」

マデリンはジャックをじっと見た。彼の言葉に激しく動揺していた。「祖母は事故死だったわ、警察によれば。保険会社も疑わなかった。知ってるでしょ、保険会社が保険金の支払いをどんなにしぶるか」

「古いホテルのペントハウスの火事は配線の欠陥が出火原因だとされた。犠牲者は一名、イーディスだけだった。そういう事故は、電気関係に詳しければ仕込みはそうむずかしくない。技量不足なら、誰かを雇って準備することもできる」

「祖母が経営するホテル・チェーンのホテルじゃなかったわ」マデリンがつぶやいた。「あのとき、祖母は仕事上の古い友人に招かれたの。何十年も前からの友人」

「知っている。先月、保険会社の最終報告書のコピーを手に入れてからずっと、うちのスタッフにイーディスの死亡した事故の状況を調べさせていた」

「えっ？」マデリンが椅子にすわったまま、背筋をぐいと伸ばした。「祖母は殺されたのかもしれないと疑いながら、何も教えてくれなかったの？」

「その時点では、殺害を疑うだけの理由が見当たらなかった」ジャックの口もとがゆがんだ。「きみが言ったように、保険会社が事故死だと承認した。もうひとつ問題もあった。動機があるかもしれない唯一の人間はきみだった」

「まあ」マデリンがあぜんとし、椅子の背にぐったりともたれた。「サンクチュアリー・クリーク・チェーンを相続するのがわたしだからってことね」

「イーディスはもう徐々に仕事をきみに譲っていたし、きみは会社を手に入れるために自分の祖母を殺すようなタイプには見えなかった」

「ああら、熱い信任票を投じていただき、感謝の念に堪えないわ」

「イーディスの死亡状況について調査していることを、きみに伝えなかった理由はほかにもいくつかあった。ひとつは、きみがいっぱいいっぱいの状態にあったからだ。愛している人を亡くした喪失感に折り合いをつけるどころか、嘆き悲しむチャンスすら本当の意味では与えられていなかった。サンクチュアリー・クリーク・インズの顔にならなきゃいけないんだからな。従業員や役員たちはみな、きみの采配と情緒の安定を監視していた。業者や顧客を不安にさせるわけにはいかなかった。そのうえさらに、ウィリアム・フレミングのことが気にかかりだしていた」

「たしかにそうだったわ。忙しかったし、悲しかったし、つきあってる男のことで問題を抱えてた。だとしても、祖母の死に関して懸念を抱いていたとしたら、その報告を怠ったことの口実にはならないわ」

「それがいいと判断してのことだ」

「ばか言わないで。ちっともよくないわ。あなたはただ、わたしに悪いニュースを聞かせたくなかった。そんなこと、あなたの仕事じゃないのに」

「あれが事故死ではなかったことを示す証拠は何ひとつなかったし、それを言うなら、いまもまだない」

「もう一度言うわね。ばか言わないで。つい最近、あなたは悪いニュースを届ける使者にはなりたくないという事実を知らされたばかりだけれど、こちらはそのニュースを——内容がどうあれ——知らせてもらうために報酬を支払っていることを理解してもらわないとね。もしまたそういうへまをしたら、そのときは——たとえあなたのところとの契約破棄が難航するとしても——ほかの警備会社を探すことにするわ。欲しいものを手に入れるために必要なら、二社にコンサルタント料を支払うつもりよ」

ジャックはしばらくじっとマデリンを見ていた。辞職すべきかどうか、真剣に考えているようにマデリンには思えた。そんなことになってほしくはないが、絶対に譲れないこともある。

ジャックがついに結論に達した。「わかった。おばあさまの死に関して入手した情報はすべてきみに伝えることにする。しかし、その前に理解しておいてもらいたい。調査開始当時に収集した情報の多くはなんの進展もないままだし、戸惑うこともあるかもしれない」

マデリンはここでやっとひと息つけた。「わかったわ」

ジャックがしぶしぶといった笑顔をマデリンに向けた。「間違いなくイーディスの孫娘だな、きみは。サンクチュアリー・クリーク・インズの経営は適任者の手にゆだねられたってことだな」

「ありがとう。でも、わたしのご機嫌取りはそこまでにして。自分でもわかってると思うけど、あなたって怒った人間をなだめるのはあんまりうまくないわ」

「そう言ったのはきみがはじめてじゃないよ」

「それじゃ、祖母の死亡に関して入手した情報、聞かせてちょうだい」

「いままでは本当になんにも出てこなかった」ジャックがもどかしそうに言った。「調査についてきみに話さなかったのは、だからなんだ」

マデリンが彼を警告めいた表情で見た。

「だが、いまは見えてきたものがある」

「トム・ロマックスが殺されたから？」

「そうだ」ジャックはコーヒーを飲み干してカップを置いた。「われわれがいま見ている最初のさざなみは、もしかするときわめて恐ろしい法則《パターン》の一部なのかもしれない」

「偶然の一致とは思えないというわけね」

「そういうことだ」ジャックが眉を吊りあげた。「きみは違うのか?」

「ううん、もちろん、思えないわ」

「秘密を抱えている人間がひとり、事故に巻きこまれた。その秘密はほかに四人の人間が知っている。それだけなら偶然の一致だ。だが、秘密を知るもうひとりが死んだ場合、そこにはなんらかのパターンがある」

その考えはマデリンにも理解できた。「でも、なぜいまになって過去が顔をのぞかせるのかしら?」

「さっきも言ったように、調査開始当時はあらゆるデータが霧に包まれていた」

マデリンが腕組みをした。「これからどうするの?」

「取りかかるべきことは二つあるが、まず最初にダフネとその母親を探そう」

「二人には警告しないとね。そういうことでしょ?」

「そうだな、たしかに」ジャックが間をおき、やや慎重な面持ちになった。「しかし、もうひとつの可能性もある」

「二人のどちらかが祖母とトムの死になんらかのかかわりをもっている?」マデリンがかぶりを振った。「……まさかそんな。ダフネとお母さんとはたしかに十八年間音信不通だったけど、二人のどちらかが祖母やトムを殺そうとするなんて考えられない。感情を抜きにしても、その仮説は論理的じゃないわ」

「イーディスがブリーフケースの中身は保険証書だと言っていたと教えてくれたのは、ほかでもない、きみじゃないか。おそらく何者かがそれを手に入れようとしたんだろう」

「びっくりさせないで」

「いずれにしても、ダフネと母親を探さないと。ただちに誰かに取りかからせよう」

「わかったわ」マデリンがしばし間をおいた。「もうひとつ、取りかかるべきことがあるって言ったのは？」

「これからクーパー島でかなりの時間を過ごすことになりそうだ。そうなれば、ぼくがなぜいっしょにいるのかを説明するシナリオを決めておく必要がある」

「ここで調査をはじめるの？」

「ああ、そうだ。そしてたぶん、ここで終わる」

「なぜそんなに自信があるわけ？」

「もしぼくの考えが正しければ、この出来事の根っこは過去にあるからだ。そして過去が埋められているのはここ」

「東屋の下」

「一部は東屋の下にあり、あとはオーロラ・ポイント・ホテルの二〇九号室の壁の中に閉じこめられていることは間違いない」

8

ダフネ・ナイトは引っ越してきたばかりのコンドミニアムの予備のベッドルームの入り口に立ち尽くし、侵入者が荒らしていった惨状をじっと眺めていた。新しい家――わたしひとりだけのスペース――に侵入するなんて最低なやつ。こういうときは激しい感情――激怒、冒瀆、恐怖――を覚えるはずなのに、と遅まきながら気づきはじめた。

それなのに、奇妙なことにこれまでの一年同様、感覚が麻痺していた。地中海クルーズもあまり元気の源にはならなかったようだ。少し前に家に戻ってきて、留守のあいだに荒らされたことを知ったのだが、事態に相応しいショックや怒りをもたらしはしなかった。ただただ疲労感でいっぱいだった。

携帯電話が鳴った。荒れ放題のホームオフィスから目をそむけ、電話機の画面を見た。数秒間、見覚えのない番号に目を凝らし、どういうことなのか考えようとした。

電話を取り、耳にぎゅっと押し当てた。

「もしもし？」

「ダフネ？　わたし、マデリン・チェイス」

「マディー？　ほんとにあなたなの？」

「そう、わたし」マデリンが言った。「ダフネ、あなたの声が聞けるなんてうれしいわ。長かったわ。十八年」

十八年か、とダフネは思った。それでも備品倉庫の血なまぐさい光景は色褪せることなく鮮明によみがえった。時間の経過や距離の隔たりは人の記憶に錯覚を生じさせるという。トラウマに対処する努力を重ねるうち、自分もあのおぞましい夜の詳細の一部を何度となくつくりなおしてきた可能性は大いにあった。

だが、胸の奥深くに焼きつけられて、けっして忘れられないこともあった。これだけ長い時間を経てもまだ、そうした記憶がたびたび夢に出てきてはダフネを悩ませていた。マディーがポーターという名の男の下で押しつぶされそうになっている光景。イーディス・チェイスが大きな剪定バサミをポーターの背中に繰り返し突き刺す姿。トム・ロマックスがポーターの頭に園芸用の鍬を打ちおろす瞬間。血が噴き出した。噴水みたいに。

大量の血が恐ろしくて、もう遅かったんだ、と思った。マディーは死んだんだ、と思った。

「ダフネ、聞こえてる？」すでに引きつっていたマデリンの声に、さらに差し迫った感じが加わった。「あなたのことが心配なの。お願い、大丈夫ならそう言って」

「ええ、ええ、わたしなら大丈夫。元気よ。あなたの声を聞いてショックを受けただけ。でも、あいにくいま、ゆっくり話してはいられないの」

「そうだったのね、ごめんなさい。またあとで電話するけれど、とっても大事な話なの。どうしてもあなたに伝えなくてはならないのよ」

「ええ、そうして。いまはちょっと動揺してて。わたしがクルーズに行って留守にしているあいだに空き巣が入ったの。いま警察が引きあげたところ」

「まあ、たいへん。そこはいま本当に安全な状態？」

ダフネは電話を耳から離してじっと見た。マデリンの声から伝わってくる警告の色に当惑していた。いささか度を越えている気がしたのだ。空き巣狙いはそう珍しいことではない。そのうえ、自分とマデリンも昔みたいに親しいわけではない。そして十八年は長い。

もう一度、電話を耳に当てた。

「ええ、もちろんよ。警察は調書を取って、盗まれたものがあればリストを作成するよう言い残していったわ。すごく感じがよかったし、プロって印象だったけど、つかまることはなさそうね、こういうこそ泥は」

「何を盗られたの？」

「いまわかっているかぎりではパソコンだけ。ふつうの家に入る空き巣の標準的な手口だって警官が言ってたわ。でも、重要なファイルはすべてクラウドに保存してあるのよ。部屋はめちゃくちゃだけど」

オフィス内にちらばった書類やファイルに目を落とした。ボールダーにあるブティックの経営者から依頼を受けて描いたスケッチは、引き出しにしまってあったのに放り出されていた。収集していた十九世紀の建築家やインテリアデザイナーが書いた挿絵入りの本は、ガラス扉付きの書棚から乱暴に引き出され、床に落とされていた。デンバー周辺の顧客からの依頼でデザインしたインテリアの写真をおさめたいくつものフレームも、壁からはずされて見るも無残な姿をさらしていた。ガラスの破片がそこここにちらばり、遅い午後の日射しを反射してきらきら光った。

「ダフネ、今日電話したのはすごく大事なことを伝えるためなの」

「もちろん、わかっているわ。おばあさまがホテルの火災で亡くなられたそうね。お気の毒に」

「祖母のこと、知っていたの？」

「母がオンラインの死亡記事を見つけて、わたしに送ってきたの。正直なところ、母がいまでもそういうものを見ているとは知らなかったわ。クーパー島を出てからの数年間、母は取り憑《つ》かれたようにクーパー島やあなたのおばあさま関連のニュースをチェックしていたけれど、再婚したころにはもう、そういうものはすべて過去のこととして割り切ったんだろうと思っていたから」

「お母さま、結婚なさったの？」

「ええ、そうなの。いまはもう未亡人だけど。二番目の夫になった人が数年前に脳卒中で亡くなったのよ。ママはまたひとりにはなってしまったけれど、今度はとっても裕福な未亡人なの。そしたら、お金のある未亡人はけっして寂しくはないことがわかったわ。少なくともある時期を過ぎれば。いまは楽しく過ごしてるみたい」

「お母さまはどこにいらっしゃるの？」

「さあ、どこかしら。旅程をチェックしないとわからないわ。友だち何人かといっしょに世界一周クルーズに出ているのよ。地中海観光の期間に合わせて、わたしも二週間だけ参加してきたけれど、母はまだ船の上なの。フロリダに戻ってくるまであと一カ月あるわ」

「でも、生きてらっしゃるのね」

「ええ、それはもう元気に。マディー、誤解しないでね。こんな長い年月のあと、あなたからこうして電話をもらってすごくうれしいわ。でも、いったいそっちで何が起きてるの？どうしてそう神経をぴりぴりさせてるの？」

「すごく心配なニュースがあるの。とにかく話したいわ」

ダフネがはっと息をのんだ。「ひょっとしてあの夜のこととか？」

「残念だけど、そのとおりよ。あの夜のこと。なんでもない可能性もあるし、あるいはとんでもなく恐ろしいことかもしれない。だから、いったい何が起きているのか突き止める必要があるの。申し訳ないけど、クーパー島まで来てほしいのよ」

ダフネはぎくりとした。「それ、本気？」

「本気も本気よ、ダフネ。秘密の姉妹がそう言ってるの。わたしを信じて。お願いよ」

秘密の姉妹《シークレット・シスターズ》。その言葉はどこもかしこも灰色になってしまった世界を照らすかがり火だった。秘密の姉妹はお互いにけっして嘘をつかないのだ。

「サンクチュアリー・クリーク・インズの警備を担当している会社が、あなたのところに人を派遣して島までエスコートさせるわ」マデリンが言った。「彼はいまフェニックスにいるの。今夜早い時間にデンバーに着けるはずよ」

ダフネの電話を持つ手に力がこもった。「つまり、はっきり言えば、ボディガードってこと？」

「まあ、そういうことだわね。いろいろわかったことがあるの――祖母はあの夜の出来事のせいで殺された可能性があるの。そして今度はトム・ロマックスも死んだ」

「トムが？　おばあさまを助けていたあのやさしいおじいさんが――？」最後まで声にならなかった。十八年にわたる音信不通はさながら地獄だった。簡単には脱出できない。少しずつ少しずつ引き抜いていくほかない。

「トムが昨日の夜遅く、ホテルのロビーで殺されたの」マデリンが告げた。「倒れている彼を見つけたのはこのわたし」

「マディー」

「わたしが到着したとき、犯人はまだ現場にいたみたいなの」

「まあ」

「心配しないで。サイレンの音を聞いて逃げていったから。でも、今度はあなたから空き巣が入ってパソコンが盗まれたと聞かされた。なんでもないことかもしれないけれど、この動きの裏に何があるのか突き止める必要があるわ。あっ、そのまま切らないでいて。警備会社のトップ、ジャック・レイナーがあなたに伝えたいことがあるそうよ」

状況はさておき、ダフネから思わず笑みがこぼれた。十二歳のとき、マデリン・チェイスの話し方はすでに未来の経営者といったふうだったが、いまの物言いを聞き、彼女は目標を達成したのね、と思ったからだ。子どものころから彼女は話をすぐに要点にもっていく術を心得ていた。夢を見るのはよしなさい、ダフネ。大人になったら女優になりたいなんて思わなくなるわ。実際、スターになる可能性なんてゼロに近いのよ。それに、あなたはあたしの親友。あなたが何度も何度も整形手術を受けるなんて、考えただけで我慢ならないわ。

電話の向こうの声が代わった——今度は男性の声。いかにもプロといった冷静な語り口は、危険な相手とのわたりあい方を知り尽くしているようだ。

「ジャック・レイナーです。そこはどこ？」

「わたしのコンドミニアム。なぜ？」

「いますぐそこを出たほうがいい。荷造りしている時間はない。貴重品をまとめる時間もない――車のキー、ＩＤ、あとはバッグに入っているものだけでいい。

「どこへ行くの？」

「空港だ。あそこなら警備装置だらけだ。うちの担当者にデンバーに急行するよう指示を出してある。名前はエイブ・レイナー。ＩＤを持っている。彼があなたをクーパー島までエスコートする」

ダフネは流れるような指示の一歩先を行きたくて質問した。「レイナー？」

「弟だ。いまは空港にたどり着くことに意識を集中して。空港に到着すれば安全だ」

そのときになってようやく、ダフネは激しい感情――恐怖――の波が押し寄せてくるのを感じた。トム・ロマックスとイーディス・チェイスが死に、何者かがわたしの部屋を荒らした。ダフネの生存本能が始動した。

「了解」ダフネは言った。「いますぐ空港に向かうわ」

「車に乗るまで電話はこのままつなげておく」ジャックが言った。

ダフネは無残に荒らされたオフィスに背を向けた。階段を下りる。クルーズに持っていった荷物がまだそのまま、玄関ホールに置いてあった。機内持ち込み用キャリーバッグの取っ手をつかむ――荷造りしている余裕はないという指示にそむいたわけではない。すでに荷物が入っていたのだから。

何が起きようと、あたしたちは永遠に秘密の姉妹でいようね。

これは十二歳の怯えた少女二人がかわした誓いだった。血とパニックで彩られたある夜のおぞましい出来事によって永遠の絆で結ばれた二人の少女が。

ダフネはドアに向かって駆けだした。

信じなければならないことが世の中にはいくつかある。ほかの人間が生涯目にすることのないような暴力を目のあたりにした親友同士がかわした誓いもそのひとつだ。

そのうえ、ダフネにとってデンバーにはもう何も残っていない気もしていた。

9

ルイーザ・ウェブスターは広々したリビングルームの入り口で足を止め、夫を見た。イーガンは窓辺にたたずみ、広大な景色に見入っていた。遠くにサンファン諸島のほかの島々が見える。クーパー島のように小規模な集落が形成されている島もあるが、干潮のときにしか見えない島も数多い。

雨に打たれた日がそろそろ暮れかける時間ともなれば、薄暗い光が黒く冷たい水面をハンマーで打たれた鋼鉄へと変身させていた。島の上には雲が低く垂れこめている。クーパー島にも晴れた日がたくさんあることは知っているが、彼女とイーガンが滞在するときはいつもこんな色――無慈悲な灰色――をしている気がした。

堂々たる石造りの暖炉では火が燃えていたが、誰も部屋の明かりのスイッチは入れていなかった。

だいぶ昔のことになるが、はじめて会ったイーガンの印象を思い出した。どこから見てもひときわ目立つ魅力的な男性だった。背が高く、肩幅が広く、いかにもスポーツマンといった体軀であるうえ、長めの金髪、きれいなブルーの目、古典的な彫りの深い顔。長い年月を経たいまもそれはほとんど変わってはいない。カリスマあふれるテレビ伝道師同様、男盛りのエネルギーと円熟に達したがゆえの見識があいまってかもすイメージもうまく打ち出している。

そして成功をおさめたテレビ伝道師同様、彼は昔から聴衆——投資家、政治家、友人、女性——を手玉に取ってきた。彼には他者を信服させる天賦の才がそなわっており、そのおかげで夢を実現することができた。その才を生かしてひと財産築くことができたのだ。

並のテレビ伝道師と異なるのは、彼は相手とかわした約束——具体的には富に関するもの——のうち、少なくともいくつかは果たしてきた点だ。若いころは株式仲買人としてそこそこ豊かな生活をしてきたが、みずからのヘッジファンドを立ちあげてからは隆盛を極めた。狙いをはずすほうがむずかしいかのような投資ぶり。驚異の市場予測能力は彼を伝説へと押しあげ、政界、社交界、財界へと扉が開けた。

だが、彼の人気ファンドが仕掛けるもっともらしい罠にはある秘密が隠されていた。日に日に危険度を増していく秘密だ。外から見れば、イーガンはあいかわらず宇宙の支配者のようだが、ルイーザは本当のことを知っていた。彼が二十年前に構築した金を生み出す強大なエンジンはすでに性能が落ちはじめていた。イーガンはその状況をひそかに不安定な世界経済——予測不能な原油価格、ユーロ圏の財政問題、押し寄せる中国経済の影響——のせいにしていた。

ルイーザは彼の弁解に耳をかたむけはするものの、本当のことを知っていた。いつ投資家たちが不安を感じはじめるのかを考えてもいた。最近になってトップ・クライアント数名とのあいだに意見の相違が生じたが、大半のクライアントは月例報告書にあいかわらず満足している。なんと言おうが、報告書はいまも金の箔押しを用い、まばゆいばかりの体裁を維持していた。しかし、イーガンがいつまで客の目をごまかしつづけられるのかは疑問だ。成功していたヘッジファンドが予想どおりの道筋——いきなり下降線をたどり、しばらくはもちなおすものの、最終的にはやはりパアになる——をたどることはしばしばある。

それでも、もし彼女がイーガンについてひとつだけは知っていることがあるとしたら、それは彼が何があろうと生き残る人間だということだ。

ルイーザは薄暗い部屋に足を踏み入れた。

「トラヴィスとパトリシアが今夜の夕食に来てくれることになったわ」

イーガンが灰色の風景からこちらに向きなおった。「ゼイヴィアは?」

ルイーザは、意識のへりを亡霊のようにつねにうろついている絶望感がもたらすつぶやきを、長いあいだの習慣で難なく抑えこんだ。ゼイヴィアはもうよくなったわ。安定しているし。

「あの子のアシスタントから少し前に電話があって、残念だけど来られないって。選対チームが今日の午後にシアトルから来る予定だから、地元のレストランに連れていってお酒と食事ってことなんでしょうね。この島での暮らしの素晴らしさをチームの人たちに紹介することで、小さな町で育ったトラヴィスの感覚をメディアにうまく伝えてもらいたいと考えているのよ」

イーガンが不満げにつぶやいた。「トラヴィスもゼイヴィアもほとんどシアトルで育ったようなものだろう」

「ええ、そうね」

二人のあいだに沈黙が張りつめた。ルイーザはイーガンの女遊びがいつになってもやまないことに気づき、とうの昔に彼への愛を断ち切っていた。自分たちの関係の現実をそのときやっと受け止めたのだ。彼はわたしを本気で愛したことなど一度もなかったんだわ。彼はただひたすら彼女の美貌と家族の財産を欲し、彼女はその両方を彼に差し出したわけだが、それといっしょに心まで彼に与えるという間違いを犯した。

二人のあいだに結婚当初あったものは、はるか昔に何もかも消えてしまったが、息子二人が夫婦を永遠につなぎとめた。息子であるゼイヴィアとトラヴィスは父親がそなえた資質――際立ったルックス、ブルーの目、聴衆をうっとりさせる才能――の多くを譲り受けていた。

しかし、内面的には二人はかけ離れていた。政治の世界での輝かしい未来に期待がかかるのはトラヴィスだ。いまちょうど選挙への初出馬の準備をしているところである。そのせいでイーガンがいま、苦しい状況に追いやられていることをルイーザは知っていた。彼は心底欲しいと望んでいるものを手に入れられない事実を受け入れるのが大の苦手なのだ。

息子のどちらかひとりを上院議員にし、ゆくゆくはホワイトハウスに送りこむのが彼の長年の夢だった。イーガンの抱える問題の原因は、絶大な政治的権力を行使するのはトラヴィスではなくゼイヴィアだと早い時期から思いこんだことにあった。真の後継者――強い男、金融や政治といったタフな世界で生き残るために必要な非情さをそなえた男――はゼイヴィアだと確信してきたにもかかわらず、ゼイヴィアの欠点が底知れぬものを秘めていることが明らかになった結果、大統領執務室をめざすのはトラヴィスとなった。

イーガンがまた窓のほうを向いた。「トラヴィスには、ゼイヴィアを選対チームのマネージャーに据えたらどうかと知恵を授けておいた」

「あの子、なんて言っていた?」

「あの子がきみに話したとおりだよ」

ルイーザは胃をぎゅっとひねられたような苦しさを覚えた。「友人はそばに置け。敵はもっとそばに置け」

「今回の場合、特定の家族は監視できるところに置け、かな」イーガンが控え目にだが鼻を鳴らした。「トラヴィスの言うとおりかもしれない。トラヴィスにはもろいところがあるもののの、簡単にだまされたりはしない——少なくとも相手がゼイヴィアとなればだまされはしないから」

「ゼイヴィアはこのところずっと安定していてよ」ルイーザが言った。しかし、その口調が現実主義者というよりも母親としてのそれであることはルイーザ自身、重々承知していた。

「施設が去年からはじめた治療がうまくいってるのね。トラヴィスの選対チームの運営もあの子に方向性と集中力を与えてくれているようだし。ゼイヴィアは完璧な仕事をしてくれているってトラヴィスが言っているわ。メディアを魅了する術を心得ているそうよ」

イーガンは後ろ手を組んだ。「またつぎの……騒動が起きるのも時間の問題だということはみなわかっているがな。これまではなんとか事態を収拾してきたが、それはプライバシーという利点があったからだ。もはやそれがなくなった。もしゼイヴィアがまた騒動を起こしたりすれば、トラヴィスの出馬の機会をふいにしかねない。あってはならないことだ。そんなことになれば、危険にさらされるものが多すぎる」

「わたしたちに何ができるというの？」

「何か打つ手があるのか、さんざん考えていた。選択肢がいくつもあるわけじゃない。だが、ゼイヴィアは自分の相続財産を使えるようにしてほしいとずっと要求してきた。ヘッジファンド・ビジネスの才能があることを証明したいんだ。そこで、あの子の要求をのんでみようと思うんだ。自分の名を冠したファンドを組ませてみようじゃないか。あの子がそれで満足し、そのことで頭をいっぱいにするかもしれない。せめてトラヴィスが当選するまでそれがつづいてくれたら、それでいいだろう」

ルイーザの胸の奥のどこかで希望がちらついた。あまりに久しく感じたことのない感覚だったため、それとは気づかなかったくらいである。

「そうね……名案だわ」ルイーザはゆっくりと答えながら、じっくり考えた。「うまくいくかもしれないわね」

イーガンが顎を一度だけぐいと引いた。「ま、しばらくのあいだは」

「そうね。しばらくのあいだは」

ゼイヴィアの邪悪さは何をもってしても矯正できなかった。二人ともそれはわかっていた。夫婦のゴールデン・ボーイが再び炎上——ひょっとすると文字どおり炎上——するのも時間の問題にすぎないということもわかっていた。

ルイーザは部屋を出ていこうとドアのほうを向いた。「イヴェント・プランナーと会う約束があるの」

「イーディス・チェイスの孫娘が町に来ていると聞いたが」イーガンが振り返って言った。「あの子の名前はなんといったかな？　マーガレット？　メアリー？」

「マデリンよ」ルイーザが言った。「マデリン・チェイス」

「オーロラ・ポイント・ホテルの管理をしていた老人の遺体を発見したのはその子だそうだ

な」

ルイーザがドアのところで足を止めた。「ええ、そうよ。イーディス・チェイスが亡くなったいま、マデリンがあのホテルを売却するって噂が立ってるわ。それ以外の選択肢も含めて決めるんでしょうね、コンサルタントを連れてきているの」

「常識があるなら売却するさ」イーガンが言った。「イーディスがなぜあんな古いホテルを手放さなかったのか、理解に苦しむね」

10

「これで疑問がひとつ解けたな」ジャックは二〇九号室の壁にぽっかりと開いた穴に目を凝らした。割れた壁板と断熱材が床にちらばっている。「ブリーフケースはトム・ロマックスを殺した人間の手にわたったようだ」

「トムがしくじったと言うのを聞いたとき、わたしが恐れていたのはまさにこういう事態だったの」マデリンがかぶりを振った。「これでわたしたちはあの中身がなんだったのかを知る手がかりを完全に失ったわけね。それがいまだに危険なものなのかどうかすらわからなくなった。だって、十八年のあいだには状況もいろいろ変わるでしょう。ブリーフケースの中身がなんであったにせよ、いまとなっては人畜無害ってこともあるかもしれないわ」

ジャックはマデリンを見た。雨の日の湿った寒さに負けまいとたくさん着こみ、埃っぽい部屋の真ん中に立っていた。黒いパーカの襟は引きあげられて、表情豊かな顔と印象的な目がそこからのぞいていた。ぴりぴりするような緊張感が伝わってくる。ここでさまざまなことが起きたにもかかわらず、マデリンはいままで、殺人者はブリーフケースを発見できなかったという可能性を信じていたのだ。ジャックは彼女を慰めようとしたが、偽りの希望を提供する、という項目は職務内容を記した書類にはなかった。それだけではない、彼は根拠のない楽観的な態度を装うのが下手なのだ。

「何者かがブリーフケースを手に入れるためにトム・ロマックスを殺した。ということは、中身がなんであれ、間違いなくいまだに危険なものだった」

あからさまに語られた事実にいささかたじろぎながらも、マデリンははっきりと一度うなずいた。

「あなたの言うとおりだわ」

ジャックは腕時計に目をやった。「まだ明るい。トムの家を調べる時間はありそうだ。たしかこの敷地内のコテージに住んでいると言ったね？」

「ええ、案内するわ」マデリンは板をはがされた壁に背を向けてドアのほうへと歩いた。

「明るさについては心配する必要ないわ。ホテルの本館の電源は切ってしまったけれど、トムのコテージは電気がつくから」

ジャックはマデリンのあとについて、何百世代もの蜘蛛が張りめぐらした巣におおわれたたわんだベッドの横を進んだ。破られた壁を除けば、その客室はまるでタイムスリップしてきたかのようだ。あらゆるものが埃をまとい、窓も汚れ放題なため、ガラスごしに射しこんでくる外の明かりはごくわずかだった。

だが、床には掃いた跡があった。それも最近のようだ。

ジャックは懐中電灯を取り出してスイッチを入れ、床を照らした。かすかだが、ひと組の足跡が残っている。

「ほう」

マデリンが立ち止まった。「どうかした？」

「ブーツをはいた何者かがここに入ったのはこの数日のあいだのことだ。この足跡は床を掃除したあとについたものだ」

「トムが殺されたのは昨日よ」

「これがもしトムの足跡だとしたら、彼は最近ここに上がってきた。おそらくブリーフケースを取り出しにきたんだろう」

「そんなことってあるかしら？　こんなに長い年月が経ってから、なぜそんなことをしようとしたの？」

「とにかくトムのコテージを調べてみよう」

二人は二〇九号室をあとにし、大階段に向かって廊下を進んだ。ほとんどの客室のドアが閉じており、電気も来ていないとなると、真っ暗闇をのろのろ進むほかなかった。唯一廊下の突き当たりにある窓から射しこんでくるのが、なんとも弱々しい雨の日の自然光だ。

ジャックが懐中電灯の光を、近くのドアの錆びた金属製の部屋番号に向けた。

「昨日、きみを追いかけてきた侵入者はここの構造を知っていたと思う？」ジャックが訊いた。

マデリンはしばし考えた。「ある程度は知っていたわね。その侵入者、わたしを追ってロビーの階段の裏の廊下に入るところまでは構造を知っていた。でも、それが誰だったにせよ、厨房にある業務用階段は知らなかったみたい。何度となくつまずいたりドアをいくつも開けたり閉めたりして、やっと見つけたから、わたしはそのぶん時間稼ぎができて、客室のひとつに飛びこんでドアをがっちりロックすることができたの」

「侵入者は事前にいったいどれくらいのあいだ、ホテル周辺をうろついていたんだろう？」

「ホテルの裏手にある林の中の支線道路を見つけられるくらいはいたわけね」いかにも気味悪そうにマデリンが言った。「あそこに車が残されていたということは」

「十八年前、イーディスはなぜ地元の警察をそこまで恐れていたんだろうな？」

「少なくともわたしの知るかぎり、ブリーフケースを開けるまでは恐れてなどいなかったのよ。でも、ブリーフケースの中身を見てからは、警察に知らせてはいけないと確信したみたい」マデリンはそこでひとしきり間をおいた。「じつはわたし、ひとつだけ知っていることがあるの」

「どんなこと？」

「十八年前、この島のほとんどがイーガン・ウェブスターの所有物だったの、地元の警察も含めて。彼はヘッジファンドから出てくるお金を湯水のように使って、買収できるものはものでも人でも片っ端から買収していたのよ」

「つまりイーディスは、ブリーフケースの中身がウェブスター家に関係あるものだと知り、ウェブスター家はそれを公にはしたがらないだろうと考えたということか」

「それもわたしが何年もかけて考えた仮説のひとつだけれど、ほかにもいくつか考えたわ。暴力的なカルテルやマフィアやテロリストとつながるドラッグや現金を船積みしていたとしたらどうかしら？　でも、わたしがそういう話をしようとすると、祖母はこう言ったものよ。いい、いい、寝た子を起こすな」

二人は本館の裏口から外に出て、かつては素晴らしい庭園だったところを突っ切って歩いた。怖いおとぎ話から抜け出てきたような風景だな、とジャックは思った。植木はでたらめに伸び、はびこった雑草の勢いに負けて枯れている。島の中のいったんは文明化した部分を自然が奪還しようとしているかのようだ。

マデリンは、枯れかけたブドウの蔓《つる》がからまるかしいだ格子垣《トレリス》とトレリスのあいだの細い隙間を抜けて歩いていく。

トレリスの反対側に出ると、低い屋根がのった荒れ果てた木造の建物が見えた。小さな窓をおおった汚れは、数十年のあいだ風雨にさらされてきた証拠だ。長期にわたって誰も掃除をせずに今日に至っている。壁のひとつに車庫ふうな扉がはめこまれ、裏側の壁にはふつうのドアがついていて、南京錠でがっちりと施錠されていた。

ここが備品倉庫か、とジャックは気づいた。きっとそうだ。

いまにも全身に広がりそうな冷たい怒りを必死で押し殺した。思い出したのだ。ここでイーディス・チェイスとトム・ロマックスがマデリンを襲った男を殺害したことを。

「ここがトムの家よ」何軒か並ぶ小さく素朴な建物のうち、最初のコテージをマデリンが指し示した。「窓に板を打ちつけてないのはこの一軒だけ」

岩がごつごつした海岸を見おろす絶壁の上に建つ古風で小さなコテージは、かつてはその居心地よさそうな趣《おもむき》が客を手招きしていたのだろう。だが、いまとなってはオーロラ岬を舞台にした背筋がぞっとするおとぎ話の要素のひとつにすぎなくなった。

建ち並ぶコテージ群の裏手は鬱蒼とした林になっている。そのとき、ジャックの目が東屋をとらえた。

「ひょっとしてあれが――?」質問は途中でとぎれた。

「ええ」

マデリンが東屋に視線を向けることはなかった。そういえば、備品倉庫を通ったときも目をそらしたままだった。

コテージの玄関側に回り、階段をのぼった。マデリンがドアの取っ手に手をかけると、すんなりと回った。だが、マデリンはそのまま動こうとしない。

「覚悟してね」マデリンが言った。「十八年前、トムはなんでもためこむ人だったの。それと、写真が大好きで、撮った写真は一枚たりとも捨てたことがなかった」

「了解」ジャックが応じた。

マデリンがドアを開け、狭く暗い玄関に足を踏み入れた。スイッチを押すと、暗がりのどこかにぼんやりとした明かりが点灯した。数十年のあいだにたまったもののあいだからじめじめとしたかび臭い毒気が渦を巻きながら立ちのぼってきた。

「うっ」マデリンが鼻にしわを寄せた。

ジャックはマデリンをちらっと見た。「心配いらない。ここに死体があれば、こんなにおいじゃない」

マデリンがぎくりとしたような目で素早くジャックを見た。「いいことを教えていただいたわ。楽しい所見をありがとう。ごみ屋敷と死体のにおいの違いはどこで学んだのかしら？」

「以前ＦＢＩのコンサルティングをしていたからね。憶えてる？」

「祖母に聞いたわ。でも、美術品詐欺やオンラインギャンブルに関与している人たちをプロファイリングするなんて印象、あなたから受けなかったわね」

「いや、そういう仕事もときには手がけたよ。そうしょっちゅうってわけじゃないが。ぼくがいた会社は、そういうのとは違う部類の悪党の行動分析を専門にしていたから」

マデリンが小さく口笛を吹いた。「連続殺人犯ね」

「少し前に進む道を変えた」

「なぜだかわかる気がするわ」

ジャックがちょっとびっくりした顔をした。「そいつはどうも。みんながみんな、わかってくれるわけじゃない」

「みんなテレビの観すぎなのよ」マデリンが片手を大きく回し、コテージの内部を示した。「あなたの経験に基づけば、この家は何を語っているのかしら?」

ジャックは室内に目を凝らした。「ロマックスのなんでもためこむ癖は十八年経っても直らなかったってことかな。それから、きみが言っていた写真が好きで云々って状況もどういうことかよくわかった」

コテージ内の家具は明らかにかつてホテルで使われていたものだった——くたびれた革がみすぼらしい肘掛椅子、シェードが黄ばんで破れたランプ、さまざまな時代のカーペットがちぐはぐに敷かれた床、カーテンは色褪せた花柄。

所狭しと詰めこまれているのは、被害妄想との境界線をさまよいながら生きてきた男がためこんだガラクタだ。ぼろぼろに黄ばんだ古新聞が隅という隅にうずたかく積みあげられ、本と雑誌もそこここに山をなしている。プラスチック製の箱には多種多様な電球や小型電池がいっぱい入っているが、おそらくどれももう使えなそうだ。一世紀間に受け取ったものと思われる郵便物――請求書、カタログ、寄付の要請――がいくつもの古びた荷造り用の箱からあふれている。

さらにそこらじゅうにちらばる、さまざまなものを写したいろいろなサイズの写真――黒白、セピア色、カラー。被写体は、ジャックが見るかぎり、主としてクーパー島の風景だ。北極光が島にかかるドラマチックな瞬間を写したものもある――夜空をたゆたう緑と紫の波、その壮大な眺めを色鮮やかにとらえた一連の写真。猛り狂う嵐を写した目を見張るばかりの写真。オーロラ・ポイント・ホテルの改装や荒廃、幾多の変遷を情緒的にとらえた写真。

一ダースあまりのプリントがフレームにおさめられて壁に飾られている。

「トムは数少ないお気に入りの写真にだけ」マデリンの解説が加わった。「サインをしたの。自分を芸術家だと思っていたわ。ここは彼の個展の画廊なのよ」

人間を写した写真は数えるほどしかなく、そのほとんどが同じ人物――そろそろ女性になりかける年頃の少女たち――である。岩がごつごつした浜辺を少女たちが天真爛漫に駆けている写真が何枚かあり、同じ二人が絶壁の上で夢見るように静かにすわる写真も何枚かあった。日の出や日没を背景に二人がシルエットで浮かぶ写真も。だが、どの写真にもすべて、遠くに嵐の前触れとも言える雲が写っていた。

どの写真からも伝わってくるものはみな同じだ。少女たちの天真爛漫さのうつろいやすさ。生きていくことの現実が、嵐という形で彼女たちに迫りつつあった。

ジャックがマデリンを見た。「きみとダフネかな?」

「ええ」マデリンの口もとが悲しげに微笑んだ。「トムはカメラが大好きだったけど、人間を撮るのは好きじゃなかったの。いちばん好んで撮っていたのが風景だった。でも、祖母がわたしとダフネを撮ってほしいってたのんだのよ。この子たちが自分の子どもたちにわたせるようにしたいからって。そしたらトムが引き受けてくれたんだけれど、結局、わたしたちはそれを持たずに島を離れてしまったの。つまり、わたしたち、クーパー島やホテルを思い出すようなものは身近に置きたくなかったんだと思うわ」

「わかるよ」

ジャックが写真から目をそらした。

「見たところ、トムは何ひとつ捨てなかったみたい」マデリンが言った。

「偏執症だったんだよ、彼は。被害妄想的な人間は、冗談じゃなくものをごみ箱に捨てるのが怖いんだ。誰かがいつ何か——銀行の預金口座番号とか、名誉を傷つける写真とか——を見つけて、それを使って自分を脅しにこないともかぎらないと考えている。きみには想像がつかないと思うが」

マデリンがかすかな笑みを浮かべた。「あなたはそういうタイプの人間を何人も扱ってきたような口ぶりね」

「まあ、そうだ。ぼくが好きなタイプの容疑者と言っていい。つねに手がかりが山ほどある」

「けっして捨てない人たちだから。なるほどね」

「明日になったらもっと詳しく調べよう。いまはただ、この家の雰囲気を知っておきたいんだ」

ジャックはリビングルームを抜けて、ミニチュアキッチンへと入った。ポットや鍋などはたくさんあるわけでなく、皿やカップや銀器もほんのいくつか置かれているだけだった。どれもホテルの厨房から持ってきたもののようだ。

冷蔵庫はほぼ空っぽだが、古ぼけた冷凍庫にあふれんばかりの冷凍食品が詰めこまれ、戸棚には缶詰がぎっしり並んでいる。壁に昔ながらのカレンダーがピンで留められていた。ジャックはそれを手に取り、ぱらぱらと素早く繰った。ざっと見たかぎりでは、どの日付の欄にも手がかりになりそうなメモなどは記されていない。それでもそれをくるくるっと丸めて、ジャケットの内ポケットに入れた。

そろそろ引きあげようとしたそのとき、壁に画鋲で留められた新聞記事に目がいった。上品な夫婦がピクニックバスケットを前ににこやかに微笑んでいる写真がある。

パトリシア・ウェブスター、地域のピクニックで
手づくりコーンブレッドのレシピを公開

マデリンがドアのところに立っていた。「何か興味あるものを見つけたとか?」

「こいつはコーンブレッドのレシピだが」ジャックはもう一度キッチン内をせわしく見まわした。「トムが料理が好きだったとは思えなくてね」

「わたしもそんな記憶はないわ」マデリンがキッチンに入ってきて、新聞の写真に目をやった。「あら、トラヴィス・ウェブスターはこんなふうになったのね。父親を若返らせたみたい」

「トムはなぜレシピを切り抜いたんだろう?」

「わからないわ」

ジャックは記事に目を通した。

……島在住のトラヴィス・ウェブスターの新婦、パトリシア・ウェブスターが毎年恒例のクーパー・デイズ・ピクニックにコーンブレッドを詰めたバスケットを携えて参加したところ、それが参加者たちの絶賛を浴びた。するとミセス・ウェブスターはみなの要望に応え、このコーンブレッドは一家に古くから伝わる秘密の材料を使ったものだと前置きして……

ジャックは材料の一覧を読んだ。「ほう」

「なあに?」

「パトリシア・ウェブスターのコーンブレッドの秘密の材料はサワークリームだとさ」

マデリンが眉をきゅっと吊りあげた。「それがどうかしたの？」

「ああ、これは問題ありだな。コーンブレッドにはルールがいくつかある」

「サワークリームはだめなの？」

「ぼくのコーンブレッドには入れない」

「まあ、すごい」マデリンがにっこりした。「あなたが料理だなんて」

「それがどうかした？」

「ううん。ぜひ食べてみたいわ」

マデリンの冷やかすような陽気な口調をどう理解したらいいのか、ジャックはわからなかった。ひょっとしてこっちをその気にさせようとしているのかもしれないとも思ったが、怖くて訊けなかった。

ジャックはキッチンをあとにし、廊下を進んでバスルームに行った。

狭苦しい空間だから、そう長い時間はいなかった。そこもまた、ハルマゲドンにつづく過酷な時代をも生き延びられそうなほどのビニール包装されたままの大量のトイレットペーパーを含む種々雑多なものが押しこまれていた。

最後はベッドルームだ。ジャックはしばしベッドをじっくりと見た。

「枕はひとつだな」

マデリンがドアのところにやってきた。「どういう意味?」

「たぶん恋人はいないといったきみは正しかったってことだ。少なくとも定期的にここで夜を過ごす恋人はいない」

ジャックはベッドに沿って回り、クロゼットのドアを開けた。中に吊るされた服は予想どおりのものばかり――まったく同じ格子縞のフランネル地のシャツが数枚と、これまたまったく同じ、はきこんだツイル地のズボンが半ダースほど――だ。

そしてワークブーツ。

すり減ってよれよれのワークブーツが二足。同じブランド。同じ形。同じ時期に製造されたものだ。

ジャックはブーツをひとつ手に取り、底を調べる。ペンを使って長さを測った。顔を上げると、マデリンがあきらめ顔で彼のすることを見ていた。

「あれはトムだったの?」

「われわれの前に二〇九号室に最後に入ったのはトムだったという仮説は有力だと思う」

「問題は、トムがなぜそんなことをしたのか、いまになってなぜ、ということよね?」マデリンはそこで間をおいた。「それじゃ、あの部屋の床を掃いたのは誰かしら?」

「誰であれ、ブリーフケースをいま持っているやつが床を掃いた――自分の足跡を消すために」

11

ダフネは携帯を耳に押し当てたまま、フェニックス発の到着便から降りてきた乗客の流れに目を凝らした。警備のエスコートがどんな風貌なのか想像もつかなかったが、エイブ・レイナーはおそらく、ナイトクラブの用心棒かフットボール・プレイヤーふうな男なのでは、と予想していた。

おたくっぽい黒縁の眼鏡をかけ、バックパックを背負い、パソコンケースを手にした小柄な男にしばし目がいった。その外見をもとに反射的に人物像を想定してみる。子どものころから遊びでやっていたゲームだ。カーゴパンツのたくさんのポケットをハイテク機器でふくらませ、半袖のスポーツシャツにスニーカー。黒い髪を首の後ろで革紐を使ってポニーテールに結っている。最後の仕上げは、相当着こんだスエードのジャケットとターコイズが控えめにあしらわれたループタイである。

だが、男の身のこなしからは彼がちかちかするパソコン画面の前にすわりっぱなしではないことが伝わってくる。コンピュータおたくと西部の男の合体ね、とダフネは結論を下した。

こんなに緊張していないときならば、なんともちぐはぐなファッション感覚に苦笑のひとつも浮かべていたはずだ。

飛行機を降りてきたほかの男たちに目を戻し、再び観察をつづけた。エイブ・レイナーについてわかっていることはたったひとつ、彼が男性で、到着したらＩＤを見せるということだけだ。状況を考えれば無理もない。もしかしたらすべて勘違いだったのかもしれない。もしかしたら大した根拠もなく恐慌をきたしてしまっただけなのかもしれない。もしかしたら正気を失いかけていたのかもしれない。

アリゾナ訛りの男性的な声が背後から聞こえた。

「ダフネ・ナイト？」

ダフネはぎくりとし、一インチか二インチほど跳びあがった。瞬時にして闘争《ファイト》か逃走《フライト》かのモードに入った。心臓をどきどきさせながら、声の主を探して周囲をきょろきょろと見まわす。

コンピュータおたくと西部の男が合体した姿がそこにあった。彼は申し訳なさそうに眼鏡を少しだけ上に押しあげた。

「失礼。驚かすつもりはなかったんだけれど」と彼が言った。「エイブ・レイナーです。ぼくのほうはジャックから送られてきたあなたの写真を見たもので。そうそう、ＩＤを見せなきゃな」

「ミスター・レイナー」ダフネは気持ちを落ち着かせ、姿勢を正した。

きちんと立つと、エイブ・レイナーはダフネより一、二インチ背が低いうえ、どこから見てもナイトクラブの用心棒やフットボール・プレイヤーには見えない。だが、痩せてはいてもたくましく、エネルギーがあふれている。パソコンで解決すべきつぎの問題が提示されるのが待ち遠しいとでもいったふうだ。頭の中の彼にまた新たなイメージが追加された。たぶん彼はすごく大型の拳銃を持っている。先端をいく警備会社の社員ともなれば、相当な腕前と見てよさそうだ。

もし自分の能力が値踏みされていることに気づいていたとしても、彼はそんな素振りはいっさい見せず、ただ無言でＩＤを差し出した。ダフネはアリゾナ州の免許証に目をやったあと、名刺をしっかりとチェックした。

レイナー・リスク・マネージメント　情報アナリスト
エイブラハム・ラファエル・レイナー

名刺から視線を上げると、エイブと目が合った。黒い目だ。ダフネの反応をちょっとおもしろがっているように見える。

「情報アナリストって厳密にはどういうことをなさるの、ミスター・レイナー？」

「情報を分析してます。エイブと呼んでください」

「わかったわ」そう言いながら、ダフネは彼にIDを返した。「わたしのことはダフネと呼んで」

「はじめまして、ダフネ。こんな状況なのが残念です。あなたの親友だったマデリンがよろしくと言ってました。再会の瞬間が心底待ち遠しいとも。シアトル行きの便まで一時間半あるけど、コーヒーと何かちょっと食べるっていうのはどうですか？　あなたはどうだか知らないけれど、ぼくは腹ぺこで」

「わたしはコーヒーだけでいいわ。おなかがすいてないの」

気がつけば、すらすらと答えていた。このところずっと、それほどの空腹を感じたことがなかった。

エイブが訝《いぶか》しげに目をやや細めた。食べ物に対する無関心が信じられないといったふうだが、何も言わなかった。

「どこかすわって話せるところを探そう。おそらく質問したいことがいっぱいあるだろうからね。ぼくはその全部に答えられるわけじゃないが、たぶんあなたが興味をもちそうな話はできる」

「どういうこと？」

「ぼくたちに関する作り話」

「作り話？」

「ああ」エイブはダフネの機内持ち込み用のキャリーバッグの取っ手をつかみ、コンコースを歩きはじめた。「レイナー・リスク・マネージメントでは、こと警備に関しては先を見越して行動することが重要だと考えている。そこで今回、あなたはホテル・コンサルタントという名目で動いたらどうでしょう？」

ダフネはほかにどうすることもできず、急ぎ足でエイブと歩調を合わせた。

「作り話？」もう一度繰り返しながら、なおもすさまじい速さで変わっていく自分を取り巻く世界に順応しなければと必死だった。

「ぼくたち四人がいきなりクーパー島に押しかけるに当たっては、しかるべき理由がないとまずいとジャックは考えてます。それで、ぼくたちはとりあえずマデリンのホテルのコンサルタントとして行こうということになっていまして」

「コンサルタントって、いったいなんの？」

「基本的にはこういう考えです。マデリンが老朽化したオーロラ・ポイント・ホテルの土地と建物をどうするか——修復するか売却するか——を決断するに当たって、ぼくらを呼び寄せたという設定です」

「そんなこと、簡単だわ」ダフネのバッグのストラップを持つ手に力がこもった。「わたしのアドバイスは売却よ」

「なるほど？　それはなぜ？」

「あなたこそ、なぜ？　廃墟と化したホテルよ。幽霊が出るわ」

エイブがうなずいた。「売却するにはじゅうぶんな理由だ」

エイブはダフネの先に立って空港内のレストランのひとつに入り、小ぶりなテーブル席に彼女をすわらせた。自分は向かい側に腰を下ろしてパソコンのケースを開く。ダフネは彼が小型パソコンを取り出すのを眺めるうちに、漠然とした好奇心がわいてきた。身に覚えのあるこうした感覚が、ほんのわずかにとはいえ、うごめくのを感じたのは一年ぶりのことだった。

「この秘密調査についてもっと教えて」ダフネが言った。

「ああ、もちろん」エイブはメニューを手に取った。「食べるものを何か注文したらすぐに」

ウェイターがやってきた。ダフネには何も相談せず、エイブはコーヒー二つとグリルド・チーズ・サンドイッチ二つを注文した。

「さっき言ったと思うけど、わたし、おなかはすいてないの」ダフネが言った。

「心配しなくていい。あなたが食べなければ、ぼくが食べるから。さ、それじゃ、秘密調査の話をしよう」

ダフネはあたりにちらちらと目をやった。彼女の声が聞こえる距離には誰もいなかったが、それでも声をひそめてテーブルに身を乗り出した。

「あなた、銃は持ってるの？」ささやき声で訊いた。

「もちろん、ないよ」エイブはパソコン画面から顔を上げようともしない。「民間機で到着して、荷物は検査に引っかからなかったんだから、わかるだろ？」

「そうだわね。でも、飛行機に乗らないときはどう？」

「いまは現代だからね。ボスが言うには、私立探偵はもう武器は携帯しないそうだ。調査はパソコンとデータ分析に基づいておこなう」

「そのボスって、あなたのお兄さん？」

「そのとおり」

「それはそれでけっこうなことだけれど、わたしたちが向こうに回そうとしているのはすごく危険な人物でしょう」

「ぼくといっしょにいれば大丈夫だよ、ダフネ」エイブが満面の笑みを浮かべた。「ぼくはその道の専門家だから」

「でも、わたしの家で調べるわけにはいかないのね？」

「そりゃそうさ」

エイブ・レイナーはわたしをいらいらさせようとしている、とダフネは考えた。だが一方で、彼にはどこかしらこちらを安心させるような雰囲気もある。

サンドイッチが運ばれてくると、ダフネは何も考えずにひとつつまんで口に運んだ。チーズがあたたかくとろりとしていて、パンはカリッと狐色になるまで焼いてある。

最初の半分を食べ終わり、残りの半分に手を伸ばした。

そんなダフネをエイブは抜け目ない面持ちで見ている。

ダフネがサンドイッチをぐっと飲みこむ。

「なあに？」

「そのサンドイッチ、どう？」エイブがさりげなさすぎるほどさりげなく訊いた。

ダフネはすでに一部を食べてしまった手の中のサンドイッチをまじまじと見て、いささか驚いた。空港にあるレストランのサンドイッチにすぎないのに、こんなにおいしいものは久しく――実際には一年――食べたことがなかった。

「おいしいわ。とってもおいしい」ダフネが言った。

「たぶん、やっぱり腹ぺこだったんだろうな」

「そうかもしれないわ。アドレナリンのせいかもしれないし。とっても長い一日だったの」

「知ってる。ジャックから聞いたが、きみの家に空き巣が入ったそうだね」エイブが言った。

「最後にきちんとした食事をしたのはいつだったのかな？」

「今朝はヨーグルトを少し。どうしてわたしが食べたものなんかに興味が？」

「ちょっと細すぎる気がするからね。それだけのことだ」

ダフネは頬がぽっと熱くなるのを感じた。「クライアントの外見について、よけいなことを言ったりしちゃいけないって誰かに言われたことはないの?」

「ないね。そんな決まりがあるのかな?」

「間違いなくあるわ。話題を変えたほうがよさそうね。クーパー島で何が起きているのか、聞かせてちょうだい」

「まだ確実なことはわからないが、きみの親友マデリンによれば、十八年前の出来事につながることが起きたらしい」

「ママがいつも言っていたわ。あの夜がいずれよみがえって、わたしたちを苦しめることになるだろうって」

12

「あなたの弟のおかげで、いやでも神経質になってしまうわ」パトリシアが言った。

トラヴィスはパトリシアが片方の耳たぶにピアスを通すのを眺めていた。手際のよいわずかな動きながら優雅な女らしさがにじんでいる。美しい妻はすることなすことすべてが優雅で女らしい、とトラヴィスは思っていた。選挙活動がはじまれば、メディアはすぐさま彼女に夢中になるはずだ。

「ぼくだってゼイヴィアには神経をぴりぴりさせられている」トラヴィスは鏡に映るパトリシアと目を合わせた。「ちくしょう、あいつのおかげで家族みんながぴりぴりさせられてる」

パトリシアが同情をこめて笑みをたたえた。「そうね」

もう片方のピアスに手を伸ばす。

軽やかなブロンドの髪とすっきりとスレンダーな体形で、デザイナー・ブランドの服をスーパーモデルさながらの洗練された落ち着きをもって着こなしている。細長く華奢な顎、貴族的な申し分のない鼻、ぱっちりした青い目は目尻がわずかに吊りあがっている。しかしながら、何にもまして重要な彼女の資質は、これからはじまる選挙戦を勝ち抜くために必要な精神力と野心だ。

二人は一年前、シアトルで催されたある慈善パーティーで共通の友だちに紹介されて出会った。トラヴィスはすぐさま、パトリシアこそ候補者の妻として完璧な女性だと直感したが、以来思ったとおり、彼女は抜け目のないパートナーであることを証明してみせてくれた。

そのうえ、今回は一週間のクーパー島滞在に不満ひとつもらさずについてきてくれたことにトラヴィスは感謝していた。どう見ても地球上でいちばんわくわくさせてくれる土地とは思えない。しかし、メディアが候補者に対して好ましいイメージをもってくれるかどうかが勝敗を左右するという点で、スタッフの意見は一致した。とにかく今週は、彼が堅実な家族と固い絆で結ばれており、田舎町の純朴な価値観をしっかり身につけているということを行動で示すための一週間なのだ。二日前に島に到着してからずっと、パトリシアはじつに堂々と島の風景や地元民との交流を楽しんでいるふりをしていた。

もちろん、それは簡単な役回りだ。本当の演技力を要するのは彼の家族――とりわけ弟――との接し方だった。

「ゼイヴィアをいつまでもいまのポジションに据えておくわけにはいかないわ」パトリシアは手にしたピアスを耳たぶに通した。「この数カ月はこれまでにないほど安定した状態だったけれど、いずれまた急変するわ。もしタイミングが悪ければ――それがもたらすダメージが大きすぎれば——これまでわたしたちが必死で築いてきたものがすべて水の泡になってしまうのよ」

トラヴィスは妻の後ろに行って立ち、両手をしなやかな曲線を描くウエストに当てた。

「ぼくを信じてくれ。わかってはいるが、あいつをどうしたものか、名案が浮かぶまでは目を離さずにいるのが得策だと思うんだ。そのためには選挙活動に彼を参加させるのがいちばんいい方法だ」

パトリシアが眉をきゅっと吊りあげた。「感心したのは、彼、メディア対策をプロデュースする腕はなかなかなのよ」

「昔から人たらしだったからな。認めたくはないが、あいつレベルの人たらしともなると、メディアなんかちょろいものなのさ。一日二十四時間週七日動いてるニュースってけだものは、基本的には毎日餌付けをしなけりゃならない。となれば、ゼイヴィアみたいな——およそささいな言動を、候補者が立派で先見の明があって献身的な人間に見えるように組み立てることができる——やつは最高の飼育係ってわけだ」

パトリシアが声をあげて笑った。「あなたは間違いなく、立派で先見の明があって献身的な人よ」

「そいつはどうも」トラヴィスが前かがみになってパトリシアの喉もとにキスをした。「妻からそういう言葉を聞くのはうれしいよ」

パトリシアが真顔になった。「わたしが心配しているのはね、ゼイヴィアがあなたに敵意を感じたときは――感じたとしたら、って仮定ではなくて――彼はそのへんは上手だから、わたしたちは手遅れになるまで何が起きているのか気がつかないだろうってことなの。彼としては、メディアに向けて事実をちょっとだけ曲げた話をいくつかするだけでいいんですもの。彼のことだからそんな話くらい難なくでっちあげるでしょうけど、それはそれでかまわない。でも、いったん噂が広がってしまって、止めることができなくなれば厳しいわよ」

「ぼくを信じてくれよ。ゼイヴィアがどこまで危険な存在になりえるかは重々承知している。しかし、ぼくはあいつを知っているんだ、パトリシア。あいつが生まれた日からずっとあいつを観察してきたと言ってもいい。自分の身を守るためには、あいつの言動を事前に予測する必要があった。だから、あいつの引き金と引火点を知っている。前兆がわかるんだ。ぼくを信じてくれ。あいつはぼくの目が届くところに置いておくほうがいい。目立たないようにどこか陰にひそませておくほうがよっぽど危険だ」

「彼、あなたに嫉妬しているのね」

「昔からそうなんだ。後継者として王座にすわるゴールデン・ボーイと目されていたのはあいつだった。父さんが上院に、そしてゆくゆくはホワイトハウスへと送りこみたかった息子はあいつだった。ぼくじゃなく」

「ご両親は彼がどれほど危険かをご存じなの？」

「ああ、ある程度はわかっていると思う。だが二人とも、ゼイヴィアには治療法がないとは認めたくないんだ。内心ではまだあいつをわが家のゴールデン・ボーイだと思っている。だから二人はあいつをなんとかさせなくてはと、もう何年も前からずっとカウンセリング、薬物療法、リハビリにひと財産注ぎこんできて、最終的には民間の精神科病院に閉じこめてしまった。周囲にはとびきり高額な寄宿学校に入れたと言っていたが、あれは嘘だ」

「何かあったの？」

「一年後、その施設がもう完治したと言って、あいつを家に送り返してきた」トラヴィスは肩をすくめた。「父さんと母さんはすぐまた施設に送り返した。その結果、あいつは十代の大半をそこで送り、その後家に帰ってきたのは数回だけだ」

「ご両親にとってはさぞかしショックだったでしょうね」パトリシアが言った。

「問題はゼイヴィアがとんでもない役者だという点にある。毎回、施設から帰ってくるときはまったく正常に見える。安定しているんだ。自制心を取りもどしている。だが、見え透いた芝居がいつまでもつづくはずがない。父さんと母さんもわかっているんだと思う。これまであいつのサイクルが何度となく繰り返されるのを見てきた二人だ。遅かれ早かれまた爆発すると思っている」

「これまで怒りが爆発したときに人を殺さなかっただけでも、本当に幸運だったと思わなくてはいけないのね、たぶん」

トラヴィスがパトリシアのウエストに当てていた手を離した。「本当のことを言おうか？ぼくはあいつが人殺しをしたことがないとは言いきれない」

パトリシアがくるりと振り向き、目を大きく見開いた。「あなた、それ、本気で言ってるの？」

「弟のことで冗談なんか言わないさ。だが、ゼイヴィアは悪がしこくて、生存本能が研ぎ澄まされているんだ。もし殺人を犯したことがあるとしても、間違いなく証拠は何ひとつ残しちゃいない。ぼくたちにとっては、いいニュースだろう。ゼイヴィアが逮捕されるなんてことは、まあ、ありえないわけだから」

パトリシアの肩からすっと力が抜けた。「とにかく彼に関しては、何かしら手を打たなくてはならないわ」

「わかってるよ」トラヴィスは向きなおってクロゼットに近づき、シャツを選んだ。

「ぐずぐずせずに」

「ぐずぐずなんかしないさ」トラヴィスは請けあった。「母さんと父さんに言っておくよ。これまでずっとあいつをなんとかしてきたんだから」

「彼にあなたの将来を台なしにさせるわけにはいかないの」

「ぼくを信じてくれ。あの二人がそんなことをさせるはずがない」

妻の完璧さは憎いほどだ、とトラヴィスはボタンを留めながら思った。ただし、ささやかながらひとつだけ、彼を不安にさせることがあった。それは、危険な弟の存在が手に余るお荷物だと判断を下したら、彼女は去っていくだろうとの確信だ。パトリシアのような女性は負け犬のそばにとどまったりはしない。

13

「もちろん、憶えているわよ、マデリン」ヘザー・ランブリックが湯気がもうもうと立つレストランの厨房から、シェフ用エプロンで手を拭きながら出てきた。「クラブ・シャックへようこそ」ヘザーはマデリンを引き寄せてやさしくハグした。「おばあさまのこと、お悔やみを申しあげるわ。わたし、昔からあの方が大好きだったの。わたしがどうしても仕事を見つけなくては、と職探しをしていたとき、おばあさまが雇ってくださったのよ。知っているでしょ」

「ええ、祖母らしいわ。いまはただ寂しくて」マデリンが言った。

「素晴らしい人を亡くすって寂しいわ。そういうものなのよ」ヘザーが一歩あとずさってから、マデリンを頭のてっぺんから爪先までまじまじと見た。「まあ、見違えるほど立派になって。クーパー島を出ていったときはまだほんの子どもだったもの」

ヘザーは五十代半ば。マデリンの記憶にある彼女は働き者のシングルマザーで、いつも疲れた顔をして少なからずぴりぴりしていた。息子を育てるために二つの仕事をかけもちしていた。昼間はクラブ・シャックのカウンターの後ろに立ち、夜になるとオーロラ・ポイント・ホテルの夕食のシフトで働いていた。

「またお目にかかれてうれしいわ、ヘザー」マデリンが微笑みかけた。「お元気そう」

実際、ヘザーはすごく元気そうだった。厨房の熱気で顔が火照っているだけでなく、もはや十八年前の絶望と不安を抱えた女でないことは一目瞭然だった。現在のヘザーは自分の人生を思いどおりに生きているように見えた。

そのとき、ヘザーがジャックに好奇心に満ちた視線を向けていることに突然気づいた。

「こちらはジャック・レイナー」マデリンはすかさず言った。「ホテル経営のコンサルタントなの。オーロラ・ポイント・ホテルをどうするかを決めるに当たって、彼に相談したくていっしょに来てもらったわけ」

ヘザーが満面に笑みをたたえた。「どうぞよろしく、ジャック」

ジャックは軽く会釈した。「こちらこそ。ところでヘザー」厨房のほうにちらっと目をやる。「何をつくっていたところなのか知りませんが、すごくいいにおいですね」

ヘザーが顔を輝かせた。「特製のシーフード・チャウダーよ。サワードー・ブレッド付き」

「ぼくはそれをいただきます」ジャックが言った。「まず最初に」

ヘザーがくすくす笑った。「メニューはごらんにならなくていいの？」

「これから見ますが、そのチャウダーはもう決めました」

「わたしもそれをいただくわ」マデリンが言った。

「はい、承知いたしました」ヘザーはマデリンとジャックに手ぶりでブースを示した。「あちらのお席にどうぞ。そのほかの注文はいまトリシャに取りにこさせるわ。今夜はお客さまがあまり多くないけど、明日からの週末は町に人があふれるの。この店も週末は観光客がいっぱいやってくるわ」

「新しいお店やバーがいろいろできたのね」マデリンが言った。

ヘザーが厨房に姿を消したかと思うと、まもなくサービス窓の向こう側から顔をのぞかせた。

「もう聞いたかもしれないけど、トラヴィス・ウェブスターが上院議員に立候補するの」

マデリンは赤いビニール張りのシートに腰を下ろした。「ええ、聞いたわ」

「今週末、クーパー岬のウェブスター邸で大きなパーティーが開かれるのよ。つまり、ワシントン州のこの島育ちの少年がもうひとつのワシントンに進出するってわけだから」

「ケータリングはあなたが？」

「まさか。とんでもないわ」ヘザーが目を真ん丸くした。「シアトルからわざわざケータリング業者を連れてくるのよ。地元の料理人じゃ、寄付をしてくれそうな大金持ちやメディアに印象づけられないというわけでしょうね。でもね、わたしたちもたっぷりのおこぼれにあずかれるわ。そういう人たち以外もみんな食べなくちゃいけないんですもの」

若いウェイトレスがゆったりした足取りで近づいてきた。「お飲み物はなんにいたしましょうか?」

ジャックはビールを注文した。

「わたしは赤がいいわ。こちらのお薦めのをグラスで」マデリンが言った。

「はい、かしこまりました」

ウェイトレスは隣のバーのほうへと足早に姿を消した。

マデリンはサービス窓の向こう側で動きまわるヘザーを眺めた。

「あなたはいずれ自分のレストランをもつだろうって祖母はいつも言っていたのよ、ヘザー。つぎからつぎへと質問をぶつけてきたり、厨房の仕事がどんなふうに進められていくのかをじっと眺めたりしていたそうね」

ヘザーが白髪がまじりはじめた眉を吊りあげた。「オーナーが亡くなったあと、この店を買うために必要だったお金をおばあさまが無利子で貸してくださったこともあなたに話してらした?」

「いいえ、そんなことはひと言も」マデリンの視界が突然涙でうるんだが、涙は出てこなかった。「祖母には昔から才能のある人を見分ける目があったの」

「ありがとう。でもね、さっきも言ったけど、おばあさまは素晴らしい方だったのよ」ヘザーがかぶりを振った。「あなたが昨日ここに来て、死にかけたトム・ロマックスを発見しただなんて信じられないわ」

「ニュースが伝わるのは速いのね」

ヘザーが鼻を鳴らした。「小さな町だもの」少し間をとって窓から店内をざっと見わたした。「噂じゃ、居直り強盗だとか。気の毒に」

「どうもそうらしいの」

「ひどい話だわ」ヘザーがまたかぶりを振った。「トムは昔からちょっと変わっていたけど、無害な人だったわ」

「警官のひとりが言っていたけど、トムはいままでにもまして変人になっていたみたいね」

「あら、そうかしら？」ヘザーは驚いたようだ。「わたしに言わせれば、最後に見かけた二回ほどはそんなことはなかったわよ。実際、ふつう以上に元気そうだったけど」

「どんなふうに？」ジャックが訊いた。

マデリンはジャックに一瞥を投げた。はじめて積極的に会話に入ってきたからだ。

ヘザーはしばし口をつぐみ、みずからの発言の根拠を探しているようだったが、最後は肩をすくめた。

「説明するのはむずかしいわ。小さなことばかりなのよ。数カ月前にタリーの床屋から出てきたところを見かけたけれど、もう何年もあんなふうにきちんと髪を切ったあの人を見たことはなかったわ。ひげもまた毎日きちんと剃っているみたいだった。わたし、あの人をちょっとからかったの。恋人でもできたのかって訊いたのよ」

「彼の反応はどんなふうでしたか?」ジャックが訊いた。

「顔を赤らめながら、あんたにゃ関係ないだろうって言って、あのおんぼろトラックで走り去っていったの。後味が悪くてね。恋人なんてことであの人をからかうんじゃなかったわ」

ウェイトレスがビールと赤ワインをテーブルに運んできたちょうどそのとき、店の入り口のドアが開き、店内に湿った夜気が吹きこんできた。ぞろぞろと入ってきた客はほとんどがスタイリッシュな黒い服に身を包み、やたらと目を引く最新ハイテク機器を抱えている。スマートフォンのメッセージをチェックしている者が数人、そのほかは互いにめまぐるしいほどの早口で何やら言いあっている。たまたま小耳にはさんだ人たちに、自分たちは重要な会話をかわしている重要人物であることをわからせる狙いがあるようだ。

「……インタビューがつづくから、一社せいぜい五分だな。明確にさせるべき点はウェブスターがここに来たのは家族の行事が……」

「……話の要点をまとめたものを用意しておかないとな。家族と過ごす充実の時間がいかに大切かってことを……」

「……固い絆で結ばれた家族とのどかな田舎町って空気が狙いだから……」

一団の中にひとり、際立って目を引く男がいた。しゃれた黒い服とブロンドの髪のせいばかりではなく、彼が周囲に向かって放つエネルギーがそうさせていた。マデリンはこの十八年間、ゼイヴィア・ウェブスターを見たことはなかったが、イーガンとルイーザ・ウェブスターの下の息子であることはすぐにわかった。子どものころ、ゼイヴィアははっとするほどの美少年だった。長じた現在は信じられないほど美しい青年となり、ロックスターのような並はずれたオーラを放っている。髪に何カ所かハイライトを入れていることは間違いない。

「バーはこちらですよ、皆さん」ゼイヴィアが大きな声で言った。

　ゼイヴィアが先頭に立ってバーのほうに入っていくと、仲間はおとなしく従った。

　目先の変わったハメルーンの笛吹きだわね、とマデリンは思った。

「見たところ西部の無法者集団《ワイルド・バンチ》ってところだが、あれがおそらくトラヴィス・ウェブスターの選対チームなんだろうな」ジャックが言った。

「ご名答よ」マデリンがワインを飲んだ。「B&Bに部屋が取れたのは幸運だったわね」そう言ったとき、ヘザーがチャウダーの大きなボウル二個を手に厨房から出てきた。「今夜も結局、忙しくなりそうだわね」

　ヘザーが顔をしかめ、ボウルをテーブルに置いた。「二日前、彼が島に来たって聞いたんで、地元の料理を食べたいなんて気にならないでほしいと願っていたところ」

「わたしは祖母と島を離れて以来、彼をはじめて見たわ」マデリンが言った。

「幸運よ、それは」ヘザーが顎をこわばらせ、声をひそめた。「あのハンサムなろくでなしについて何かいいことを言えと言われたら、この町の人間は口をそろえて、最近はほとんど島を離れているのでほっとできるって言うはずよ。じゃ、これで失礼するわね。お客さまが増えたんで、サラを手伝ったほうがよさそうだわ。あの子をバーのカウンターにひとりにしておきたくないのよ、ゼイヴィアがいるあいだは」

「了解」マデリンも小声で言った。

「もし助けが必要になったら、そのときはそう言ってください」ジャックが言った。

ヘザーがぎくりとし、ジャックをちらっと見やった。そして、よろしくね、といった表情をのぞかせた。

「ありがとう。運がよければ、お行儀よくしていてくれるでしょうけどね。とにかくいま、ウェブスター家の人たちはトラヴィスの選挙運動のことで頭がいっぱいでしょうからね」

「そんなことじゃ、ゼイヴィアみたいな子はこれまで以上に好き放題なことをして、お兄さんのための準備をめちゃくちゃにするんじゃないかしら」マデリンが言った。

ヘザーが憂鬱そうに息を吐いた。「ええ、そのとおりよ」そこからはそれまでにもまして声をひそめた。「そのうち誰かがきっと、ゼイヴィア・ウェブスターに取り返しのつかないことをするわね。いますぐってわけにはいかなくても」

ヘザーがせかせかと立ち去った。

ジャックはテーブルの上で腕組みをし、バーに通じるドアを思案顔で見つめた。

「ゼイヴィア・ウェブスターはそんなに困ったやつなのか？」ジャックが訊いた。

マデリンはナプキンを折り紙よろしく丁寧にたたんだ。「さあ、どうなのかしら。わたしが島に住んでいたころ、大人たちがあの子の行く末をあれこれ案じていたのは憶えているわ。完全にいかれてるって言う人もいれば、彼は助けを求めているんだと言う人もいた。いい子でいるときは、それはそれはいい子だった」

「悪い子になったときは？」

「とんでもなく恐ろしい子だったわ。幸運なことに、当時あの一家はほとんどの時間をシアトルにある家で過ごしていたから、わたしたちが彼らを見かけるのはたまの週末とか夏休みとかだけだったの。それでもじゅうぶんすぎたわ、冗談でなく。最後に聞いたのは、ゼイヴィアはどこかの素晴らしい寄宿学校に送りこまれたって話だったわね。島の人たちはみな、ほっと胸を撫でおろしたわ。でも残念なことに、その後もときどきここに現われていた」

「そんなに厄介なやつだったのか？」

「それはもう。わたしが知っているのは、彼がまだ十代の前半だったころね。とっても頭がよくて、とっても悪がしこかった。ひどい事件が何件か起きたけど、どういうわけか、どれも彼が悪いってことにはならなかったわ」

「どんな事件？」

「ゼイヴィアは火遊びが好きだったの――文字どおりの火遊び。何かを痛い目にあわせるのも好きだった。ある日、ダフネとわたしは海岸でかわいそうな猫の死体を見つけたの。明らかに……。やめとくわ。言葉にならないのよ。わたしたちにはその猫を拷問にかけたのはゼイヴィアだと確信があったけど、証明できる人はひとりもいなかった。それでも、彼から目を離しちゃいけないってことはみんなわかっていたの。するとある日、彼は油断したのね。オーロラ・ポイントのコテージのひとつに火をつけようとしている彼をトム・ロマックスが見つけたの。そのときは中にお客さまがいたのよ。真夜中のことで、みんなぐっすり眠っていたわ。もしトムがゼイヴィアを見つけていなければ——」

「それでどうなった？」

「トムは祖母のところに行き、祖母はまっすぐクリフハウスに行ったわ」

「クリフハウス？」

「ウェブスター邸よ。祖母がイーガンとルイーザ・ウェブスターに何を言ったのかは知らないけれど、とにかく一家は荷物をまとめて翌日シアトルに戻っていったわ。ゼイヴィアが上流向けの寄宿学校に送りこまれたと聞いたのは、それからまもなくのことだった」

「息を大きく吸って。彼がこっちへやってくる」

「ここに来たときは、今日はもうこれ以上悪くなりようがないと思っていたのに」

「マデリン・チェイス、さっき店に入ってきたときは気がつかなかったよ」色鮮やかな猛禽《もうきん》さながら、ゼイヴィアがレストランを横切って舞い降りてきた。まぶしいまでの笑顔で。

「いい女になったじゃないか。また会えてうれしいよ」明るすぎるほどの笑顔がいきなり心からの弔慰の表情に変わった。「おばあさまのことは聞いたよ。残念なことだ。お気の毒に」ゼイヴィアは驚くばかりの演技上手に成長していた。子どものころはときどき仮面がはがれたものだが、明らかにこの十八年でその才能は完璧なものになっていた。

「ゼイヴィアね」マデリンは言った。

できるだけ冷ややかな口調で言ったのは、会話がはじまらないうちに終わらせようとしてのことだ。ジャックはゼイヴィアに、分別ある男が毒蛇を見るような目を向けていた。

「おいおい、それが昔の友だちに対する挨拶か？」ゼイヴィアがかがみこみ、マデリンの肩に手を回して引き寄せると、ぐいっと引きあげてシートから立たせた。「キスもしてくれないのか？」

マデリンは一瞬、あぜんとして反応すらできなかった。ゼイヴィアの両手がきつく押さえつけてきた。とんでもない力に捕らえられて逃げられず、圧倒された。パニックと怒りが全身を駆け抜けた。

「放して」歯を食いしばったまま、声にならない声で言った。「は・な・し・て」

ゼイヴィアはマデリンの言葉を無視し、胸に引き寄せた。彼の目には邪《よこしま》な勝利の悦びが見てとれた。マデリンは本能的に両手を上げて彼を押しのけようとした。

視野の隅で何かが動くのがぼうっと見えた。ジャックがシートから立ちあがろうとしていた。

つぎの瞬間、マデリンは解き放たれ、よろよろとあとずさりながらブースのシートの背をつかんでなんとかバランスを保った。

どさっと重たい音がかすかに聞こえたような気がした。床に目を落とすと、ゼイヴィアが大の字に倒れていた。ジャックが足を払ったのだ。

わずか一、二秒の出来事だったが、ゼイヴィアの、氷河を思わせる青い目に浮かぶ冷たく激しい怒りから察するに、間違いなく反撃が来ると感じた。

周囲の人びとが騒ぎに気づきはじめた。点々とすわった客たちがこちらを振り向き、何が起きたのか見ようとした。ヘザーもバーのドアから姿を見せた。ひと目で状況を察知した彼女が顔を引きつらせた。

「これは失礼」ジャックがどこか気楽な調子で言った。「申し訳ない。このブース、窮屈なんだよな。バランスを崩してしまった」差し伸べた手は、ゼイヴィアを立ちあがらせようとするかのようだ。「こんなふうにあなたにぶつかるつもりはなかったんですよ。本当に失礼しました。ジャック・レイナーといいます。そうだな、お詫びのしるしに酒でも一杯ごちそうさせてください」

マデリンは固唾をのんで見つめていた。周囲の誰もが同じ状況にあることもわかっていた。緊張の一瞬、顔をつぶさずにやり過ごす道を与えられたゼイヴィアがそれを受け入れることはなさそうに見えた。威嚇するようなどす黒い何かが彼の目で燃えあがっていた。

だが、ゼイヴィアは自制を失わなかった。

ジャックが差し伸べた手は無視し、しなやかに立ちあがって服の汚れを払った。ほんの何分の一秒間か、まるでむき出しの怒りを表わした仮面のように顔をゆがめたが、つぎの瞬間にはもう、彼は輝くばかりの笑顔を見せていた。

「ひどい目にあっちゃったなあ」ゼイヴィアがうちとけた口調で言った。「これからは気をつけてくださいよ。クーパー島には危険な場所がいっぱいありますからね。毎年、観光客が二人くらいは行方不明になってる」そう言ってから、今度はマデリンのほうを向いた。「それじゃ、マディー、また近いうちに。たのしみにしてるよ。そうだ、最近、おばあさまのホテル・チェーンの跡を継いだと聞いたよ。すごいじゃないか」

ゼイヴィアは振り返ることなく、バーのドアの向こうへと歩き去った。

マデリンはそのときになって自分が震えていることに気づいた。ビニール張りのシートにすとんとすわり、ワインに手を伸ばした。ジャックもまた腰を下ろし、マデリンのようすをじっと見守っていた。店内の誰も彼もが突然、それ以前にしていたことに戻ったが、ちょっとした緊張が走った騒ぎの前に比べると、話し声がやや大きくなっていた。

「大丈夫か？」ジャックが静かに訊いた。

「ええ」マデリンは大きく息を吸いこんだ。「どうもありがとう。でも、これで終わったとは思わないでね」

「わかってるさ。ああいうやつはどんなこともけっして忘れない」

マデリンはワインを少し飲み、グラスを用心深く置いた。「まいったわ、ジャック。あなたがしてくれたことには感謝してるの。本当よ。でも、あなたはこれで自分を標的にしてしまった」

「それがこの作戦の狙いと言ってもいい」ジャックが言った。

14

マデリンはベッドのへりに腰かけて、ジャックが窓やドアの施錠を確認しながら室内を歩きまわるのを見ていた。確認がすんで納得がいったのか、ジャックは二つの部屋を仕切るドアの前に行き、それを開いた。

「長い一日だったんだ。少しでも睡眠をとっておくほうがいい」

「ええ、そうね」あまり眠れそうにないことはマデリンもわかっていたが、愚痴を言ってみてもはじまらない。

「このドアは少しだけ開けておくよ。きみの部屋でおかしな物音がしたら、すぐに来てたしかめる。いいね？」

「ええ、いいわ」マデリンは顔をしかめた。「ううん、やっぱりよくないわ。わたし、心配なのよ、ジャック」

「ゼイヴィア・ウェブスターのことか？」

「あなたのことよ。今夜のゼイヴィアはなんとか自制をきかせたみたいだったけど、問題は、子どものころの彼はいつだってずるがしこかった。さっきも言ったみたいに、見とがめられることはめったになかったの。そんなやつが大人になったわけだから、たぶんもっとうまく陰に隠れるんじゃないかって気がしてならないわ」

ジャックはしばらくじっとマデリンを見ていた。

「ゼイヴィア・ウェブスターのような卑劣な相手を向こうに回すのはこれがはじめてじゃない」ジャックがようやく口を開いた。「ぼくに任せてもらいたい」

マデリンはたじろいだ。「ごめんなさい。あなたがなんにもわかっていないなんて言うつもりじゃなかったの。ただ、ゼイヴィアみたいな人間は怖いって意味だったのよ」

「きみは誰かに自分の身を守ってもらう必要など感じたくないんだな。だからすごく無防備なように見える」

「わかる？」

「誰しも何かに対して無防備ってことはあるさ。大事なのは、自分の弱みや盲点を知っておくことだ。そうすれば、そこを守る方法を考え出すことができる。今回の場合、きみは賢明な判断を下してプロを連れてきた。自分の守備範囲外の状況に直面したとき、賢明な人間はそうしている」

マデリンがにこりとした。「そんなお説教を全部のクライアントにしなくちゃならないの？」

「いや、頑固なクライアントにだけだ」

「おやすみなさい」マデリンは言った。

「おやすみ」

ジャックは隣の部屋に行き、境目のドアを引きはしたが、完全には閉めなかった。

マデリンは気持ちを静めてベッドに入る準備をした。歯を磨き、顔を洗い、寝巻きに着替えるあいだはずっと冷静でいられた。B&Bのローブを寝巻きの上からはおり、サッシュを結ぶと明かりを消した。

準備がすんだときにはもう、隣の部屋はしんと静まり、暗くなっていた。明らかに、ジャックは就寝前の日課をマデリンより手際よくすませることができるのだ。境目のドアの細い隙間からもれてくる静けさに、ジャックはもう深い眠りに落ちたのかどうかが気になった。

マデリンは窓辺に行き、カーテンを開けた。入り江の片側にそそり立つ崖の上にウェブスター邸が見える。無秩序に広がった母屋とゲスト用のコテージ群の窓々に明かりが灯っていた。

オーロラ・ポイント・ホテルは反対側の崖の上にぼうっと浮かぶ、過去の亡霊に取り憑かれた暗い廃墟だ。

瀕死のトムを見つけたときのショックを思い返した。業務用階段をパニック状態で駆けあがり、姿の見えない殺人者から逃れた。そしてジャックをクーパー島に呼び寄せようと決めた。子どものころの親友の命が危険にさらされたかもしれない事実についてもじっくり考えた。さらには、みずからを危険きわまる社会病質者《ソシオパス》であろう男の標的にしたときのジャックについても。そして最後に、イーディス・チェイスが何者かに殺害された可能性についても熟考した。

マデリンは何もかもが自分のせいだとわかっていた。みんなの身に過去が舞いもどってきたのは自分のせいなのだ。目の奥がいきなり熱くなった。

暗い夜景に背を向けてバスルームへと急いだ。うまくやれば、ジャックに泣き声を聞かせずにすむはずだ。彼はただでさえ問題をいろいろ抱えている。

バスルームに入るとドアを閉めてから明かりをつけ、白い陶磁器製バスタブのひんやりとしたへりにすわりこんだ。棚からふわふわしたタオルを一枚つかみ取り、分厚いコットン地に顔をうずめる。

もう降参だった。泣かずにはいられない。イーディス・チェイスが死んでから、ひとり泣くのははじめてではなかった。

15

ジャックはバスルームのドアが再び開くのを待った。なかなか開かない。隣室の不自然な静けさの理由を何通りも考えてみる。論理的に筋が通るものはほんの二、三しか思い浮かばない——急病、不安発作、涙。トイレを流す水音もシンクの水が流れる音もしないということは、おそらく病気は除外できる。となると、残るのは不安発作か泣いているかだ。マデリンの状況を考えれば、どちらだとしても不思議ではない。

室内を行ったり来たりしている気配はない。となると、不安発作も除外してよさそうだ。となれば、泣いている。

ちくしょう。

もうしばらく待ってみた。バスルームのドアはまだ開かない。ジャックは上掛けをはぎ、ベッドのへりに腰かけた。バスルームにB&Bのローブがあったが、そういうローブを着ようとは思わなかった。クライアントと顔を合わせるのだから、きちんと服を着たほうがいい。

立ちあがってズボンに手を伸ばした。バスルームのドアが開くことを願いながら、ゆっくりと脚を入れた。やはり開かない。ホルスターと銃も持った。丸腰よりはさまになるはずだ、と自分に言い聞かせる。武器に関してはポリシーもあった――銃が必要な仕事だと思ったら、つねに手の届くところに置く。

礼儀にかなう最低限の身なりをととのえたところで、境目のドアを押して隣室へと入っていく。ベッドの上掛けは折り返されてはいたが、乱れてはいない。月明かりは枕の上に置かれた小さなチョコレートを照らしていた。

部屋の中ほどまで進み、足を止めた。まだバスルームからは物音ひとつ聞こえてこない。もしマデリンが泣いているのだとしたら、声を押し殺して泣いていることになる。

ジャックは腹をくくって、しぶしぶドアをノックした。

「大丈夫か？」声をかけた。

ドアの向こう側からは少しのあいだ何も聞こえなかった。

「ええ、なんでもないわ」

マデリンの声は引きつり、かすれていた。ジャックはつぎはどうすべきかを考えた。こうした状況への対処法を記した〝偽装工作看破マニュアル〟も役に立ちそうもない。クライアントが突然泣きだしてしまう場面に遭遇するのはこれがはじめてではないものの、ふつうこうしたことはオフィスで起きる。警備会社の経営者として、離婚や失踪人の仕事は引き受けないと決断したのには理由があった。ＦＢＩのコンサルティングの仕事を辞めたあと、キャリアを法人向けの警備へと方向転換した理由でもある。

「少し話さないか?」もっと気のきいた台詞を思いつかないまま、問いかけた。

「必要ないわ」鼻をすする音が聞こえた。「あっちへ行って。わたしなら大丈夫。ただちょっと疲れただけだから」

シンクで水が流れる音がした。

「ローブは着てる?」

ドアの向こうがまたしばししんとなった。

「どうして?」疑いがたっぷりこもったひと言だった。

「少し話をしたほうがいいと思うが、何も着ていないクライアントと話すのはまずいと思うからだ」

「お願いだから」ドアが勢いよく開いた。マデリンの顔は赤らみ、泣いたせいでやや斑《まだら》になっていた。髪はほどいて肩にかかっていたが、あわてて冷たい水で顔を洗ったせいかやや濡れている。それでも完全に平静を装っていた。目からは怒りと鋭い苛立ちが伝わってきた。

「いま言ったわよね。なんでもないの」そこでいったん言葉を切り、陰に立つジャックをあらためて見た。「着替えてきたのね」

「まあ、そういうことだ。さっき言ったように、クライアントと話をするときの服装に関しては規則がある」

マデリンが曖昧ではあるが本物の笑みを浮かべてジャックを驚かせた。「ホテル業界にも同じ規則があるわ。ごめんなさい。ここで危機的状況が展開しているなんて思わせるつもりはなかったの。どうぞ、ベッドに戻って」

バスルームから一歩踏み出したマデリンが唐突に足を止めた。ジャックが手にしたホルスターと銃に気づいたからだ。

「銃を持ってきていたなんて知らなかったわ」

いささか当惑したようだ。目にした光景をどう理解したらいいのかわからない、とでもいったような。

「誰かが殺害された可能性があるときみから聞いたからだ」ジャックはマデリンに思い出させた。

「そうだったわね。わかったわ」

マデリンが、武器についての質問はそこまで、と決断したのが見てとれた。

「もう寝たほうがいい」ジャックが言った。「きみも言っていたが、なんとも長い一日だったんだ」

「そうね」

ジャックはほかにかけるべき言葉が見つからなかった。これ以上彼女の部屋でぐずぐずする口実はないが、すぐに出ていきたくはなかった。

向きなおってもう一度ドアのロックを確認してから、自分の部屋の入り口に向かって決然と歩きはじめた。

「ジャック？　今日はいろいろありがとう」

「ぼくの仕事だからね」

マデリンが弱々しい笑みを投げかけた。「わかっているけど」

そんな言葉はもう聞きたくなかった。彼女のデート相手の身辺調査をする男になりたくないのと同じくらい、彼女から感謝などしてもらいたくなかった。境目のドアを細く開けたまま、自分の部屋に戻った。

しばらくドアのそばに立って耳をすました。マデリンはベッドには入らなかった。また窓辺に行くのがわかった。ただ窓辺にたたずみ、外の闇に目を向けているのだろう。

すると突然、彼女が何を思っているのかがはっきりとわかった気がした。自分も一度ならずそんなことがあった。

ジャックはまたドアを開けた。思ったとおり、マデリンは窓辺にたたずんでいた。腕組みをした手の先はローブの長い袖の中にすっぽりと隠れていた。

「いけないな」ジャックは言った。

マデリンがくるりと振り返った。「えっ？」

「自分を責めてはいけないよ。きみのせいじゃない、何もかも。トムが殺されたのも、親友の身が危険にさらされたのも、今夜のゼイヴィア・ウェブスターとのことも、おばあさまが十八年前に下した決断も、どれもきみが悪いわけじゃない」

マデリンがジャックをじっと見た。「あのときの出来事で燃えはじめた炎がいまもゆっくり燃えつづけていて、わたしはその真ん中に立っているみたいな気分なの」

「その火をいっしょに消そう」

「ジャック――」

ジャックは銃をおさめたホルスターをテーブルに置き、マデリンに近づいた。ゼイヴィアがいきなり彼女の肩をつかんでシートから立たせたときに見せた反応を思い出し、用心深く両手を肩においた。マデリンはひるみもしなければ、あとずさりもしなかった。

「きみとぼくで何が起きているのか突き止め、それを阻止しよう」

「そうね」

ジャックが笑いかけた。「その代わり、これからはもうきみのデート相手の身辺調査はたのまないでもらいたい」

マデリンが苦笑しながらかぶりを振った。「よっぽど不愉快だったみたいね、あの仕事が」

「ああ、予想よりはるかに」

「どうして？」

「おそらく利害が対立するからだろうな。この仕事が終わったら、ぼくがきみのつぎのデート相手になりたいと思ってる。でも、もしきみの答えがイエスなら、きみは誰かべつの人間に身辺調査を依頼することになる」

ジャックは彼女が怒り、あるいはたんなる驚きの表情をのぞかせるのを待った。

マデリンはいっさいの反応を示さなかった。ほの暗さの中に立つ彼女の目からは何も読みとることができない。

「あなたの言うとおりだったわ」

「なんのこと?」

「ウィリアム・フレミングに関する否定的な報告書を受け取ったとき、わたし、じつはほっとしたの。もしあなたがああいう秘密を掘り起こしてくれなかったら、わたし、自分でやんわりとした口実を探して別れなければならなかったはずだわ。あなたのおかげで窮地を脱することができたの。つまり、あなたを利用したのね。謝らなくちゃ」

「謝る必要なんかないさ」

「ううん、あるわ。だってこの三カ月間、もしあなたにデートを申しこんだら、あなたはなんて言うかしらって考えていたから」

ジャックの全身をショックが駆け抜けた。肩においていた両手を上に滑らせ、顔をはさんだ。マデリンは動きも、抗いもしない。

「もちろん、イエスと言ったよ」

「よかった、それを聞いて。なんだか複雑なことになってしまって、ごめんなさいね」

「謝るのはもう本当によそう。優秀な経営者はけっして謝らない」

「それ、たしかに経営論のひとつね」マデリンが応じた。「賛成ってわけではないけれど」

「いずれにしても、複雑な状況は関係ない」

「どうして？」

「複雑な状況を解決するのがぼくの仕事だからね、忘れた？」

マデリンがローブの袖から手を出して、片方の人差し指でジャックの顎に触れた。

「忘れるはずないでしょ？」マデリンがささやいた。

ジャックはためらいがちにキスをした。はじめてのデートのときにする誘いかけるようなキス。安心させるためのキス。ぼくといっしょにいればきみは安全だというメッセージを伝えるキス。つらいことをいろいろ乗り越えてきたマデリンだから、いちばん望んでいないのは、翌朝になったら後悔しかねないセックスだろう。そしてジャックがいちばん望んでいないのは、その後悔の原因になることだ。

マデリンの反応は最初はおずおずとしていた。予想どおりだ。

予想に反したのは、二人のあいだの熱が夏の稲妻さながらの荒々しいエネルギーとともに爆発したことだった。キスは前触れもなしに危険地帯へと突入した。マデリンの両手は彼の肩先で小さな鉤爪《かぎづめ》と化した。唇が熱を帯び、潤ってくる。彼の腕の中で小刻みに体を震わせ、喘ぎながら彼にぴたりと身を寄せてくる。

ジャックは乱暴に唇を離した。

「いけないな、こんなこと」やっとのことでそれだけ言った。

マデリンは最初、彼の声など聞こえていないようだったが、まもなく凍りついた。彼女の全身を突き抜けた寒気を、彼も痛いほど感じることができた。そんな彼女をやさしく押しやる。

「長かった一日の終わりだ」ジャックはマデリンの乱れた髪を耳にかけた。「早く寝ないと」

マデリンは一歩あとずさって、またきつく腕組みをした。手はまたテリー地の袖の中に引っこんだ。陰になったところに立つ彼女が何を考えているのかは読みとれなかった――傷ついているのか恥ずかしがっているのかわからなかった――が、ジャックには自分がとんでもないへまをしてしまったことだけは確信があった。

「ほんとね」マデリンが言った。明らかに自制を取りもどしたようだ。もろい笑みからは鋼を思わせる堅い刃がのぞいていた。「大失敗しちゃった。わたしがいけなかったの」

「謝らないで」ジャックは警告した。

「あなたをこんな気まずい立場に追いこんだこと、謝るわ。わたしを慰めてくれようとしたのに、わたしったらあなたの好意を利用したんだもの」

「それは違う」

「あなたが契約を打ち切る必要を感じていないことを願うけれど、もし打ち切りたいというのならば、受け入れるほかないわ。もしこの仕事を降りるとしたら、どこかほかの警備会社を紹介してくれないかしら。こういう仕事を扱えそうな会社をどこか」

怒りがジャックを突き動かした。「きみはまたぼくをクビにしようというのか？」

「そうじゃない。あなたはこの仕事をたちまち理解してくれたようだし、そうでなくてもわたし、あなた以外の警備の専門家とまた一からはじめるなんてかんべんしてほしいと思ってるわ」

「きみがこの場をどうしようと思っているのか知らないが、重苦しいドラマは割愛しよう」

「そもそもはあなたがわたしの気持ちを利用しないで、あんなふうにしたからじゃないの」

マデリンが言った。

ぐさりときた。

「たしかにそのとおりだ。だが、ぼくがああしたのは、こういう状況で何がいちばんきみのためかを考えてのことだ」

「思い返せば、あなた、わたしの私生活に関しては使者になりたくないのよね。憶えてる？」

「あの決断はこの状況とはまったく関係ないだろう」

「そんなことないわ」マデリンが確信をもって、いやに歯切れよく言った。「じゃ、こうしましょう。あなたは今後、わたしがデートしたいと思った男性がわたしに相応しいかどうかを助言しない。つまり、あなた自身がわたしに相応しいかどうかに関しても、あなたは判断する立場にはない」

「そんなばかな」

「もちろん、わたしの私生活に入りこもうとする考えに、自分なりの判断を下すことは許されるわ」

「冗談はよしてくれ」

「いまのキスだけど、ジャック、わたしはすっかりその気になったの。あなたもそうだったわよね。終わらせたのはあなたの判断で、それについては敬意を表してもいいわ。でも、それがわたしのためだったなんて言わないで。わかった?」

「紳士らしく振る舞った結果がこれか?」

「ううん、わたしを怒らせた結果よ」

「よし、わかった。つぎにこういうことになったら、そのときはきみをベッドに連れていこうかどうしようか迷わないことにする」

「完璧なお答えだわ。それじゃ、これで一件落着ね。あなたは契約を打ち切るつもりもなさそうだし、わたしもあなたをクビにするつもりはないし。ではまた明日の朝に」

「そうだね」ジャックは銃をおさめたホルスターを手に取り、隣室との境目のドアに向かって歩きはじめた。そしてふと足を止め、振り返ってマデリンを見た。「これはきわめて病的な好奇心と言われるかもしれないが、きみはこんな議論をどんなデート相手ともしているのかな?」

「ううん、はじめてよ」マデリンがまぶしいほどの勝利の笑みを浮かべた。「ついでに言っておくと、いまの議論ですごく気分がすっきりしたの。二十分前に比べてはるかにいい気分だわ」

「なんだかぞっとするな」

「一種のカタルシスね、きっと」

「なるほどね。ま、きみのためになったのならよしとしよう」

彼女の部屋を出るとき、ドアをバタンと力まかせに閉めたい衝動に駆られ、驚いたことに、それを抑えこむためにはプロとしての自制心を限界まで奮い起こさなければならなかった。

16

エイブが運転する車は、クーパー・コーヴの町の中心をゆっくりと走り抜けた。ダフネは体をこわばらせて助手席にすわり、緊張の面持ちで目抜き通りに並ぶ店やギャラリーにじっと目を向けている。

「懐かしい？」エイブが訊いた。

彼がダフネの緊張をほぐしたくて、気楽なおしゃべりでもと思ってくれていることはダフネにもわかっていた。

「イエスでもあり、ノーでもあるわ」ダフネは答えた。「絵やみやげ物のお店がたくさんあるけど、そういうのはみんな新しいお店。町そのものが十八年前よりちょっと大きくなったわね。それでも全体の雰囲気は変わっていない」

「主に週末や夏の観光客を迎え入れて生き延びている海辺の町は、どこも共通した雰囲気があるね。冬のあいだは静かで暗くて、夏になるとぱっと明るくなる」

「でも、どこも小さな田舎町で、そういう町は秘密を隠すのがすごく上手みたい」

「その点だけど、小さなコミュニティーは家族や結婚に近いんじゃないかな」ハンドルを握るエイブの手に心なしか力がこもった。「内部で何が起きているのか、本当のところはよそ者にはけっしてわからない」

ダフネはエイブを見た。彼がたまに口にする、人間の本質を意外なほど鋭くとらえた言葉にはもうびっくりしなくなっていた。知りあってからまだ二十四時間も経ってはいないが、このときにはもうダフネはエイブが初対面の印象よりはるかに複雑な人間であることに気づいていた。

昨夜、シータック空港に到着後、続き部屋にチェックインしたときは一瞬不安に駆られた。いくらマデリンが評判のいい一流の警備会社を抱えていることはわかっていても、エイブはまだ完全に見ず知らずの他人だった。しかし、彼がドアの施錠や窓のロックを冷静なプロの手際で確認していく仕事ぶりを目のあたりにしてからは安心できた。

ベッドに横になったとたん、眠りに落ちたのは本当に久しぶりのことだった。朝になり、エイブがドアをノックするまで一度も目を覚まさなかったほどだ。ブランドンの葬儀以来、不安な夢のせいで突然目が覚めることがたびたびあり、朝までぐっすり眠れたのははじめてなのだ。

「結婚はしているの？」訊いてしまってから、そんな個人的なことを訊いていいものかどうかが気にかかった。

「二年間くらい」エイブが答えた。

「離婚?」

「ああ。向こうから別れたいって」

「ごめんなさいね、失礼なことを訊いたりして」

「謝ることなんかないよ。彼女が出ていったときにはもう、こっちもほっとしたくらいだった。彼女が結婚相手に望んでるような男になれないことは自分でもわかっていたからね」

「彼女はどんな結婚相手を望んでいたの?」

皮肉っぽい笑いがエイブの口角を引きつらせた。「大金持ち」

「なるほどね」

「出会ったころは二人とも、設立したばかりの前途有望な会社で働いていた。新設企業の大半は離陸すらしないが、いったん飛行を開始した企業は莫大な利益を上げる可能性がある。ぼくたちの会社もそういう幸運な会社のひとつに見えた。その勢いに乗って、アリスとぼくは結婚した」

「でも、あなたはお金持ちにならなかったの?」

「そうなんだ、残念ながら」

「何か困ったことでも起きたの?」

「会社を設立した二人の男は、すごく優秀な弁護士を雇って雇用契約を作成させていた。ぼくたちの小さな事業が大企業に買収されたとき、保有資産を処分した大金を手にしたのはトップの二人だけで、ぼくたちはただ解雇されただけだった。そのストレスが結婚生活を蝕《むしば》んでいった。ぼくは自分が本当にやりたいのは警備システムだと気づき、そんなぼくをアリスは野心に欠けていると判断した」

「そして彼女は出ていった」

「双方にとっていいことだった。彼女はベンチャー企業への投資家と再婚したと聞いたからね。夫は野心家で金持ちだ。みんなハッピーじゃないか」

「あなたも？」

「ぼくはいまの仕事が気に入ってる」エイブが言った。

「あなたは幸運だわ。誰もがそんなふうに運がいいわけじゃないもの」

エイブがダフネをちらりと見たが、彼の黒っぽいサングラスのレンズに隠れた目からは何も読みとることができない。「きみはインテリア・デザインの仕事が好きじゃないってことかな？」

ダフネはしばし考えた。「昔は好きだったわ——本当に大好きだったの。昔から思い描いてきた理想の生活空間をつくりあげることに、大いなる喜びを見いだしていたわね」

「でも、いまはもうそうじゃない？」

「最近はなんだかちょっと……集中できなくて」

エイブがうなずいた。「きみとお母さんがこの島で暮らしたのは何年間?」

「ほぼ三年間ね。父が母とわたしを残して出ていったあと、ここに越してきたの。母は子どもを育てるには小さな町がいいと考えていたみたい。安全を考えて」

「その結果、悪いやつはどこにでも現われるということが証明された」

「そう、まさにそうだったわ」

「さあ、着いた。コーヴ・ビューB&B」エイブがそう言いながらハンドルを切って駐車場に乗り入れた。「ジャックとミズ・チェイスはここに泊まっているはずだ」

その朝、エイブとともにシアトルを発ったときからずっとダフネにまとわりついていた軽度の緊張が、全身を万力のように締めつけてきた。ここまで来てようやく原因は何かに気がついた。自分でも説明できないが、なんだか突然、マデリンとの再会に不可解な不安を覚えたのだ。どういうわけかわからないが、とにかく不安なのだ。

闇夜の出来事によって二人は永遠の絆で結ばれたが、二人の人生はまったくべつの方向に向かった。ダフネはまあまあ成功したと言えるインテリア・デザイナーになり、マデリンは大成功したホテル・チェーンの後継者になったばかりだ。友情を育んだころの二人と同じ二人ではない。二人にとってそれぞれの世界は大きく変わってしまった。

エイブが駐車スペースにきっちりと車を入れてエンジンを切ると、ダフネのほうを見た。

「心配いらないよ。ボスとぼくはこういう仕事のやり方を心得ている」

「そうじゃないの」ダフネはシートベルトの留め金をはずした。「いいえ、それもあるかもしれないわ。でも、いまわたしの頭にあるのは、緊急事態が発生しなければマデリンとわたしは二度と会うことはなかっただろうっていうこと。そしていま、過去に起きた最悪な出来事のせいで再会することになった。なんだか……気まずいの。わたしたち、お互いの顔すらわからないかもしれないわ」

「そうかな？」

「十八年って長い年月よ」ダフネが口ごもった。「わたしの髪型、いまとぜんぜん違ったし」

いやだわ、やけに弱気に聞こえる。

エイブはダフネの髪にちらっと目をやる。「その髪、ぼくは好きだけどね」

ダフネは突然、ハニーブラウンのショートヘアが猛烈に気になりはじめた。ブランドンの死後数カ月間は、過去とのつながりを断ちたくて生活の中の多くのことを変えてみた。彼と暮らしていた家を売って、新しいコンドミニアムを買っただけでなく、髪を切った。ヘアサロンのスタイリストは、すごく垢抜けてアーティストっぽいと言ってくれたが、自信はなかった。

「ありがとう」ダフネがつぶやいた。

「調査のプロの助言を聞きたくない？」

ダフネが弱々しく微笑んだ。「ええ、ぜひ」

「この再会については考えすぎないほうがいいよ」

エイブがドアを開けて車から降りた。助手席側に回ろうと歩きだしたが、ダフネは彼がドアまで来るのを待たずにあわてて降りた。彼は警備会社の調査員であり、運転手でも恋人でもないんだもの。車のドアを彼女のために開けるのは彼の職務ではない。

とげとげしい海からの風がトレンチコートの裾を叩いた。まだ昼前なのに空がどんどん暗くなっていく。昔、ダフネとマデリンは近づいてくる嵐の猛々しさが大好きだったが、今日は悪いことの前兆としか思えない。

エイブがダフネのキャリーバッグと自分のバックパックを車のトランクから出した。ダフネはキャリーバッグの取っ手をつかんだ。エイブは肩をすくめながらも異議は唱えなかった。

二人は並んでB&Bの入り口に向かって歩いた。

「わたし、マディーのおばあさまが亡くなられたときにお悔やみのカードすら送っていないのよ」ダフネが言った。

この一年は自分自身の気持ちの整理でいっぱいいっぱいの状態だったため、昔の知り合いに対して社会的慣例として当たり前のことをする余裕もなかった。

「ほら、またそれだ」エイブが言った。

「考えすぎ?」

「うん」

エイブが入り口のドアを開けて、ダフネを先に通そうとした。

ドアを開けてもらうくらいは——ちょっとしたマナーだから——かまわないじゃないの、とダフネは自分に言い聞かせた。

小さなため息をぐっと押し殺して、ダフネはキャリーバッグを引いて入り口を通った。エイブが正しいことがひとつある——たしかにわたしは考えすぎだわ。第三者ならば、彼女が小さなことに取り憑かれているのはおそらく、ほかのもっと大きなこと——かつて親しくしていた人間が二人、殺害された可能性もあるというようなこと——をじっくり考えずにすむからではないかと言うかもしれない。

コーヴ・ビューB&Bのこぢんまりとして居心地のよさそうなロビーを、デザイナーの目で見わたした。板張りの床、梁がむき出しになった天井、炎が陽気に燃える暖炉を中心に、適度に古めかしい家具を配し、あたたかみのあるアースカラーをふんだんに使っている。ロビーを朝食ルームとティールームから隔てるフレンチドアの向こうからは、焼きたてのペーストリーと熱いコーヒーの香りがただよってくる。

十一時少し前のひっそりとしたレストランはがらんとしており、客は窓に近いテーブルでコーヒーを飲んでいる二人だけだ。男性はすわってはいても、向かい側の女性に比べてすごく大きく見える。女性は華奢で、緊張のせいで肩のあたりをこわばらせている。男性はゆったりと落ち着いているように見えるが、そのさりげなさが本物でないことをダフネは直感した。なぜなら、彼の視線は見張りをしている警官か兵士のように入り口のほうに向けられていたからである。

エイブがその男性に向かってこっくりとうなずいてから、フロントデスクに進んだ。

つまり、あそこにいるのがジャック・レイナーなのね、とダフネは思った。ということは、その向かい側に緊張してすわっているのがマデリン。

わたしの秘密の姉妹《シークレット・シスター》。

ジャックがコーヒーを置いて立ちあがった。女性は小さな音を立ててカップを繊細な受け皿に置くと、はじかれたように立ちあがってドアのほうを振り向いた。そのとき、ダフネの位置からはじめて女性の顔が見えた。

長い年月はどこかに消えた。時が変えた部分も多いが、マデリンの目には何かが見てとれた。マデリンも同時にダフネだとわかったのだ。

「ダフネ」

マデリンが部屋を横切って近づいてきた。はじめは速足で、途中からは駆け足で。

ダフネもキャリーバッグを放り出して駆け寄った。「マディー。うそでしょ。マディー。信じられない」

二人は力いっぱい抱きあった。再会の驚きに息ができなかった。

けっして変わらないものもある、とダフネは思った。どこであろうと、いつであろうと、心の姉妹はすぐにそれとわかるものなのだ。

マデリンが一歩あとずさって笑いかけてきた。「その髪型、すごく素敵」

17

クラブ・シャックでは失態を演じてしまった。あやうく自制を失うところだった。昔のように。とにかくもっと用心しなくては。危険にさらされるものが多すぎる。

ゼイヴィアは崖沿いの道を海岸に向かって下っていた。いろいろ考える必要がある。ゆったり呼吸をする空間と、体の奥でめらめらと燃えあがる怒りを鎮める少々の時間が欲しかった。嵐が猛烈な速度で近づいていた。波が砂や岩に激しく叩きつけ、突風がうなりをあげている。大気中に閃光を放つそうしたエネルギーが彼の内なる何かと共鳴した。

急勾配の道を下りきると、ゼイヴィアはこぶしを握った両手をジャケットのポケットに突っこみ、海岸をはるか先にある反対の端をめざして歩きだした。煮えたぎる怒りは嵐に似て、エネルギーを限界までためこんでいた。歯をむいて吹きつけてくる強風に向かい、自分の宿命に対する罵倒の言葉をぶちまけたかったが、あえて危険は冒さなかった。おそらく声は疾風怒濤の轟きがかき消してくれるだろうが、海岸の風は狡猾だ。怒りの咆哮が崖の上まで——上に建つ真っ暗な家まで——届く可能性もなくはない。そこの連中が自分を探しにくることだけはなんとしてでも避けたかった。ひとりになりたいのだ。

歩調を速め、少しでも怒りを燃やして取り除こうとした。

昨夜かっとなったのはジャック・レイナーのせいだ。レストランでぶざまにひっくり返ったのは偶然でもなんでもない。レイナーが足を素早く巧妙に動かして仕掛けてきたのだ。武術だろうな、あれはたぶん。あの野郎がおためごかしに手を伸ばしてきたときの表情がすべてを語っていた。レイナーはおれをばかにしたわけじゃない――ばかにするという行為はゼイヴィア自身たびたび人に仕掛けたことがあり、直感的にそれとわかる。だが、あの野郎の冷たい黒い目には屈辱を与えた喜びはうかがえなかった――そこにあったのはただ、おぞましい警告だけ。

そのショッキングな一瞬、ゼイヴィアはレイナーがこっちの正体を見抜いていることに気づいた。となれば、レイナーはおだてにも嫌がらせにも脅しにも屈することはないだろう。ゲームの盤上で最も危険な駒はあの男だ。

ゼイヴィアはなおも歩調を速めた。施設では多くを学んだ。彼はそこで薬漬けにされ、ばかげたセラピーとやらを受けさせられた。しばらく時間はかかったが、やがて真実に気づかされた。愚か者たちはそんなことで彼を治すことができると本当に信じていた――あるいはひたすら願っていた。彼を正常に見せたがっていた。なぜなら、その事実さえあれば、自分たちが信じたかったことすべてを世間に認めさせることができるからだ。

そうです、ミセス・ウェブスター、われわれはもちろん、ゼイヴィアに衝動の抑制を教えることができます。

問題はですね、ミセス・ウェブスター、ゼイヴィアは周りの人間よりもずっと頭がいいことです。彼はふつうの人間を理解したり共感したりしませんから、じれったいあまり彼らに我慢ならなくなります。そういう状態がつぎつぎと、社会的には容認しがたい爆発へとつながっていきます。

われわれはきっとご子息に手を差し伸べることができます、ミセス・ウェブスター。最先端セラピーを用いてご子息に社会への適応力を、薬物療法によって情緒の安定と自制を身につけていただきます。

当初は簡単ではなかった。とりわけまだ子どもだったころは。だが、再び自由を手にする唯一の手段は正常な人間の仮面をかぶることだとようやく気づくや、彼は本気で取り組み、熱心に学習した。その結果、じつに巧みな演技者となり、舞台に上がるたび、賞を与えられてもおかしくない名演技を披露した。

そう、そのとおり、あの施設では学ぶところが多かった。

もちろん、演技は緊張を伴う。だからときどきは、肩の力を抜いて緊張を解き、しばらくのあいだ本性を表出させることがあった。薬よりもはるかに効果の高い趣味を見つけたのだ。年に一、二度、世界を見わたし、若くきれいな女たちが安っぽいアクセサリーよろしく売買されている場所を選んで休暇旅行に行く。そこで女をひとり買って、セックスと暴力を思う存分駆使し、贅沢このうえない心身のカタルシスを味わう。自分が正常に戻ったと感じさせるための手段として、これに勝るものはなかった。

火事はいつだって死亡理由になってくれるし、同時に証拠をすべて抹殺してくれる。火事もとてつもなく素晴らしいカタルシスだ。

治療目的の休暇旅行は彼の心身を静め、再び表舞台に戻ることを可能にしてくれる。しかし最近は、休暇から以前ほどの治療的効果を得られなくなっていた。不安になる頻度が高まっているのだ。仮面をかぶっての生活がもたらす緊張が徐々にふくらんできている。そんな中で本当に心配なのは、家族がもはや間違いなく彼の演技を信じてはいないという点だ。

そのことに気づくまでに時間がかかってしまい、いまになってようやく、トラヴィスが本当に彼を信じて選挙戦のメディア対応を任せたのかどうかに疑問を抱きはじめた。そんなはずがなかった。トラヴィスはただ彼をつねに監視下に置いておきたかっただけだ。

彼は自分がろくでもない家族の神経をぴりぴりさせていることに感づいていた。全員が高度の警戒態勢に入っているということは、トラヴィスにとってきわめて重要な時期であるいま、家族は自分に関しておそらく何かたくらんでいるのだろう。なんと言おうが、トラヴィスは〝正常〟なやつという点で、いまやイーガン・ウェブスターの王座の後継者と目されている。だが、トラヴィスは弱い。もろい。

あの野郎はおれがみすみす己の宿命を盗ませてやるとでも、本当に思っているのだろうか？　あのくそ野郎。ゴールデン・ボーイはこのおれだ、おまえじゃない。

考えようによっては、家族がそろって自分をひどく恐れているのを見るのはすこぶる愉快だったが、このままではいまにもまして危険度が高いシナリオに向かって進んでいきそうだ。くれぐれも用心しなくては。

雨が降りだした。ゼイヴィアはいきなり駆けだした。嵐に向かって走りながら自分に問いかけた。

それにしても、ホテル・コンサルタントがなぜ武術の達人なんだ？

18

「こうしてまた会えたきっかけがあんな昔の出来事だなんて信じられないわ」マデリンが言った。

「ばかみたいよね」ダフネが言った。「でもあのとき、かかわった大人たちはよかれと思ってしたことなのよね。わたしたちを守ろうとしたの。ママはあの夜、あなたのおばあちゃまと話したあと、ものすごく怖がっていたわ。でも、さほど遠くまで逃げられなかったし、さほど素早くも動けなかった。わたしたちは結局、フロリダで数年暮らしたの、信じられないかもしれないけど。ママはいまもそこに住んでるのよ」

「信じられるわよ」マデリンが言った。「あなたたち二人が車に荷物を積みこんで島を出ていった日、わたし、あなたのママの顔を見たもの。彼女、死ぬほど怯えていて、あなたをクーパー島からできるだけ遠いところへ連れていくと心に決めていたわ」

「あなたのおばあちゃまも、なんとしてもあなたを守ると心に決めていたわ」

「そうよね」

二人はトムのコテージの真ん中に立っていた。ベッドの上には空のスーツケースが二個置かれている。計画は簡単だ。四人がここに来たのは、このホテルに改修する価値があるかどうかを判断するため、建物の下見に来たという設定と矛盾しない動きを装う必要があった。

ジャックから割り振られた本当の仕事は、なんでもいいからトムの直近数カ月の行動の動機になったかもしれないものを探すことだった。

ジャックとエイブは備品倉庫のほうを調べている。マデリンとダフネはよほどのことがないかぎり、その中に入らずにすみそうだ。それがジャックの気づかいだとマデリンはわかっていた。

ダフネがなんの変哲もないベッドルームをざっと見まわした。「このコテージのようすから見ると、トムは昔からほとんど変わっていなかったのね。なんでもかんでもためこむ病的な性癖がずっとつづいていた」

「おばあちゃまがよく言っていたわ、トムのリサイクル精神は徹底しているって」マデリンは積みあげられたレコードの山を持ちあげた。「でも、トムは昔からいつも清潔だったわ」

ダフネはクロゼットを開け、中を見てうなった。「ジャックはブリーフケースを壁から取り出したのはトムだろうって、相当確信があるみたいね」

「ええ。でも、トムがなぜそうしたのか、思い当たる理由がないのよね。つまり、いまになってなぜなの？」

「理由がなんであれ、そのおかげであなたとわたしが再会できたのよ。わたし、すごくうれしいわ、マディー」

マデリンはレコードを床に置いた。「わたし、あの夜あなたがしてくれたことにお礼を言うチャンスもなかったでしょう。あのときはショックのあまり、しばらく朦朧としてたんだと思うわ。意識がはっきりしたときはもう、あなたとお母さまは出発したあとだったの」

ダフネの表情がやわらいだ。「わたしはただ助けを呼びにいっただけ。もし立場が逆だったら、あなたも同じことをしたはずよ」

マデリンは涙がこみあげてくるのを感じた。「あなたは命の恩人よ。いまになってようやく、はじめて感謝の気持ちを伝えることができたなんて信じられない」

「感謝なんかされても困っちゃうわ」ダフネが目を何度かしばたたいたあと、ジャケットの袖で目のあたりを拭った。「いやだわ、マディー、わたし、あなたにすごく会いたかったのね。いままで自分でも気づかなかったのに」

「わたしも会いたかったわ」マデリンが心もとない笑みを浮かべた。「さ、泣いてなんかいないで、少女探偵団ごっこをしなくちゃ」

「そうよね」

「あなたは部屋のそっち側をお願い」マデリンは引き出しを開けた。「わたしはこちら側を調べるから」

ダフネがようやくかすかに微笑んだ。「はい」

マデリンが探るような目を素早く彼女に向けた。「どうかした?」

「なんでもないけど、あなたが仕切って指示を出したでしょ。子どものころもそうだったわ。親分肌なのよ。生まれながらの経営者だったんだと思うわ」

マデリンはうずたかく積まれた色褪せた写真をぱらぱらと繰って目を通していく。「あなたは驚くかもしれないけど、そういうのって誰もが魅力的だと思ってくれる傾向じゃないのよ」

「あら、そうなの?」ダフネはクロゼットの棚から箱を下ろした。「そういうところに敬服しない人って誰?」

「わたしの管理スタイルにいらいらするって言った元カレを並べたら行列ができるわ」

「まあ、そうなの? そういう元カレの行列の長さはどれくらい?」

「うーん、短くはないわね」マデリンは引き出しを閉め、つぎの引き出しを開けた。

「でも、自慢にならない?」

「ううん」マデリンは種々雑多な懐中電灯の山を調べる。「悲しいけど、魔性の女だなんて自慢できることじゃないわ。でも、秘密のパワーがあることはあってね。儲かっているホテル・チェーンの後継者の地位は、花嫁の条件としてとっても望ましいと受け取られることがわかったの」

「なるほどね。問題点が見えてきたわ」

「最後につきあった男なんか、カップル・セラピーに関する自分の理論を実証するための研究資金をわたしから引き出そうとしてたのよ。その理論のひとつっていうのが、セラピストがクライアントの妻——もちろん、彼女もクライアント——と寝てみるっていうものらしいの。簡単に言えば、そのドクター・フレミングがその理論を熱心に実践していたことが発覚したのよ」

ダフネがさっと顔を上げた。「冗談でしょ」

「残念ながら、ほんと」

「そのフレミングが複数のクライアントと寝ているのをどうやって突き止めたの?」

「身辺調査をさせたから。いつもそうしているの。わたしがデートをするようになってからずっとそうしているわ。おばあちゃまの命令でね」

「ふうん。悪くはないと思うわ」ダフネの顎のあたりに力が入った。「こういう時代ですもの、女性はどんなに用心してもしすぎることはないのよ」

「おばあちゃまもいつもそう言っていたわ」

「それで、そういう調査ってどういう人を雇ってするものなの?」

マデリンは眉をきゅっと吊りあげた。「わたしの場合、会社が契約している警備会社にたのんできたけど」

ダフネが目を大きく見開いた。「レイナー・リスク・マネージメントを使ったの？」

「重要なのは〝使った〟って言葉。今回、報告書を受け取りはしたけど、調査員は今後こういう仕事をするつもりはないって言ったの。よその会社にたのんでくれって」

「ジャック・レイナーがそう言ったの？　それって彼の口から出た台詞？」

「まあ、そんな感じだったわ。言いたいことはわかった」

「彼、どうして断ったのかしら……あっ、待ってよ」ダフネがすべてお見通しといった顔をした。「そうか、わかったわ」

「教えて」

「あなたのデート相手の身辺調査をするって仕事、たぶん彼にとって利害が対立するからだわ」

マデリンが手に取ったばかりの旧式なカメラを落とした。「彼がわたしにだらだらと理由を説明したとき、ちょうど同じことを言ったわ。あなた、いったいどうして知ってるの？　ひょっとして超能力？」

「ううん。でも、わたしもばかじゃないわ、マディー。彼があなたを見るときの目、ふつうじゃないもの。明らかにあなたを求めてる。それだけじゃなく、あなたも彼に興味をもっているんだと思う。あなたたち二人のあいだには熱っぽいものを感じるのよね」

マデリンがうめくように言った。「そんなにあからさま？」

「姉妹の目にはね」

「姉妹とはいえ、十八年間も会ってなくて、当然、わたしがあさはかにも恋愛と呼んでいた一連の災難を目撃してもいなかったあなたの目にか……。要するにこういうことなの——わたしが出会う男の全部が全部、サンクチュアリー・クリーク・インズが目当てだなんて心配する必要はなかったとしても、じつはわたし、性的行為に関して深刻な問題を抱えているわけ。それが必然的に邪魔してくるの」

「あなたの過去を考慮すれば、じゅうぶん理解できるわ」ダフネがしゃがみこんでベッドの下をのぞいた。そこに何を見たにせよ、顔をしかめてみせる。「でも、言わせてもらえば、ジャック・レイナーはあなたのホテルに関心はないと思うわ」

「ええ、それはそうよ」マデリンはカメラ用ボックスを開けて、中に入っている大昔の機器を見た。「それでも、わたしの問題はあいかわらずそこにある」

「そういう問題に関してセラピーを受けたことはあって？」

「ないわ。専門のカウンセラーに相談してもはじまらない気がするの。問題の原因はわかっているんだし、あのことは誰にも話せないって自分でわかっているから」

「まあね、古い家族の秘密だものね」

マデリンは箱を床に置き、散らかった部屋に目を走らせた。「それなのにいま、理由はわからないけど、トム・ロマックスがその秘密を表に出そうと決めたんじゃないかって気がすいるの」

「必ずしもそうとはかぎらないけど」ダフネが立ちあがった。「もしもトムが、ブリーフケースの隠し場所を誰かに知られたと思って、壁の中から取り出したとしたらどうかしら? 安全のためにほかの場所に移すつもりだったのかもしれないわ」

マデリンはしばし考えをめぐらした。「ありえるかもしれない。トムはわたしに、しくじった、って言ったけど、最期は幻覚を見ていたような気がするの」

ダフネはベッドを回って近づき、マデリンをぎゅっと抱きしめた。「さっき聞いたけど、あなたも殺されそうになったんでしょ。それもこれもみんなブリーフケースのせいよ」

「やっぱりただのブリーフケースじゃないわ。こんな話題、蒸し返したくないけど、東屋の下に埋めた死体のこともあるのよね」

19

ジャックは奥行きのある陰気な備品倉庫内を見わたした。「まるで墓場だな。使い古した道具や備品がここに来て死んでいく」

木造の建物の内部は、汚れた窓から斜めに射しこむ弱々しい日の光にぼんやりと照らされてはいるものの、なんとも薄暗く、昔の自動車修理特有のにおい——紛れもなくガソリン、潤滑油、溶剤といったものがこぼれたにおい——が充満している。

倉庫のはるか奥のほうには園芸用のあれこれや壊れた道具が散乱していた。ジャックとエイブがいま立っているのは作業場兼自動車修理スペースとして使われていた部分である。

コンクリートの床には昔懐かしい、潤滑油を差すためのピットが造られている。かつてはここで、ホテルの車のオイル交換がおこなわれていたにちがいない。しかし、現在はその穴に古びたマットレス数枚と黄ばんだランプシェードがたくさん詰めこまれている。

「墓場じゃないな、廃品置き場だ」エイブが大きなハンマーを持ちあげて、しげしげと眺めている。「なかなかすごい廃品置き場じゃないか」そう言いながらハンマーを下に置く。「ここで何を探す?」

「それがわからない」

エイブがうなずいた。「兄さんはすごい、とつねづね思うのはそういうとこなんだよ、ボス。調査の仕事へのアプローチが綿密でしかもハイテクだ。そうなんだよ、兄さんからは学ぶことが多い」

「何を探せばいいのかはわからないが、疑問が何かはわかっている」ジャックが言った。

「なんなの?」

「イーディスとトムが車をどうしたのかをずっと考えていた」

エイブが鋭い探るような目でジャックを見た。「ポーターが乗ってきた車のこと?」

ジャックはずらりと並ぶ錆びたドリルやその他の工具を懐中電灯で上から照らした。「死体とブリーフケースをどう始末したかはわかったが、車をどうしたのかはマデリンもダフネもまったく知らない。ただ翌朝には影も形もなかったそうだ。ポーターの予約の記録のたぐいもすべて消えていた」

エイブがあたりを見まわした。「で、この備品倉庫にずっと隠していたわけじゃないことは見てのとおりだ。ここには車の気配はいっさいない。一台入れておく余地すらない」

「十八年前、ホテルがまだ活況を呈していたころなら、たぶんそれくらいの余地はあっただろう」ジャックが懐中電灯を自動車修理用ピットとすぐ横の棚に並ぶオイル缶に向けた。

「当時はトムがここで定期的に車の整備をしていたようだな」

エイブはピットに一瞥を投げた。「ということは、ポーターの車が人目につかないよう、二、三日ここに置かれていた可能性はあるね。処分の方法を思いつくまで」

「ああ。しかし、島に残された死人の車はどう処分したらいいと思う？」

「その疑問についてあれこれ考えていたら、もうひとつ疑問がわいてきた」

「どういう？」

「兄さんとマデリン・チェイスの関係はどうなってるの？　仕事上のつきあい以上なんじゃないかって気がしてるんだけど」

「これが複雑なんだよ」

「そうか。何しろ二、三カ月前にはぼくたちを解雇しようとしたんだからね。契約継続のために兄さんが直談判しなくちゃならなかったくらいだ。でも今朝、いっしょにコーヒーを飲んでる二人は、結婚十年目って感じだったよ。詮索するようだけどさ、これってぼくの勘違いかな？」

「彼女はクライアントだよ、エイブ」

「わかってるさ。わが社にとって最大かつ最重要のクライアントだよ」

「おまえならどうする？」

エイブはレンチやドライバー類が数えきれないほど置かれた作業台をじっと見た。「わからないよ、ボス」

ジャックがエイブにちらっと目をやると、エイブがなんとなくにやにやしていた。

「おまえとダフネ・ナイトだが、もうファーストネームで呼びあってるみたいだな」ジャックが言った。

「うん、まあね。でも、だからどうってことはないさ。べつの会社にけっこう長くいたけど、みんなわりとすぐにファーストネームで呼びあうようになるものだよ」

「まあな」ジャックが少しくつろいだ表情をのぞかせた。「彼女をどう思う？」

「ダフネ？　痩せすぎだね」

「おまえは昨日からずっと彼女といっしょにいたというのに、ダフネ・ナイトについて考えた末の分析結果が〝痩せすぎ〟か？」

「うん、もっと食べないといけないな」

「これからここでやろうとしているこのちょっとした殺人事件調査以外の関連情報におまえが気づくとはな」

「彼女のだんなは一年前に亡くなったんだ」

「知ってるよ。だが、自然死だ」

「うん。でも、それに折り合いをつけるのがすごく大変らしい」エイブがかがみこんで作業台の下から自動車のいろいろなホースを引っ張り出した。「脱線はここまでにして、と。もしぼくが、死体とぼくを関連づけるかもしれない車を処分しなければならなくなったら、島のどこか断崖絶壁まで行って突き落とすんじゃないだろうかって思うんだけど」

「名案とは言えないな。この島ではその手は使えない。このあたりは潮の満ち干《ひ》がかなり極端だ。死人の車が干潮や嵐のときに海面から露出する可能性が高い」

「たしかにそうだ。それじゃ、おそらくトムは一週間か二週間待ってからフェリーで本土に行き、どこかで乗り捨てたんだ」

「ありえるな」ジャックは金属製のキャビネットの中をかきまわした。「だがその場合も、誰かが車を見つけて記録をたどり、失踪した持ち主まで行き着くかもしれない」

「そうだな。それに、トムがいつもと違う車で島から出るところを見られる可能性もきわめて高いだろうな。いろいろ訊かれるはずだ。小さな田舎町ってそういうものだろ」エイブは隅から手押し車を引っ張ってどけると、その後ろに積んであった植栽用の道具を調べはじめた。「ブリーフケースの中身について何か思い当たることは?」

「なんであったにしろ、イーディス・チェイスとトム・ロマックスはひどく怯え、法廷では正当防衛とみなされるはずの殺人を隠蔽した」

エイブは作業台の後ろ側に行こうと、邪魔だったシャベルをどかした。「小さな町がどういうものか知ってるだろ——そこには必ず序列ってもんが存在する。その頂点にすわる権力者たちは地元の警察に対して多大な影響力をもっているのがふつうだ」

「この町の頂点にいるのはウェブスター家だ」

「ということは、自分の孫娘をレイプしようとしていた男を殺して、そのあと警察を呼ばないほうがいいとの決断を下したとすれば、それはウェブスター家のご機嫌を損ねるのが怖かったからかもしれないな」

「いまのところまだ、そこまでは断言できないな。世の中には恐ろしい人間がたくさんいる。マフィアのボス。麻薬カルテル。有力政治家。テロリスト」ジャックがしゃがみこみ、錆びた洗濯機の下を懐中電灯で照らした。「だが、そうだな、こいつは地元がらみって気がする」

「ほかに何かわかっていることは？」

「トム殺しは事故に見せかけようとしたか、あるいは少なくともトムに驚いた侵入者の仕業に見せかけようとしている。何者かが彼の頭部を強打したあと、階段から突き落とした」

「死亡事故に見せかけるのを専門にしている殺し屋もいるよ」

「そうだな。だが、このタイミングは地元がらみって気がする」ジャックが言った。「そうでなければ、トラヴィス・ウェブスターが選挙に打って出るこのタイミングで、何者かがブリーフケースを手に入れようとする理由がない」

「もっと重要な疑問があるよ。ブリーフケースの中に何か危険な、あるいは深刻なダメージにつながるものが入っていることを何者がどうやって知ったか？」

「それは簡単だろう。秘密を知る五人のうちの誰かがしゃべったんだ。それもたぶん最近になって」

「兄さんの言うとおりだ。二人以上が知っていたら、それはもう秘密じゃない。でも、ダフネがしゃべってないことは間違いないと思う。彼女、誓ってそれはないと言っていたし、彼女のお母さんもしゃべったりしてはいないはずだと言っていた」

「ダフネとマデリンは、トムはみずから認める世捨て人だったと思っているようだ」

「最近になって床屋に行き、ひげを剃りはじめた」

懐中電灯の光が洗濯機の下にある平たい金属製の物体の角をとらえた。ジャックが立ちあがった。

「手を貸してくれ。洗濯機を動かす」

エイブはちらかった空間を横切って近づき。重い洗濯機を動かした。ジャックが金属製の何かに光を当てた。

「ポーターの車がどうなったのか、突き止めた気がする」ジャックが言った。「車はまだここにあるんだ」

20

「あなたはどうなの？」マデリンは古い写真の山に目を通しているダフネのほうを見た。「カウンセリングを受けたことある？」

「ないわ」ダフネが見ていた写真を脇へ放り出した。「理由はあなたと同じ。問題の原因はわかっているけど、それを人に話すわけにはいかないから。でも、ママとはそのことについて何度か話をしたわ。わたしたちは安全だから心配しなくてもいいって言われつづけた。でもね、わたし、しょっちゅう怖い夢を見てたの。ああ、もう思い出すのもいやよ、マデリン。あの夜の血の海。わたしはあなたの血だと思ったから、もう怖くて怖くて」

「怖い夢を見てきたのはあなただけじゃないわ。わたしはいまもときどき窒息しそうになって目が覚めるのよ」

「いまもスリラー小説は読めないし、ホラー映画も観られないし」ダフネが顔をしかめた。

「死んだ夫には度胸がないってからかわれてたの」

「彼に本当のところを知ってほしかったわ。あなたは町でいちばん勇気のある子だったし、わたしの命の恩人だったんだってこと」

「わたし、じつはすごくびびってたのよ」

マデリンがダフネを見た。「そもそも死ぬほど怖くはなかったとしたら、そういうのを勇気ある行動とは言わないものよ。あなたにこれだけは知っておいてもらいたいわ。わたしはあのときからずっとあなたに言葉にはならないほど感謝してきただけじゃなくて、あなたを尊敬もしてきたの。あの夜、あなたはわたしの真のヒロインだった」

「そうでもないわ」

「ううん、本当にそうだった」マデリンは言った。

「あなたとわたしであの夜起きたことを話しあえたらよかったのにね。それはかなわなかった」

マデリンが顔をしかめた。「いまならできるかもしれないわ」

「そうね。お互い、問題を抱えているわけだから」

「問題を抱えていない人間なんている？　わたしの場合、大事に抱えこんでいるわ。これがファイアウォールになるのよって自分に言い聞かせながら」

「それ、いいわね。わたしもそうしようかな」

ダフネの声が少し味気なさすぎるというか、少し単調すぎた。マデリンは思わずダフネの顔を見た。

「どうしたの、ダフネ？」

「わたしね、恋に落ちて結婚したの」

「聞いたわ」

「ブランドンは一年前に死んだの。脳の癌で」

「それも知ってる。ご主人を亡くされたってジャックが言っていたわ。あなたのことをインターネットで探しはじめたときに出てきたみたいよ」マデリンは古い写真雑誌をひと山ベッドの上に置くと、両手をダフネに回した。「かわいそうに」

「前に進まなきゃいけないのに、なんだか落とし穴にはまってしまった気分なの」

「悲しみとの向きあい方は人それぞれ違うのよ。規則なんかないの」

「わたしを罠にかけたのは悲しみじゃなくて、怒りなの」

「わかるわ。悲しみにはいくつかの段階があるって言うわ。怒りもそのひとつ」

「むかついてるのよ、わたし」ダフネがつんつんしたショートヘアに指を通した。「でも、なぜなのかはほかの人には言えなかった。あまりにも屈辱的な気分になりそうで」

「どういうこと？」

「ある女性が葬儀に来たの。ブランドンが勤めていた銀行の同僚で、名前はジェニファー。わたしも一度か二度、会ったことがあったわ。ブランドンが入院していたとき、二度ほどお見舞いにきてくれたの。わざわざ葬儀にまで来てくれたことにも感謝したわ。でも、わたし、気づいたのよ。彼女、ブランドンの死に心底打ちのめされているみたいだってことに」

「うそでしょ」

「そうなのよ。うっそぉ、でしょ。そのあとブランドンの遺品の整理をはじめたら、パソコンに彼女とのEメールが何件か残っていたの。なんと三年前からつづいてたわけ。ブランドンとわたしが出会う前、二人は恋人だったのね。まず彼女が別の人と結婚した。メールによれば、ブランドンがわたしに結婚を申しこんだあと、二人はもう会わないことにしようと約束した。その後しばらくはそうしていたみたい。でも、長くはつづかなかった。数カ月後にはまた関係をもつようになっていたのよ」

「なんてやつなの。嘘つき。浮気者。二股男」

ダフネはマデリンの過激な反応にぎょっとした顔をしたが、まもなく皮肉めいた笑みを浮かべた。ユーモアのかけらも感じられない笑顔。「ほとんど毎朝、まさにおんなじ言葉を頭に浮かべながら目を覚ましてるわ。いまだにしょっちゅう思い出すのは、彼がわたしを愛してるって言っていたこと。とくに余命いくばくもなくなってから」

「ひとりぼっちで死にたくないから、あなたをベッドの横にとどめておきたかったときね」

「本当のことを知ってから、利用されたと思ったわ。これを利用と言わずしてなんと言うの。何わたし、いまも頭のどこかで、時間を巻きもどすことができたら、と思いつづけてるわ。何本もの管や針につながれて病院のベッドに横たわる彼に、何もかも知ってるのよ、って言って、背を向けて歩き去ってやるの」

「こう考えたらどうかしら？　彼は死んだ。あなたはまだ生きている。たとえ復讐のシナリオがうまくいったところで、そのろくでなしより長生きすることに比べたら、ぜんぜん大したことじゃないわって」

ダフネがぽかんとした顔をマデリンに向けた。口がきけないらしい。しばらくして笑いだした。はじめは弱々しい神経質そうな忍び笑いだったが、少しすると大笑いに変わった。まさに大笑い。やりすぎなくらいの大笑い。ヒステリックな大笑い。涙も頬を伝いはじめた。

マデリンはダフネに腕を回し、カタルシス的な大笑いがおさまるまで抱きしめていた。そしてダフネが落ち着きを取りもどしたところで体を離した。

ダフネはポケットからティッシュを取り出して目を押さえた。

「わおっ」しばし間をおいてつづける。「きついわね」

「経営者タイプの人間って、すぐに結果を算出できるのが特徴だって知らなかった？」

「あなたの元カレたちと違って、そういう資質が女性——とりわけ姉妹——の中にあるなんて尊敬しちゃうわ。ありがとう、マディー。昔のことわざどおりね、わたしにはあなたみたいな真の友が必要だったんだわ」

「どんなときでも力になるわ」

マデリンは向きなおった——すると、ベッドサイド・テーブルの上の写真立てが目に入った。トムは自分が気に入った写真しかフレームには入れない。彼自身が芸術と思える写真だけだ。しかし、それは息をのむような風景写真ではなかった。トム自身のくつろいだ写真。写真の中の彼は若くハンサムで生き生きとしており、誇らしげに軍服に身を包んでいる。きれいな女性が隣に立ってにこやかに微笑んでいる。トムは彼女の肩にゆったりと腕を回しており、そのポーズからはまぎれもない所有欲が見てとれる。女性が着ている服はおそらく数十年前のファッションかと思われる。

「ねえ、トムだけど、少なくとも過去のどこかで一度だけは恋愛を経験してたんだわ」マデリンが言った。

ダフネがマデリンの後ろに来て、彼女の肩ごしに写真を見た。「裏に日付と名前が書いてあるかもしれないわ。はるか昔の恋人が誰だったのか、わたしたちがいまさら知ったところで役に立つとは思えないけど。この二人がうまくいかなかったことは明らかなんだもの」

「もしかしたらこの人が亡くなって、トムは残りの生涯を悲しみのうちに過ごしていたのかもしれないわ」

マデリンは写真立てを慎重にばらし、写真を取り出した。

二枚目の写真がはらりと落ちてきた。一枚目の写真の裏に隠してあったのだ。その写真は遠くから撮ったものだった。被写体は撮られていることにまったく気づいていないようすだ。その女性はオーロラ・ポイント・ホテルの前の崖の上に立っていた。肩までの長さのブロンドの髪は風に吹かれて顔にかかってはいるが、巻き髪は彼女の印象的な顔立ちを完全におおい隠してはいない。

「この人、美人よねえ」ダフネがつぶやいた。「見て。すごくモダンなスタイル――もう一枚の人とは違って」

マデリンは写真をひっくり返した。裏側にはトムの筆跡で〝ロマーナ〟という名と日付が記されていた。

「日付を見るかぎり、この写真を撮ったのは約六週間前だわ」マデリンが言った。「トムとこの女性、恋愛関係にあったのかしら？」

「トムにはちょっと若すぎるわ」ダフネが言った。

「いったいいつから、若くてセクシーな美人が男を夢中にさせなくなったの？」

ダフネが顔をしかめた。「たしかに」

二人は写真を丹念に見た。

「彼女はトムが写真を撮っていることに気づいてないみたいね」ダフネが言った。「謎の女ロマーナの写真はほかにもあるかしら？」

入り口の階段から足音が聞こえてきた。

「ジャックとエイブだわ」マデリンが言った。「何か見つけたのかもしれないわね」

マデリンが短い廊下を進み、玄関を開けた。ジャックとエイブが前後してポーチを歩いてきた。

「ポーターの車の痕跡、何か見つかった？」マデリンが訊いた。

「車はここからどこかに運ばれることはなかった。備品倉庫に隠したままだったんだ」

ジャックが言った。

ダフネが眉間にしわを寄せた。「さっきたしか、あなたはあの中に車はないって言ったと思ったけど」

「見つけてみたら、ああ、こういうことだったのかとわかった」

ジャックが見慣れた大きさの長方形に切られた、錆だらけの金属板を差し出した。

それに目を凝らすうち、マデリンの脈拍が一気に速まってきた。「それ、古いナンバープレートみたいね？」

「正解だよ」エイブが言い、笑顔を見せた。「トムはポーターの車を自分の解体工場でばらしたようだ。土の中に埋めた部分もあるかもしれないが、大半はまだあそこに隠されたままだった。あれだけあれば、所有者と登録情報をたどることはじゅうぶんできると思うね」

21

ルイーザは自分だけの聖域と考えている部屋、書斎のドアを開けて入っていった。そこがまるで危険な爬虫類の巣窟でもあるかのような足取りで。雨の午後の弱々しい光が窓から斜めに射しこんでいる。

ゼイヴィアがデスクを前にしてすわっていた。

「入ってよ、母さん」ゼイヴィアがトレードマークとも言える明るい笑顔を見せた。「父さんはいま、ニューヨークと電話中なんで、ぼくと母さんとで細かいことを相談する絶好のチャンスじゃないかと思ったんだ。ほかでもない、父さんのための町をあげての誕生パーティーの前に開く予定の内輪のパーティーのことだよ」

ルイーザはドアを閉め、気を引き締めた。何より怖いのがゼイヴィアの予測不可能なところだった。

「もう準備万端よ。今日もお昼前にまた、シアトルのケータリング業者と打ち合わせをしたわ」

「万事滞りなくいきそうだね」ゼイヴィアが椅子にすわったまま、身を乗り出した。デスクランプの明かりは彼の優美な長い指を照らしてはいても、顔は陰になったままだ。「うちの家族がしなければならないことは、候補者とその完璧な家族に相応しい印象を、あらゆるソーシャルメディアを通じて世界に発信することだ。プレスリリースはもうほぼできあがっている。このイヴェントが終わるころには、上院へ行くのに必要な牽引力をトラヴィスは手にするはずだ。ぼくを信じてよ。ぼくは兄貴を当選させるために生まれてきたんだ」

ルイーザは不安で内臓がねじれそうだった。ゼイヴィアがその魅力をあますところなく振りまくときはいつだって、このうえなく危険な状態にあるときなのだ。

「わたしに話したいことって何かしら、ゼイヴィア?」

ゼイヴィアは椅子の背にゆったりともたれた。「母さんは知ってるかな、マデリン・チェイスがこの町に来てるって? 昨日の夜、クラブ・シャックでばったり顔を合わせたんだ。いっしょにいたのはコンサルタントとやらだったが、あいつは間違いなく彼女とやってるな」

「マデリンだったら、あの古いホテルをどうするかってことで来ているんでしょ。おばあさまが亡くなられて、あそこは彼女のものになったわけだから」

「そうだな、あのばあさんがくたばったってのは聞いたよ」ゼイヴィアがかぶりを振り、舌打ちをした。「いやなババアだったよな。トム・ロマックスも好きじゃなかったね。ぼくがはじめて、母さんが施設って呼びたがる監獄に送りこまれたのは、あいつらのせいだっただろ？」

今度こそゼイヴィアは変わった、今度こそ薬物療法が効いた、との一縷《いちる》の望みはここで断たれた。ばかだったわ、とルイーザは思った。母親はいつだってわが子のことはわかるものだ。

「それについてはさんざん話したわよね、ゼイヴィア。お父さまもわたしも、あなたにはなんらかの助けが必要だと思ってしたことなのよ」

「要するに、ぼくをどっかに閉じこめたかったんだろ。大事なかわいいトラヴィスをぼくが傷つけるかもしれないもんな」

「違うの。あなたのためにいちばんいいと思ったことをしたの。あなただって、あの施設でしばらく過ごしたあとは必ず気分がすっきりしたことは認めなくちゃ。ずいぶんよくなったでしょう。最後の入院からこっちはすごく安定しているわ——正常よ。なぜいまになって昔のことを蒸し返したりするの？」

「だって、昔のことが消えるわけじゃないからさ、母さん」ゼイヴィアがくっくと笑った。

「だけど、母さんの言うとおりだ。ぼくは大丈夫。すっかりよくなったよ。父さんと母さんが最高の治療を受けさせてくれたおかげで、忌々しいほど〝正常〟になった」

ルイーザの中でふくらみつつあった不安が、そろそろ完全なパニックになって爆発するぞ、と脅しをかけてきた。ルイーザは胃のあたりに手を当てて、ゼイヴィアが出ていったらすぐさまベッドルームに行き、抗ストレス剤を飲むから待って、とみずからに言い聞かせた。

「ゼイヴィア、わたし今日はとっても忙しいのよ。話したいことってなんなの？」

「マデリンといっしょにいたホテル・コンサルタントだけど、あいつに関するちょっとしたデータに母さんと父さんは興味あるかもしれないなと思ってさ。じつはあいつ、ホテル経営の専門家なんかじゃないんだ。警備会社を経営してる——ひと言付け加えるなら、ちんけな警備会社だ。従業員は本人を含めて三人だけ」

ルイーザがぴたりと動きを止めた。「それ、ほんと？」

「もちろんさ。間違いない。なんだか変だろ？　つまり、なんでマデリン・チェイスはオーロラ・ポイント・ホテルを売却するかどうかを決めるってときに警備員を連れてきたのかってことだよ？」

ルイーザはぴんときた。

「トム・ロマックスね」ルイーザがつぶやいた。「彼の死に疑問を抱いたってことね」

「そうだよ、ぼくも同じ結論に達した。おもしろいと思わないか？」

22

マデリンがダフネ、ジャック、エイブの先頭に立ってB&Bの玄関を入ったとき、フロントデスクの女性が顔を上げた。

マデリンを見て、固く引きつったような笑みを投げかける。

「ミズ・チェイス、ちょっとお話ししたいことがございますが、よろしいでしょうか？」細い声で問いかけてきた。

マデリンはデスクの前に行った。「何かしら？」

「こちらにご伝言をお預かりしております」彼女が封筒を差し出した。

マデリンは封筒を受け取り、表に記された優雅な手書き文字に目をやった。マデリンに宛てた手紙だ。差出人の名前は折り返しに箔押しされている。ルイーザ・ウェブスター。うなじのあたりに冷たい戦慄を覚えながら、マデリンは封筒をトートバッグにしまった。

受付係が咳払いをした。「それから、ミズ・チェイス、たいへん申しあげにくいのですが、いただいたご予約にちょっとした問題が生じまして」

マデリンは彼女に冷ややかな笑みを投げかけた。「どういうことかしら?」

「今朝、お客さまからお客さまとお友だちのご予約の延長をなさりたいとおっしゃられて、わたしはそのときはお引き受けできると思ったのですが、じつは予約の受付に手違いがありまして、結果的に延長はお受けできなくなりました」

マデリンは眉を吊りあげた。「わたしたちを追い出すつもり?」

「週末は予約がぎっしりなんです。この町で大きなアート・ショーが開催されるもので」

受付係のとびきりの明るい笑顔からは、何かしら必死の懇願といったものが伝わってきた。

「で、どうしろと?」マデリンが言った。

受付係は目をぱちくりさせた。「は? どういうことでしょうか?」

「そちらはいったん延泊を引き受けておきながら、出ていってくれとたのんでいるんでしょう」マデリンが我慢強く言った。「だとしたら、わたしたち四人はどうしたらいいのかしら?」

受付係は唾をぐっとのみこんだ。「思い当たるところに電話を入れてみます」

「名案だわね。そうしてちょうだい。友だちといっしょにロビーで待たせていただくわ」

マデリンはフロントデスクに背を向けて、ジャック、エイブ、ダフネが立っているところに部屋を横切ってやってきた。

「どういうことだろう?」エイブが声をひそめて訊いた。

ジャックが唇をぎゅっと引き結んだ。受付係をじっと見ていると、電話口に向かって早口でしゃべっている。「ぼくのせいだ。クラブ・シャックの一件でこういうことになったんだと思う」

「わたしもそう思うわ」マデリンが言った。「もう話したけど、ゼイヴィア・ウェブスターが島にいるときは誰もが神経をぴりぴりさせているの。こと復讐にかけては評判が高い人だから」

「しかも火遊びが大好きときている、わたしの記憶によれば」ダフネが付け加えた。「あのばか息子。ここの経営者はたぶん、わたしたちがここに泊まっていると、ゼイヴィアがこのB&Bに悪辣なことを仕掛けるかもしれないと思っているんだわ」

「そうよね」マデリンも同調した。

受付係が不安そうに顔を上げた。「ミズ・チェイス?」

マデリンはフロントデスクに引き返した。「はい?」

「ホテルやB&Bはすべて満室ですが、サマーハウスでしたら空いているところが何軒かございます。地元の不動産管理事務所にいる友人に相談しましたところ、ハーバーハウスがいいのではないかということでした。こちらは町はずれにある、古いことは古いのですが、とても広い家になります。ベッドルームが四室に、バスルームが三カ所。眺めは素晴らしいです。ですが、ひとつだけ問題がありまして、最短滞在期間が一カ月なんです」

「お友だちにお願いすると伝えて」マデリンが言った。「賃貸契約書を準備してもらってちょうだい。一時間後に不動産管理事務所に行ってサインするわ」

「よろしくお願いいたします」受付係は見るからにほっとしたようすだ。「ご理解いただいたことに感謝いたします」

「かまわないわ」マデリンが三人のほうを振り返った。「ねえ、ランチに行きましょうよ。おなかがぺこぺこ」


それから少しあと、四人はクラブ・シャックのブースにすわった。ヘザー・ランブリックは四人に挨拶をしたあと、厨房へと姿を消した。マデリンはメニューを手に取った。

「これまでバーから放り出されたことはあったけど、ホテルから追い出されるのははじめてだよ」エイブが言った。

「ハーバーハウスはなかなかいいわよ」マデリンが言った。

「憶えてるわ」ダフネが言った。「あそこは二十世紀初頭にシアトルのお金持ちが別荘として建てたの。古色蒼然とした美しいお屋敷よ。少なくともかつてはね」

「運がよければ、クーパー島にそう長く滞在しないですむと思うけど」マデリンがそう言いながら顔を上げ、ウェイトレスを見た。「クラブ・ルイをいただくわ」

「わたしは何もいらないわ」ダフネが言った。

エイブがウェイトレスを見て言った。「彼女はフィッシュ&チップス。ぼくも同じものを」

ダフネが眉間にしわを寄せた。「わたし、ほんとにおなかがすいていないのよ」

ジャックがメニューを置いた。「ぼくもフィッシュ&チップスにする」

ウェイトレスはダフネが注文を訂正する間を与えずにテーブルを離れた。

マデリンがジャックのようすをうかがった。「気分でも悪いの?」

ジャックが眉をきゅっと吊りあげた。「いや、そんなことないが。どうして?」

「いつもはもっとじっくりメニューを見るでしょう」

「ここのはもう暗記したから」

「何かほかのことを考えているみたい」マデリンの口調は非難めいていた。

「じつは、ランチがすんだらすぐ、うちの司書に電話をしようと考えていた」

ダフネが訝しげに眉を吊りあげた。「私設司書を抱えているの?」

エイブがくっくと笑った。「兄さんが言っているのはベッキー・アルバレスのことで、彼女は厳密にはわが社の受付なんだけど、彼女が図書館学の学士号をもっているものだから、兄さんは彼女を司書と呼んでるんだ」

「肩書きはいつだって重要よ」マデリンがジャックに視線を戻した。「それで、お抱えの司書に電話を入れるというのはどうしてなの?」

「今夜彼女に、われわれの新しい宿泊先の周囲に屋外用の防犯センサーを取り付けさせたらどうかと考えている。ひょっとすると、放火犯がそこを狙ってくるかもしれないだろう」

マデリンがはっと息をのんだ。「そうだわね」

「名案だけど」ダフネの声の調子からすると、彼女もはっと息をのんだようだった。「なんだか不気味じゃなくって？」

「どんどん不気味なことになってきそう」マデリンが言った。

マデリンがトートバッグから封筒を取り出した。ジャック、エイブ、そしてダフネがじっと見つめている。誰ひとりとして、ひと言も発しない。

マデリンは封筒を破って開き、ぱりっとしたカードを引き出した。ルイーザ・ウェブスターの頭文字が浮き彫りになっているものだ。

マデリンが抑えた声でメッセージを読んだ。

親愛なるミズ・チェイス
このたびは、おばあさまが所有なさっていらした不動産の件であなたが町にいらしてらっしゃることを人づてに知りました。久しぶりのクーパー島へのご帰還のきっかけがそのような悲しい出来事であることは本当に残念ですが、それでも〝お帰りなさい〟と言わせていただきます。
そして、たまたまちょうどいい機会ですので、あなたにも十五日の月曜日に開催予定の夫の誕生日を祝う内輪のパーティーにぜひともご出席をお願いいたしたく、お知らせするしだいです。このパーティーは町の方々とのイヴェントの直前にわが家で開く非公式の集まりで、ゲストの皆さまには特別なニュースを聞いていただけたならと存じます。

なお、お連れの方がいらっしゃるとうかがっておりますので、あなただけでなくその方も歓迎させていただきます。

「ルイーザ・ウェブスターがイーガンの誕生パーティーにあなたを招待しているわけ？」ダフネがまた訝しげに眉を上げた。「不気味というほかないわね」

「ほんと」マデリンが言った。「たしかに不気味だわ。でも、いちばん頭にくるのは〝お帰りなさい〟ってところ」

エイブはテーブルの上で腕を組んだ。「きみとおばあさまがここに住んでいたとき、ウェブスター家の人たちと親しくはなかったんだ？」

「祖母はあちらのパーティーに招待されたことなど一度もなかった。間違いないわ」マデリンが言った。「でも、それを言うなら、ウェブスター家の人たちはこの町の誰とも親しくはなかったわね。この島にあるウェブスターの屋敷は、そもそも一家にとっては週末や夏休みを過ごすためのものだったの」

「なのにいま突然、あなたが内輪のパーティーに招待されている」ダフネは思案顔だ。「なんとも気味が悪すぎるわ」

「そうでもないだろう」ジャックが言った。「マデリンは最近、高級ホテル・チェーンの跡を継いだ。選挙戦に向けて寄付を募るために開かれるホームパーティーに招待される経営者の仲間入りをしたわけさ」

「ああ、なるほどね」ダフネが言った。「わたし、ときどきホテル・チェーンのことを忘れてしまうのよ。たしかにそう。ウェブスター家はマデリンを選挙活動資金を寄付する人間と見ているのね。それなら納得がいくわ」

マデリンが椅子の背にもたれた。「納得がいくといえばいく気もするけど、あまりにも奇妙じゃない？」

「どんなふうに？」エイブが訊いた。

「そりゃあ、後継者になったせいで、人におべっかを使われるのはこれがはじめてじゃないけれど。わたし、そういう人間は理解できるのよ」

エイブが抜け目なくうなずいた。「だろうね」

マデリンはジャックを見た。「あなたはどう思う？　これ、受けたほうがいい？　ウェブスター家の面々を近くで観察するいい機会になるかもしれないわよね」

「そういうことなら都合はいいね」ジャックが言った。「ウェブスター邸の敷地内に合法的に入って、ようすを探ることができるわけだから」

マデリンの頭の中でいきなり警報が鳴り響いた。「どうかしてるわ、あなたって！　そんなことわたしが許さない。ねえ、聞いてる？　そんなこと、絶対に許さないわよ。考えるだけでもだめ」

そのとき、ウェイトレスが料理を運んできたため、マデリンはいったん言葉を切った。彼女が歩き去ると、エイブがジャックの考えを探るように顔を見た。

「ここはＩＴ担当者として言わせてもらうけど、願ってもないチャンスだよな？」エイブが言った。

ダフネは空腹ではないことをすっかり忘れたかのように、カリカリに揚がったフィッシュにフォークを刺して口に運んだ。

「あなたたち二人、非合法的なことをしょっちゅうやってるの？」ダフネの口調は好奇心に満ちていたが、とりたてて心配しているふうではなかった。

「いや」エイブが答えた。

「きわめて特別なクライアントの仕事をするときだけさ」ジャックが言った。

23

マデリンがジャックにエスコートされて不動産管理事務所に入っていくと、すでに賃貸契約書が用意されていた。誰も放火のことは口にしない。不動産業者は一カ月分の賃貸料の小切手を受け取ってうれしそうだった。この不動産屋は島の人間ではないな、とジャックは推断した。地元の秘密を知らない男だったからだ。

コーヴ・ビューB&Bに戻ったとき、エイブは備品倉庫で発見したナンバープレートに関する報告書を手に待っていた。四人はマデリンのこぢんまりとしたスイートに集まった。チェックアウトの時刻まではまだ一時間ある。

「問題の車はサンドラ・パーヴィスという女性の名義で登録されていたよ」エイブが待ちかねたように告げた。

マデリンの期待がしぼんでいくのをジャックは見てとった。ダフネも落胆を隠せずにいる。

「おかしいわね」マデリンが言った。「あのナンバープレート、きっと違う車のものだったのよ」

「早くも行き止まりね」ダフネが言った。「はじめての手がかりもこれまでか」

「きみたちはぼくに対する信頼が足りないね」エイブがたしなめた。「そうせかないで。まだ終わっちゃいないんだから。サンドラ・パーヴィスは、ナンバープレートの交付当時、カリフォルニア州サンディエゴ在住だった」

「いまはどこに住んでる?」ジャックが訊いた。

「死亡した。五カ月前にヘロインの過剰摂取で。明らかにずっと前から常習者だった」

「最近死亡した人間がまたひとり、われわれが追っている事件につながったってことだな」ジャックが気づいた。

「いったいどこへ向かうのかしら?」マデリンが訊いた。

「そのサンドラ・パーヴィスにはノーマン・パーヴィスって名前の兄がいた」エイブが先をつづけた。「そして、なんとノーマンは十八年前に失踪している。手がかりはいっさいなし。以降、彼を見かけた者も誰ひとりいない」

ジャックはマデリンとダフネが目配せするのを眺めていた。

「もっとおもしろいこともある」エイブがつづける。「ノーマンは一時期、カリフォルニア州の私立探偵のライセンスを所持していた。だが、これは剝奪された。なぜなら、彼が未成年の女性にセックスを強要して逮捕されたからだ。この男だが、見覚えは?」

エイブは帽子からウサギを出してみせるマジシャンさながらの鮮やかな手つきでパソコン

画面を逆向きにした。

一同は食い入るように画面を見つめた。逮捕時の古い写真に写っているのは、後退しつつある生え際と鋭い目つきのがっしりした男だった。

「あっ、いやだ、うそっ」ダフネがつぶやいた。「これ、あいつよ。ポーター」

マデリンは無言で写真をにらみつけている。

ジャックは腹の中を鉤爪でひっかいてくる怒りを懸命に抑えこもうとしていた。このくそ野郎は死んだんだ、と自分に言い聞かせながら。

ダフネが手を伸ばして、マデリンの腕に触れた。体に触れられたことで、茫然自失だったマデリンがわれに返った。

「あいつだわ」マデリンが言った。

不自然に冷静で、抑揚がいっさいなかった。

二人とも名前や解体された車との関連を聞いているあいだは気を引き締めていたが、ここまではっきり確認できたことでこうなった、とジャックにはわかっていた。実際にはさほど現実的でなくても——すでにきわめて現実的なのだが——どういうわけか腹の底に響くのだ。すごく直接的に。二人のあいだに幽霊が歩いてきたかのようだ。ジャックがそれを理解できるのは、彼も死んだ男に夢の中で何度か訪問を受けていたからだ。

「つまり、トムは本当に車をばらしたってことだな、厳密に言うなら」

「言ったでしょう、みんな怖くてしかたがなかったのよ」マデリンがジャックに思い起こさせようとした。

ジャックはエイブを見た。「ほかには何か？」

「パーヴィスのサンディエゴの住所を調べた」エイブが答えた。「十八年前、そこはアパートメント・ビルディングだったんだけれど、十年前に壊されて、跡地にはコンドミニアム・タワーがそそり立っている」

「ということは、ポーターを憶えている、当時の隣人たちを探し出すことはできないわけね」マデリンが言った。

「パーヴィス」エイブがうわの空で訂正した。

「わたしにとってはいつまで経ってもポーターなの」マデリンが言った。

誰も反論はしなかった。

ジャックがエイブのほうを向いた。「よし、わかった。これでスタート地点は判明した。サンディエゴだ。ウェブスター家の面々に関する身辺調査は終わったか？」

「うん」エイブはパソコンの画面を何度かクリックした。「イーガン・ウェブスターのヘッジファンドの拠点はワシントン州ベルビューにある。でも、ワシントン州に移り住んで金融帝国を築く前、彼はカリフォルニア州ラホーヤにある小さな会社で株式仲買人をしていたことが判明した」

「ラホーヤって、サンディエゴにあるとびきりの高級住宅街でしょ」マデリンが言った。

「そしてポーター／パーヴィスはサンディエゴに住んでいた」

ダフネが眉をひそめた。「それがいったいどこへどうつながっていくのかしら？」

「まだまだ点と点を結ぼうとしている段階だよ」エイブが言った。「ウェブスターのヘッジファンドは創設するやいなや、ロケットよろしく猛烈な勢いで上昇した。投資はほぼすべてが大当たり。年次営業報告書によれば、会社はいまも素晴らしい業績を上げつづけている。でも、基調をなす投資を精査したところ、パターンから逸脱した点がいくつか見つかった」

「パターンからの逸脱にはつねに興味を引かれるね」ジャックが言った。

「何件かの投資が投資における黄金律を破っているんだ——まさかって感じでね」エイブが画面を切り替えた。「少なくともぼくの分析ではそういうことなんだけど、そういう逸脱がウェブスターの利益にほとんど影響を与えていないみたいなんだ。投資家たちが知るかぎり、ウェブスターはあいかわらず神の手の主なんだよ」

マデリンが椅子の背にゆったりともたれ、ジーンズの前ポケットに手を突っこんだ。「詐欺師なの？」

「奇跡的に大儲けをしたヘッジファンドがじつはさほど奇跡的じゃなかったことが判明した事例は、これがはじめてってわけじゃないわ」ダフネが言った。

「それはそうなんだが」エイブが言った。「このケースが興味深いのは、ミダス王の手の威力が衰えはじめるまで、ウェブスターが長期にわたって輝かしい業績を上げつづけてきたってことだ」

ジャックはそれについて考えをめぐらした。「永久にトップの座にすわりつづけるやつなどいないさ。そのファンドが創設されたのは——いつだったっけ？——二十年前？」

「そのとおり」エイブが言った。「ポーター／パーヴィスがクーパー島に現われる二年前のことだ」

「ファンド創設当時、ウェブスターは四十歳くらいだったわけね」マデリンが言った。「若いやり手とは言いがたいわ。それまでは証券会社に勤めていたと言ったわね。そこでどんな実績を上げていたのかしら？」

エイブは再びメモに目をやった。「優秀だったみたいだ、少なくとも最後の一年間は。それ以前はごくごく平均的としか言えないね。それでも、顧客リストを見ると、なかなかなものだ」

「そうだと思うわ」マデリンが言った。「遺伝的要素、つまりルックスとカリスマ性にかぎれば、彼はまさにどんぴしゃな人材よ。政治家か営業マンになるために生まれてきたような人だもの。スタートラインに立ったときはたぶん、まだ政治に打って出る資金がなかったから営業の道を選んだんでしょうね」

ジャックが身を乗り出して、テーブルの上で腕を組んだ。「金融業界に入って最初の二十年間は集団に加わって動いてきた。その後、二十年前くらいにワシントン州に移って独自のファンドを創設した。そして突然、魔術師と化した。それからまもなく、幼女とのセックスが好みという性癖のせいで資格を剝奪されたけちな元私立探偵が、身元を偽ってこのクーパー島に姿を現わした」

三人がいっせいにジャックを見た。

「二十年前に何が起きて、ウェブスターにツキが回ってきたのか、それを突き止める必要があると思うんだ」ジャックが提案した。

「引きつづき掘り起こしてみるよ」エイブが言った。「でも、インターネット経由ではもうできることはやりつくしたかと思う。この先はラホーヤ時代のウェブスターを知る人から話を聞いてみたほうがよさそうだな」

「そうだな」ジャックが言った。「昔の同僚を探し出してくれ。昔の恋人なんかもいいかもしれない。とにかく彼をよく知っていた人間だ」

ダフネが唐突に背筋をぴんと伸ばし、指先でとぎれとぎれに素早く机を叩きはじめた。

「わたしもいっしょに行くわ、エイブ」

三人がいっせいにダフネを見た。

最初に口がきけるようになったのはエイブだった。「いまなんて言った?」

「この島にいても、わたしにできることなんて何もないわ。でも、あなたの聞き込みの手伝いならできるかもしれない。インテリア・デザイナーって職業は、あらゆる種類の人を相手にすることができるようになるのよ。だからわたし、相手のライフスタイルの分析を通して人間の心理を読みとるのが得意なの」

「そうね」マデリンがいやにゆっくりと言った。「名案だと思うわ」

ダフネがうれしそうな表情をのぞかせた。エイブも内心ひそかに喜んでいるようだとジャックは思った。

反対する理由はなさそうだ。

「よし」ジャックは言った。「それじゃ、荷物をまとめてこい。フェリーの出航を待つのは時間の無駄だ。いますぐマリーナに行って、水上飛行機をチャーターしてシアトルへ向かえ」

24

ラモーナ・オーエンズはトム・ロマックスのコテージの裏手の私道で二人を待っていた。グレーの小型車の運転席にすわり、開け放したドアから地面に片足を伸ばしていた。ジャックがSUVを停めると、バックミラーに映った大きな車に気づいたラモーナが降りてきた。自分の車のドアから離れずにうろうろする姿は、いざというときはすぐ車に飛び乗れる体勢をとっているかのようだ。

ラモーナからの電話を受けたのはその日の朝のこと。これまで食べた中で最高と言ってもいいほどおいしいスクランブルエッグをちょうど食べ終えたときだった。ジャックが、ハーバーハウスの食器棚で見つけた時代物の鋳鉄製のフライパンを使ってつくってくれたスクランブルエッグだ。ジャックがそのフライパンにひと目ぼれしたのは明らかだった。彼が瞬間的に示したその調理道具に対する不自然なほどの執着についてマデリンがひとこと言おうとしたとき、携帯の呼び出し音にさえぎられた。

携帯から聞こえてきた女の声は不安げな息づかいがまじっていた。ひどく怯えているようだった。〝ラモーナ・オーエンズといいます。どうしてもお話ししたいことがあるんです。わたしの祖父、トム・ロマックスのことで〟

マデリンはフロントガラスごしにラモーナを観察した。「あの子、トムのコテージで見つけた写真に写っていた子だわ」

「あの子の車のナンバーを控えて」ジャックが言った。

マデリンはバッグからペンを取り出し、ナンバーをメモした。「ほんとにきれいな子だわ。トムがひげを剃りはじめたのも不思議じゃないわね。きっと孫娘がすごく誇らしかったのよ。長いこと音信不通だった孫娘にも、おじいちゃんを誇りに思ってほしかったんだと思うわ」

ラモーナのブロンドの長い髪は、今日はポニーテールに結わえていた。ぴったりとフィットしたジーンズが長い脚を際立たせている。やはりぴったりフィットしたセーターはカシミアだ。革のジャケットはいかにも柔らかそうで、サングラスは高級ブランド品である。

ジャックはシートベルトの留め金をはずしながら彼女を観察した。「クールに見せようとしているが、不安で神経をぴりぴりさせている」

こうした状況ではたいていの男が感銘を受けそうなラモーナのルックスだが、ジャックはさほど気をとられていないようだ、とマデリンは気づいた。その瞬間、ささやかな満足感がこみあげてきたが、ただちにぐっと抑えこんだ。

「死にそうなほど怯えているのよ、たぶん」マデリンは言った。「おじいさんが殺されたのは、ここでずっと昔に起きたことのせいかもしれないと思って、警察には行けないと感じているのよ。これ、きっとわたしたちが探していた突破口よ、ジャック」

「どうかな」

「熱意が感じられないけど」

「できすぎた話をすぐに信じちゃいけないことくらい、きみだってわかってるだろう。ナンバーは書き留めた？」

「ええ」マデリンはメモ帳をトートバッグに戻した。

「それじゃ、どういうことか話を聞きにいこう」

ジャックがドアを開けて運転席から降りた。マデリンも反対側のドアを開けて地面に飛びおりた。

朝の雨は上がっていたが、早くもつぎの前線が近づいていた。風が再び勢いを増している。もうすぐまた雨になるのだろう。

「ラモーナ・オーエンズ？」ジャックの声に抑揚はいっさいなかった。

ラモーナはその声音にいささかひるんだ。「ええ」そう答えながらマデリンを見た。「マデリン・チェイス？」

「ええ」マデリンが答えた。「こちらはジャック・レイナー。おじいさまのこと、お悔やみを申しあげるわ」

「祖父を見つけたのはあなただったんですよね？」

「ええ」マデリンが言った。

ラモーナはすっと目を伏せ、しばし地面を見つめた。頭の中を整理しているようだ。

「聞いたところでは、祖父が殺されたのは、泥棒か流れ者が祖父を見てびっくりしたからだろうって」ラモーナがつぶやいた。声がかすかに震えている。

「警察はそう言ってる」ジャックが言った。「きみは警察と話をしたようだな」

「いいえ」ラモーナが間をおいてから答えた。「そうしたかったけど……怖くて。トム――祖父――が言ってたの。『もし私の身に何か起きたら、私を知らなかったふりをしなさい』って。どんなことがあってもクーパー島の警察に知らせるんじゃないって」

「なぜだと思う？」ジャックが訊いた。

「祖父にはすごく人間嫌いみたいなところがあったんです。それに、わたしたち、まだお互いのことをあんまりよく知らなかったし。祖父は昔のことは話したがらなかったんです」

「あなたはどうやって彼を探し出したの？」マデリンが訊いた。

「わたし、ほんの数カ月前まで祖父の存在すら知らなかったんです。でも去年、父が死んだあと、父の母親――わたしの祖母――とトムが写っている写真を何枚か見つけました。明らかに恋人同士って感じの。祖母はわたしの父を身ごもったけど、別の人と結婚したんです。夫になった人には本当のことを隠して。これは複雑なわが家の秘密のひとつなの。それはともかく、わたしは両親を二人とも亡くしたので、会ったこともない祖父を探そうと決めたんです。もちろん、簡単には見つかりませんでしたけど」

「どうしてかしら?」マデリンが訊いた。

「名前を変えていたんです。理由は教えてくれませんでした。ただ、昔、いやなことがあったとだけ言っていました。でも、わたしは祖父が見つかってすごくわくわくしたし、祖父もすごく興奮していたみたい。彼はわたしの存在すら知らなかったんです」

「わたしもあなたのおじいさまをよく知っていたとは言えないのよ」マデリンが言った。

「そういう人はいないと思うわ。おじいさまは一匹狼的な方だったし、わたしはクーパー島を離れたときはまだ子どもだったのよ。でも、わたしの記憶では、トムはいい人だったわ。わたしの祖母が彼を尊敬していたし、好意的だったことも知っているわ」

「ありがとうございます。そういうことをうかがってよかった」

「彼が殺されたのは、侵入者が驚いたからだと考えたのはどうしてだい?」ジャックが尋ねた。

ラモーナが答えに窮しているのは明らかだ。必死で焦りを覚られまいとしている。そのラモーナが顎をぐいと上げ、姿勢を正した。「はじめて会ってから少しして、祖父が古い新聞の切り抜きや写真が詰まった小さなボックスを見せてくれたんです。そのときに、もし自分の身に何かあったら、イーディス・チェイスに連絡をとるようにって言われました。サンクチュアリー・クリーク・インズのオーナーの。だから祖父が殺されたと知ったとき、ミセス・チェイスの連絡先を調べようとしたんです。そしたら、ミセス・チェイスは亡くなられて、お孫さんが跡を継いだことがわかったわけ。わたし、どうしていいのかわからなくなって、とにかくあなたに連絡するのがいいんじゃないかと思ったんです。そしたら、あなたはホテル売却の準備のためにクーパー島にいらっしゃるというじゃないですか。もうびっくり」

「きみがぼくたちに見せたいというそのボックスはどこにある？」ジャックが訊いた。

ラモーナは用心深い目をジャックに向けてから、指示を求めるようにマデリンを見た。

「安心して」マデリンが言った。「ジャックはいい友だちで、祖母が信頼していた人なの。もちろん、わたしも信頼しているわ」

ラモーナはすぐには確信がもてないようだったが、まもなく肩をすくめた。「あなたが決めて。わたしには祖父があなたのおばあさま以外の人にボックスをわたしたくはなかったっていうことしかわからないんですもの。あなたにありかを教えたら、わたしはここを出ていくつもり。あなたにありかを教えたいのは、それを知っているたったひとりの人間になりたくないからなんですけど、変ですか？　祖父の被害妄想的なところがうつったのかもしれませんね」

「そのボックス、どこにあるの？」マデリンは訊いた。

「祖父はそれを備品倉庫に置いてました。なんてことないものなんですよ。新聞と写真が詰めこんである古い金属製のファイリング・ボックスってだけで。祖父がそれをすごく重要で危険なものだと思っていたことは間違いないけれど、わたしにはなぜだかわからないし、知りたいとも思えないんです」

ラモーナが備品倉庫に向かって歩きだした。マデリンとジャックも彼女と並んで歩きはじめる。

ジャックがマデリンに心もち体を寄せた。「ここはぼくに任せてくれ」

「いやよ」マデリンはすでに意を決していた。「わたしに関係があることですもの。いっしょに中に入らなくちゃ」

ジャックは納得したようだった。

「しかたない」ジャックが言った。

「わたしね、このホテルを改修するか、あるいは売りに出すか、どちらかに決めなくちゃならないの」マデリンがラモーナに話しかけた。「でも、どっちにしても、トムのコテージは取り壊さなければならないわ。彼の持ち物はほとんど捨てるほかないと考えていたけれど、それはもちろん、お孫さんがいるなんて知らなかったからなのよ。これですべてが変わったわ。彼の持ち物はあなたのものよ。だから、あなたがコテージの中を調べて、何を取っておくか、何を捨てるか、決めてちょうだい」

ラモーナがちょっと悲しげに、ちょっと愉快そうに、首を振った。「ありがとう。祖父と出会ってからの短いあいだに気づいたことのひとつが、なんでもかんでもためこむ人なんだってことだったんです。だから、祖父の持ち物はほとんど捨ててもいいものばっかりでしょうね。でも、意味がある物もいくつかはあるかもしれませんね——フレームに入った祖父のサイン入りの写真とか。自慢の作品だったから」

「そうだわね」マデリンが言った。

ラモーナがマデリンをちらっと見た。「おばあさまが亡くなったのに、わたしったらお悔やみひとつ言ってませんでしたね。ごめんなさい。なんだか自分のことで頭がいっぱいになってしまって」

「当然だわ」

それから先は三人とも無言のまま歩いた。マデリンはジャックの周りの空気がぴりぴりしているのを察知していたが、彼の顔を見たい衝動をぐっとこらえた。彼の表情を見たところではじまらないことはわかっていた。そこから何かが読みとれるはずはない。

備品倉庫まで行くと、マデリンは脇のドアの鍵をジャックに手わたした。彼がそれを強固な南京錠に差しこんだ。

ドアはいかにも錆びていそうな音を立てて開いた。

マデリンは足を踏み入れるのをためらいながら記憶と闘った。何ひとつ変わってはいない、と思った。ガソリンと潤滑油のにおいがあの夜にもまして強いように感じられた。そのにおいが記憶をより鮮明にした。血液が大きく脈打ちながら全身の血管を駆けめぐりだした。胸のあたりが息苦しくなってくる。その昔の、忘れようにも忘れられない怒り、絶望、無力感で息が詰まりそうになった。

ラモーナが薄暗い内部に入っていき、片手を大きく回した。「このごみの山、信じられる？　五十年も六十年もかけてここに詰めこまれたんでしょうね」

マデリンは内部の暗さに目を凝らした。そこはまるで、具現化した深い淵のようだった。ジャックに声をかけられてはじめて気がついたが、まだドアから一歩しか踏み入れていなかった。

「そこで待っているんだ」ジャックが黒いサングラスをはずした。「ボックスはぼくが取ってくる」

ラモーナはマデリンのほうをちらっと振り返り、顔をややしかめた。「大丈夫ですか？」

ジャックの保護者然とした態度とラモーナの突然の心配そうな顔に冷水を浴びせられたような気分になった。できないはずないわ、とマデリンは思った。もう十二歳の子どもじゃないし、あいつはもう死んだんだから。

「ええ、大丈夫よ」マデリンもサングラスをはずし、大丈夫よ、と自分に言い聞かせながら必死で歩を進めた。「目が慣れるまでちょっと待っていただけ。この中、ほんとに暗いわね」

「懐中電灯なら持ってきた」ジャックがジャケットのポケットから懐中電灯を取り出し、ラモーナに目をやった。「ボックスはどこに？」

「こっちよ」

ラモーナはどんどん先へと進み、自動車修理スペースへと入っていく。金属のスクラップの山、旧式な業務用サイズの洗濯機と乾燥機、園芸道具、廃棄処分の家具といった物のあいだをぬって。

ジャックはもう一度、マデリンのようすをよく見た。マデリンは彼が不安の度合いをチェックしていることに気づいた。彼をじろりとにらみつけてから、全身の力を振りしぼって自制心をはたらかせる。

ジャックはそのメッセージを受け止めた。無言のまま、ラモーナについて暗闇の中に入っていく。マデリンも、一隅に積みあげられた古い園芸用培養土の麻袋のほうは見ないようにしながら、二人のあとにつづいた。ポーターの血を吸いこんだ袋はもうここにはないのよ、と念を押しながら。あれはトムが死体といっしょに燃やしたわ。

ラモーナが古びた客室用家具の山の真ん中で足を止めた。片側には椅子が天井の高さまで重ねてあり、反対側には捨てられたデスクやエンドテーブルが一列に並べられて、ガラクタの中に細い通路が形づくられている。

「ボックスはあの棚の上よ」ラモーナが言った。

ジャックが懐中電灯の明かりを通路のいちばん奥に向けた。木製の棚の最上段に置かれた旧式な金属製ファイリング・ボックスが、マデリンの位置からも見えた。

「ぼくが取ろう」ジャックが言った。

ラモーナは、ジャックがすれ違って奥まで進めるように通路の脇へあとずさってよけた。

ジャックがボックスに近づいた。ラモーナは鼻梁にしわを寄せた。

「わたし、外で待たせてもらいます。この中のにおいでちょっと気分が悪くなってきちゃって」

マデリンは体を横向きにして、ラモーナが狭い通路を引き返せるだけの幅をあけた。ラモーナは足早にドアへと向かった。

マデリンはそんなラモーナを見てはいなかった。頭の中は小さな金属製キャビネットのことでいっぱいだったからだ。

ジャックは近くにある箱の上に懐中電灯を置き、めざすボックスを持とうと両手を上に伸ばした。

そのとき、マデリンは鋭い金属音、つづいてパチッという物音を聞いた。ファイリング・ボックスのすぐ後ろの暗がりで火花がはじけた。コンクリートの床を駆けだす足音が響いた。

ラモーナがドアをめざして一目散に走っていた。

ジャックはボックスを放り出して懐中電灯をつかむと、くるりと踵《きびす》を返すなり、マデリンに近づいた。機敏な動きだ。

「逃げろ」ジャックの声は低く、荒々しく、命令調だ。「罠だ」

マデリンは何も言わなかった。だが、素早く方向転換して家具の山のあいだを駆け足で引き返しながらも、もう遅い、とわかっていた。

ドアがバタンと閉まった。たちまち倉庫内はなおいっそう暗くなった。

鉄と鉄がぶつかるくぐもった音が聞こえた。ラモーナがドアの南京錠をかけたのだ。

自分の計算ミスが原因でマデリンが代償を払うことになるかもしれない。とんでもないへまをしでかしてしまった、とジャックは思った。

25

「ここにはいろいろな道具があるわ」マデリンが言った。「ドアを破れるんじゃないかしら」

「時間がない。自動車修理のピットに入れ。ここはあと数秒で吹き飛ばされる」

「えっ？」

「早く」

ジャックはマデリンを備品倉庫の自動車修理スペースの側へと押しやった。迫りくる爆発の炎を避けて生き延びる可能性を考えれば、最善の——いや、唯一の——手段に思われた。ファイリング・ボックスを動かした瞬間に暗がりで火花が飛び散り、しまった、と思った。火はいまも、積み重ねられたボックスの上から垂れさがるガソリンを染みこませた紐を猛烈な速さで伝っていた。金属製の大鍋とその中に山をなす古いプロパンガスのボンベがちらっと見えたが、判断するにはじゅうぶんだった。ジャックは手製爆弾を見れば、ひと目でそれとわかる。

少なくともマデリンはもう何ひとつ訊いてこなかった。自動車修理用ピットに達し、階段を駆けおりている。

ジャックもあとにつづいた。懐中電灯を投げ捨て、ピットの奥にぎっしりと縦置きにされたマットレスのところに行った。

「手を貸してくれ。防壁にするのに二枚くらいは必要だ。あそこのボンベが爆発したら破片が飛んでくる」

マデリンは何も訊かなかった。すぐさま一枚目のマットレスの片側をつかんだ。ジャックが反対側を持つ。マットレスは古く、いまどきのものほど重くはなかった。

一枚目を引き倒した。

「下に隠れて」ジャックが言った。

マデリンがぎこちない動きで一枚目のマットレスの下にもぐりこんだ。ジャックはつぎの一枚を途中まで倒しかけたが、もうこれ以上幸運にはたよれないと判断した。

重くて扱いにくいマットレスの下にもぐりこむと、マデリンをかばうため、上からぴたりとおおいかぶさった。

「ラモーナね」マデリンが息を切らしながら言った。

「ああ」

「してやられたわ」

「ああ、やられた。耳を」

マデリンは両手で耳を押さえた。ジャックもそうした。

爆風は自動車修理スペースを凄まじい勢いで吹き抜けていった。爆発のエネルギーは物理学の法則にしたがい、外へ上へと向かった。コンクリートの深い穴になったピットは爆発からはほぼ守られはしたものの、地面の揺れは激しく、音も耳をつんざかんばかりだった。

つぎに襲ってきたのは瓦礫の雨で、マットレスの上に鈍い音とともに降りはじめた。

永遠に叩きつけてくるかに思われた恐怖の瓦礫シャワーだったが、実際にはあっと言う間に終わった。

しかし火の手は上がりはじめたばかりだ。

ジャックは即座にマットレスを押しのけると、マデリンを立たせた。

「大丈夫か?」

「ええ」マデリンがかぶりを振った。「耳鳴りはするけど」だが、爆発の結果を目のあたりにするや、ぴたりと動きを止めた。「たいへんだわ」

二人はまだシャワーの下に立っていた。爆発が備品倉庫の屋根を吹き飛ばし、三方あるいは四方の壁を倒したからだ。

最初に気づいたことは、ラモーナの車がすでに消えていたことだ。

重々しい黒煙が倉庫内に渦巻いていた。

「ここから出ないと」ジャックが言った。「ここには可燃性の物質がたくさん置かれている。鼻と口を押さえて。死の灰をこれ以上吸いこまないようにしないと」

マデリンは袖で顔の下半分をおおうと、ふらつく足で階段をのぼりはじめた。

「あの車だが」ジャックが言った。

「ラモーナの？」

「ここは島だ。どこへも逃げられないだろう？」ジャックが腕時計をちらっと見た。「つぎのフェリーは二時間後だ。こっちは車のナンバーを控えたし、顔もしっかり見た。もし地元警察が彼女を見つけられなければ、よほどわかりやすい説明を用意してもらわないと」

二人がSUVまで戻ったときには、炎は爆発による瓦礫を燃やしていた。ジャックはマデリンを助手席に乗せながら、彼女が全身を震わせているのを感じとった。

「アドレナリンのせいだな。それとショック」

「からかわないで」

ジャックは車の反対側に回り、運転席に乗りこむと、携帯を取り出して九一一番を呼び出した。緊急電話のオペレーターが出た。ジャックは状況を詳しく説明したあと、相手にそれ以上質問する間を与えずに切った。

そしてひとしきり、二人は燃えあがる炎を眺めた。

「ホテルの本館までは広がらないだろう」しばらくしてジャックが言った。「あいだに木立とコンクリートがたくさんある」

「まさかあの子が手製爆弾でわたしたちを殺そうとするなんて信じられないわ」マデリンがつぶやいた。

「そうかな。ぼくはまったく抵抗なく信じられるよ」

「警察にはなんて言う？」

「本当のことを話す」

「でも、すごく不自然に聞こえないかしら？　トム・ロマックスの孫娘を自称する女が電話してきて、備品倉庫に見せたいものがあると言ってわたしたちを誘い出した。わたしたちがそれを取りに中に入ったところ、爆弾のスイッチが入った。あなたの機転のおかげでかろうじて助かりはしたけれど、爆発現場から出てみると、女は姿を消していた」

「ぼくの機転ってところが取ってつけたみたいだ」

「だって、あなたのおかげでわたしたち二人、命を落とさずにすんだのよ、ジャック」マデリンの視線は燃えつづける火に向けられていた。「でも、わたしたちの話を信じる人なんてこの世にいるかしら？」

「クーパー島警察が信じてくれることを願うばかりさ」

「爆発と火事のあとだもの、これという証拠はほとんど残らないわ」

「そうだな。確たる証拠は何もないはずだ」

「とはいうものの、少なくともトムがなぜ二〇九号室からブリーフケースを持ち出したのか、それらしい動機は見つかったわ。長いあいだその存在すら知らなかった孫娘、ラモーナにあれが必要だと言われて納得したってことよね」

ジャックがいきなり大笑いし、自分でも驚いた。

マデリンが顔をしかめた。「どうしたの？」

「きみだよ」ジャックがかぶりを振った。「きみにはびっくりさせられっぱなしだ。爆発と火事から命からがら逃げのびたと思ったら、つぎの瞬間にはもう頭の中は犯人追跡に切り替わっている。ああ、そうだ。おそらくきみの言うとおり、その存在すら知らなかった孫娘がこの一件に深くからんでいそうだ」

「そもそも彼女、本当に孫娘だと思う？」

「ぼくはこう考えている」ジャックが言った。

「何者かが、トム・ロマックスにポーター／パーヴィスが失踪した夜の出来事について語らせることができるのは、その存在すら知らなかった孫娘だけかもしれないと踏んだ。だとすると、さらにいくつか疑問が生ずる」

マデリンは彼をちらっと見た。「その何者かはポーターの足取りを追ってこの島、そしてオーロラ・ポイント・ホテルまでやってきた。そして得た結論は、十八年前、彼はここまで来たが、ここからどこへも行かなかった」

遠くでサイレンの音がした。

26

「ここで十五分間観察した結果、九十七パーセントの確信をもって言えることは、ラホーヤの犬ははっきり二系統に分けられるってことだね」エイブがフィッシュ・タコスを頬張りながら言った。「愛護団体から引き取った保護犬ととびきり値の張るドッグショー向けの犬だ」

ダフネはミルクシェークを飲みながら、リードにつながれて跳ねるように歩くウィートンテリアを眺めていた。毛は優雅なスタイルに刈られ、いかにも堂々としている。犬が走っているわけでもないのに、リードを持つ男は見るからに高級そうなランニングウエアと同じく高級ランニングシューズに身を固めている。

ウィートンテリアと飼い主の後方から足早に近づいてきたのは、毛むくじゃらの雑種らしき大型犬だ。〝保護犬だけど、それがどうした?〟と書かれた札をもこもこした首からぶらさげているような犬だ。リードを持った飼い主はローラースケートをはいている。長いブロンドをポニーテールに結ったその女性が、ウィートンテリアとランニングウエアの男の横を一気に追い越す瞬間、得意げな笑みを浮かべたのをダフネは見逃さなかった。テリアと飼い主はローラースケートをはいたブロンドとそのタフなエスコート犬には気づかないふりをした。

ダフネはストローでミルクシェークをかき混ぜた。「あなたの観察は当たってる。たしかにはっきり二系統に分かれているわ。でも、それぞれにスタイルってものがあって、それが南カリフォルニアなのよ」

いきなりとんでもない状況に放りこまれ、ついつい神経をとがらせがちだったにもかかわらず、エイブと並んで公園のベンチにこうしてすわっているのは驚くほど楽しかった。南カリフォルニアのあたたかな太陽も、クーパー島の寒さを味わってきたあとでは本当に心地よかった。

二人は目の前の海岸沿いの道を行きかうジョガー、スケーター、犬を散歩させる人たちを眺めながら昼食をとっているところだ。エイブといっしょにいるのは楽しかった。男性といっしょにいてこんなに楽しいのはずいぶん久しぶりのことだ。昨夜は海岸から近いホテルに泊まったが、エイブが続き部屋の隣室にいてくれるかと思うと、またぐっすり眠ることができた。

彼はけっして好みのタイプではない。これまでダフネが惹かれた男性はみな、彼女のデザインへの愛をさまざまな形で共有する人だった。個々のクライアントの趣味とライフスタイルを映す空間を創りだす彼女の才能に一目置いてくれる人。芸術を直感的に理解する人。好みとスタイルにこだわった服を身に着けた人。

ブランドンもそんな人だった。

ダフネの知るかぎり、エイブが真の情熱をもって感応する芸術はコンピュータのアルゴリズムがもつ創造性だけだ。だから好みのタイプでないことは間違いないのだが、なぜか太陽を浴びながら彼とこうしてすわっていると心地よいのだ。

道の向こう側には砂浜ときらめく太平洋が広がっている。今日は水着姿の人たちが繰り出すほどあたたかくはなく、サーファーを誘い出すほど波が高くもなかったが、南カリフォルニアでは毎日が海岸で人間観察をするのに絶好の日である。

ダフネはエイブが、これを飲まなきゃ、と薦めてくれたミルクシェークをすごくおいしいと感じている自分にどこかびっくりしていた。ミルクシェークの売り子は、このアイスクリームはホルモン剤や抗生物質を与えられずに飼育されている幸せな牛から搾った乳でつくられていることを強調していた。

「いま何を考えてる？」エイブが訊いた。

「さっきまで幸せな牛とデザイナードッグのことを考えていたんだけれど、いまはマディーとジャックのこと」

「親友のことは心配いらないよ。ジャックに任せておけば大丈夫だ」

「彼、マディーの身辺警備にすごく個人的な関心を抱いているような気がするわ」

エイブが考えをめぐらしながらうなずいた。「無理もないさ。サンクチュアリー・クリーク・インズは、わが社の最大かつ最重要な客先だからね。経営者であるジャックが直接関与したほうがいいと考えたんだろう」

ダフネはミルクシェークをかき混ぜた。「マディーが近くにいるときのジャックの彼女を見る目に何か気づかない？」

エイブが顔をしかめた。「それがどうかした？ ジャックは生まれつき疑り深いんだ。この仕事にはつきものでもあるし。知ってると思うけど、以前はＦＢＩの仕事もしていたことがある」

「そうじゃないのよ、エイブ。彼がマディーを容疑者に向けるような目で見ているとかっていうんじゃないの。まるで彼女とデートしたがっているような目で見ているってこと。ぜんぜん違うでしょ」

「いいかい、きみが間違っているのはそこだよ」エイブが真面目くさった口調で言った。「だからこそジャックは彼女に疑いの目を向けているんだ」

「彼女が気になるから？」

「だから必要以上に用心している。とことん疑ってかかっている」

「なぜ？」

「それがジャックって人間なんだよ」エイブがタコスを頬張りながら言った。「彼はいわゆる感情に流される男じゃない。だからと言って、感情がないって意味じゃない。感情はある。でも、そう頻繁にのぞかせたりしない。感情をのぞかせることが不安なんだと思う」

「つまり、なんらかの強い感情を覚えたものに対しては疑り深くなるってことね？　いいわ、奇妙だとは思うけど、わかる気もする」

「ジャックはルールも定めてる。クライアントとは絶対寝ない」

「マディーがコンサルタントと寝たりするのかどうかは疑問だけど、今回のことに関しては二人ともいつもとは違う気がしてるの。もしあの二人が寝てるとしたらどう思う？」

「ぼくには関係ないよ。でも、たぶん長続きはしないだろうな」エイブが短い間をおいた。「残念ながら」

「どうしてそう思うの？」

エイブが肩をすくめた。「二年前に婚約者にひどい目にあわされて以来、ジャックの恋愛は長続きしたことがないからね。実際のところ、恋愛と呼べるほど長くつきあった女性はひとりもいないと思う。母さんはジャックに、いつまでも殻に閉じこもっていないでもっとたくさんの人と会いなさいとせきたててきた。兄さんが責任問題で悩んでいるんじゃないかと考えているらしい。でもぼくは、兄さんは会社の設立に全神経を集中していたんだと思う。ジャックは何かに集中すると、ほかのものが目に入らなくなる傾向があるんだよ」

「わたしもそういう印象を受けたわ」

「ジャックは貨物列車みたいなんだ。いったん線路を走りはじめたら最後、停まるってことを知らない。進路に立っている者には選択肢は二つ——よけるか、飛び乗るか」エイブは食べ終えたタコスの包み紙を近くのごみ箱に投げ入れた。「ジャックとマデリンのことはこれくらいにしよう。それよりぼくたちのことを話そうよ」

急に意識したせいか、ダフネはうなじに奇妙なぞくぞく感を覚えた。「わたしたちのこと って？」

「これから何件か聞き込みをする予定だ。となれば、自分たちの立場をどう説明するかストーリーを考えておく必要がある」

ダフネはちょっとだけ楽しい気分になっていたのに、そこまでとなった。だが、それに代わってアドレナリンが噴出してきた。残っていたミルクシェークを音を立ててすすった。

「そうね」ダフネが言った。「ストーリーを考えなくちゃ」

エイブが立ちあがろうとしたちょうどそのとき、彼の電話が鳴った。画面を見た彼は渋い顔をし、電話を取った。

「答えはまだ何ひとつ出てないよ、ジャック。これから動きはじめるところなんだ」しばし間があった。「くそっ。で、二人とも大丈夫なのか？」

ダフネが凍りついた。「どうかしたの？」

エイブが彼女を見た。「今朝、爆発と火事が起きて、ジャックとマデリンが死にかけたらしい」

「うそっ」ダフネが電話をじっと見た。「マディー？　マディー、そこにいるの？」

「いるわよ。安心して。大丈夫だから」

エイブが電話をベンチに置き、スピーカーに切り替えた。ジャックが話しはじめると、その抑揚のない、いっさいの感情を排した口調に、ダフネは血が凍る思いだった。

「こっちはいろいろおもしろくなってきた」ジャックが言った。

27

「二人とも、本当に大丈夫なのね？」ダフネはすでに同じ質問を二回も三回も繰り返していた。

マデリンはキッチンテーブルに置いた電話を見つめていた。ジャックがスピーカー・モードに切り替えて爆発についての報告をはじめたが、その口ぶりはそれが株式市況の一時的上昇程度の重要性しかもたないかのように淡々としていた。話し終えた彼は、つづく女性二人のやりとりに耳をすましながら、広い旧式なキッチン内を行ったり来たりしはじめた。

「〝大丈夫〟の定義にもよるけど」マデリンが言った。「控え目に言っても、わたし、少々動揺しているわ。でも、わたしたちみたいな経営者タイプは予期せぬ出来事に対処できることを誇りにしているところもあるのよ」

「手製爆弾は間違いなく〝予期せぬ出来事〟に分類されるな」エイブが言った。「その爆弾の性能について聞かせてくれないか、ジャック」

ジャックはテーブルの前で足を止め、電話のほうを向いた。「ローテクだが実効性はあった。ファイリング・ボックスをぼくが動かしたときに装置が始動した。ガソリンを染みこませた紐に火がついたんだ。紐は空になった五ガロンのプロパンガスボンベ——バーベキューのときに使うごくふつうのもの——の山までつづいていたが、そのボンベの下にはガソリンが浅い池のようにたまっていたんだ」

「空のプロパンボンベなんてありえないよ」エイブが考えこんだ。「必ず中身が残っているはずだし、条件がそろえば危険な起爆剤となる」

「マデリンは、ボンベは何棟ものコテージがそれぞれにバーベキュー・パーティーをしていた時代の名残だろうと考えている」

「調べればわかりそうだな、間違いなく」エイブが言った。「地元の警察はなんと言ってる？」

「まだ爆発現場は捜査中だが、調べるべきものがあまり残っていないんだ。不審火と判断されるのは間違いないが、それで終わりってことになりそうだ。マデリンのおばあさまはこのホテルに保険をかけてはいなかったから、保険会社の調査が入ることはない」ジャックが言った。

「クーパー島の警察は何をしてるの？」ダフネが憤然と言った。「ラモーナ・オーエンズって名前の殺人未遂犯が島をうろついているっていうのに」

「ダンバー署長とは話したわ」マデリンが言った。「この人は新しく着任した人で、あなたとわたしが島に住んでいたころの署長じゃないの。だから、この人についてはまだよくわからない。わたしたち、その署長に状況を説明したのよ。トム・ロマックスの孫娘を自称する女が連絡してきて、トムがボックスにしまっていた古い新聞記事と写真を見せたいと言ってきたって」

「いま警官がラモーナの小型車を捜しているし、これから数日はフェリー乗り場に警官を配置するそうだが」ジャックが言った。「このあたりには車を捨てるにはもってこいの林や谷がたくさんある。とにかくラモーナが今日、フェリーに乗らなかったことだけはわかっている」

「犯罪を論理的に捜査する人間は誰かいないの?」エイブが訊いた。

「ダンバー署長はラモーナ・オーエンズ捜索に真剣に取り組んではいるようだが」ジャックが答える。「こんな小さな町では情報の入手先はかぎられている。それに、未解決殺人事件を抱えているところに爆破と火事だから、署長はどう見てもいっぱいいっぱいといった感じだな」

「兄さんたちが生き延びなければ、ダンバーは爆発を事故として片付けることもできたかもしれないな」エイブが言った。「現場に自称ラモーナ・オーエンズって女がいたことは誰ひとり知るはずないんだから。でも二人が生き延びたとなれば、警察も謎の女の存在を調べなければならなくなる」

「署長が彼女の車のナンバーを追跡して」ジャックが言った。「シアトルのレンタカー会社までは突き止めた。しかし、レンタカー会社にラモーナ・オーエンズに関する記録はいっさいなかった。従業員によれば、車を借りた人間は違う名前で、住所はラスヴェガスの実在しない住所だった」

「そのIDを入手してくれれば、ぼくがこっちでできるだけ調べてみるけど」エイブが言った。「ダンバーだけど、兄さんが見たところ、どんなやつ？」

「向こうは相当用心しているから、なんとも言えないよ。ただし、ぼくが地元のレストランでちょっとした騒ぎにからんでいたことや、相手がこの島の有力者の家族だったことは知っているようなことを言っていた。これはあくまでぼくの勘なんだが、ダンバーはあいつに火遊びの前科があることを知っていそうだ」

「ある程度まともな警察官なら知っているはずだよ」エイブが言った。

「そういうことだよな」ジャックが言った。「だが、現時点で署長は、今日の爆発とあいつをつなぐものは何ひとつつかんでいない。つかんでいるのはラモーナ・オーエンズの介在のみだが、彼女はすでに姿を消した」

ラホーヤ側にしばしの沈黙が訪れた。マデリンはエイブとダフネが目配せをしている光景を思い浮かべた。いま、四人はそろってゼイヴィア・ウェブスターのことを考えていた。

「マディー、あなたもジャックもその島から早く離れないと」ダフネが言った。

「そんなことできないわ。ここで何が起きているのかを突き止めるまでは」マデリンが言った。

「マディー、そこは安全じゃないのよ」ダフネの声がひどく引きつっていた。

「こんなことを言うと、直感に反するかもしれないが」ジャックが言った。「ここにいるほうがほかの場所よりは比較的安全かもしれないと思っているんだ。爆発の黒幕が誰であれ、そいつは今日危機一髪だったわけだから、当分は極力用心するはずだ」

「つぎのチャンスを狙ってくるよ」エイブが警告を発した。「あいつは兄さんに狙いを定めていると思うんだよ。おそらくマデリンは付随的損害《コラテラル・ダメージ》とみなされている」

「でも、もしそういうことだとしたら、トムの孫娘と名乗ったその女は計画のどこに位置づけられるの？」ダフネが訊いた。

「それはまだわからないけど、わたしたちが問題にしているああいう男は他者――とくに女――を巧みに操るという評判よ」マデリンが答えた。

「ラモーナ・オーエンズをどうしても探し出さないと」エイブが言った。

「ああ、そうだな」ジャックが言った。「こっちの騒ぎの話はここまでにして、そっちは何か手がかりが見つかったか？」

「まあね」エイブが言った。「われわれの捜査対象の元同僚――対象が金融業界の大物になる前の彼を知る人間――二名の住所を入手した。今日の午後、そのひとりに会うことになっている」

「何か情報があったら、すぐに知らせてくれ。なんでもいい」

「もちろんさ」エイブが言った。

ジャックがかがみこんで電話を切り、電話をベルトに留めた。マデリンは指でテーブルを叩いていた。

そのときようやく、ジャックはマデリンがこっちをにらみつけていることに気づいた。

「えっ？」心底戸惑っていた。

「電話を切るときは〝それじゃ〟とか〝話ができてよかったよ〟とか挨拶めいたことを言うのがマナーってものだと思うのよ」

ジャックが渋い顔をした。「言いたいことはそれだけか」

マデリンの電話が鳴ったため、説諭はそこまでとなった。電話の相手はマデリンの知らない番号だった。

「もしもし？」

「ミス・チェイス？　わたし、ルイーザ・ウェブスターよ。あなたの電話番号はコーヴ・ビューB&Bに教えていただいたの。なんだかさんざんな目にあわれたそうね。ホテルで起きた事故の噂はもう町じゅうに広がっているわ。あなたとお連れのミスター・レイナーがご無事で何よりだわ」

「もうお耳に届きましたか？」

「そりゃあ、こんなに小さな町ですもの。それに、あなたは昔、ここの人間でいらしたでしょ」

マデリンは返事を返さなかった。

「さぞかしお疲れでしょうね」ルイーザが早口で言った。「そんなときに厚かましいことは言いたくないのだけれど、わたし、どうしてもあなたと二人きりでお話ししたいことがあるの。本来なら、明日か明後日、ショックから立ち直られてからでいいと申しあげたいのは山々だけれど、残念なことにできるだけ早くお目にかかりたいの。緊急を要するの。ですから今日の午後、クリフ・ハウスへおいでいただけないかしら？」

28

「こんな急なお願いだったのに、お時間をつくって会いにいらしてくださったのね。うれしいわ」ルイーザがそう言いながら、さも退屈していたかのような仕種で読書用眼鏡をはずし、脇へ置いた。「今日は恐ろしい体験をなさったというのに、申し訳なかったわ。それと、おばあさまがお亡くなりになったそうね。お悔やみを申しあげるわ」

「それがどうも事故死ではないらしくて」マデリンは言った。「わたしは殺されたと思っています」

ルイーザがマデリンをじっと見た。ヘッドライトに照らし出された鹿の目にそっくりだった。明らかにこちらがこう出てくるとは想定していなかったのだろう。一点先制、マデリンは思った。権力を振りかざすことに慣れた人間との交渉の際は、相手の不意をついておくと損にはならない。

「まあ、殺人なんていう話は聞いてなかったわ」ルイーザが息苦しそうな声で言った。動揺していることは一目瞭然だ。「イーディス・チェイスは事故で亡くなったものとばかり思っていたのよ」

「警察発表ではそうでした。わたしはそうじゃないと思っています」

「なるほどね」ルイーザは気を静めてからつづけた。「それは何か根拠があってのことなの？」

「いいえ。でも、今日わたしとわたしのコンサルタントの身に起きたことを踏まえれば、わたしがなぜそういうふうに考えたくなるのか、あなたならおわかりだと思いますが。ところで、わたしに会いたいとおっしゃった理由をうかがってもよろしいでしょうか？」

少し前、クリフ・ハウスの広々した玄関ホールに足を踏み入れたとき、マデリンはなんとも言えない不気味な虚無感に襲われた。人の気配がないということではない。ドアを開けてマデリンを迎え入れた家政婦に加え、まもなく開かれる誕生パーティーの準備に関連したさまざまな作業を進めていると思われる、フローリストのチームをはじめとする多くの業者がそこにいたのだ。

にもかかわらず、大邸宅はどこかうつろだった。そして暗い。寒々としている。

マデリンはジャックが運転する車でウェブスター邸の門を通って敷地内に入ってきた。ジャックは玄関まで彼女をエスコートし、家政婦が現われるまで待っていた。そのあとSUVに戻りはしたが、車は玄関前の私道の正面に停めてあったから、周辺にいる人間が彼の存在に気づかないはずはなかった。そこにこめられたメッセージは単純明快、マデリンはたったひとりで悪の巣窟に踏み入ったわけではないということだった。

「オーロラ岬での爆発と火事の原因について、警察は何か言っていた？」ルイーザが質問を投げかけてきた。

「いいえ、まだ」マデリンは答えた。「引きつづき捜査中です」

「噂では、トム・ロマックスの孫娘と名乗る女性が現場にいたとか」

「まあ、その件について、ずいぶんいろいろご存じなんですね。感心しました。爆発はまだ数時間前のことですのに」

「ここは小さな町だということはご存じよね」ルイーザがデスクの上で両手を組みあわせた。冷たくきつい明かりを反射して複数の高価な指輪がきらきら輝いた。「それは本当なの？」

「ええ、本当です。現場に女性がいました。トム・ロマックスの孫だと言っていました」

「信じがたいお話だわね」ルイーザの口角がこわばった。「トム・ロマックスはあんなふうに一風変わった人だったというのに」

「人間誰しもさかのぼれば過去にいろいろあるのでは？」

驚いたことにルイーザが動揺をのぞかせた。だが、ショックゆえの奇妙な態度はほんの一、二秒しかつづかず、すぐまたいつもの彼女に戻った。

「なぜトム・ロマックスの孫娘があなたを殺そうとしたのかしら？」

「いい質問ですね。でも、わたしは自分が狙われたとは思っていません。犠牲になるはずだったのはおそらくミスター・レイナーでしょう」マデリンが立ちあがった。「もし今日こちらへ来るようにおっしゃった理由が、今朝オーロラ岬で起きたことに関して質問するためだけだとしたら、電話だけですむことでしたよね。わたし、これで失礼します」

「違うの」ルイーザの口調からパニック寸前の心境が伝わってきた。「あなたとお仕事の話がしたいのよ。すわってちょうだい。お願いだから」

ここを立ち去るよりとどまったほうが得るものが大きそうだと判断し、マデリンはまた腰を下ろした。

「あなたが島にいらしたのはオーロラ・ポイント・ホテルを売りに出す準備をするためだとうかがっているわ。申し分のない計画よね。そもそもおばあさまが、なぜあのホテルをこんなに長く手放さずにいらしたのかが理解できなかったの。もしかしたら、いつかあそこの不動産価値がはねあがることを願ってらしたんでしょうね」

ルイーザはそこで間をおき、その仮説に対する追認、あるいは否定が返ってくるのを期待をこめて待った。マデリンは儀礼的な笑みを浮かべた。

ルイーザはより多くの情報を得るための試みを放棄した。

「残念ながら、このあたりの不動産価格にもう長いこと動きはないの。実際のところ、値下がりしたものもあるくらい。クーパー島がこの先も太平洋北西部の一大リゾート地になるとは思えないわ」

「どうもそのようですね」マデリンが言った。

ルイーザは人差し指でデスクをこつこつと叩いている。ランプのぎらついた明かりを受けて指輪が光った。

「でも、あのホテルにもコテージ群にももちろん価値はないけれど、土地については長期的に見れば可能性がないわけではないの」ルイーザが先をつづける。「イーガンとわたしは、あそこはコミュニティーのリクリエーション・エリアに変えられると考えているの。そんな考えがあるものだから、わたしたち、あそこを買いたいと思うのだけれど。小切手は今日にでも切らせていただくわ」

「お申し出についてはじっくり考えさせていただきますが」マデリンは言った。「まだ決断を下す準備ができているわけではありませんので」

ルイーザの顎が二度、ぴくっと動いた。「今日起きたことのせいなのね。うちの息子のゼイヴィアとあなたのお連れのミスター・レイナーがクラブ・シャックで起こした騒ぎが原因で、今日の爆発と火事はなんらかの形でゼイヴィアに責任があると思っているんでしょう」

「あなたはそう思ってらっしゃるんですか？　わたしは何も言っていませんが」

ルイーザが椅子から立ちあがった。「うちの家族に対してなんの根拠もない非難を口にしたりしたら許しませんからね」

「非難などしていませんよ、ルイーザ。ゼイヴィアの名前を出したのはあなたじゃありませんか」

ルイーザの顔が引きつった。目にはぎらぎらした光が宿り、その光を浴びた指輪がなおいっそう輝きを増しそうだった。

「あなたもあのコンサルタントとやらも、いますぐクーパー島から出ていくのが最善の策だと思うわ」

「つまりそれが、今日わたしにこちらへ来るようにとおっしゃった本当の理由というわけですね。うちのコンサルタントとわたしを町から追い払いたい……」

「ばかおっしゃい。わたしはただ、もっと面倒なことが起きないうちにあなたたち二人がここを離れたほうがいいのではないかと提案しているだけよ」

「なぜもっと面倒なことが起きるんでしょうね？」

「あなたは聡明な女性だわ、マデリン。だとしたら、責任感のあるところを見せていただきたいのよ」

「では、うちのコンサルタントとわたしはもう、ご主人の誕生パーティーの招待客からははずされるというわけでしょうか？」

ルイーザの目に怒りが燃えあがった。「わたしは、成熟した大人としてのあなたと交渉しようとしているの」

「ゼイヴィアがクラブ・シャックで恥をかいたことを知ったあなたは怖くてしかたがないん

ですね。彼が仕返しのために極端なことをするかもしれないと恐れている」

ルイーザが石と化した。「なんてことを言うの。とんでもないわ。でも、これだけは言っておくわ、マデリン・チェイス。あなたの存在、そしてあなたのコンサルタントとやらの存在が面倒を引き起こしているの。あなたたちがいますぐ出ていくことが関係者全員にとっていいことなのよ。この先、警告など受けていなかったとは言わせないわよ」

「ご心配なく、ルイーザ。そんなことは口が裂けても言いませんから」マデリンは再び立ちあがり、ショルダーバッグのストラップを肩に掛けた。「お話はこれですんだようですね。それでは失礼します。コンサルタントが待っておりますので」

マデリンはルイーザに背を向け、ドアに向かって歩きだした。

「ほんとにもう。あなたにはわからないの？　わたしはただ、みんなにとって最善の策をとろうとしているだけなの」

マデリンはドアの取っ手に片手をかけながら足を止めた。「つまり、あなたのご家族にとって最善の策をとろうとなさってる。それならわかります。信じる信じないはそちらのご勝手ですが、あなたには同情を禁じえませんわ」

「出ていって。いますぐ」

マデリンはドアを開けて廊下へと出たが、玄関まで先導してくれる人が誰もいなかったため、ひとりで通路を探すほかなかった。

クリフ・ハウスをがっちりつかんだ不自然な静寂の中、マデリンは書斎から柔らかな物音が聞こえてくるような気がした。ルイーザがすすり泣いていた。

マデリンははるか廊下の突き当たりめざして足早に進んだ。玄関ホールまでたどり着いたとき、ようやく家政婦が現われた。

「これはこれはたいへん失礼いたしました。奥さまからお客さまがまもなくお帰りになられるとの連絡がなかったものですから」

「いいえ、気になさらないで」マデリンは言った。

SUVのフェンダーにゆったりともたれたジャックの姿が見えると、安堵感、それも幸福感ときわめて近いものが全身を貫いた。彼のサングラスの黒いミラーが銀色がかった陽光を受けて光った。玄関前の階段を駆けおりたい思いを抑えて歩くには想像を絶する意志力を要した。

ジャックが助手席側のドアを開けてくれた。「どうだった？」

マデリンは車に乗りこみながら言った。「とりあえず伝えておくと、わたしたち、例のパーティーには行かないことになったわ」

29

暗黒の記憶がよみがえるとき、それはたいていは深夜だった。ジャックは寝苦しい夢から覚めたあと、しばしじっと体を横たえたまま過去の出来事に考えをめぐらす……

金属製の銛《もり》がアルミニウムのスクーバタンクを叩く鈍い音ではじめて、ジャックはヴィクター・イングラムが自分を殺すつもりであることに気づいた。タンクへの一撃の衝撃は激しく、ジャックはつかんでいた誘導綱を思わず離してしまった。海中洞窟を通り抜けるルートを示す誘導綱である。とっさに振り返り、ヴィクターが水中銃を何かの間違いで発射してしまったものと信じようとした。だが、ジャックは頭のどこか——早くも生き延びる手段を必死で考えている部分——は、ヴィクターが彼に死んでほしがっていることをすでに受け入れていた。

マスクのフェイスプレートを隔てて見えるヴィクターの目は大きく見開かれている。よもや的をはずすとは思ってもいなかったのだ。たちまち恐慌をきたしたヴィクターは空になった水中銃を捨てて、ダイブナイフを握った。凄まじい勢いで足をばたつかせて、ジャックに突進してくる。ひと突きにしてやるとばかりにナイフを持つ手を突き出し……。

ジャックはがばっと上掛けをはいで上体を起こし、ベッドのへりに腰かけると時間を見た。一時十九分。もう夜明け前には寝つけないことが長い経験からわかっている。しばし大邸宅の物音に耳をすました。外では嵐があいかわらず窓を激しく打ち、ドアを叩いているが、警戒を要するような音は何ひとつ聞こえない。

電話を確認した。その日の午後にインストールした防犯センサーも警告はいっさい発していない。

犯人がこれほど早くつぎの行動を起こしてくるとは思わないが、過去には判断を誤ったこともある。

ジーンズをはいてTシャツを着ると、銃をおさめたホルスターを手に取り、廊下に出た。マデリンの部屋のドアは、数時間前に彼女が明かりを消したときそのままに細く開いている。ジャックは足を止めて、もう一度耳をすました。マデリンの部屋からはなんの音も聞こえてこない。

爆発のショックとルイーザ・ウェブスターとの不愉快きわまるやりとりで疲労困憊のはず

だ。睡眠が必要だ。ここ数日の彼女は、アドレナリンと心かき乱す記憶を糧に生きてきた。その組み合わせは肉体、神経、そして思考のどれにとってもきつい。健全な判断力と明快な思考をさまたげるからだ。

ぼくはいったい誰を相手にこんな説教をしているのだろう。マデリンなのか、自分自身なのか？

ジャックは階下に行き、キッチンテーブルにすわってパソコンを開いた。エイブからEメールが入っていた。

この添付ファイル、兄さんは興味があると思う。ウェブスターがワシントン州ベルビューに移る前に勤務していた証券会社だ。

添付されていた文書はサンディエゴの新聞に掲載された記事。日付は二十年あまり前のものだ。

警察は今朝、家宅侵入者に殺害されたと見られる男女の遺体を発見した。被害者二名のうち、男性はラホーヤにある証券会社の株式仲買人カール・シーヴァーズさん、女性は同じ証券会社社員のシャロン・リチャーズさんと判明した。近隣の住人は夜間に不審な物音などは聞いていないという。

シーヴァーズさんは仲買人として大成功した人物で、同僚たちによれば仕事を心から楽しんでいたという。「株を選ぶことにかけてはじつに度胸のある男でした」とある同僚は語る。捜査当局は麻薬がからんでいる可能性も含めて捜査を進めている。


ジャックはエイブに電話した。エイブは四回目か五回目の呼び出し音で出たことは出たが、その声は寝ぼけているだけでなく頭にきてもいた。

「いま夜中の一時半だよ」怒鳴りつけられた。

「この家宅侵入事件のことを教えてくれ」

「まだそれ以外に話せることなんかないよ。それ以上のことはなんにも知らないんだからさ。今日話を聞きにいった男が、当時の会社の話をする中でその事件に触れたんだよ。ウェブスターがサンディエゴを離れてヘッジファンドを立ちあげたのは、シーヴァーズと女性の死亡の一カ月後なんだ。もういいだろう。かんべんしてくれよ。兄さんは寝なくてもいいのかもしれないが、ぼくは寝ないとだめなんだ」

電話が切れた。ジャックはしばらく電話を見つめていたが、結局リダイヤルは断念した。

椅子を立ち、リビングルームに移動して窓からの眺めに目を向けた。月光のかけらが冷たい水のそここを凍てついた銀色に染めている。

意識のへりをいくつもの記憶がただよっていた。昼間はその幽霊の姿を無視することができるのだが、夜はそれが簡単ではなくなる。

二年前、これからは死ぬまでずっとヴィクター・イングラムの幽霊の訪問を受けつづけることになるのだろう、との事実を受け入れた。払うべき代償なのだと。

だが、その代償のとてつもない大きさを理解したのは、マデリンにはじめて会ったときだった。

階段からマデリンの足音が聞こえてきたが、振り向かずにいると彼女が声をかけてきた。

「ジャック?」

ジャックが振り向くと、マデリンがドアのところに立っていた。常夜灯の柔らかな明かりに幻影のような姿がぼうっと浮かびあがっている。

「ごめん」ジャックは言った。「きみを起こすつもりはなかったんだ。ただEメールをチェックしようと思って。エイブから新聞記事が送られてきたんだが、それによると、ウェブスターのラホーヤ時代の同僚が二人、家宅侵入犯に殺害されたようだ。二十年あまり前のことだ」

「ええ、知ってるわ。ダフネからメールをもらったの。奇妙な話よね」

「ああ、すごく奇妙だ」

「でも、どういうことかしら?」

「まだわからない。エイブとダフネは明日も証券会社の別の元同僚から話を聞く予定だそうだ」

マデリンがちょっとだけ笑った。「ここだけの話だけど、ダフネは私立探偵の役をけっこう楽しんでいるんだと思うわ」

「それはよかった。ぼくは今日、きみの命を危険にさらしたことで、この仕事からそれなりのスリルを感じたよ」

「あなたがわたしの命を危険にさらしたわけじゃないわ。わたしの命を救ってくれたのよ」

「ぼくの記憶はそうじゃない」

マデリンがドアから中に入ってきて、彼の正面で足を止めた。二人の距離はわずか数インチ。彼女の体温が感じられるほどの近さ、彼女の香りが彼の血をかき乱すほどの近さ、彼女の目が彼を誘っているのがわかるほどの近さである。

「わたしの記憶ではまさにそうなの。ねえ、もしわたしがあなたにキスしてほしいって言ったら、ベッドに戻れって言う？」

「キスしてほしい理由がきみの命を救ったからだと思ってるなら、また日を改めてってことにしよう」

「日を改めてなんてだめ。この申し出はいま承諾しなければそれまで。念のために言っておくけれど、これはわたしの命を救ったこととはまったく関係ないわ。じつはね、今日みたいなことが起きる前からずっとあなたにキスしてほしかったの」

「島に来て最初の夜、きみはひどく感情的になっていた。あまりに無防備だった」

「それがいけなかったのよね。あんなことはもうたくさん」マデリンが意を決したかのようにドアに向かって一歩を踏み出した。「念のために言っておくけれど、今夜のわたしは感情的にさほど無防備ではないから、ちゃんとわかって決断したの。そんなふうには見えないでしょうけど、わたし、自分のしていることはよくわかってるわ。少なくとも自分のしたいことがちゃんとわかっていたのに、失礼なあなたはそれをやんわりと否定した」

「くそっ、マデリン――」

マデリンはすでに階段をのぼって、自分のベッドルームに向かっていた。

「もういいの、忘れてちょうだい」階段の上からマデリンが言った。「それ以上言い訳は聞きたくないわ。わたしとベッドに行く気がないのなら、はっきりそう言って。もうあなたを煩《わずら》わせるのはやめるって約束するわ」

「マデリン、待ってくれ」

ジャックは夢中でマデリンのあとを追った。

階段を上がりきったとき、ちょうどマデリンがベッドルームの暗がりに姿を消すのが見えた。

ドアに達したその瞬間、ドアがバタンと閉まった。マデリンが鍵をかける前にと即座に押し開ける。激しい怒りとプライドをのぞかせ、マデリンは自分の立場を変えなかった。信じられないほど興奮してもいる。

ジャックはそこでぴたりと足を止めた。「きみはわかっていないんだ」

「この状況のいったいどこを、わたしが理解していないと言うの？」

「将来だ」

「将来って？」

「きみに将来を約束できない」

マデリンは明らかにショックを受けたらしく、たちまち静かになった。「ジャック、お願いだから教えて。あなた、ひょっとして何か深刻な病気にかかっているとか？」

「いや、そんなんじゃない」ジャックがひるんだ。「すまない。まさかそんなふうにとられるとは思わなかった。うーん、ちょっとばかり複雑なんだ」

「どう複雑なの？　あなた、ゲイなの？」

「違う」

「ひょっとしてどこかに妻子を隠しているとか？」

「それも違う。どういうことかというと、こと恋愛関係にかけては、ぼくの実績はそれはひどいもんなんだ。絶対に長続きはしない。いつでも悪いのはぼくさ。わからないかな？　誤解してほしくないんだ。ぼくにはなんの約束もできないんだよ」

「ふうん。将来的な約束が問題なのね」

「まあ、そういうところかな」

マデリンはしばし考えをめぐらしたのち、こっくりとうなずいた。「了解」

「了解？ 返事はそれだけ？」

「もしわたしの問題をうまく対処してくれるなら、わたしもあなたの問題にうまく対処するわ」

「きみの問題をぼくの問題と比べるわけにはいかないだろう」ジャックが警告した。

「それじゃあ、問題を比べっこしてみる？」

「きみのデート相手の身辺調査のどこが深刻な問題だと思ってるんだ？」

マデリンが眉をひそめた。「たしかにそうね。誰かにお金を払ってデート相手の身辺調査を依頼するのは、まあ常識の範囲だわね。わたしの問題はもっとずっと私的なことなの。でも、わたしと寝る気のない男性とそのことについて話すつもりはないわ。おやすみなさい、ジャック。今夜二度目だけど」

「待ってくれ。つまりきみは、将来的な約束って問題を抱えてるぼくでもいいと言いたいのか？」

「ええ、そうよ。だけど、もしこんな会話はここまでと言うなら――」

「会話なんかしていないだろう。こういうのは、くそっ、交渉っていうんだ」

マデリンが眉を吊りあげた。「そうかしら?」

「はっきりさせておこう――きみは、ぼくには恋愛関係においてひどい実績しかないことを理解したうえで、恋愛関係になってもいいと言うんだね?」

「わたしのひどい実績とあなたの実績を競わせてみる? いつでもいいわよ」マデリンが腕組みをした。「それでも、将来的な約束はできない関係にあるあいだも、双方とも浮気はしないこととしたいわ」

マデリンの声は、やけになって掛け金を二倍にするギャンブラーの声さながらに引きつっていた。

「よし、了解」ジャックが言った。ほかの男といっしょにいる彼女を想像したくなかった。

「ほかに交渉しておきたいことは?」

「この場ですぐには思いつかないけど。あなたは?」

「とくに思い浮かばないな」

「これでこの関係に関する期限と条件は決まったみたいね」

「契約書を出して、ぼくにサインさせる?」

マデリンが突然眉をひそめた。「えっ?」

「この関係から恋愛感情は排除する条項について話そうか」

一瞬、マデリンがジャックを見つめた。そして火山よろしく爆発した。

「言い出したのはあなたでしょうが」

マデリンの声は憤り、怒り、そして——たぶん——苦しみのせいでざらついていた。と言うよりも、おそらく——あくまでおそらくだが——ジャックがずたずたに引き裂かれたのがそうした感情だったのだろう。

「ぼくが？」ジャックは切り返した。「お互いの問題を比べたがったのはきみだろう」

「悪いのはわたしってことにしようとしてるのね。信じられない」

ジャックはマデリンににじり寄った。「この大失態の責任をきみに押しつけたりするもんか」

「まず最初は、この関係から恋愛感情を排除したってわたしを責めて、つぎはこれを大失態と呼ぶ。そう、あなたの言うとおりよ。わたしたちのあいだに何が起きようと、長続きなんかするはずない。だから、その兆しが完全に消滅しないうちにはじめたほうがいいと思うの」

マデリンはジャックとの距離をさらにちぢめると、両手をジャックの肩にぎゅっと回し、爪先立ちになってキスをした。

ほぼ三カ月をかけて、二人のあいだの空気に充電されてきたエネルギーに火がついたキスだった。備品倉庫の爆発から舞いおりてきた感情に駆り立てられたキス。アドレナリンともどかしさと怒りの炎を運んでくるキス。

そのキスが、彼女に出会った日以来ジャックの胸の奥深くでいまにも爆発しそうだった渇望に対して強力な燃焼促進剤の役割を果たした。

「お互いの問題や将来なんかなんとでもなれ」ジャックがマデリンの口もとで言った。「いまぼくの頭の中には今夜しかなくなった」

「わたしも今夜だけでじゅうぶん」

30

押し寄せてきた欲望にマデリン自身が驚いた。心の準備をしておくべきだった。ジャックとはすでに一回キスをしたことがあり、あのときもわれを忘れるほどだったのだから。だが、あのとき仕掛けてきたのはジャック。マデリンに必要なもの、そしてどこまで許されるかを判断したのちのキスだった。

今夜は違った。今回、誘ったのはマデリンなのだ。主導権は彼女にあった。

マデリンは両手で彼のTシャツをぎゅっとつかみ、唇を無理やり離した。

「この前はあなたが、きみは自分のしていることがわかっていない、と言い張って、そこまでになったけど、今夜はそんな言い訳は通用しないわ。わかってる?」

ジャックが両手でマデリンの顔をはさんだ。「あれは言い訳じゃなかった」

「わたしにはそう聞こえたわ。だから、あなたにもうひとつだけわかってもらわなきゃならないことがあるの——もし今夜もここまでにしたいなら、わたしを欲しくないってきっぱり言ってくれなきゃいや。何がわたしのためかを思ってるふりなんかもうよして。わかった?」

ジャックがどこか獰猛な目でマデリンを見た。「くそっ、なんて女なんだ。きみはいつもベッドに行く前、こうなふうにぐだぐだ話をするのか?」

だが、ジャックは返事を待ったりはしなかった。質問に対する答えが準備できていないマデリンにとって、それはありがたかった。

ジャックが唇を重ねてきた。しかもそのキスは、マデリンが知りたかったことをすべて語っていた。今夜は彼がストップをかけることはない。ストップをかけることができるのはマデリンだけだということを。そしてマデリンにそんなつもりはいっさいなかった。

マデリンは彼の首に両腕をからめ、彼の唇に向かって口を開いた。とはいえ、経験から得た技巧や誘惑の意図をそのキスにこめたわけではなかった。なぜなら、本当のことを言うと、マデリンはほかの人とこんなふうに――これほどまでの刺激的な気分と欲求と期待に満ちて――キスしたことはこれまで一度もなかったからだ。

そのキスは十八年前にマデリンが自分のために引いた境界線を完全に越えていた。マデリンの心の境界線を押しのけるキス。それも、想像を絶する形で押しのけてくれたキス。これまでのルールを打ち破るキス。

ジャックの反応も同じように原始的で、恋の経験が豊富な男の洗練された技巧を完全に欠いていた。どこまでも自然体で素朴なキス。それは今夜が、彼にとっても特別だということを言葉より明快に伝えてきた。

それがルールを破ってもいいと思える理由だった。

二人はもつれる足でベッドをめざした。マデリンは途中から、落ち着きを欠き、体を震わせ、酸素が希少ではかない物質であるかのように懸命に吸いこみはじめたが、二人はなんとかベッドに達した。

ジャックはマデリンを離し、時間をかけてTシャツ、ズボン、ブリーフを脱いだ。裸になった彼がマデリンのほうを向いたとき、マデリンは彼の微妙なためらいを察知し、彼がぐずぐずしていたのはマデリンに決心を再確認する時間を与えてくれていたのだと気づいた。そしてわかったのは、未知の領域に踏みこんだ人間はこの部屋に自分ひとりではないのだということ。目の前に裸身をさらして立つジャックは、彼女の気持ちがまだ変わらずに彼を求めていることを、そうやって確認しなければと考えているのだ。

マデリンは彼に近づき、もう一度爪先立ちになって彼にキスをした。硬くなった彼のものがマデリンの太腿を押した。マデリンは手を下へと伸ばして、そこをそっと触れた。

ジャックがうめきをもらし、マデリンを引き寄せた。乱れたシーツの上に二人で倒れこむときがきたのだ。それに気づいた瞬間、マデリンはパニックに陥りかけた。わたし、上でないとだめなの、と彼に言おうと口を開きかけた。

だが、説明の必要はなかった。超能力でメッセージを受け取ったかのように、ジャックはあおむけに横たわり、マデリンが自分の上に来るようにいざなった。まさにマデリンが望んだとおりの体位。

つぎの瞬間、恐怖感がすうっと消えた。なんだか空を飛んでいるような気分。純然たる欲望が放つ素敵な霞の中に迷いこんだようだ。マデリンの一部はそんな気分が理性的でないことはわかっていた。こんな気分も最後はきっと、いつもと同じように——快感ではなく哀願で——終わるのだろう。それでもその瞬間、マデリンは自分は正常なのだと思いこむことにした。自分が求めてやまないセクシーな男性から同じように求められ、彼の腕の中にいるあいだは正常な女性と同じように反応できるはずだと思うことにした。ジャックも求めてくれていることに疑いはなかった。硬くそそり立ったペニスともどかしいほどやさしい手の感触が、マデリンを酔わせながらそそってくる。彼女に対する彼のやさしさは、まるでこれまで巡りあうことのなかった貴重で繊細で驚嘆に価する創造物を扱っているようだった。

マデリンは少しのあいだ、顔を上げて彼を見おろした。すると、深い確信とでも言うべき未体験の感覚が全身を貫いた。

「大丈夫よ。わたし、こなごなに砕けたりしないから」

「わかってる。きみは強いからね」ジャックが大きな手を片方、マデリンの頭の後ろに当て、そのまま引き寄せて唇を合わせた。「でも、ぼくがもしへまをしでかしたりしたら、間違い彼が早くもまた唇をふさいだからだ。彼のもう一方の手がマデリンの体に沿って下へと這っていき、太腿に達した。ナイトガウンの裾をたくしあげると、柔らかな布地をそっとウエストのあたりに押しのける。彼の指先がヒップの曲線をなぞったのち、もっと秘密の部分へと探りを入れはじめる。

「でも、あなたはへまなんかしない」マデリンがささやいた。

マデリンはもっと安心させるような言葉をかけたかったが、そんな間はなかった。

なくこなごなに砕けてしまうはずだ」

彼の指先を太腿の内側に感じたとき、マデリンが一度だけ鋭く素早く息を吸いこんだ。ジャックは彼女の下で動きを止めている。薄目を開けたマデリンは、ジャックが真剣に彼女を見つめているのに気づいた。懸命に自制をきかせているのが見てとれる。

マデリンはジャックの喉もとに唇を押し当て、そこから胸へと移動させたあと、下へ手を伸ばして彼のその部分を心をこめて撫で、彼の愛撫が気持ちよいことを言葉の代わりに伝えようとした。

いや、気持ちよいことを伝えるどころか、彼の愛撫を求めての懇願だった。これからはもう、彼以外の男性に触れてほしくなかった。これからはジャックだけ。

彼のヒップが下からマデリンを突きあげ、脚を開くよう促した。マデリンがメッセージを受け止めると、彼の指はさらに奥深い部分に触れ、マデリン自身もびっくりするような反応を彼女から引き出した。強烈な切迫感がマデリンの内側を引きつらせた。

「あっ」マデリンがささやいた。「いまよ、いまだわ」

だが、ジャックは愛撫をつづけた。彼女がか弱い花ででもあるかのように。彼女がもっと先を――もっともっと先を――欲していることに気づいていないらしい。

体の中で渦を巻きながら上昇していく緊迫感に駆り立てられ、マデリンは上体を起こして彼にまたがる体勢をとった。彼のものをゆっくりと用心深く導いて自分の中に入れたとき、ジャックがうめきとともにマデリンの太腿をぎゅっとつかんだ。そのときの彼の目は、いまこの瞬間、彼の世界にはマデリンしかいないとでもいうようなまなざしだった。

ジャックがまたうめいた。彼の顎も全身のほかの部分と同様にこわばっている。ジャックはゆっくりと慎重に腰を浮かせて彼女の中に深く突き入り、マデリンを驚かせた。

さらに彼はもうひとつ、別の方法で刺激してきた。クリトリスをかすめるように親指を動かし、その感触にマデリンはわれを忘れた。これまで体験したことのない解放感が波となって押し寄せ、音を立てて砕け散ったところで息も絶え絶えになった。

ジャックが最後にもう一度腰を浮かせ、信じられないほど深く入ってきた。と同時に、彼のクライマックスが雷鳴のごとく彼自身を揺さぶった。低くかすれた満足げな咆哮が夜を引き裂いた。こんなプレゼントを彼に贈ったのはわたし、とマデリンは高揚感を覚えながら思った。この男性をじゅうぶんに、完璧に満足させることができたのだ。

そして彼はそれよりさらに驚くべきものを返してくれた。今夜、マデリンにはじめて、いままでは不可能だと信じこんでいた反応――自分が正常だと思える反応――が起きた。本当に。

わたしに必要なのはわたしに合う男性、けっしてふつうではない男性――ジャック――だったのだ。

31

イーガンはわざわざ明かりをつけることなく、広々としたリビングルームに入った。カーテンは開いている。冷たく冴えた月明かりと屋外の防犯灯が重なるように、酒が並ぶ飾り棚への道筋を照らしていたが、棚の前までなら目隠しをされていても歩いていくことくらいできた。すでに十年以上もの年月をかけて反復練習を積んできたのだから。

もう長いこと、ぐっすりとは眠れなくなっていた。医者にはときおり処方箋を書いてもらってきたものの、やはり行き着くところはえり抜きの薬——特上のスコッチをぐいっと何口か——である。どうにも眠れぬ夜にはほかの薬では役に立たなかった。

今夜もそのどうにも眠れぬ夜だった。

ボトルを手に取り、グラスにまず一杯目をたっぷりと注ぐ。そして、それを飲みながら窓辺にたたずみ、入り江の黒い水面を照らす月明かりをしばらく眺めていた。最近は昔のことをあれこれ考えてしまうことが多くなっていた。そのたびに不安に駆られる。歳をとったことの代償だろうか。加齢は知恵をもたらすと考えられているが、彼の場合、もし最初から別の道をたどっていたらどうなっていたのだろうかと考えて、夜中にしょっちゅう目を覚ます。たぶん何も変わらなかったはずだ。あのまま同じところにいたはずだ。

ドアが静かに開いた。

「イーガン？」ルイーザが部屋に入り、ドアを閉めた。「ぐあいでも悪いの？」

イーガンは振り返りもしない。「いや、大丈夫だ」

「また眠れないのね」

問いかけではなかった。ルイーザが酒の棚へと向かう足音がした。ガラスとガラスがぶつかる軽やかな音が響いた。ルイーザが自分の酒を注いでいるのだ。彼女はオレンジの香りがするリキュールが好みだ。

ルイーザも窓辺にやってきて、隣に立った。しばしのあいだ、二人はそれぞれの酒を無言で飲んだ。二人がこうした儀式めいたことをするのはこれがはじめてではなかった。二人が愛しあっていたのははるか昔のことだが、それでもイーガンには、二人は生きているかぎりパートナーでいるはずだとの確信があった。二人の長所と欠点が互いをがっちり補完しているからだ。

「今日、マデリン・チェイスにホテルを買うって申し出をしたわ」ルイーザが言った。

「断られただろう」

「ええ。ついでに、クーパー島を出るよう促してみたの」

「それがなぜ彼女のためにいちばんいいか、理由も話したのか?」

「詳しく話す必要なんかなかったわ。わたしがなぜ出ていくようにと警告しているのか、向こうはよくわかっていた。あの爆発の黒幕が誰なのか、うすうす感づいているみたい」

「それなのに、出てはいかないのか」イーガンはスコッチを飲んだ。「わからないのは、なぜこんなに時間が経ったいま、突然ここへ来て長居をしているかだ」

「それはわかっているでしょう。おばあさまが亡くなって、今度はトム・ロマックスが殺されたからよ。彼女はもう、イーディス・チェイスの死亡が事故だとは思えなくなったのね。いま、それまでそう思っていたとしたら、の話だけれど。イーディス・チェイスの死がトム・ロマックスの死となんらかの関連があると考えていることは間違いないわ。マデリン・チェイスはいま、あらゆる可能性について調査中よ、イーガン。危険だわ」

イーガンはグラスの中の酒をぐるりと回した。「今日の夕方、ダンバーと話したんだが、マデリン・チェイスとレイナーが爆発現場にいたと言っている女の足取りは、まだ何ひとつつかめていないそうだ」

「ひと晩身をひそめていられる空き家状態のサマーコテージがたくさんあるわ」

「可能性はもうひとつある。万が一失敗したときのために、誰かが船を待たせていたのかもしれない」

二人とも黙ったままだった。逃走用の船を用意したかもしれない人間が誰なのかを口にする必要はなかった。ゼイヴィアの名が、蛍光塗料入りの血で殴り書きされたかのように、暗い部屋の空気に焼きつけられた。ゼイヴィアは舵を取れる年齢になって以来、あらゆる種類の船の操縦をしてきたからだ。

「あの子がやりすぎるまでは、わたしたちにできることなど何ひとつないわ」ルイーザが言った。

「今日はもう少しでやりすぎるところだった」

「証拠はないわ」ルイーザが言った。

「わからないのか？　もしゼイヴィアが殺人罪で逮捕されたりしたら、トラヴィスの立候補が台なしだ。そりゃあ、どんな政治家だってある程度はお荷物を抱えこんじゃいるが、限度ってものがある。心を病んだ弟が殺人を犯したと判明すれば、トラヴィスの選挙戦はそこでおじゃんだ」

「ゼイヴィアは人殺しなんかしていないわ」

「いまのところはまだな」イーガンがまたスコッチをぐいとあおった。「少なくともわれわれが知らないってだけだ。あいつは頭がいい。もし誰かを殺したとしても、慎重なあいつは証拠など残さないさ」

ルイーザが落ち着きを取りもどした。「あなた、トム・ロマックスとイーディス・チェイスのことを考えているでしょう？　でも、それは納得がいかないわ。あの二人に危害を加え何かをする理由があの子にはないもの」

「あいつは頭がいい、といま言ったが、あいつは頭がおかしい、というのも事実だ。何かをするときにいちいち論理的な理由など必要ないんだよ」

ルイーザはほぼあらゆる状況において現実的かつ戦略的な考えができる人間なのだが、下の息子のこととなると何も見えなくなってしまう。だが彼女を責めるわけにはいかない、とイーガンは思った。彼自身にも同じような時期があったからだ。ゼイヴィアは彼にとっても、かつてはゴールデン・ボーイ——カリスマ、知性、そして真の権力を得るためには欠かせない冷酷さをそなえた光り輝く強い息子——だったのだ。

しかし、ゼイヴィアが致命的な疵物《きずもの》だとわかった。そうなれば、この家族の帝国の将来は弱いほうの息子の手にゆだねるほかない。

「ゼイヴィアは、レストランでの出来事のせいでレイナーのことが頭から離れないのよ」ルイーザが言った。「この町でレイナーを見かけたら……ただじゃすまないわ。だから、マデリンといっしょに島を出ていくようにレイナーを説得することができれば、ゼイヴィアはまた選挙に集中できると思うの」

イーガンはそれについてしばし考えをめぐらせた。「レイナーに話してみよう。あの男は実務家だ。島を出ることは彼のクライアントのためでもあるし、彼にとっては金銭的な利益にもなることを理解させればうまくいくかもしれない」

「時間の無駄だわ。レイナーはマデリン・チェイスを残して出ていくはずがないし、マデリン・チェイスはいくらお金を積んだって追い出せない」ルイーザが言った。「彼女の買収なら、もうわたしが試したわ。忘れたの？　あの女、わたしの申し出を堂々と蹴ったのよ」

「いつまでもこうして手をこまねいているわけにはいかないいだろう。何かしら手を打たなければならないし、それも早くしなければならない。取り返しがつかなくなる前に」

「わかってるわ」ルイーザが言った。

ルイーザの声はひどく疲れていたが、同時に諦観も感じられた。

二人はそのあとも窓辺にたたずんだまま、手にしたグラスが空になるまで飲んでいた。それ以上の会話は必要なかった。家族の将来に関するむずかしい決断が必要になるとき、二人の考えはつねに一致していた。

32

「念のために言っておくけれど」マデリンが言った。「あなた、へまをしでかしたりしなかったわ」

ジャックはなんとも心地よい眠気に誘われ、永遠にも似た時間の中をゆったりとたゆたうようにまどろんでいるところだったが、マデリンの言葉にぎくりとし、つぎの瞬間には吹き出した。

目を半ば開けて伸びをする彼女を眺めた。その動きは猫を思わせた。マデリンはどこを取ってもしなやかな猫に似ている。

髪はもつれて乱れたまま枕の上に広がっていた。清楚なコットンのナイトガウンはジャックがどこかの時点で脱がせた記憶がある。シーツを引きあげて胸を隠してはいるが、むき出しの肩は見えた。優雅な曲線を描いている。女性の肩にこれほど魅了された記憶はなかったが、それを言うなら、彼はマデリンのすべてに魅了されていた。

「へまをしでかさなかったと思ってもらえてほっとしたよ。じつは、最後のほうはあまり憶えていないんだ。何もかもがぼんやりしてしまった。すごくいい感じのぼんやりなんだが、ぼんやりした事実については言い訳できない。でも、何が起きたのかきちんと把握しておきたいから、どうだろう、もう一度やってみたほうがよくないかな。あまり時間をおかずに」

マデリンが微笑みかけてきた。けだるく官能的で、ちょっと気取った印象のものすごく女らしい微笑みだったが、それがいきなり真剣な面持ちに変わった。くるりと横向きになって片方の肘をつき、思案顔で彼を見つめた。

「すごくいい感じのぼんやりはわたしも同じ。あんな感じははじめて」

ジャックはその言葉の意味を読み解こうとしたが、わずか数秒でそんな面倒なことは放棄した。

「それはいいニュースなのかな、それとも悪いニュース？」と代わりに訊いた。

マデリンがまたにっこりと微笑み、ジャックの世界もそれを軸に回りはじめた。

「いいニュースよ、少なくともわたしにとっては」

「そうなのか？」

「わたし、これまでずっとこういうことに関していくつか問題を抱えていたの」

ジャックは緊張した。「また話題を問題に戻すのか？」

「わたしね、上じゃないと不安に駆られるのよ。だからいつも、たちまちパニック発作に陥るわけ」

ジャックは彼女が抱える問題の大きさを理解しようとしたが、うまくいかなかった。そして肩をすくめる。「その昔、きみの身に起きたことを考えれば、上から押さえつけられることに抵抗があるのは当然だろう。論理的にごく自然だと思うよ。問題ってほどのことじゃない」

マデリンが眉根を寄せた。「ううん、やっぱり問題だわ。わたし、これまでの人生で何度か、とんでもなく間の悪いときにパニック発作を起こしてるの。この問題のせいで破綻をきたした恋愛もひとつや二つじゃないわ」

「そうだったのか？」

「たいていの男性は最初はこういう体位をセクシーだと思うみたい。でも遅かれ早かれ、二つのうちのどちらかの道をたどるってことがつらい経験を通してわかったの。まずひとつは、相手が女王さまを探していたことが判明する。その場合、わたしが興味を失ってしまうの。そしてもうひとつは、相手がわたしのことをあまりにも支配的な女だとの結論を下してしまう。その場合は向こうが興味を失ってしまう」

ジャックは彼女に、そんな問題はぼくの問題に比べればなんでもないよ、と言いたかったが、そのためには説明が必要で、どんなふうに説明しようが、彼女にまたひとつ重大な秘密を背負わせることになる。彼女にそんなことを押しつける権利は彼にはない。

「きみには問題なんかないよ、スイートハート」ジャックは語りかけた。「きみのそれは嗜好だ」

マデリンが眉をきゅっと吊りあげた。「嗜好？」

ジャックは、口のうまさが自分らしくなく奏功したことに気をよくして、にこりとした。

「セックスに関しては誰でも嗜好をもつ資格があるのさ。何もセックスにかぎったことではないが」

「そんな……すごく理解があるのね、あなたは。それじゃ訊くけど、あなたの嗜好は？」

ジャックは腕を伸ばしてマデリンをとらえ、彼の胸の上に手足を無造作に広げる体勢になるよう引き寄せた。

「いまのぼくの嗜好は、きみをぼんやりさせるためにはどうしたらいいのかを工夫することさ」

微笑んだマデリンの目が潤んでいた。「すごく寛大なのね、あなたって」

「そうだよ。短所に対して寛大なんだ」

マデリンが声をあげて笑った。その笑い声は軽やかで女性的で心からのものだった。

ジャックの中のうつろな部分がその声ですべてあたたかくなった。しばらくは彼自身が問題を抱えていることなどないふりができるかもしれない。

33

ダフネには確信があった。目の前のジリアン・バーンズという女、かつてはほっそりとセクシーで、豊胸手術による立派な胸は、ぴったりフィットした襟ぐりの大きなトップスを着たら、きっと周囲の目を独り占めしていたはずだ。だが、現在の彼女は七十歳を前に、ハリウッドの新人女優をデフォルメした戯画よろしく、不自然なプロポーションの痩せ細った女に変身を遂げていた。ぴちぴちの短すぎるドレス、ハイヒール、藁《わら》のようなブロンドの髪、およそ何もかもが違和感を増幅していた。

タバコは間違いなく百害あって一利なしだわ、とダフネは思った。ジリアンの顔はどんな美容外科手術を何度受けようが太刀打ちできないほどそこここが落ちくぼみ、血色が悪いのだ。

「ええ、憶えてますとも、カール・シーヴァーズなら」ジリアンが鼻を鳴らした。「彼はオフィスのスターだったわ。若いけどやり手。ほかの仲買人たちは彼の度胸をねたんだものよ。だって、彼が選んだ株は必ず上がるの。ほかの連中は顔面蒼白よ。わかる？　でも、ずっと前に死んだわ。同じオフィスで働いてた女といっしょに殺されたの。シャロンなんとかって女。ところであなたたち二人、なぜ彼のことが知りたいの？」

ダフネはエイブの顔を見て、エイブがバトンを受け取ってくれるのを待った。ジリアンと会う約束のレストランに到着する前、二人は自分たちのストーリーを打ちあわせてあったのだ。ジリアンはひとしきり挨拶をかわすあいだは用心深かったが、いざ二人が席に着くと、好奇心と一杯のマティーニがそれまでの用心深さを押しのけたようだ。

もしかすると要因はそれ以外にもあるのかもしれない、とダフネは考えた。ジリアンには、若かりしころ派手に遊んでいた女の特徴がすべてそろっている。となれば、男友だちがたくさんいたことは間違いない。彼女はおそらくほかの女をライバルとみなすタイプの女だ。だがいま、男たちは去り、女たちと親しくなる気などさらさらなかったジリアンは気がつけばひとりぼっちだ。見知らぬ人間とのおしゃべりはたぶん、さもなければ予定など何もないむなしい昼下がりを満たすのにもってこいのはずだ。

「ぼくたちは遺族の方からカール・シーヴァーズの死亡の状況を調べてほしいとたのまれたんです」エイブが説明した。グラスの位置を調整しながら咳払いをする。「特許権がどうのこうのという問題がもちあがって、それが相続などに影響をおよぼすとかいろいろありまして」

「ふうん」ジリアンが肩をすくめた。「カールに家族がいたなんて知らなかったわ。親類の話すらいっさいしなかったのに」

「お金がからんでくるとどういうものか、ご存じでしょう?」ダフネが言った。「たとえ遠縁でも、家族ってことになるんですよ」

「たしかにそうよね」ジリアンがマティーニに添えられたオリーヴをむしゃむしゃと食べた。「お金があれば、臨終のときはベッドの周りに人がたくさん集まるものよ。そして生命維持装置がはずされるのを心待ちにする。一文無しで死ねば、最後に電話する相手もいやしない」

ダフネはエイブと目配せをかわした。どちらも何も言わなかった。

ジリアンが不満げに話をつづけた。「そうねえ、あんまり話すこともないのよね。わたしはカールとシャロンが殺されるまで働いていた証券会社の受付だったの。わたしが失業したのはその会社が全国規模の大手に吸収合併されたときだけど、わたしにとってはあれが最後のまずまずの仕事だったわ。四十五や五十を過ぎた女が給料のいい仕事を見つけるって、そりゃあたいへんなことなのよ」

「証券会社としては、スター的存在の彼が殺されたことはショックだったでしょうね。あなたや同僚たちにとっても」エイブが言った。

「ええ、そりゃあもう」ジリアンがまたマティーニをぐいっと飲んだ。「同僚の仲買人たちはニュースを聞いて震えあがったふりをしてたけど、わたしに言わせりゃ、彼のことなんかどうでもいいと思ってたのよ。むしろみんな、彼がいなくなったことを喜んでいたんじゃないかしら。競争相手だったんですものね」

「シャロン・リチャーズについては何か？」ダフネが訊いた。

ジリアンが渋い表情をのぞかせた。「彼女も仲買人だったの。美人で、若くて、ものすごくセクシーな。世の中の渡り方を心得てもいたわ。願いを聞き入れてくれる人なら、誰とでも寝る女。カールとはできてたの。彼が欲しがるものをベッドで与えれば、彼が株の情報を分け与えてくれるんじゃないかと計算してのことだと思うのよね。でも、もしそういう計画だったとしたら、うまくいくどころかひどいことになっちゃったってわけ」

「たしかに」エイブが相槌を打ちながら、パソコンにメモを入力していく。「あなたや同僚たちは殺人事件について仮説を立ててみたりしたんじゃないですか？」

「おおかたはドラッグがらみじゃないかって言ってたわ」ジリアンが言った。「警察もかなり確信をもってそんな発表をしたわね、たしか。仲買人には、ああいうものを使ってる人がたくさんいたのよ。これ、公然の秘密ね。当時は主としてコカイン」

「あなたはカール・シーヴァーズがドラッグを使っていたと思いますか？」エイブが質問した。

「そこが奇妙なとこなのよ」ジリアンがこわばった口もとをすぼめ、かぶりを振った。「これは神に誓ってもいいけど、彼はあのオフィスで唯一、ドラッグに手を出さなかった人なの。

お酒もあまり飲まなかったくらい。でも、パソコンには執着してたわね。使っていないときでも肌身離さず持ち歩く姿からは純金製かと思うほどだったわ」

ダフネはエイブを見てはいなかったが、その瞬間、彼が緊張モードに切り替わったのを察知した。それでも、話しはじめた彼の口調は穏やかで、いかにもプロ——忙しい調査員が広く情報を収集しようとしている——といった印象だった。

「シーヴァーズはゲーマーだったとか?」エイブがつづける。「コンピュータゲームにはまっていたってことはありませんでしたか?」

「いいえ。少なくともわたしはそうは思わないわ」ジリアンが答えた。「わたし、ときどき彼をからかったのよ。そんなものにそこまでご執心ってことは、インターネット・ポルノでも見ているんでしょう、ってね。そしたら、そうじゃなかったの。もっとずっとおもしろいことをしているんだって彼は言ってたわ。どうおもしろいかっていうと、金持ちになれるかもだって教えてくれたのよ」

ダフネはテーブルの上で腕組みをした。「いったい何をしていたんだと思います?」

ジリアンが肩をすくめ、静脈が目立って浮きあがった手を片方、ひらひらと揺らした。

「コンピュータのことですもの。記号や奇妙な言葉が並んでいたわ。わたしの言ってること、わかるでしょ? ほら、なんて言ったかしら、ああいうのを?」

「つまり」エイブが慎重に質問を投げた。「カール・シーヴァーズは暗号を使って何かを書いていたかもしれないと思われるんですか?」

「ええ、そう、それよ。暗号。彼はゲーマーじゃなかったと思うけど、たぶんプログラムか何かをつくろうとしていたんじゃないかしらね。そういう業界でも大金が動いていると聞くものね」

「貴重な情報をありがとうございます、ジリアン」エイブはメモ帳のページを繰り、そこに記された名前をまるで見覚えがないかのようにじっと見た。「あと二、三、質問させてください。カール・シーヴァーズとシャロン・リチャーズが殺された時期、同じ会社にいた人ですが、イーガン・ウェブスター」

「あのいやなやつ?」ジリアンがうんざりといった表情を見せた。「ええ、いましたよ。憶えているわよ。結婚して子どもが二人いたけど、あのろくでなしときたら、ハイヒールとスカートをはいていれば誰彼かまわず寝る男だったわ。わたしにも何度か粉をかけてきたけど、近寄らないで、って突っぱねたわ」

苦々しいジリアンの声にはプライドが感じられた。

「あなたが彼を突っぱねたのは、彼が既婚者で子どもも二人いたからですか?」ダフネが訊いた。

ジリアンがまた鼻を鳴らした。「それが理由だって嘘をつくこともできるけど、じつはね、あの男、なんだかぞっとするほど冷たくて、ちょっと怖かったのよ。はっきりどこがどうとは言えないんだけれど。ハンサムだったことは認めるわ。商売上手って雰囲気ももっていた。彼のクライアント・リストを見せたかったわね。一生かかって貯めた全財産の運用を彼に任せた老人ばっかりだったもの。大したものよ。聞いた話じゃ、ワシントン州に移って、自分のヘッジファンドを立ちあげたそうね。ひと山当てたっていうじゃない。ここだけの話だけど、信じがたいわ」

「ウェブスターの大成功を信じがたいとおっしゃるのはなぜですか？」エイブが訊いた。

「わたしが知っていたころの彼には、お金儲けの才覚の片鱗もうかがえなかったからよ。株を選ぶことにかけちゃ、ごくごく平均的な能力しかなかったわ。カールが選んだものを見てはよくまねして買っていたわ。まあ、あの会社の誰もが、カールが選んだものなら手当たりしだい、まねして買おうとしていたけれどね。でも、あそこにいた男の中で、その後大成功したなんて彼ひとりだと思うわ」

「どうもありがとうございました、ジリアン」エイブが言った。財布を取り出し、相当な額の札を抜き出した。「今日のバーのお勘定、たぶんこれで足りると思います」

ジリアンはテーブルに置かれたお札に目を落とした。アートメークの眉をきゅっと吊りあげる。「まあ、びっくり。これなら一カ月分の請求がまかなえるわ。ありがと」

エイブがメモ帳とパソコンを片付けて立ちあがった。ダフネも彼にならってブースから出た。

ジリアンが窓の外に広がるラホーヤの町の景色に目を向けた。

「これも話しておいたほうがよさそうね。すごく奇妙なんですもの」

「なんでしょうか？」ダフネが訊いた。

「この二十年、ウェブスターやシーヴァーズのことなんか考えることもなかったのに、どういうわけか突然、わたしに昔のことを聞きたがる人が何人も現われたってどういうことなのかしら」

ダフネははっと息をのんだ。あえてエイブのほうは見なかった。

「ぼくたちのほかにも、シーヴァーズの事件について訊きにきた人がいたということですか？」エイブが訊いた。

「ええ、そうなのよ。若い女性が数カ月前にね。きれいな子だったわ。ほんとにかわいかった。あなたがたと同じように、わたしにお酒をおごってくれてね。ジャーナリストだって言っていたわ。イーガン・ウェブスターの息子がワシントン州の選挙に立候補する予定だから、イーガンの背景を取材しているんだってことだったけど」

「トラヴィス・ウェブスターですね？」エイブはそれまでの客観的な態度を崩さずに訊いた。

ジリアンがうれしそうに、強く素早くうなずいた。「そうなのよ。ほら、ジャーナリストって政治家の過去のスキャンダルなんかを掘り起こすのが好きでしょ。わたしに言わせりゃ、そんなことに意味があるとは思えないけど。それはともかく、その女の子がイーガン

について いろいろ知りたがったのよ」

エイブがまたテーブルにパソコンを置いて立ちあげ、トム・ロマックスが撮ったラマーナ・オーエンズの写真を開いた。そして無言のまま、ジリアンから見えるようにパソコンを回転させた。ジリアンが目を細めて写真を見た。

「ええ、そう、この子よ」

ダフネが咳払いをした。「彼女に何をお話しになりました?」

「いま話したこととほとんど同じよ」ジリアンはカクテルの残りを飲み干した。「さっきも言ったけど、こんなに長い年月が経ってから、たくさんの人がウェブスターのことを訊きにやってくるなんて、なんだか奇妙な話だわ。でも、誰かが選挙に出馬するとなると、こういうことになるんでしょうね」

34

「そういうことか」エイブが言った。「これで陰謀説の最初の一端がかすかに見えてきた気がするね」

「いったいどういうこと？　ちゃんと説明して」ダフネが訊いた。

二人はベンチに腰かけていた。ダフネがすでに自分たちのベンチだと思いこみはじめているベンチだ。犬、ジョガー、自転車に乗る人が往来する風景はさっきと同じだ。さっきと同じ最高級のアスリート向け装備、さっきと同じ高級犬と非高級犬。さっきと唯一違うのは、ダフネがポップコーンを食べ、エイブはカフェイン入りソーダを飲んでいるところか。

「こう考えたらどうだろう。才能あふれる若きシーヴァーズは株式銘柄の賢い選び方に関するプログラムを開発していたのかもしれない、と」エイブが言った。「そしてこれもあくまでぼくの考えだが、もしかすると、あくまでもしかするとだが、イーガン・ウェブスターは彼を殺して、そのプログラムが入ったパソコンを盗んだのかもしれない、と」

ダフネが肺の中の空気を吐ききったあと、その状態でしばらく待ってから息を吸った。

「それ、ものすごい仮説だわ」ダフネが言った。

「わかってるよ。でも、そう考えると、いろいろなことがつながってくるんだ」

「たしかに、ウェブスターの金融における手腕はなぜ、かつての勤務先だった証券会社を辞めてから花開いたかがそれで説明できるわね」ダフネが認めた。

「そうだろう」

ダフネはポップコーンを頬張りながら考えをめぐらした。「問題は、わたしたちは一件の殺人ではなく、二件の殺人について考えているってことね。女性もいっしょに殺されたんでしょう」

「ウェブスターがかかわっていた場合、それは付随的損害《コラテラル・ダメージ》だろうな」

「あなたの考えどおりだとしたら、かなり危険な告発になるわね。おそらく立証は不可能だと思うから」

「忘れないでもらいたいのは、今回のことはそもそも危険な秘密からはじまったってことだ。イーディス・チェイスはその秘密のせいで、きみときみのお母さんとマデリンが殺されるんじゃないかと考えた。彼女はその秘密を恐れたがために、クーパー島の警察にはことの顛末を知らせなかった。その秘密があまりに危険だから、きみときみのお母さんを島から出ていかせ、自分もリゾートホテルをひっそりと閉めて、マデリンを連れて州外へ出た」

ポップコーンを頬張っていたダフネの口の動きが止まった。水面できらめく太陽をじって見つめる。「ウェブスターは絶大な権力を振るっていたわ。当時の彼はクーパー島の所有者と言ってもいいくらいだった。たぶん警察署長も彼の言うなりだったんじゃないかしら」

「ウェブスターには守るべきヘッジファンド帝国のほかに、おそらく隠蔽すべき殺人二件があった」

「そしていま、彼には国政に打って出ようとする息子がいる」ダフネが言った。「合衆国上院議員の父親としてのイーガン・ウェブスターは、成功したヘッジファンド運用者としての彼よりもっと大きな権力に近い存在になるはず。そうなれば、守るべきものも多くなる」

「そうしたことのどれかひとつでも真実にかなり近いとすれば、ブリーフケースの中身がなんであったにせよ、カール・シーヴァーズとシャロン・リチャーズ殺しにウェブスターがかかわっていたことを示唆するものだったと仮定するほかなくなる」

「マデリンのおばあさまはそれを〝保険証書〟と呼んでいたわ」ダフネがつぶやいた。

「何を？」

「ブリーフケースの中身。イーディス・チェイスはそれを保険証書と呼んでいたの」

二人はそれについてしばし押し黙ったまま考えをめぐらした。

「あなたもわたしが考えていることを考えているのかしら？」ダフネがついに口を開いて問いかけた。

「どうだろう。きみが考えてるのは、ジリアンに数カ月前に話を聞きにきたというすごくきれいなジャーナリストのこと？」

「まあね。ロマーナ・オーエンズ。彼女は今回のことのどこに当てはまるの？」

「わからない」エイブが言った。

彼が電話を取り出した。ジャック・レイナーはおそらく最初の呼び出し音で取ったのだろう、エイブはすぐに話しはじめた。ダフネはジョギング用走路を列をなして走る人びとを眺めながら、一方通行の会話に耳をすました。

エイブは判明した事実を手短に伝え、つづいて彼なりの推測を付け加えた。通話は唐突に終わった。

「それで？」ダフネが言った。

「ぼくの推測は悪くないと思うが、だとすると二、三、大きな疑問が残ると指摘された。ひとつは、いまブリーフケースは誰の手にあるのか。もうひとつは、彼らはその中身をどうするつもりなのか」

「つまり、つぎは何が起きるの？」

「ぼくたちはクーパー島に戻って、事態の進展を待つことにしよう」

「ジャックは進展があると考えているのね？」

「うん、そうだね」

「そういうことに関して彼はいつでも正しいわけ？」

「ああ、いつでも。憶えているよね、彼はFBIでコンサルタントをしていたんだ」

「どういうジャンルのコンサルタント？」

「プロファイリングだよ。ジャックはそれはそれは正確だった。悪党たちがつぎにどう出るかを予測するコツを心得ているとみんなが言っていたほどだ」

ダフネは体をすっと沈めてベンチの背にもたれ、両脚を思いきり前に伸ばした。「あなたってこういう仕事が好きなのね」

エイブは肩をすくめた。「たぶんぼくの中の老練なゲーマー心をそそるんだろうね。考えようによっては、究極のゲームだからね」

ダフネは今度は大いに納得がいったという表情をのぞかせながら、かぶりを振った。「と言うより、究極の芸術ね。正確に把握して、混沌から小さな真実を引き出す。あなたってアーティストなのよ、エイブ。そういうことだわ。しかも、すごく優秀なアーティスト」

35

「対メディア・スケジュールを印刷しておいたよ」ゼイヴィアがブリーフケースからひと束のプリントアウト用紙を取り出した。左上の角がきちんとホチキスで留めてある。「スマホにも送っておいたが、こういうものは紙のほうがいいだろうと思ったんだ」

「ありがとう」椅子にすわったトラヴィスが身を乗り出して、スケジュール一覧を手に取った。インタビューのリストをぱらぱらと繰ってざっと目を通す。「ずいぶん広範囲の取材を受けられるようにしてくれたんだな。いい感じにいろいろ混ざってる」

「今日の午前中は地元局とか地方局とかといった小規模なやつ——ラジオとテレビ——が何件か入れてある。なんとクーパー島ハイスクール新聞まで入れてしまった。ごめん。だが、兄さんはルールを知ってるよな」

「故郷のメディアをけっしておろそかにしない、だろ」

ゼイヴィアが窓際に行った。「運命を左右するのは地元民だよ、とりわけ最初のうちは。ガキどもはおそらくわくわくしてるさ。たとえそうじゃなくても、親たちはそうさ。ありがたいことに投票するのは親たちだ」

「たしかにそうだ」トラヴィスがスケジュール表をデスクに置いた。「ほかにぼくが知っておいたほうがよさそうなことは？」

「これだけだな、少なくともいまのところは。数分前にパトリシアにも彼女のスケジュール表をわたしておいた。二人ともめいっぱいだとは思うが、万が一何か起きたとしても、ぼくが忠犬よろしくくっついて回るから」

「父さんと母さんについてはどうしたらいい？」

「このあと会って、しゃべるときの要点を伝えておく。父さんが党の公約からはずれたことを口にしないよう、きつく念を押しておかないとな。父さんは自分が場のスターになることに慣れているから、自分は一歩さがって兄さんにスポットライトを浴びさせるとなると、容易なことじゃないと思うんだ」

「そうだな。ありがとう。じつにいい仕事をしてくれてるな、ゼイヴィア。感謝してるよ」

ゼイヴィアがくるりと向きなおってトラヴィスを見た。青い目が熱意と期待に輝いている。

「いいか、まだはじまったばかりだ。これはホワイトハウスへのはじめの一歩にすぎない。ぼくたちは世界を変えるんだ。忘れちゃいないよな？」

「忘れるわけないだろう」トラヴィスが言った。

ゼイヴィアの人間的なさまざまな感情をみごとに偽装する能力には、彼をずっと見てきたいまになっても畏怖の念を抱かざるをえない。どんな表情であろうと、ゼイヴィアは相手の期待に添ったものをきっちりと見せてくる。今日のところは、壮大な野望を遂げようとする兄に力を貸すことしか頭にない忠実な弟を完璧に演じていた。その演技のあまりの巧妙さに、トラヴィスはついついそれを信じたくなったことも何度かあった。

しかし、彼はずっと昔に学んでいた。ゼイヴィアに関するかぎり、すべては演技なのだということを。表面下でうごめく冷血の蛇が見えているのは自分ひとりだけなのだろうか、と考えることもときおりあった。

「それじゃ、いまのところはそういうことで」ゼイヴィアがドアに向かって歩きはじめた。

「訊きたいことがあったら知らせてよ」

「出ていく前にもうひとつ聞かせてくれ」トラヴィスが声をかけた。「ホテルの廃墟で昨日起きた爆発の原因について何か知ってるか？」

ゼイヴィアがドアの取っ手に手をかけたところで足を止めた。「父さんがダンバー署長と消防所長から話を聞いたそうだ。爆発と火事は不審火ってことになったが、なぜかと言えば、マデリン・チェイスとレイナーが現場には自分たち二人のほかに何者かがいたと主張しているからだ――なんでもトム・ロマックスの孫と名乗る女だそうだ」

「そうらしいな。ぼくもそこまでは聞いてる。母さんはトム・ロマックスに孫娘がいたなんて信じられないそうだが、だからといって誰かが彼の孫のふりなどしてないってことにはならない。問題は、なぜか、だ。ロマックスは盗む価値のあるものなどもってはいなかった。そんなことはこのへんの人間ならみな知っている。そして、なぜマデリン・チェイスとジャック・レイナーを殺そうとしたのか？」

「さあね」ゼイヴィアがドアを開けた。「彼らに訊いてみればいいじゃないか」

トラヴィスはまた椅子の背にどっかりともたれ、とんがり屋根のように指を立てて両手を組んだ。「レイナーといえば、おまえと彼がクラブ・シャックで起こした騒ぎは島じゅうの人間が知っている。いったい何があったんだ？　詳しく聞かせてくれ」

「騒ぎなんかじゃないよ」ゼイヴィアの顎のあたりがかすかにこわばった。「ぼくがマデリンのところで足を止めて挨拶をした。そのときいきなり立ちあがろうとしたレイナーがぼくにぶつかった。あの野郎が不器用に動いたもんだから、ぼくが尻もちをついちゃってさ。ちょっとみっともなかったが、べつに怪我をしたわけじゃない」

嘘つけ。ゼイヴィアが人前で尻もちをついたとなれば、彼はそれを重大な侮辱ととるはずだ――それは必ずや復讐につながる。

「用心しろよ、ゼイヴィア。レイナーはたしか警備会社の人間だと言ったな」

「ぼくを信じてくれよ。完全に自制ができてる状態だ。母さんに言って、彼とマデリン・チェイスを父さんのパーティーに招待してもらったよ。レイナーと二人で崖沿いを散歩でもしながら話しあおうと思ってる。二、三、誤解を解いておかないと」

その結果、レイナーは崖のてっぺんから転落死ってわけか、とトラヴィスは思った。弟がどういう段取りで復讐を計画しているのかは知りようもないが、すでに危険な領域に入っている。なんとか手を打たなければ。

36

さっさと逃げるんだった、とラモーナは思った。ハンドルをきつく握りしめ、雨の夜をついて車を走らせていた。マデリン・チェイスとジャック・レイナーが爆発で死ななかったとわかった瞬間、さっさと逃げるんだった。

それなのに、急ぐことはない、と自分に言い聞かせてしまった。島からは船に乗って楽々と脱出できた。運がよければ、しかるべき嵐や潮の満ち干で崖下の海の中からレンタカーが姿をのぞかせるまでに数週間、ないしは数カ月かかるだろう。

今夜は最後の支払いを受け取りしだい、逃げよう。車でシアトルに引き返し、まずは自分とラモーナ・オーエンズを関連づける証拠をひとつ残らず抹殺する。そして誰にもわからないように隠しておいた逃走用バッグを取ったら、その足で空港に向かう。新しい人間になりすますために必要なものはすべて中に入っている。逃走用バッグにはほかにも入っているものがあった――ブリーフケースに入っていたとんでもない証拠を全部コピーしたものだ。危険な連中と仕事をするときはいつだって、保険をかけておいて損になることはない。

雨脚が強くなってきた。もしかしたら看板を見逃してしまったのでは、と心配になりだしていたから、闇の中にぎらつくネオンの明かりが見えてきたときは大いにほっとした。道路沿いのレストランには、疲れた旅人のため二十四時間、料理と飲み物を用意して待っているという宣伝文句が書かれていた。

あとちょっとで終わる、と思った。ようやくこのプロジェクトが終わろうとしている。生涯最大の入金日を迎えようとしていた。思わずほくそ笑む。金額は信じられないほどだった。どこか遠い、遠いところで新たな生活をはじめる資金としてじゅうぶんな額だ。ずっと夢見てきた生活を手に入れることができる額。

長いあいだずっと、けちな詐欺で稼いできたが、クーパー島プロジェクトは夢にまで見た素晴らしい成果をもたらしてくれた。今夜からはありとあらゆるものが違って見えるはずだ。

レストランはハイウェイを少しはずれたところにあった。店内に明かりはついているものの、深夜の一時、駐車場はがらんとしていた。正面に駐車してある二台はたぶん深夜シフトのスタッフの車だろうと踏んだ。店内は、と見ると、テーブルにもカウンターにも誰もすわってはいない。

ラモーナは指示どおり、車を店の裏手に回した。黄色く弱々しい街灯の明かりが駐車場のかろうじて一部を照らしてはいたが、夜の闇に対しては負け戦でしかなかった。

暗がりに二台の車が並んで停まっていた。一台のフロントシートに男と女がすわっていて、助手席側の窓が下りている。

二台目の車の運転席には男がすわっていた。その窓も下りていた。何やら交渉がおこなわれているらしい。片方が買い手で、もう片方が売り手。ドラッグかセックスだろう、とラモーナは思った。これまでの人生で幾度となくそんな場に身を置いてきた。だが、これからはもう二度とない。

ラモーナの車のヘッドライトが彼らのほうを突き刺さんばかりに照らすと、交渉は唐突に決裂した。二台とも轟音とともに駐車場をあとに雨の中に消えていった。

ラモーナは車を停めたが、エンジンはかけたままにしておいた。

今夜、これですべてが終わる。たったひとつ悔いが残るのは、あの老人をだましたことだ。思いがけず彼がだんだん好きになったのだ。どういうわけか、あの老人がいつしか、会ったこともない本当のおじいちゃんに思えてきたからなのだろう。彼は存在すら知らなかった孫娘の出現にひどく感激していた。彼が死ぬことになるとは知らずにいた。しばらくのあいだは警察の発表どおり、彼は侵入者に殺されたのかもしれないと自分に思いこませていた。

けれども、マデリン・チェイスとジャック・レイナーを備品倉庫に閉じこめろと指示されたとき、自分が置かれた状況の現実をようやく受け入れることができた。自分は冷血な人殺しの命令で動いているのだと。

コンソールを開けて、入れておいた拳銃を取り出した。万が一の場合にそなえて。

もう一台の車のヘッドライトが駐車場の闇を切り裂いた。バックミラーに映る黒っぽい車を目で追っていると、彼女の車のすぐ後ろに停まった。運転席の人間が手にブリーフケースをさげて降りてきた。ラモーナは多少ほっとした。約束どおり、お札がぎっしり詰まったブリーフケース。

車の窓を下げはしたが、片手は銃にかけたままだ。相手からは見えないよう、太腿の脇に隠し持っている。

「そろそろ来るころだと思ってたの」

そう言いながら銃にかけていた手を離した。重いブリーフケースをがっちりつかむことができなければまずいからだ。体をひねって助手席に銃を置いた。

つぎの瞬間、視野の隅で銃がちらついた。だが、時すでに遅し。自分の銃を取る余裕はなかった。

やっぱり逃げるんだった、と思った。

そして、すべてが終わった。

銃声が闇に大きく轟いたが、道路沿いのレストランの深夜シフトの従業員もばかではない。わざわざ外に出てきて、裏の駐車場で何が起きたのかを調べたりはしなかった。逆に戸締りを厳重にしてから警察に通報した。

警察が現場に到着したときにはもう、犯人ははるか数マイル隔たった場所にいた。

37

「子どものころ、ここでママと暮らしていたときは、なんだかいろんなものが全部もっと大きく見えていたわ」ダフネが言った。「ホテルも、町も、ママとわたしが住んでいたコテージも。ビーチまでそんな気がするわ。いまは何もかもが全部ずっと小さくなった感じ。どうしてかしらね？」

「視点が変わったんだと思うわ」マデリンが言った。「子どものころ、わたしたちにとってはクーパー島が全世界だったもの」

「でも、そこからもっとずっと広い世界に出ていったせいで、島やそこにあるあらゆるものが昔に比べて小さく感じられるってことなのね」

マデリンも岩がごつごつしたビーチの反対の端を見つめ、ダフネと昔ここに来ていたころにはそれをもっとずっと遠く感じたことを思い出していた。少女から大人の女性に変身を遂げつつあった時期、二人は人目のない場所を求めてここに来ては、秘密や謎を分かちあったものだった。

今日、新鮮な空気を吸いたいと思ったときも、二人はどちらからともなく本能的に崖の小道をめざして歩きはじめていた。言葉をかわす必要はなかった。子どものころ、ビーチは二人を呼んでいたが、いまも二人を呼んでいた。

爽やかに晴れた一日が明けた。いまの二人のように太陽を浴びていれば、驚くほどあたたかかった。だが陰に行くと、まだ冷え冷えしていた。

「そういうものなんだと思うわ」マデリンが言った。「いまのわたしたちはあのころとは違う視点というか、違う視座に立っているのよ」

ダフネがマデリンをちらっと見ると、黒いサングラスに陽光がきらきら反射していた。

「あとになって振り返った過去が小さく見えるんだったら、なぜこれだけはまるで大きな小惑星が地球と衝突する軌道でこっちに向かってきているような気がするのかしら？」

「昔、安全運転を促す警告にこんなのがあったの、憶えてる？〝バックミラーに映ったものは思ったよりずっと近くにいる〟」

「あなたとわたし、もっとずっと前に小惑星をなんとかするべきだったわね。二〇九号室の壁を開いて、ブリーフケースの中身がなんであれ、じっくり調べなくちゃいけなかったのよ。そうしておけば、少なくとも誰を相手にすることになるのかくらいはわかっていたわ」

「それね、わたしもときどき考えていたの」マデリンが言った。「でも、どうしてなのか、わたしにその権利があるとは思えなかった。秘密はつねに大人——祖母とトム——のものだと思っていたのね。わたしはまだまだ子どもだったから」

「でも、わたしたち、もう大人よ」

「そうよね」

二人はしばし黙って歩を進めた。少女のころは、長いあいだ黙っていることなどほとんどなかったような気がした。いつだって話したいことがいっぱいあった――男の子、学校、男の子、服、男の子、映画スターのゴシップ、男の子。大人への道のりを旅する姉妹は、目的地にたどり着くのが待ちきれなかった。

そんなとき、血と暴力の一夜が訪れた。その一夜がすべてを変えた。破壊的なあの夜以降、大人への道のりは無慈悲なものとなり、二人とも無邪気という名の防護服に身を包んで旅することはなかった。ポーターと名乗る男が、世の中の裏側につねにひそむ暗黒を二人に垣間見せたからだ。一度目にしてしまえば、けっして忘れられるものではない。

「エイブとわたしがラホーヤに行っているあいだに、あなたとジャック、ついに一線を越えたでしょう」

「ばれた?」

「あなたたち二人がベッドルームをいっしょにしてるって、どこから見てもそうとしか考えられないもの。でも、あなたとジャックのあいだにはただならぬものがあることは最初からわかっていたわ。二人のあいだの空気はいつもパチパチいってるし」

「わたしたち、三カ月前からずっとお互いの周りを旋回してたのよ。祖母は彼を雇ってからすぐに逝ってしまったから、わたしは彼を相続したの」

ダフネがにこりと笑いかけた。「恋のはじまりとしてはなかなかおもしろいわね」

「バーに入りびたらずにすむし、オンラインの婚活サイトの質問表にあれこれ書きこまなくてもすむし」

「たしかにね。ジャックとの将来ってありだと思う？」

「ううん。彼、将来のことは考えていないって明言したわ。祖母も言ってたけど、彼は結婚には向かないタイプなのよ」

「ジャック、本当にそう言ったの？」

「すごくつらそうに、その点をわたしに理解させてからベッドに入ったの」

「あいたっ。でも彼、少なくともその点に関して誠実だったわけね。そうじゃない人もいるから――つまり、たとえばわたしの嘘つきで裏切り者の元夫」

「うん、そうなのよ」マデリンが言った。「結婚への関心が欠落してるってことに関してすごく率直だったの」

「彼、そういう言葉を使ったの？　〝関心が欠落〟って言葉？」

「そうねえ、ううん、ちょっと違ったかもしれない。ただ、将来を約束はできないとかなんとかだったかも」

「まあ」ダフネがぴたりと足を止め、くるりとマデリンのほうを向いた。「ひょっとして病気だとか？」

「ううん、そんなドラマチックなことじゃないの」

ダフネがふうっと息をつき、また歩きだした。「どこかに秘密の妻子を隠してるなんてことはなさそうよね。そんなことがあれば、エイブがきっと教えてくれたはずよ」

「秘密の妻子はいないと思うわ」

「だとしたら、わたしたちが描くジャック・レイナー像のどこが間違っているのかな？」

「それがわからないの」マデリンが認めた。「私立探偵を雇って彼の身辺を調査してみようかとも考えたけど、それも変でしょ」

ダフネがくっくと笑った。「これまでそういう調査のために雇っていた人を調査させるとしたら、誰を雇うの？」

「そうなのよ。でも、この場合、急ぐ理由はないと思うの。どっちみちジャックとわたしが長続きする可能性が高いとは思えないから」

「あなたみたいな経営者タイプは、前向きにものを考えたがるものと思っていたけど」

「現実的になろうとしてるの。そうすれば、いざだめになったときのショックが小さくてすむから」

「なぜあなたとジャックの関係は失敗に終わると思ってるの？」

「これまでの恋愛が全部失敗に終わったのと同じ理由」

「あなたが抱える性的行為についての問題ね」

「まあね」

「ジャックはあなたのその問題を知ってるの？」

「ええ、知ってるわ。わたしたち、彼が抱える問題とわたしの問題についてさんざん議論してから——なんて言うか」

「二人でベッドに倒れこんだのね」ダフネがまとめた。

「うん」

「なんだかロマンチック」

「皮肉はよして」

「あなたって誰かとベッドに入る前に、いつもそうやって議論するの？」ダフネの質問にはどこか臨床的好奇心から発しているような響きがあった。

「自分の問題について率直に伝えようとはするわ」

「効果はある？」

「ううん、ない。最初、男の人はわたしを理想的なデート相手だと思うみたい——革の衣装でコスプレした女との、スパイスのきいた解放的なセックスみたいなことを想像して」

「多くの男が夢にまで見たセックスが現実になるってことだわね」

「何がいけないの？」

「つまり、わたしが実際にはベッドで革の衣装を着けないって事実のほかにってこと？」

「そうね、そのほかに」ダフネが言った。

「たいていの場合、わたしが出すいくつかの要求がいけないのね。わたし、自分がその相手とセックスしたいかどうかの決断を下すのに時間がかかるの。いっしょにベッドに倒れこむ人じゃなくて、心から気の合う人を探しているから」

「恋愛ってそういうものよ。百パーセント自然な考えだわ」

「もっと言うと、いろいろな話題について会話を進んで広げてくれる人とデートがしたいの」マデリンが言った。

「あなたは昔からなんでもかんでもあらゆることに興味をもっていたものね」

「そういう話し合いを相手としているあいだに、その裏で彼の身辺調査をするわけ。すべてが順調にいけば、喜んでベッドに行くわ。でも、セックスの段階まで進むと、それは終わりのはじまりだから、お互いをもっとよく知る段階をついぐずぐず引き延ばす傾向があるの」

「ベッドで革のコスプレについて、もう一度考えてみたらいいのかもしれない。衣装で気分を高めて、素敵な鞭なんかも準備したらどうかな。関係が長続きするようになるかもしれないじゃない」

「でも、最初だけ」

どこからともなく笑いがこみあげてきたと思ったつぎの瞬間、マデリンは突然大笑いしていた。

「ねえ、あなたって昔と変わってないわ、ダフネ。いつだってそんなふうに、役に立つ思いきった助言を与えてくれた。コラムを書いたらいいのに」

「長年かかってわかったことがひとつあるの。それはね、誰もわたしの素晴らしい助言を聞く耳なんか本当はもっていないってこと。みんな、ただ聞いているふりをしてるだけ」

「たぶん、たいていの人はただ悩みをぐちりたいだけなのよ。悩みをなんとかするために、思いきった行動に出たりはしたくないからなの」

「あなたもあんまり変わってないわ」ダフネが言った。「十二歳のときも現実的だったけど、いまもあのときのまんま。何かに目を向けて、それがうまくいかないとある程度確信すると、早めに手を引いて損は出さないようにする」

「やれやれ、なんとでも言ってちょうだい。どうせわたしは退屈な経営者だもの」

「このところのあなたを見て。命を狙った爆破を生き延びたり、ルイーザ・ウェブスターの鼻っ柱を折ったり、十八年前の謎を解こうとしたり、銃を携帯している男と寝たりしてる。あなたにどういう形容が相応しいかはともかくとして、退屈だけは違うと断言してもいいわ」

マデリンはしばしそれについて考えてみた。「ほんと、あなたの言うとおり。いまのわたし、毎日が退屈とは程遠いわね」

「エイブが言っていたけれど、ジャックはいったん決断を下したら、そこからはもう貨物列車みたいなんですって。進路に立つ者には選択肢は二つ——よけるか、飛び乗るか——なんですって」

「だから？」

「だから、もしジャックが将来を約束したら、そのときは彼、本気なんだと思うの」ダフネが言った。

「そうね、あなたの言うとおりだと思うわ」

「現在の状況はさておいて、おばあさまのホテル・チェーンの跡を継ぐというのはどんな気分？」

マデリンは数歩歩くあいだ、それについて考えをめぐらした。「いままでそんな疑問、もったこともなかったわ。昔から自分の進むべき道として受け入れていたから、ほかの道は考えたこともなかった。祖母の指示にしたがって、まずは備品その他の管理からはじめて、すべての部門に配属されながら、この業界で要求されるあらゆるスキルを身につけたわ。そのあとよ、役員に名を連ねたのは。わたしはあらゆる仕事が大好きだった。この仕事に向いているのね。子どものころからずっと、この仕事に就くための訓練をしてきたようなものなの」

「家業を継ぐべくして生まれてきたのね」

「そうなの。でも、まだ祖母が恋しくてたまらないわ。祖母とはそれはいろいろなことをめぐってやりあってきたの。腹が立つほど頑固になるときがあったけど、それでも祖母はわたしを愛していたし、わたしは祖母を愛してた」

「家族なのよ。わかるわ。ママとわたしもすごく仲がいいもの。ブランドンが死んでからというもの、ママはわたしのことが心配でたまらないみたい」

「お母さまにその女のことは話したの？」

「ううん。そんなことを話したら、なおいっそうひどいことになりそうだから。ママはブランドンがすごく好きだったの。ママの言葉を借りれば、わたしがソウルメイトと出会えたって喜んでいた。孫の顔を見るのを楽しみにしていたわ」

「本当のことを話すべきだわ」

「そう思う？」

「ええ。秘密のままにすることで、誰を守ろうとしているの？　あなた？　ママ？」

「いい質問だわ。いままでそういうふうに考えたことがなかったの」ダフネはそこで少々間をおいた。「わたしだわね、たぶん。ママを含めて誰に対しても、自分がこれほど間抜けなお人好しだってことを認めたくないのよ」

「間抜けなんかじゃないわ。あなたは誠実に約束を果たした名誉ある人間よ。ただ、あなたにその約束を求めたろくでなしには名誉も誠実さもなかった。その男にあなたはもったいなかったけど、そのせいで弱い人間になったり間抜けになったりするわけじゃないわ。寛大で名誉ある人間はみんな遅かれ早かれ、信じちゃいけない人間を信じるって間違いを犯す気がするの。とにかく前進あるのみよ」

「あなた、誰に向かってお説教してるの？　わたし？　それともあなた自身？」

「二人とも、だと思うわ」マデリンが言った。

「いいアドバイスだわ」

それからまたしばらく、二人は黙ってビーチを歩いた。

「たとえば、時間をさかのぼれるとしたら」マデリンがしばらくして口を開いた。「彼が診断を下されたときにさかのぼれるとしたら。たとえば、その週に夫に女がいることがわかったとしたら。本当に彼をひとり残して、さっさと家を出ると思う？」

「そりゃもう当然」ダフネがやたらと明るく、挑戦的に答えた。

「ううん」マデリンは言った。「わたしはそうじゃないと思う。あなたは打ちのめされるだろうし、頭にもくるだろうけど、彼をひとりぼっちにはしない」

「どうしてそれほど確信があるわけ？」

「あなたって人を知ってるから」

「あなたが知ってるのはまだ子どものころのわたしよ」

「あなたはすごく思いやりがあって、すごくすごく勇気のある子だった。祖母はいつも言ってたわ、人は変わらないって。少なくとも、いちばん大事な胸の奥深くのところは。あなたが病人をひとりぼっちで死なせるはずがないわ。たとえ浮気をしていた夫であってもね」

「でも、その場合、せめて彼に面と向かって、あんたは嘘つきで浮気な最低男よ、って言ってやることはできるんでしょ」

「もちろんよ」マデリンが言った。「いくらなんでもそれくらいは言ってやらなきゃ」

そう言いながら潮だまりに目を落として、その中で生き残りをかけてうごめく小さな生き物たちを見つめた。直径二ヤードほどの浅い水たまりの中を素早く行ったり来たりする小さなカニや小さな魚は、その世界で一生を送る。その世界の中で、生きとし生けるものがすることをすべてやっているのだ。食べ物を探したり、繁殖したり、陰にひそむ天敵から必死で身を隠そうとしたり。

問題は視点なのだ。だが一方ではなんの意味ももたない。その人の世界の大きさにかかわらず、天敵はそこにいる、とマデリンは思った。だが、友情も同じだ。手を伸ばせば、手に入れることができる。

たぶん——あくまでたぶんだが——愛も同じなのだろう。

38

エイブが残り一本となったアスパラガスの穂先を茎からぽきっと折って、カッティングボードの上にできた山を手ぶりで示した。「いかがですか、ボス？　合格点をつけてもらえるかな？」

鮭の切り身にスパイス・ミックスをすりこんでいたジャックが顔を上げた。アスパラガスの大きな山をちらっと見る。

「きれいにできてるじゃないか。つぎはペーパータオルで水気を吸い取って、それをボウルに入れたら、そこにオリーヴオイルと塩とレモン汁を少々」

「わおっ、わおっ、わおっ」エイブは手のひらをジャックに向けて両手を上げた。「言うのは簡単だろうけど、オリーヴオイルはどれくらい？　塩はどれくらい？」

「目分量でいいよ」

「無理だよ。ぼくのせいでこれが台なしになって、その責任を取るなんてかんべんしてくれよ」

「わかった。そこをどいて」ジャックが言った。「オリーヴオイルはぼくが」

ジャックは手を洗って拭き、カッティングボードの前に移動した。アスパラガスをすくいあげてボウルに入れると、穂先にオリーヴオイルを振りかけ、塩を少々加えたあと、その上でレモン半分をぎゅっと絞った。

「これでよし。あとは任せるからな」ジャックが宣言した。「クッキングシートを天板に敷いて、その上にアスパラガスを広げて並べる」

「そのつぎは？」

「つぎはぼくがオランデーズソースをつくる」

「わおっ。今夜は女性陣を感激させようってわけだね」

「文句があるのか？」

「とんでもない」エイブが言った。「その前に、もうひとつ質問してもいいかな？」

ジャックは卵とバターと冷蔵庫から取り出した。「なんだい？」

「そうやって料理がつくれると、女性とデートしやすくなる？」

「どうかな。気がつかなかったが」

「ごまかすなよ。女性はきっとこういうのをロマンチックだと思うよ」

「ま、そういうこともときどきある」ジャックはバターをフライパンに入れ、火にかけて溶かした。「最初のうちはな。だが、効果が長くつづくわけじゃない。遅かれ早かれほかのことが障害になって、ぼくの料理の腕前なんかどうでもよくなる。女性は賢い。素早く計算して、出前ですむって結論を出す」

「障害になるほかのことが兄さんが抱えてる問題なんだね」

「ああ」

「ぼくは恋愛のエキスパートじゃないけどさ、ひとこと言わせてもらえば、ミズ・チェイスは兄さんも兄さんの問題もすんなり受け入れそうな気がするな」

「そうだな」ジャックはもう一個のレモンを切り、絞り汁をメジャーカップに入れる。「最後には。ほら、ただ突っ立っていないで、今日買ってきたサワードー・ブレッドをスライスしてくれないか」

「兄さんの尊敬すべき点のひとつがそこなんだよ」

「えっ？」

「明るい楽観的な人生観さ。こっちまでやる気が起きるよ、ボス」

「ボスは部下にやる気を起こさせないとな」

「部下二名——ベッキーとぼく——を代表してお礼を言わせてもらうよ」

三個目の卵を割り終えたとき、ジャックの携帯が鳴った。ジャックはタオルで手を拭き、電話を取った。

「ベッキー。そろそろ連絡が来るころだろうと思ってた。何かわかったか？」

「警察に話せるようなことはまだ何も。法廷で証拠になりそうなことはまだ何も見つかりませんけど、火事の夜、どうもイーディス・チェイスを訪ねてきた人がいたみたいなんです」ベッキーが言った。

ジャックはかつてよく体験したように、アドレナリンが一気に分泌されるのを感じた。

「先をつづけて」

「火災報知機が鳴ったあと、ホテル内は混乱してはいても、マニュアルどおりに統制がとれた状態で宿泊客の避難を誘導していたようです」ベッキーが少し間をおいた。「ところが、例外が死者の一名です」

「ミセス・チェイスだな。つづけて」

「最終的には当日のスタッフのほぼ全員から話を聞くことができました。ベルボーイのひとりはこう言っていました。火災報知機が鳴ったとき、彼はミセス・チェイスの下の階の誘導を命じられて、客室にひとつひとつ声をかけたそうです。そして客室から出てきた客を階段に誘導、これにはかなり手間がかかりました。宿泊客のリストをわたされていまして、頭数を数えて、どの部屋にも誰ひとり残っていないことを確認したそうです。彼は自分の担当階に専念していましたが、わたしが上の階について尋ねると、興味深いことを言ったんです」

「気をもたせないで、さっさと先をつづけて」

「了解。彼が担当階に到着するまでに、早くも数人の客が非常階段を下りてきていましたが、彼がめざす階の非常扉を開けて廊下に入る寸前、上の階の非常扉が開いて閉まった音を聞きました。踊り場に誰かがいたと言っています」

「ほう」

「彼はそのとき、自分に割り振られた階のことしか頭になかったので、あまり注意を払わなかったんです。でも、階段を下りてきたのはミセス・チェイス、あるいは彼女が安全に避難できたかどうかを確認にいった人間だろうと思ったようです。ご存じのように、あのホテルのペントハウスは最上階全体を占めています。その部屋の宿泊客は彼女ひとりでした」

「彼は上の階にいた人間を見たのか?」

「いいえ。そのベルボーイには命じられた仕事があり、それを遂行したわけです。割り振られた階の廊下に入り、ドアをひとつひとつ叩きはじめました。上の階の踊り場にいた人間が男性だと思うか女性だと思うか、とも訊きましたけれど、わからない、という返事が返ってきました。たぶん女性だろうと思ったのは――」

「ミセス・チェイスだろうと思ったからだな」

「はい、そのとおりです。いまも言ったように、その夜の彼には自分の仕事があったので、それをわざわざ確認はしなかったんです。ミセス・チェイスが建物の外に避難しなかったと知ったあと、非常階段に誰かがいた音を聞いたと捜査員に話していますが、わたしの知るかぎり、その情報についての捜査は何もおこなわれていません。誰もそれが重要だとは思わなかったようです」

「捜査員はおそらく、避難する客や雑音で騒々しかったはずの非常階段を考慮して、ベルボーイの聞き違いではないかと判断したんだろうな」

「非常階段の吹き抜けでの音の伝わり方、知ってますか?」ベッキーが言った。「表面はどこも硬いんですよ。だから、どこに立っていても、数階上の話し声も数階下の話し声も聞こえるんです」

「ありがとう、ベッキー。この件についてはなかなかいい仕事をしてくれたと思うよ」

「それ、昇給もありってことでしょうか? それとも社用車?」

「パソコンに金色の星のシールを貼るっていうのはどうだろう?」

「裏紙をはがして貼るやつですか? それとも舐めなきゃいけないやつですか?」

「えり好みするなら、もう金の星はなしにしよう」

「いただけるものはなんでもいただきます」ベッキーが言った。「わたしがこちらでできることはほかに何かありますか?」

「ホテルのスタッフのほぼ全員から話が聞けたと言ったが、火災以降、姿を消したのは誰だ?」

「あの日、ペントハウスを担当していた清掃員の女性です。火事から少し経ったころ、高齢の両親の介護をするために町を出なければならなくなったそうで」

「その女性の居場所を突き止めてくれ」

ジャックが電話を切って視線を上げると、マデリンとダフネが広いキッチンの入り口に立っていた。マデリンはおもしろがっているような表情で、ダフネはちょっと眉を吊りあげていた。エイブはクッキングシートの上に真剣な面持ちでアスパラガスを並べていたが、口角がわずかに引きつっている。

ジャックはマデリンを見た。「何か問題でも?」

「電話を切るとき、それじゃ、みたいなことを本当に言ったことないの?」マデリンは心底興味津々といったふうに訊いた。

「別れの挨拶が好きじゃないんだ」ジャックが答えた。

「時間の無駄だから?」マデリンが訊く。

「そうじゃない。これっきりって感じがするからさ。別れの挨拶は本当にこれっきりってときだけにしたいんだ。たとえば、二度と会うことのない人に対してとか、少なくとも金輪際会いたくないやつに対してとか」

いつの間にか三人は明らかに言葉を失い、ジャックをまじまじと見つめていた。

ジャックは、卵の黄身とレモン汁と塩と少々のカイエンペッパーを、ミキサーに入れてスイッチを押した。そのあと、ゆっくりと溶かしバターを振りかける。オランデーズソースの本格的なつくり方ではないが、こうすると間違いはない。今夜は失敗するわけにはいかないからだ。

「あと二十分で食事です」ジャックがミキサーのうなりに負けじと大きな声で言った。

「ビールのお代わりかワインが欲しい人は？」

39

マデリンは最後のアスパラガスを食べ終え、深い充足感とともにフォークを置いた。

「こんなおいしい料理、久しぶり。最高だったわ。これからも出合えないかもしれない」

「素晴らしいわ」ダフネも言った。「信じられないくらいのおいしさ。オランデーズソースのレシピ、欲しいわ」

ジャックの表情からはいつものように何も読みとれなかったが、それでもマデリンは、彼のいつもは謎めいた目に何かしら満足げな輝きらしきものが宿っていることに気づいた。

エイブがダフネを見た。「いちおう言わせてもらうと、アスパラガスを焼いたのはぼくだからね」

「ほんと?」ダフネが感心したように言った。「そのレシピもぜひ教えて」

エイブがにっこりとした。「Eメールで送るよ」

ジャックが立ちあがった。「テーブルを片付けよう。いくつか話しあわなければならないことがある」

「デザートはどうするのさ？」エイブが突然心配そうな顔をして訊いた。

「少しくらい待てるだろう」ジャックが答えた。

エイブは見るからにがっかりしたようだったが、あえてつっかかりはしなかった。彼も腰を上げ、ダフネの皿を持った。

テーブルの上から皿が消え、男二人はキッチンへと姿を消した。

ダフネが大きなテーブルの反対側にすわるマデリンを見た。

「こういうサービスにならすぐに慣れるかもしれないわ」声をひそめて言った。

「わたしもよ」マデリンが答えた。

しばらくすると、ジャックとエイブがキッチンから出てきた。ジャックはふきんで手を拭きながら腰を下ろし、メモ帳を取り出した。

エイブは電話を取り出し、画面にちらっと目をやった。「おっ」

「どうした？」ジャックが訊いた。

「兄さんとぼくとでセットした警報にヒットがあった」エイブが言った。「本土のフェリー乗り場から二十マイル以内で最近起きた死亡事件を知らせてきた。フェリー乗り場から八マイルのところにあるオールナイトの食堂の駐車場で殺人があった。女性が頭部を撃たれた。ドラッグの取引がこじれたらしい」

マデリンはうなじにぞくぞくと寒気を感じた。ジャックはと見ると、身じろぎひとつせずにすわっている。

「被害者の身元は判明してるのか？」ジャックが訊いた。

「所持していた運転免許証によれば、名前はアナ・ストークス。年齢は三十二。住所はシアトル。ちょっと待ってくれよ、写真が」エイブが軽やかに口笛を吹いた。「ほう、そうきたか。さあ、みんな、ラモーナ・オーエンズに挨拶して」

そう言いながら、みんなから画像が見えるようにテーブルに電話を置いた。

「彼女だわ」マデリンが言った。「トムの孫と名乗っていた女よ。うまいことを言ってわたしたちを備品倉庫の中におびき入れ、その直後に爆発が起きた。その女」

「兄さんの言ったとおりだ」エイブが電話を取った。「この女、おそらく雇われた手先だ。何者かがこの女を利用し、必要なくなったから片付けた」

マデリンがうなじに感じた寒気は、いまや室内全体に広がっていた。テーブルの下につららが垂れさがっていないのが不思議なくらいだ。

なかでもジャックの周囲の空気がいちばん冷たかった。

「彼女についてできるだけ多くのことを探り出すんだ」ジャックの声には感情らしきものがいっさいこもっていなかった。椅子から立ち、キッチンに向かって歩きだした。「コーヒーをいれてくる。今夜は夜更かしすることになりそうだ」

彼がキッチンの中へと消えたあと、しばらくしてシンクで水の流れる音が聞こえてきた。

テーブルの上に奇妙な沈黙が降りてきた。ダフネはキッチンのほうをじっと見ている。

「彼、大丈夫かしら?」ダフネが小声で言った。

エイブが顔をしかめてキッチンに一瞥を投げ、マデリンのほうに身を乗り出して声を抑えて言った。

「彼はときどきあんなふうになるんだ。事件に関して自分の仮説にそぐわない状況について考えをめぐらしているだけだと思うよ」

マデリンは考えた。ジャックがひとり沈思黙考におよんでいることは間違いない。とはいえ、彼がいくつもの事実を吟味してシナリオを組み立てているかというと、けっしてそうは思えなかった――いずれにしても、いまはそうではないはずだ。

テーブルの上のナプキンをくしゃくしゃっとして椅子から立ち、キッチンに行った。

ジャックはシンクの前に立ち、コーヒーポットに水を注ぎながら、振り向くことなく声をかけてきた。

「コーヒーならあと数分待ってくれ」

「ラモーナ――名前なんかどうでもいいけど――は、わたしたちを殺そうとしている誰かに協力してたのね。彼女がトム・ロマックスを殺したのかもしれないわ」

ジャックはコーヒーメーカーの給水タンクに水を満たし、空になったポットをホットプレートにのせた。マシンのボタンを押す。

「可能性はあるが、どうだろう。ぼくは、偽ラモーナ・オーエンズは分不相応な仕事に巻きこまれた、けちな詐欺師にすぎなかったってことになるような気がするが」

「だとすると、どういうことになるわけ？」

ジャックがくるりと向きなおり、昔ふうのタイル張りカウンターのへりにもたれかかり、腕組みをした。「まだわからないが、これこそぼくが探していた突破口かもしれない。犯人が大きなミスを犯したわけだから」

「なぜそう言えるの？　わたしには、ラモーナを殺したのが誰であれ、慎重を期してうまく逃げきったような気がするわ。彼女、クーパー島で殺されたわけじゃないわ。現場は海から数マイル入った本土だし、警察がドラッグ取引のこじれが原因だろうと考えるようなシナリオもできていた。しかも、彼女はラモーナ・オーエンズにつながるＩＤは所持していなかった」

「そこは犯人としては大事なところだ、そうするだろう。しかし、彼女の背後にいるのが誰であれ、そいつにとって悩ましいのは、きみとぼくがその被害者を偽ラモーナ・オーエンズだと証言できる点だ。そのうえ、われわれはこの殺害現場が事件の中心地からすぐのところだと認識している。どう見てもミスだろう」

「それはなぜ？」

「トム・ロマックスの孫娘のふりをした女とこの島にいる何者かのあいだに関連があるにち

がいないってことがはっきりと読みとれるからだ」

マデリンは考えをめぐらせた。「ゼイヴィア・ウェブスター?」

「当てはまりそうだな。美しい詐欺師が一枚上手の詐欺師にだまされる。ありえるシナリオのひとつであることは間違いない。だが、情報不足の段階でシナリオをしぼりこもうとすると失敗する。過去に何度もそういう経験をしてきた」

「エイブがもっと情報を入手してくれるはずだわ。ダフネが彼はコンピュータのアーティストだって言ってたから」

ジャックが口角をゆがめた。「アーティストか。どうだろうな? あいつがそれを聞いてどう思うか。あいつの目標は、未解決事件をゲーム感覚のプログラムで鮮やかに解明してみせる、正義のコードライターになることだからな」

マデリンは、ダフネを見るときはちょっとやさしく、すごく情熱的になるエイブのまなざしを思い浮かべた。

「エイブはアーティストと呼ばれてもいやがらないと思うけど」

ジャックは後ろを振り返って黄色いキッチンカーテンの上から外に目をやり、もう何時間も前に夜の帳が下りたことに驚いたかのように見つめた。

「ちょっと外の空気を吸ってくる。数分で戻るよ」

ジャックは窓に背を向け、ドアを開け、家をぐるりと囲むポーチの暗がりへと出ていった。

冷え冷えした夜気がキッチンに流れこんでくる。

マデリンはしばらく窓ごしに外を眺めていた。つぎにどうしたらいいのかわからなかったからだ。ジャックとの関係をどう位置づけたものか、いまだにもがき苦しんでいた。これまでの何日間かにさまざまなことをいっしょにくぐり抜けてきたにもかかわらず、二人のあいだにはまだ目に見えない壁ががっちりと立ちはだかっていた。

ジャックがポーチの角を曲がり、闇の中へと姿を消した。

いつから彼は一匹狼になったのだろう？　彼を気にかけてくれる家族がいることはたしかなのだが、エイブやほかの家族がいくら手を伸ばしても、ジャックと外の世界を隔てている透明なバリアを突き破ることはできずにいるようだ。

最大の問題はたぶん、ジャックが救ってほしくなどないと思っていることなのだろう。

キッチンとダイニングルームを仕切るアーチ形のドアのほうへ歩いた。エイブとダフネが大きなテーブルを前にして身を寄せ、エイブのノートパソコンの画面に見入っている。

マデリンがダイニングルーム側に入っていくと、二人がそろって顔を上げた。キッチンのドアが開いて閉じた音が聞こえたのだろう。エイブはマデリンの後方に目をやり、誰もいないことに気づき、顎のあたりを少し引きつらせたが、すぐまたパソコンに視線を戻した。

ダフネの目からは同情が感じられたが、何も訊いてはこない。

マデリンは意を決した。

「すぐに戻るわ」

そう言いながら踵を返し、キッチンを横切って裏口から外に出た。ドアを静かに閉めたあと、両腕を胸で交差させて冷たい夜気から体をガードし、ポーチのはるか端まで歩いていく。ジャックは闇に向かって全身をこわばらせて立っていた。大きな手が手すりを握っている。振り向きはしない。

マデリンは彼から一ヤードほどのところで足を止めた。

「あなた、ラモーナ・オーエンズと名乗っていた女がいずれ死ぬことがわかっていたんじゃない？」

彼が答えてくれるかどうか、しばらくはわからなかった。やはり家の中にとどまっていたほうがよかったんだわ。彼には彼のやり方で自分自身の悪魔と対峙させておくほうがよかったのよ、と内心後悔もした。だが、すでに二人はあまりにも多くのことを分かちあってきた。二人のあいだにはある種の絆があった。彼をひとり戦わせておくわけにはいかない。今夜はそうはさせたくない。だからマデリンはじっと待った。なんとも不器用な沈黙で彼から無理やり返事を引き出そうとしている自分を意識しながら。

「そういうシナリオがいちばん可能性が高いだろうなと思ってはいた」ジャックが言った。

「彼女が演じたトムの孫娘の役はプロの詐欺師が周到に準備した脚本の特徴をすべてそなえていた。彼女も素人じゃなかった。あの仕事のために雇われた人間だ。しかし、黒幕ではない。ということは、そう、役目が終わればもはや必要のない存在になる」

「唐突なようだけど、わたし、ふと思ったの。誰かの死を予知する——そんなことはしたくないのに、いやでもわかってしまう——と、その人は耐えがたい寒気を感じるんじゃないかしら」

ジャックがそのときはじめてマデリンを見た。言葉はいっさい発しない。

「ふつうの人ならそういう感覚を覚えるはずだわ、って言い方をしたほうがよかったかもしれないわね」マデリンは付け加えた。「そういう人は、自分自身を殺人者の心理状態に置くことができるかもしれない。もしかしたらそれを行動に移すこともできるかもしれないと考えるんじゃないかしら。そして、ひょっとしたら自分は自分自身が思っているような人間ではないのかもしれないと疑うようになる」

ジャックはまだ何も言わない。ただマデリンを見つめているだけだ。

「FBIでコンサルティングをしていたときの仕事って、そういう種類の仕事？　殺人者のプロファイリングをして、つぎに残忍な殺され方をする犠牲者は誰なのかを予測する仕事？」

「昔のことだ」ジャックの口ぶりからはひどくうんざりしているのがわかった。「ずっとずっと昔のことだよ」

「ごまかさないで」

ジャックは何も言わない。

「あなたが決別しようとしていた世界にまた引きもどしたこと、ごめんなさいね」マデリンがささやいた。

「いや、いいんだ」ジャックがだしぬけに二人の距離をちぢめ、両腕をマデリンに回した。「そんなことはいいんだよ、マデリン。ぼくが恐れているのは、今度は失敗するかもしれないということなんだ」

「忘れないで。今度のことではあなたはひとりじゃないの」

マデリンもジャックをハグし、きつく抱きしめた。しばらくするとジャックがそれまで感じていた寒気は少しずつ消えていった。

「マデリン」

彼はそれしか言わなかったが、その声はなんとも静謐で、まるでそれ以外の言葉はいまはいっさい口にする必要がないかのようだった。

二人が暗闇にたたずんだまま、長い時間が流れた。

40

ダフネはさも不安そうにキッチンのほうに目をやった。「二人が出ていってからずいぶん経つわ」

「そうだね」エイブはパソコン画面から顔を上げない。「じつは、彼女はジャックにお似合いじゃないかと思えてきてる。彼女といるときのジャックはいつもと違うんだ」

「そうなの？」

「前にも話したけど、うちの家族はもうだいぶ前から彼のことを心配している」

「恋愛に関して問題を抱えていると言ったわね？」

「それもある。最近の彼は仕事のことで頭がいっぱいだ。前にも話したけど、母さんは彼が結婚をあきらめたんじゃないかと思ってる」

ダフネはもう一度キッチンのほうを見た。「ジャックがなぜ結婚しなかったのか、それについてのあなたの仮説が聞きたいわ」

エイブがためらった。もう少し用心深くならなくては、と彼が自分に言い聞かせているのが伝わってきた。

「レイナー・リスク・マネージメントの設立で忙殺されていたからね。事業を軌道に乗せるにはエネルギーがいる。とくに一からやり直しの場合は」

「ジャックはそうしなくてはならなかったの？」

「彼の最初の会社は、FBI時代の友だちと共同で設立したんだけど、その友だちがダイビング中の事故で死んだあとに倒産したんだ。だから、今度の会社を立ちあげて軌道に乗るまではもう働きづめだったよ」

「あなたはどうなの？　いつか再婚するつもり？」ダフネが訊いた。

エイブはじっと動かず、押し黙っていた。視線は画面に釘付けだ。「もしかしたら。うちの家族はそうしてる」

「結婚するのね？」

「まあね」

「でも、つぎはもっと慎重に。でしょ？」

「もっと慎重にとは思っているけど、現実的にはどうだろうな。結婚となると、なんの保証もないから。最初はぼくがぶち壊した。二度と同じ間違いはしたくないと思ってる」

ダフネは肩をすくめた。「いきさつは知ってるわ。わたしも同じ気持ち」

「きみはまだ悲しみに暮れているんだろ」エイブが真顔で言った。「ゆっくり時間をかけて考えたほうがいい」

「悲しみなんて、ブランドンが結婚してからもずっとほかの女との関係をつづけていたことに気づいたその日に捨ててやったわ」

「ひどいな、そいつは」エイブが椅子の背にもたれ、息を大きく吐いた。「ごめん。そうとは知らなくて」

ダフネは数秒間エイブをじっと見たあと、笑顔を見せた。「はっきり言っておくと、わたし、この一年間というもの、心底むかついていたの。悲しみに打ちひしがれていたなんてとんでもないわ」

エイブはほんの一瞬考えた。「それじゃ、食事も喉を通らなかったのは悲しんでいたからじゃないんだね？」

「たしかにいつからか食欲がなくなったけど、たぶんそれ、うつかなんかのせいだと思うわ」

「今夜は楽しそうに夕食を食べてたよね」

「もちろんよ」ダフネが少し間をおいた。「とくにアスパラガス」

エイブがうれしそうな顔をした。「それじゃあ、もうだいぶすっきりしたってことだね？」

「すごくすっきりしたわ。マディーにブランドンのことを話したのがすごく……いい治療になったみたい」

「彼女、きみになんて言った？」

「わたしはそんな最低野郎より長生きしてるんだってことに気づかせてくれたわ。たとえ復讐がシナリオどおりに進んだところで、それ以上の結果は得られないって」

エイブが感心したように口笛を吹いた。「いいね、すごく」

「でしょ」

「気に入ったよ。マデリンがジャックと合うのも不思議じゃないな。共通点がたくさんある。二人ともすぐに核心に目がいくタイプなんだろうな。ところで、きみの復讐のシナリオは功を奏した？」

「それはもちろん。ご心配ありがとう。要するに視点を変えるだけのことだったわ」

「そいつはよかった。ほんとによかった」エイブが咳払いをした。「もう悲しんでもいないし、食欲も戻ってきたし、となると、前を向いて前進する準備がととのったってことか？」

ダフネがにこりとした。「ええ、そういうこと」

41

ジャックは携帯電話から響いてくる低い音で目を覚ました。目を開けた瞬間、ベッドに自分以外の人間がいることに気づいてまごついた。この二年間、ひとりで寝ることに慣れてしまい、隣にあたたかくて柔らかな体が横たわる感触にまだなじめずにいた。だが、今度のとくにあたたかくて柔らかな体となら、ベッドをともにすることに間違いなくなじめそうな気がしていた。

電話がまた音を響かせた。マデリンがもぞもぞと動いた。

「あなたの電話ね。わたしのじゃないわ」マデリンがねぼけた声で言った。

「ああ、わかってる」

ジャックはしぶしぶ彼女から体を離して起きあがり、ベッドのへりにすわった。電話を手に取り、画面に映し出された暗号を見て不満げにつぶやいた。

「冗談だろ、エイブ？　ひとつ屋根の下にいるんだぞ。忘れたのか？　おまえの部屋から廊下をちょっと歩いたところにいるんだが」

「ぶしつけなことをしちゃいけないと思ったんだよ」エイブが言った。「いきなり部屋に押しかけたりしたくなかったからさ。まずは電話をと思ったんだ」

ジャックはマデリンを見た。暗がりからじっと彼を見ていた。表情は見えなかったが、彼女が目をしっかり開けて耳をすましていることはわかった。また電話に意識を戻す。

「たしかにそうだ。感謝するよ。ところで、夜中の一時にたたき起こすほど重大な用事はいったいなんなんだ？」

「いま、おもしろい情報が届いた。それでぼくも目が覚めたんだよ。ほら、この事件の関係者の最近の移動記録を調べるよう命じられていただろ？」

エイブの声のぴりぴりした感じは状況さえ違えば愉快だったかもしれない。アドレナリンによる興奮状態にあるらしい。

「いい知らせだな？」

「まあね。アナ・ストークス名義のＩＤを所持していたラモーナ・オーエンズについて調べたところ、きわめて興味深いヒットがあった」

「そう気をもたせるなよ、エイブ。おれがメロドラマが苦手なのは知ってるだろうが」

「彼女、ダフネがクルーズで家を空けた三週間前、デンバーに行ってる。一泊してるんだ。ダフネのアパートメントを家探しして、パソコンを盗んだのはこいつじゃないか？」

「ほう」

「ぼくもほぼ同じことを言ったよ、これを聞いたとき。てことは、ぼくにも経営者の資質があるってことかもしれないな」

「どうだろうな。問題はニュアンスだ」

「ぼくのにはニュアンスが欠落してたって言いたいのか？」エイブはむっとしたようだ。

「ニュアンスのことはもう忘れろ。ほかに何かわかったことは？」

「いや、まだそれだけだ」

「ダフネにはもう、彼女の家を荒らした犯人がわかりそうだと伝えたのか？」

電話の向こうでちょっとした間があった。

「じつは、彼女にはもう話した」エイブが言った。

今度は声が奇妙に引きつっている。

「おれに電話する前にか？」

「ダフネは最初に知る権利があると思ったものだから。だって、彼女のアパートメントだろ。とにかく、いまわかっているのはそれだけだ。それじゃ、また明日の朝。おやすみ、ボス」

「待て。切るな――」

電話は切れた。

ジャックは電話をにらみつけた。マデリンがくすくす笑っている。今度はマデリンをにらみつけた。マデリンは上体を起こし、両腕で膝を抱えていた。

「何がそんなにおかしい？」ジャックが訊いた。

「あなた」マデリンが言った。「あなたが切る前に向こうが切ったんで、混乱してまごついているんですもの」

ジャックは電話をナイトテーブルに置いた。「ぼくは勘の鋭い探偵だからわかるんだが、どうもダフネとエイブはこのところいやに……仲がよすぎるような気がしてる」

「それならわたしも気づいていたわ。ダフネとエイブのことはもういいでしょ。エイブはただ、ダフネのコンドミニアムに忍びこんだのはラモーナ・オーエンズだってことを知らせてきただけなんだから」

「まあ、そうだな。つぎは彼女が誰の指示で動いていたかを突き止めないと」

「彼女をさっさと殺した誰かをね」

「ああ。彼女を利用して、そのあと殺した誰かだ」

「ゼイヴィアかしら？」

「容疑者リストの筆頭に上がることは間違いないな」

「リストがあるの？　わたし、容疑者はゼイヴィアだけだと思ってたわ」

「こういう仕事で早い時期に学ぶことのひとつさ——すべての答えを得るまでは、つねにリストがある」

42

「ゼイヴィアが手に負えなくなってる」トラヴィスが言った。「このところストレスを抱えすぎているようで、いまにも切れそうだ。今度こそ誰かに本物のダメージを与えかねない。わかっているとは思うけど」

イーガンはルイーザの書斎の窓際に立っていた。振り向きはしなかったが、片手がぎゅっとこぶしを握った。

デスクを前にすわったルイーザがティッシュに手を伸ばした。「施設の医者たちは、今度こそこれという薬のバランスにたどり着いたと確信していたのよ」

「そうかもしれないが」トラヴィスが言った。「ゼイヴィアが処方どおりに薬をのんでるとはかぎらない。知ってるだろう、あやうくマデリン・チェイスとコンサルタントのレイナーを殺すところだったんだ」

「ううん、知らないわよ、そんなこと」ルイーザが言った。「証拠があるわけじゃないでしょう。ゼイヴィアを見た人もいないのよ。マデリンとレイナーは現場に女がいたと言っているの」

それを聞いたイーガンがくるりと振り返って妻を見た。「ルイーザ」

ルイーザの動揺がおさまった。「あの子がまだ子どものころは、たんにアンガー・マネージメントの問題だと言われていたのに」

その口ぶりからすると、いまだにそうした簡単な診断を下される望みが残っているかのようだ。〝マネージメント〟という語が、衝動的な怒りはカウンセリングや薬剤投与により抑制可能であることをほのめかしているからだが、いい結果が出る望みなどない、とトラヴィスは思っていた。両親にそれをわからせなければならない。ゼイヴィアの精神状態が限界を超えたとき、なんとかできるのは両親しかいないのだ。ウェブスター家の元ゴールデン・ボーイはいまや崖っぷちに立っていた。

「選挙が終わる前までにはあいつをなんとかしないと」トラヴィスが言った。

「まだ一年以上先のことでしょ」ルイーザが言った。「施設に戻らせようとしても、一年間は承諾してくれないと思うわ。あの子、あそこを監獄って呼ぶのよ」

「家族のためでもあるけど、あいつのためでもあるんだよ」トラヴィスが言う。

「もしゼイヴィアを納得させられたらね」ルイーザがつぶやいた。

嘆願かよ、とトラヴィスは思った。これまでもゼイヴィアがことを起こすたびに母は嘆願してきた。

「もし何も手を打たなければ、あいつ、きっと誰かを殺すよ」トラヴィスが声を抑えて言った。

「やめて」ルイーザがつぶやいた。「やめてちょうだい。そこまでいくはずないわ」

「さもなければ、自分を殺すかもしれない」トラヴィスはわざとゆっくりした口調で付け加えた。「レイナーは警備会社をやっている。忘れちゃいないよね？　銃を持ち歩いているんだよ」

ルイーザが口をあんぐり開けた。ショックのせいで目も大きく見開いている。

「いや。いやよ、そんな。レイナーだってまさか――」

「そうはいかないと思うよ。レイナーは、父さんみたいな人間が出てきても簡単に引きさがるような男じゃないから」

イーガンが訝しげに目を細めて息子を見た。「それはいったいどういう意味だ？」

「つまり」トラヴィスがゆっくりと言った。「父さんにはレイナーを買収することもできないし、脅して退散させることもできないってことだよ」

「何もかもマデリン・チェイスのせいよ」ルイーザが言った。「そもそも彼女がなぜここにいるのかが理解できないわ。彼女、あの古いホテルが欲しいわけじゃないの。あんなもの、欲しがる人はいないわ。彼女が島を出れば、そのときはレイナーも出ていく。なぜ、さっさと出ていかないのかしら？」

狭い書斎をトラヴィスが行ったり来たりしはじめた。「彼女はトム・ロマックスは殺害されたと思っているんだ。はっきりそう言っている。その真相を究明したいんだろうね」

「それは警察の仕事でしょうが」ルイーザが言った。「警察は、あの犯人は通りすがりの人間で、その後すぐに島を出ていったにちがいないと確信してるわ」

「もうそれくらいにしなさい」イーガンが片手を上げて制した。「トラヴィスの言うとおりだ。われわれにマデリン・チェイスとジャック・レイナーを動かすことはできない。だが、ゼイヴィアになら、ある程度影響をおよぼすことはできる」

「あの子、一年間は施設に戻るつもりはさらさらなくてよ」ルイーザが警告した。「進んで戻ることは絶対にないわ。もう子どもじゃないのよ、イーガン。荷造りをして送り出せば完了、というわけにはいかないわ。今回はだめよ」

「一枚だけ残しておいた切り札がある」イーガンが静かに言った。「ゼイヴィアの最大の望みをかなえてやろうと思うんだ。あいつがヘッジファンドを設立するのに必要なものを準備してやろう——あいつの相続財産に手をつけられるようにしてやるんだ。そのカネを使ってもいいが、本部は国外に置けと言うつもりだ」

トラヴィスが眉を吊りあげた。「そのアイディア、悪くないな」

ルイーザは涙を拭き。思案顔になった。「うまくいくかもしれないわね。少なくともしばらくのあいだは」

トラヴィスは部屋の中央で足を止め、イーガンを見た。「言い換えれば、あいつを買収するってことだよね」

イーガンはまた窓のほうを向いた。「家族のためだ」

「うまくいけばいいけれど」ルイーザが小さな声で言った。

その間に浮かぶ絶望感はあまりにもあからさまだった。トラヴィスはドアに向かい、廊下へと出た。

両親との直談判は言ってみればギャンブルだった。両親に先立ち、パトリシアとの話し合いはすんでいた。近ごろでは重要な決断はことごとくそうしている。パトリシアもこれ以外に方法はないと賛成してくれていた。イーガンとルイーザは昔からずっと、賄賂と威嚇の組み合わせでゼイヴィアをなんとか支配してきた。ゼイヴィアはそのどちらに対しても敏感に反応した。なんと言おうが、彼の生き残りの能力は際立っていた。結局のところ、彼は自分の収入や将来の相続財産を危険にさらすかもしれないことは何ひとつしでかさないはずだ。

トラヴィスは廊下を進み、玄関広間へと折れた。早く両親の家から逃げ出したくてたまらなかった。

アーチ形の入り口に、ゼイヴィアが片方の肩を優雅に壁にもたせかけ、腕組みをしてゆったりと立っていた。魔術師さながらの笑顔を兄に向けてくる。

「父さん母さんと楽しいおしゃべりか?」ゼイヴィアが言った。

トラヴィスの足が止まった。「おしゃべりはたしかだが、楽しいかどうかはなんとも」

「ぼくの名前も出てきたのかな?」

「今日はヨーロッパ行きについて話してきた。立候補に際して外交に関する信頼性を付け足すことが重大だと誰もが考えているようだからな」

「ほんとに?」

「あとで話せるか、ゼイヴィア? これからパトリシアとスピーチの準備をしなければならないんだ」

「ああ、いいよ。兄さんの都合に合わせるよ」

トラヴィスは玄関ドアを開けかけたが、ゼイヴィアの目にめらめらと燃える嫉妬と怒りを見てとり、手を止めた。

過去にも何度となく見てきたその表情。自制を失う直前、ゼイヴィアの目は地獄の業火を連想させる光を発する。ゴールデン・ボーイが起こした問題に、家族が対処せざるをえないはめに陥るのはこれがはじめてではなかった。

敵はそばに置け。

トラヴィスは立ち止まって腕時計に目を落とした。「そうだな。忌々しいスピーチなんか後回しにしよう。あんなもん、じつはもう辟易してるんだ。しかもまだ最終草稿もできちゃいないときてる。どうだ、これからいっしょにクラブ・シャックへ行ってビールでも飲むってのは？」

ゼイヴィアはしばらく考えていたが、まもなく肩をすくめ、もたれていた壁を押すようにして離れた。

「そうしよう。ワシントン州選出の偉大なる次期上院議員からのビールの誘いならいつでも乗るよ」

43

マデリンは夢を見ていた……

……火事にあったホテルの焼け跡を歩き、ダフネを探してひと部屋ひと部屋のぞいていく。二階の廊下がどこまでもつづいている。通り過ぎるどのドアにも同じ番号――二〇九――が記されている。

夢のような情景は深夜の色だ。氷のように冷たい月光が窓から斜めに射しこんでいる。気持ちはせきたてられているのに、これ以上速くは動けない。ドアは全部開けてみなければ。ひと部屋も見落とすことはできない。

わたしのせいで秘密の姉妹が罠にはまり、この幽霊屋敷と化したホテルに閉じこめられた……

果てしない灰色の夢の世界のどこかで時計が時を打った……

夢の情景が一転してぼやけはじめ……

どきどきしながら目を覚ました。ぱっと目を開ける。窓辺に立つジャックが見えた。外の闇に目を凝らしている。手にした電話が光っている。

数秒前、夢の中の情景に変化を感じたのは、ジャックがベッドを出たときのマットレスの動きを感知したからなのだと気づいた。

「防犯センサーのアプリが反応したんだ」

「誰かが外にいるの？」

「もしかしたら。大きな動物とか木の枝が落ちたとかってことかもしれない。センサーは絶対確実ってわけじゃない」ジャックが窓から離れ、ズボンを手に取った。「エイブを起こしてくる。何をするにしても、明かりをつけて標的になるようなことはしないように。いいね？」

「ええ」

マデリンは上掛けをはねて立った。冷たい床はほとんど気にならなかった。

ジャックがベッドサイドの引き出しからホルスターに入れた銃を取り出した。恐怖がマデリンの全身を駆け抜け、血を凍らせた。

「ジャック――」

「外のようすを見てくる。きみとダフネはここでエイブといっしょにいるように。わかったね？」

マデリンは抗議したかった。たとえば〝警察に通報したら〟のような理性的なことを言おうかとも思ったが、援軍の到着までには時間がかかる。ジャックは自分が何をしているのか、ちゃんとわかっている男だ。この場は彼に任せよう。

マデリンは室内履きをはいてローブをつかむと、ジャックのあとについて薄暗い廊下に出た。ブリーフだけを身に着けたエイブがベッドルームの入り口に立っていた。ジャックと二人、声をひそめて話している。マデリンに気づいたとき、エイブはドアの陰に引っこみ、ドアのへりからきまり悪そうに顔だけをのぞかせた。

「服を着ろ」ジャックがエイブに言った。「急いで家の外に出なければならない場合を考えて、マデリンとダフネには靴をはかせておけ。こいつは火を放つのが好きらしいからな。階下《した》に下りて、玄関ホールで待機しろ。あそこなら外に出る際の選択肢がいろいろある。移動がすんだら、静かにしていろ。こっちはみんな寝ていると向こうに思わせるんだ」

「了解」エイブが言った。

エイブが部屋の中に戻った。

ジャックはちらっとマデリンを見た。「ぼくの言ったことを忘れるな。窓には近づかないように」

マデリンはジャックに、このまま中にいて、鍵をかけたドアの中にいて、と懇願したい衝動を、ローブの襟をぎゅっとつかんで抑えこんだ。とはいえ、いくら鍵をかけたドアの中にいたところで、火を放つのが好きな、正気とはいえない人間から身を守ることはできない。祖母はドアに鍵をかけた部屋で死んだ。

「ジャック、気をつけてね」マデリンは複雑な思いでそう告げた。

「そのつもりだ」ジャックが答えた。

彼は返事を待ってはいなかった。

マデリンはダフネの部屋のドアをノックしなければ、と思い、エイブの部屋の前を通り過ぎた。

「心配しないで」ダフネの声が後ろから聞こえた。「もう起きたわ」

マデリンが振り返ると、ダフネがエイブの部屋からローブの前をかき合わせながら出てきた。ショートヘアがくしゃくしゃに乱れている。

「うそっ」マデリンが発した言葉はそれだけだった。ほかになんと言ったものか思いつかなかったからだ。

ダフネがにこりとした。「エイブも夜型人間だってことがわかったわ」

「うそっ」マデリンはまた同じことを言った。

エイブがホルスターを着けながらベッドルームから出てきた。カーゴパンツに、まだボタンを留めていないフランネルのシャツというでたちだ。今度は眼鏡をかけている。そしてマデリンとダフネを交互に見たが、その冷静かつ信頼のおけそうな態度にマデリンはいささか驚いた。気づけば、ダフネも二、三度瞬きを繰り返していた。

「ボスの言ったこと、聞きましたね」エイブが言った。「まず靴を取ってきて。危険が迫ったら逃げ出さなければならないかもしれない。それまでは階下でジャックを待つことにします」

マデリンはダフネを見て、お互いが異様なまでの極度の緊張感を覚えていることを知った。それはあたかも世界がぎゅっと収縮して、この古い屋敷と彼ら四人だけを包囲しているかのような感覚だった。

無言のまま、マデリンは自分のベッドルームに引き返した。ダフネも自分の部屋のドアの中へと姿を消した。

44

悪いやつらが犯罪を繰り返す前に阻止する仕事にかかわったことで、ジャックは人間について多くを学んだ。すぐにわかったことのひとつは、悪事に走る人間の行動は驚くほど予測どおりであること。人間の姿をしたプレデターが性懲りもなく繰り返すのは、〝これが通用するなら修正なんかしないでいい〟といった古典的なアプローチである。どんな手法であれ、前回まで成功させた戦法をそっくりそのまま繰り返す。だから、こちら側は相手のパターンを突き止めればいい。

ゼイヴィアは火を好む。しかし、彼の手法には大きな技術的問題が存在する――火を放つ過程のどこかしらで、周囲に目撃されることなく標的に近づかなければならない点だ。もし今夜の警報を鳴らしたのが彼だとすれば、放火に必要なものを車に積み、クーパー・コーヴの町から五マイルの道のりをここまでやってくるほかない。

誰かが見覚えのある車に気づくことを恐れて、おそらく島をぐるりとめぐる環状道路は通ってこなかったはずだ。となれば、残るルートはただひとつ、この貸家の裏手の鬱蒼とした林で行き止まりとなる裏道しかない。

月は出ていても、月光は林の奥までは届かない。警報装置につまずいたのが誰であれ、林を抜けて家の裏手まで進むには懐中電灯を使うほかない。

そして目標地点まで到達したとき、今度はポーチの明かりが問題になる。スポットライトを浴びて仕事をしたい放火犯などいるはずがない。ところが、裏のポーチの階段の上の明かりはひとつだけ、たまたま消えていた。

じつはその明かり、うっかりつけ忘れたわけではなかった。暗がりを選んで近づいてくる侵入者をおびき寄せることを意図した案内標識のようなものである。

ジャックはその階段から数フィート離れた薪小屋の陰でじっと待った。マデリン、ダフネ、エイブの三人はすでに階下に下りてきている。不自然なまでに静まり返った屋敷内は、まるで息を殺しているかのようだ。

林の中をぬって進む懐中電灯の細い光が見える前に侵入者の足音が聞こえた。生い茂る下生えを物音ひとつ立てずに進むのは不可能に近い。嵐の夜であれば小さな音は隠してくれるだろうが、今夜は不自然なまでの静けさがあたりをおおっていた。夜行性の小動物も侵入してきた人間の気配を察知して物音ひとつ立てない。

踏みつけられた小枝や枯れ葉が音を立てる。ジャケットの袖とこすれた木の枝も音を立てる。小石と小石がぶつかる音がする。懐中電灯の明かりがだんだん近づいてくる。

その光が唐突に消えた。屋敷にじゅうぶん近づいたところで、そこから先はポーチの明かりを目安に進もうと判断したようだ。

多くの決断が明暗に基づいて下される状況は驚くばかりだが、獲物がそのどちらを求めているのかをわかってさえいれば、あとはそれに適した舞台を設定すればいい。

林の中から不満げな声が聞こえたかと思うと、つづいてドンと鈍い物音がした。侵入者が何かにぶつかったか、あるいは運んでいたものを何かにぶつけたかしたのだろう。燃焼を促進させるものが入った缶の可能性が高い。

木々のあいだから黒い人影が現われた。月明かりを受けた影はしばしその場に立っていた。夜陰に乗じての仕事のための黒装束にひさしのついたキャップをかぶっている。片手にさげているのは五ガロン入りの燃料缶。

明かりを避ける昆虫並みの的確な本能にしたがい、ポーチへとつづく暗い道へきっちりと歩を進めていく。

ポーチの階段まで来ると、侵入者は燃料缶のキャップに手をやり、はずしはじめた。

ジャックは薪小屋の陰から何歩か出て、必要とあらば侵入者を狙い撃ちできる体勢をとった。小屋の中に積みあげられた太い薪が、その必要が万が一生じたときは、遮蔽物になってくれる。

大型懐中電灯のスイッチを入れ、強烈な光線をゼイヴィアの顔に正面から向けた。

「今夜はそこまでにしておけ、ウェブスター」

抑えた声だった。濃密な静寂の中では声を荒らげる必要はなかった。狂気と戯れているのかもしれない男を向こうに回しているとなれば、目標はこの場を支配しつづけることである。ときには声音だけでそれができることもある。

むろん、そうはいかないときもあるが。

「ちくしょう、この野郎」ゼイヴィアの声は怒りのせいでかすれていた。「おまえによけいな手出しはさせないぞ、レイナー。誰もおれを止められやしない。おれはゼイヴィア・ウェブスター。この島はおやじのものだ」

ゼイヴィアが体を起こし、黒いジャケットのポケットに手を入れた。懐中電灯の白く強烈な光線が彼の手の中の銃をきらりと光らせた。

ゼイヴィアはすぐさまやみくもに撃ってきた。銃撃戦で多くの人間がそうするように。その場合、狙いどおりに命中する確率は驚くほど低いが、偶然撃たれる確率は不愉快なほど高い。

ジャックは積みあげた薪の後ろに身をひそめ、連射が止むのをじっと待った。そして止んだと見るや、薪小屋の反対側へ回りこみ、屋敷から数ヤード離れた地面を狙って一発だけ発砲した——彼を撃つためではなく、あくまで威嚇のためである。

ゼイヴィアがまた甲高い声をあげた。怒りと驚きが夜の闇をつんざく。銃を落とし、ポーチを走り、階段の上から地面に飛び降りた。

一目散に道路に向かって逃げていくゼイヴィアの大きな足音がしばらくのあいだ夜の闇にこだましていた。

ジャックは銃をホルスターにおさめると、電話を取り出した。

キッチンのドアが細く開いた。

「もう大丈夫かな、ボス？」エイブが声をひそめて訊いた。

「ああ、もう逃げた」ジャックは懐中電灯で燃料容器を照らした。「注意しろ。手を触れるな。運がよけりゃ、ゼイヴィアの指紋がそこらじゅうについている」

エイブがポーチに出てきた。マデリンとダフネもその後ろからついてきた。三人はそろって燃料の入った缶を見つめた。

「あいつ、わたしたちが中にいるのを知ってて、この家に火をつけようとしたのね」ダフネが言った。「こんなことをして逃げおおせると本当に思ってたのかしら？」

「でしょうね」マデリンが言い、燃料缶をちらっと見てからジャックに目をやった。「これくらいのことをしても逃げおおせると思っていたのよ。最後に彼が叫んだのを聞いたでしょ。『おれはゼイヴィア・ウェブスター。この島はおやじのものだ』って」

エイブは道路のほうに目を向けた。「ついに逃亡の身か」

エイブの口調に感情はこもっていなかったが、ジャックはエイブが何を考えているのかがわかった。おそらく全員が同じことを考えているはずだ。

九一一番のオペレーターが応答した。

「……緊急事態の状況ですが……」

「放火未遂」ジャックが答えた。「銃の発砲。容疑者は環状道路を南に向かって逃走中」

「……容疑者が誰か、わかっているんですか？」

「ゼイヴィア・ウェブスター。今回は目撃者が複数いる。自分の家の敷地内に戻ろうとしているか、あるいは船で島から脱出しようとしているか、どちらかだと思う」

オペレーターにそれ以上くだらない質問をさせる間を与えず、ジャックは電話を切った。

「つぎはどうしたらいいの？」マデリンが訊いた。

「これでもうゼイヴィア・ウェブスターに悩まされることはないと思う。家族もこれ以上はもうかばいきれないだろう。彼が与えるダメージが大きすぎる」

「家族は彼を強制的に精神科の施設に入れると思う？」マデリンが訊いた。

「すぐに思い浮かぶ解決策はそれだろうが、そのほかにもうひとつ、この状況から脱するためには、誰かがそうしようと思えば可能な比較的簡単な方法もある」

マデリンが彼を見た。「また不吉な予測をしているのね」

「しかたないじゃないか。それがぼくの仕事だ」

ジャックがマデリンを見た。ほかに目を向けたいところがなかったからだ。

マデリンが無言のうちに階段を下りてきて、両腕を彼に回した。彼がどこかへ行ってしまうのを恐れるかのように、ぎゅっと抱きしめる。

だが、ジャックには彼女を残してここを離れるつもりはなかった。少なくとも今夜は。

四人はただ静かにたたずみ、はるか環状道路で響くサイレンに耳をすました。

「この島、本当に嫌い」

45

ゼイヴィアは船小屋の暗がりでちぢこまり、波のように押し寄せてくる激しい寒気を抑えこもうと必死だった。頭のどこかでインフルエンザにかかったのかもしれないと思いながらも、べつのどこか——いつも彼に語りかけてくる心の片隅——は、これこそ真の恐怖ってものさ、と勝手なことを決めつけてくる。もしかするとこれこそ、自分をよく知る人間の目にときおり浮かぶ恐怖のようなものの正体かもしれない。

彼も過去に何度か、蜘蛛の糸に似た恐怖にさっと撫でられたことがあった。真の恐怖をはじめて感じたのは、両親に施設に送りこまれたときだ。だがまもなく、医者もセラピストもほかのやつらと同じようにたやすく欺ける連中だとわかった。にもかかわらず、何度となく施設に送り返されるにおよんで、さすがに不安になった。〝今度〟はこれまでのようにはいかないかもしれない——〝今度〟はみんなをだますことができないかもしれない。

だが最終的には、彼はつねに回復した患者の役をうまく演じることができた。というのは、医者もセラピストも、ひとえに自分たちは魔法を使えると信じたかったからだ。それに、あいつらは奇跡的な回復のたびにイーガンとルイーザが支払う膨大な治療費に目がくらんでもいた。おれが治ったふりをするたび、あいつらが施設から手数料を受け取っていたとしてもおかしくない。なんのことはない、演技というきつい仕事をしなければならなかったのはおれひとりじゃないか。

長いあいだには何度か不安を引き起こす状況を経験してきたが、最後には必ず父親が助けにきてくれた。イーガンに怖気づかない人間はいても、カネさえ受け取れば喜んで黙っているのが常だった。

誰もわかっちゃいないのは、おれの自制心にはなんら問題などないということだ。周りの人間が〝挑発〟してくるのだ。周りの人間がときどき自制を失わせるのだ。どの出来事もおれに落ち度があったわけじゃない。

長いあいだにはおれの本性を見きわめた人間が数人いたが、彼らにはこっちを恐れるだけの常識があったから大ごとになることはめったになかった。

心底不安を感じたのは、おれを恐れないくそ野郎を相手にしたときだけだ。おれに一目置かないくそ野郎、おれがどれだけの権力を後ろ盾にしているのかに気づかないくそ野郎だけだ。そういうやつらはすごんで追い払うことも買収することもできない。

ジャック・レイナーみたいなくそ野郎だ。

あのときの失態がよみがえり、かっとなった。仕返しは必ずしてやるからな。レイナーはもう生ける屍同然だ。あとは時間の問題だ。

低くうなる船のエンジン音が熱に浮かされた妄想をさえぎった。あわてて立ちあがった。ようやく援軍が来た。もうあと数分でこの忌々しい島から無事脱出できる。

この場さえ逃げきれば、今夜の出来事から生じる法律問題は父親がなんとかしてくれる。なんと言おうが、おれはゴールデン・ボーイ。イーガンの真の息子であり後継者なのだから。

高性能エンジンを搭載した船が闇の中から静かに近づいてきた。桟橋で停止する。ゼイヴィアはロープをつかんだ。

「遅かったじゃないか？　もう警察がおれを捜してるだろうに」

ゼイヴィアは船に乗りこみ、ハンドルを握った。助っ人は船を下り、桟橋に立った。

ゼイヴィアはゆっくりと船を発進させ、沖をめざした。船は子どものころから操縦してきた。

高揚感が全身を貫いた。恐怖の名残はすでに払拭できていた。数分とはかからずに、サンファン諸島を形成する大小いくつもの島のあいだに姿を消すことができる。今夜ひと晩は無人の岩の塊のような島の静かな湾に身をひそめ、夜明けとともに本土をめざそう。船を始末する場所ならいくらでもある。

とにかく今夜の出来事から逃げおおすのだ。それでこそゼイヴィア、何があろうと生き残る男だ。

その後は時間をかけて復讐の準備をしよう。

船がまだクーパー島から見える位置にいたとき、船内で突然爆発が起き、船が炎上した。爆発音は町まで響きわたった。火の玉がまばゆいばかりの地獄の炎で夜空を染める。

陸地から見ていた助っ人は、船が燃え尽きるのを岸から見届けた。

46

マデリンはキッチンテーブルにダフネ、ジャックとともにすわり、コーヒーを切らしたのでオレンジジュースを飲みながら、パソコンで最新のニュースをチェックしていた。そこへエイブが飛びこんできた。両腕で食料品の入った大きな袋を抱えている。いかにもニュースを仕入れてきたといった表情だ。

「それで？」誰よりも先にマデリンが訊いた。「詮索好きな人やら何やらはいた？　地元の人たちはどんなことを言ってた？」

「遺体は今朝、引きあげられたそうだ」エイブは食料品の袋をキッチンテーブルに置き、ずれた眼鏡を直した。「間違いなくゼイヴィア・ウェブスターだった。現在のところ、爆発についてはニつの仮説がある。その一は、ウェブスター一家の一押しだ。いわく『なんともひどい事故が起きた』」

「ちょっと待て。その先を言わせろ」ジャックが言った。「燃料タンクに漏れがあった、とかだろ？」

「そのとおり」エイブがコーヒーのパックを取り出した。「船を炎上させるには多くの方法があることがわかった。燃料タンクとかいろいろね。それに点火の手段もいろいろ。たとえば、電気系統の不具合、意図せずに点火した信号弾、などなど」

ダフネが椅子の背にもたれ、考えこんだ。「ほかにはどんな仮説が？」

「仮説その二は、声をひそめてささやかれている」エイブが言った。「誰かが世界のためにウェブスター家のゴールデン・ボーイを殺してくれたんじゃないか、と口にする勇気ある人が何人かいたんだ。だが、それが誰かを声に出して憶測する者はいない。というのも、容疑者が多すぎるからなんだ」

マデリンがテーブルを指でこつこつと叩いた。「まずは昔からクーパー島に住んでいる人の大半ってとこかしらね」

「わたしたち四人もそのリストに名前を連ねていそうな気がするわ」ダフネが言った。「動機があるもの。だって、昨日の夜、ゼイヴィアが火をつけようとしたのはこの家だったのよ」

ジャックがコーヒーを持ってカウンターに行った。「心配しないでいい。警察が容疑者リストに名前を載せられないのはぼくたちだけだ。ぼくたちをどの程度信用しているかどうかはともかく、少なくともそれはできない」

三人がそろってジャックを見た。

「船が爆発したとき、ぼくたち四人はここで警官に状況を説明していた。忘れたのか？　それに、薪の山には薬莢が何個もあって、まもなくそれがゼイヴィアの指紋のついた銃から発射されたものだと証明される。燃料缶からも彼の指紋が検出される可能性が高いし」

「地元警察の証拠品ロッカーからそういうものの一部ないしは全部が消えたりしなければ、の話だわ」ダフネが言った。

「それはそうだが、ダンバー署長は自分がすべき仕事はすると思うね。ゼイヴィアがもう問題を起こすことはないと知って、見たところ彼もほかのみんなと同じようにほっとしている印象を受けた」

マデリンはエイブを見た。「ほかの仮説は？」

「もうひとつある。自殺」エイブが言った。

ダフネが彼をじっと見た。「船を爆破して？　そんな話、誰も信じないわ」

「どうだろう」エイブが言った。「おいおい、そんな目で見ないでくれよ。ぼくはただ、ニュースを報告しているだけなんだから。ぼくがでっちあげたわけじゃない」

「事故説が優勢になるんだろうな」ジャックが冷静に言った。「ゼイヴィア・ウェブスターには精神疾患の病歴があったことが判明し、昨夜はその病状が急激に悪化した。理由は不明だが、地元の家屋に火を放とうとした。そして犯行中のところを発見され、現場から逃走、家族が所有する船に乗って島からの脱出を試みた。船が偶然に爆発した。ゼイヴィアは死んだ。野心に燃えて上院議員を志す兄は、もうひとつのワシントンに送りこんでいただければ、メンタルヘルスへの基金の調達に心血を注ぎたいとの声明を発表する」

マデリンの目の前で、ジャックがコーヒーの量を測ってコーヒーメーカーに入れた。

「誰かがゼイヴィアを殺したのね」

「ああ、そうだ」ジャックはコーヒーポットに水を注ぐ。「昨夜のゼイヴィアは、はめられたんだ。はなから殺される運命にあったんだと思う。そこでわいてくる疑問がひとつある。今回の件にはかなり精巧に準備された二件の爆発を引き起こすだけの技術をそなえた人物がかかわっているが、それは誰か？」

「二件の爆発？」マデリンが眉をひそめた。「つまり、備品倉庫でわたしたちを殺そうとしたのはゼイヴィアではなかったということ？」

「おそらく」ジャックが言った。「あの罠を仕掛けたのが誰であれ、ゼイヴィアに罪をなすりつけようとしていた気がする」コーヒーメーカーに水を入れてスイッチを押す。「一石数鳥というところかな。ウェブスター家の歴史をきれいにしたいんだろう」

「そうすれば、前途洋々の輝かしい候補者への悪影響をもう心配しないですむ」ダフネが目を大きく見開いた。「ステップ1、危険なものが入っているブリーフケースを見つける。ステップ2、ブリーフケースの存在を知っている人間を消す。ステップ3、家族内の邪魔者を消す」

「わおっ」マデリンが片手を上げた。「あなたとわたしとあなたのママはブリーフケースの中身を知らなかったわ。中身を知っていたのは、うちの祖母とトム・ロマックスだけ」

「しかし、殺人者がそれを知りうるはずがない」ジャックが言った。「となるとおそらく、目撃した可能性のある人間を一掃したかったと考えるべきだろう」

「ウェブスター家の中にひとり、過去に冷血な殺人を犯したかもしれないとぼくたちが疑っている人間がいる」エイブが言った。「イーガン・ウェブスターだ」

「わたしが知っているのは、祖母が十八年前に彼の手の届かないところへ逃げなければと考えてオーロラ・ポイント・ホテルを閉鎖したことだけなのよ。地元警察に通報するリスクを負うより、ホテルが朽ち果てるに任せるほうを選んだわけ」マデリンが言った。

「ぼくが気になっているのはタイミングなんだ」ジャックが言った。「家族の歴史をなぜいまきれいにするのか？」

「それは一目瞭然でしょう」マデリンが言った。「トラヴィスが選挙に出馬するからじゃないの？」

「もしもイーガン・ウェブスターが昔の同僚の殺害事件と自分をつなぐ証拠があるかもしれないと知っていたら、なぜ二十年前になんらかの手を打たなかったんだろう？」ジャックが疑問を口にした。

エイブがジャックを見た。「最近になってから気になりだしたんじゃないのかな」

「誰のせいで?」マデリンが訊いた。

ジャックがタイル張りのカウンターを人差し指でこつこつと叩いた。「できればウェブスターを脅迫したいと考えた人間だろうな」

「となると、家族以外の誰かよね」マデリンが言った。「偽ラモーナ・オーエンズ? 彼女がたまたまブリーフケースの秘密を発見して、この一連の事件の口火を切ったと思う?」

「だけど、こんなに長い沈黙のあと、誰かほかの人間がなんでたまたまこんなことを発見するんだよ?」エイブが言った。

「誰かが今後の躍進が期待される政界のスターに関するスキャンダルを探そうとしたんじゃないかと思う」ジャックが言った。「自称ラモーナ・オーエンズが一連の事件の鍵のひとつだな。彼女に関するデータがもっと必要だ」

「彼女がまだ墓の下から語りかけてくれることがあるかもしれないな」エイブがパソコン画面にちらっと目をやった。目が興奮で熱を帯びる。「ぼくが朝から町に出て、コーヒーを買うついでに探偵ごっこをしているあいだに、ラモーナ・オーエンズが使っていた四つの名前のうちのひとつを名乗っていた女の住所が判明してた。今度ははずれくじじゃなかったよ」

ジャックが緊張の面持ちで意識を集中させた。「どこだ?」

「シアトルだ」エイブが答え、キーを打ちはじめた。「半年ほど前にアパートメントを借りたようだ。彼女が死んだことを家主はまだ聞いていないみたいだな。ラモーナがまだ賃貸人

「のリストに載っている」

「半年ほど借りていたとしたら、もう落ち着いていたはずだわね」ダフネが言った。「そこが彼女のスペースだった。偽名を使っていれば、ここは彼女にとって心が安らぐ場所だったんだと思う。あなたの言うとおりよ、エイブ、彼女はまだいろいろ語りかけてくれるかもしれないわ」

「まだ誰もそのアパートメントを片付けにいっていないとしたら、早いとこ動かないとな」ジャックが言った。

「えっ、ぼくが？」エイブが訊いた。

「おまえとダフネだ。おまえなら、何を探したらいいかわかっているからだ。運がよければ、彼女の機器類――電話、パソコン、そのほか彼女がこの一年間に連絡をとっていた人間が誰なのかがわかるもの――が見つかるかもしれない」

「わたしも？」ダフネが訊いた。

「きみもエイブといっしょに行ってくれ。居住空間を通して人間を見る目があるのはきみだ」

「まあ。わおっ」ダフネが言った。「科学捜査デザイナーを演じるのね」

「小説とかテレビのリアリティー・ショーとかみたい」マデリンが言った。

「見ててね」ダフネがテーブルに手をついて立ちあがった。「大仕事を片付けてくるわ」

「たのむぞ、お二人さん」ジャックが言った。「いまなら朝のフェリーに間に合う」

「兄さんとマデリンはどうする？」エイブが訊いた。「昨日の夜、もし誰かがゼイヴィアを武器として利用して、ぼくたち四人を消そうとしたんだとしたら、作戦が失敗に終わったことを知っている。そいつがもう一度何か仕掛けてくるかもしれない」

「時間はあるさ」ジャックが言った。「それが誰であろうと、いくらなんでもこの島でまた危険を冒すはずがない。それではあまりにあからさまだろう。つぎからは火事も爆発もゼイヴィアのせいにはできないんだからな」

ダフネが身震いをしてみせた。「誰かが誰かを武器として利用するだなんて、想像しただけでも恐ろしい。でも、現実にそういうことがあるのよね。誰かがゼイヴィアに狙いをつけて引き金を引いた。そして彼を排除した。ぞっとするわ」

「人間が家族のためだと思ってすることには目を瞑るほかないよ」ジャックが言った。

47

「今日は会ってくださって感謝するわ、マデリン」ルイーザが椅子にゆっくりと腰を下ろし、膝の上で両手の指を組んだ。「あなたとお友だち、たいへんな経験をなさったのね。すぐに電話をしなければいけないとわかってはいたけれど、状況を考えると、あなたがわたしと話してくださるとは思えなかったの。それでこうして来てみたわけ」

「お話しなさりたいことってなんでしょうか？」マデリンが訊いた。

ルイーザの車は車寄せに停まっていた。本土に向かうダフネとエイブが乗るレンタカーを乗せた朝のフェリーが出航してまもなく、彼女は現われた。

ルイーザはいつものように冷ややかで落ち着いていたが、そのまなざしはあきらめと苦痛と、母親だけにしかわからない悲しみがないまぜになった陰鬱な色を帯びて打ち沈んでいるように思えた。しかしそこにはまた、何かしら荒々しいまでの堅い決意もにじんでいた。これほどまでの激情の波に巻きこまれた女は危険きまわりない動物だ、とマデリンは思った。

「ゼイヴィアのことよ」ルイーザが言った。

マデリンはその先を待った。おそらくは〝お悔やみ申しあげます〟というような言葉をかけるべきなのだろうとわかってはいたが、じつのところ、ゼイヴィアが死んだことを悔やむ気持ちなどなかった。そのうえ、マデリンの直感が、ルイーザを信用するな、吐きかけた唾が届く距離には近づくな、と警告を発していた。そんなときに丁重に社交辞令など口にする意味はない。こうしたことに対するジャックの姿勢が自分にもうつりはじめてきているのでは、という気もした。

ルイーザはマデリンと二人だけで話したいとたのんだが、ジャックが静かにかぶりを振った。それなら話し合いはしない、と。控え目な合図だったが、ルイーザはそれを理解した。唇を真一文字に引き結びはしたものの、自分に駆け引きするだけの力がないことは明らかにわかっているようだった。それ以上何も言わずに、ジャックの同席を受け入れた。ジャックはいま、まぶしい灰色の陽光に背を向けて窓辺に立っている。革のジャケットを着ていても、ファスナーは開いたままなので下からホルスターがのぞいている。視線はルイーザから一瞬たりとも離すことはなかった。

「昨日の夜、息子は神経がまいってしまったみたいで」ルイーザが言った。「警察はあの子が、あなたたちが寝ているあいだにこの家に火をつけるつもりでここに来たと考えているわ。わたしはあの子の行動を弁護するためにうかがったわけじゃないの。お願い、これだけは信じて。うちの家族全員、このことで呆然としているの。ショック状態って言うのかしら。ゼイヴィアは昔からもろいところがある子だった。でも、昨夜のように限界を超えるようなことをするとは思ってもみなかったの」

「それはわかりますが、ミセス・ウェブスター」マデリンは言った。「わたしに何をお望みなんですか?」

「息子は死んだわ。これからはもうあなたがたに危害を加えることはありません。ですから、どうかお願い、あなたとお友だちに――」ルイーザがおそるおそるジャックのほうに視線を投げた。「あなたとお友だちにことを荒立てないでいただきたいの」

「〝荒立てないで〟とはどういう意味でしょうか?」マデリンが訊いた。

「すでにもう地元のメディアからの連絡があったでしょう。あなたがたの視点から昨夜の一件を聞き出したがっているはずですもの」

文末にはごくかすかながら疑問符がついている感じがした。ルイーザは間をおいて待った。

「わたしたちはメディアに何も話すつもりなどありませんよ。もしそれをご心配なさっているとしたら」マデリンが答えた。「警察からはまだ捜査中だからと言われていますし」

「当然そういうことでしょうね」ルイーザがわずかに安堵の表情をのぞかせた。「ありがとう。でも、もうすぐ全国メディアが取材にやってくると思うの。ご存じだと思うけれど、大手メディアは生殺与奪の権を握っているわ。仕事はもちろん命までも」

ルイーザがまた言葉を切った。今度はマデリンは沈黙をうめようとはしなかった。すると数秒後、ルイーザが先をつづけた。

「あなたがたもきっとご存じだと思うけど、息子のトラヴィスはいま、立候補の準備をしているの。議員になって社会に貢献するのが天職だと彼は感じているけれど、弟の心の病が変なふうに扱われたら、政治家としての能力を証明するチャンスを与えられることもなく、将来をつぶされかねないわ」

「正しく扱われれば、どうなるんですか？」マデリンは訊いた。

「この状況を家族でつまびらかに話しあった結果、事態を収拾する最善の方法は真実をそのまま話すことだと感じているの」

「興味深い方法ですこと」マデリンが言った。

ルイーザがいらついた。「あなたに、嘘をついて、とたのんでいるわけじゃないわ。ゼイヴィアは精神的にまいっていたの。船を盗み、海に出て、船に火を放って自殺した。あなたがたにたのみたいことはたったひとつ、メディア対応はウェブスター選対チームの広報担当者に任せてほしいということだけ」

「言い換えれば、わたしたちにウェブスター選対チームが真実にひねりを加えるのを見過ごしてほしいということですね。その人たちは当然、ゼイヴィアがここに来て、この家に放火しようとしたこと、わたしのコンサルタントに向かって銃を撃ちまくったことは飛ばすつもりでいる」

ルイーザがハンドバッグをぎゅっと握った。「犠牲者はうちの息子ひとりだし、あの子は死んだ。事件の細部までメディアに公表したところで、まったく意味がないわ。選対チームの広報担当者は、この種のことにどう対処すべきか心得ているの。彼女によれば、トラヴィスが当選した暁には、精神疾患の治療が安価な治療費で気軽に受けられるようにとの方針を打ち出し、大きな課題にしていくことを強調するそうよ」

「もし気休めになるなら言いますが、わたしはメディアのインタビューを受けるつもりはありませんから」マデリンは言った。「でも、昨夜ここで起きたことを隠蔽するつもりもありません。むろん、トム・ロマックスの死についても調査をやめるつもりもありません」

「この状況を暴走させずにおくことで既得権益を守れる人間は、うちの家族だけではないなんてことまで言っておく必要はないわね」

非情を感じさせる新たな冷気がいやに静まり返った室内に垂れこめた。ジャックのほうを見なくとも、マデリンにはジャックもそれを感じとっていることがわかった。ここに至ってようやく、二人はルイーザがわざわざこの別荘まで出かけてきた理由を知った。

「えっ、もう一度おっしゃっていただけます?」マデリンが言った。

「こんなことをまた蒸し返したくはなかったけれど、あなたがたがそういう態度ではこうするほかないのよ。この件に関して協力してくださるなら、それとひきかえに、サンクチュアリー・クリーク・インズが深刻な財務危機に陥っていることをメディアには伝えずにおく準備があるわ」

マデリンの全身を怒りが駆け抜けたが、それを意志の力でぐっとこらえた。

「サンクチュアリー・クリーク・インズに財務面での問題などありませんわ」

「はっきり言わせていただくわね、マデリン。わたしの夫は金融界では大きな権力をもつ人間なの。もし夫があなたのホテル・チェーンは財務面の不安定さが懸念されると口にすれば、噂はたちまち広がるわ。そんなことになれば、改装や新たな物件のための資金調達はきわめてむずかしくなるんじゃないかしらね」

「ルイーザ、わたしを脅迫してらっしゃるの？　わたしはその手には乗らないわ」

「そのお返事、もう一度よく考えたほうがよくはないかしら。財務状況に関する噂は大きな問題を引き起こすものよ。でも、あなたはそれを乗りきれると思っているようね」

「ええ、乗りきります」マデリンは言った。

「それじゃあ、あなたのホテル・チェーンが放火魔の標的かもしれないという噂も乗りきれるとお思い？」

「どういう意味ですか、それは？」

「すでに一件、チェイスが所有するホテル――オーロラ・ポイント・ホテル――で火事が起きているわ。三カ月前にはおばあさまがホテル火災で亡くなられてもいる。その頭のおかしな人間が近々どこかのサンクチュアリー・クリーク・インを狙うかもしれないと旅行者が信じれば、結果的にあなたのホテル・チェーンは甚大な被害をこうむるわ。放火魔の標的になるかもしれないホテルに予約を入れたい人間などいるはずないもの」

　マデリンはぞっとした。

「もうそれ以上説明していただく必要はないと思うわ、ルイーザ」マデリンは不自然なまでの冷静さにわれながらびっくりしていた。「明らかに脅迫ですよね。あなたもそう思うでしょう、ジャック？」

「ああ、間違いない」ジャックが言った。

　ジャックはジャケットの内側に手を入れた。一瞬、ルイーザの顔がパニックに引きつった。だが、彼が取り出そうとしたのが銃ではないことがわかると、いくらかほっとしたようだった。

　その手の中にあったのはボイスレコーダー。彼が〝巻き戻し〟、つぎに〝再生〟のボタンを押した。ルイーザはそこから鮮明な音で流れてきたのが自分の声だと気づき、不意討ちをくらったショックのうちに耳をすました。

「それじゃあ、あなたのホテル・チェーンが放火魔の標的かもしれないという噂も乗りきれるとお思い？」

「いやなやつ」ルイーザがつぶやいたかと思うと、いきなり立ちあがってマデリンを見た。

「あなたもばかな女ね。自分が誰を敵に回しているのか、まるでわかっていないわ」

ルイーザはバッグをつかみ、それ以上何も言わずにドアへと向かった。マデリンはゆっくりとあとについて玄関に行き、ルイーザが車に乗りこむのを眺めた。

ジャックがマデリンの後ろに来た。二人の前方でルイーザの車は一気に速度を上げて車寄せをあとにし、環状道路へと向かった。

「これからどうする?」マデリンが力なく訊いた。

「毒をもって毒を制す」ジャックが答えた。

「かんべんしてよ」

「残念ながら、それしか理解できない人間がいる」

「つまり、悪いやつらにはそれしか理解できないっていうことね」

「ああ、そういうことだ」

48

「遅すぎたか。誰かに先を越されてしまった」エイブが失望の表情でアパートメント内を見わたした。「ちくしょう。ジャックががっかりするだろうな」

ラモーナ・オーエンズを名乗っていた女のシアトルの住所は、閑静な地区にある二階建てアパートメントだった。管理人はおらず、防犯カメラもなく、これといった警備設備はいっさい見当たらない。

建物の玄関ドアも六号室のドアも、なんの問題もなくするりと通ることができた。だが、エイブの言うとおり、遅すぎた、とダフネも思った。ダフネはその瞬間まで、ラモーナの秘密を暴く予感にわくわくし、同時に誰かに見つかる可能性を恐れていたのだが、何者かに荒らされてめちゃくちゃになったリビングルームを目のあたりにするや、失望と煮え返る怒りに襲われた。ラモーナがトムを殺した可能性はきわめて高いうえ、少なくともマデリンとジャックの殺害未遂事件の共犯者である。なのに、彼女は秘密をすべて抱えたまま墓の下へ姿を消してしまったようだ。

エイブが電話を取り出した。「ジャック。ああ、問題の住所に来たが、すでに誰かがここを家探《やさが》ししたらしい。部屋の中はめちゃくちゃだ。ざっと見たところ、この仕事をしたやつはかなり徹底的に調べていったみたいだな。えっ?」エイブはビニール手袋をはめたダフネの両手にちらっと目をやった。「もちろん、二人とも手袋をしてる。もうちょっと信用してくれよ。テレビを観てればわかるさ、それくらい。うん。じゃ、またあとで」

ダフネはリビングルームをじっくりと眺めた。混沌とした空間。家具はひっくり返され、クッションは切り裂かれている。テレビは壁の前からどかされていた。

「これ、クルーズから帰った日のわたしのアパートメントにそっくりだわ」ダフネが言った。

「何者かがここに来て、何かを探した」

「いずれにしても、そいつ、死に物狂いだったにちがいないわ」

「ジャックが早いとこ調べて、さっさとここを出ろってさ」

「わたし、ベッドルームを見てくるわ」ダフネが言った。

廊下の先へ進み、室内を見るなり、ぴたりと足が止まった。床一面に高級ランジェリーやセックス用のおもちゃがちらばっていた。

「あらあら」ダフネが小さな声を発した。

バスルームを調べ、また廊下からリビングルームへと戻った。

「こんなことが大して役に立つとは思わないけど、でもラモーナにはかなりの確率で恋人がいたわね」

エイブがキッチン・カウンターの上から彼女を見おろした。「どうしてわかった?」

「いろいろだわね。たとえば、セックス用のいろいろなおもちゃとか。いかにも値の張りそうな下着も何点か。歓心を買うためのランジェリー、だと思うわ。自分以外の誰かのために身に着けるたぐいのものね」

エイブがしばし考えた。「彼女が喜ばせていたのは男かな、女かな?」

「おもちゃの種類から判断すると、ここに通ってきていたのは男性だと思うけど、あくまで憶測ね」

「隣人の中にそいつの人相を憶えている人がいるかもしれない」

「どうかしらね、それは。こういうアパートメントの住人って他人のことには無関心みたいな気がするわ。賃貸期間が短くて、回転が速そうでしょう」

「それはわからないよ」エイブが言った。「とにかく当たってみよう。その前にひとつ、調べなきゃならないものがある」

「なあに?」

「ロビーにある郵便受け。郵便物をチェックし忘れる人間が多いことには驚かされるよ」

十分後、二人は車の中に戻り、州間自動車道をめざしていた。ダフネがマデリンとジャックに電話をかける。

「ラモーナはロッカーを借りていたわ。わたしたち、運がよかったのよ。彼女の郵便受けに来月分の請求書が入っていたの。いま、そこに向かっているところ」

めざす貸ロッカー施設は州間自動車道から一マイルほどはずれた半ば田園地帯のような土地にあった。エイブとダフネが到着したとき、施設は金網フェンスと大きく開いたゲートに守られていた。係員が狭いオフィスにすわり、パソコンでビデオを見ていた。エイブの車がゲートを通過したときも、ほとんど顔を上げなかったほどだ。

ゲートに近づくにつれ、ダフネは息をこらしていたが、通過したあとはふうっと大きく息を吐いた。

「よかった。思っていたよりずっと簡単だったわ。もし向こうがあなたにIDを見せろと言ったら、どうするつもりだったの？」

「これを見せるよ。向こうが気にかけているのは、こっちが自分がどこに向かっているのかをわかっているかどうかだけだろうからね。こっちはロッカー番号がわかってる。こういう場所に入るときは、だいたいこれだけあれば大丈夫なものさ。料金さえ払っていれば、よけいな質問なんかするやつはいない」

「いまどきこういう場所にある貸ロッカーは匿名性が大事ってことね」

「いつの時代も単純なローテクがいちばんなんだよ」

ラモーナの郵便受けで見つけた請求書に記されていた四三五号のロッカーの前で車が停まった。南京錠がかかった小さめのロッカーだ。エイブが道すがら金物屋で買ってきたボルトカッターを使ってロックを切った。扉がアルミ特有の音を立てながら巻きあがり、天井部分へと入っていく。

ロッカーの中にはたったひとつのものしか入っていなかった――小ぶりな機内持ち込み用キャリーバッグ。

「おもしろくなりそう」ダフネが言った。

エイブが身を乗り出した。「何が入っているのか、見てみよう」

ファスナーを開く。

「あなたが言ったとおりだわ。彼女にとってここは隠れ家だったのね。詐欺がうまくいかなかったら、ここに敗走してくるつもりだった。スーツケースを取って逃げる計画だったわけね。ここから空港に向かうか、あるいは車で逃走するか」

「だが、彼女はここに戻ってくることができなかった。彼女のアパートメントを家探ししたのが誰であれ、このロッカーのことは知らなかった。ということは、彼女はその男を信用してはいなかった」

「あるいは、その女ね」ダフネが付け加えた。「それがラモーナの秘密」

「ジャックがいつも言ってるように、秘密はひとりだけが知っているときしか秘密じゃないんだ。プロの詐欺師たちが信用できる人種かどうかを考えれば理の当然だが」

「わたしに言わせれば、人間なんて誰しも信用できるかどうか怪しいものだと思いはじめているけど」

エイブがスーツケースの中をがさごそかき回しはじめた。「ぼくはきみを信用してる」

その口調がすごく事務的で、すごくさりげなく、すごく冷静で、ダフネは一瞬、何かの聞き違いかと思った。本来ならばそういうことは重要問題なのに。実際、きわめて重要な問題なのに、彼はそれをさらりと言ってのけた。

「ありがとう」妙に動揺してしまい、どう応じていいのかわからなかった。「そんな……光栄だわ。こんな言い方、ちょっと変かもしれないけど」

エイブはダフネににこっと笑いかけた。「そうだね。でも、とりあえず言っておかないとって気がしたんだ」

「ううん」ダフネは突然、確信がもてた。「変じゃないわ、ちっとも。わたしもあなたを信用してるわ、エイブ」

エイブは満足そうに微笑んで、スーツケースに意識を戻した。

女性が旅行する際の必要最低限の必需品がきちんと詰められていた。下着の替え、特徴のない黒っぽい服が上下二着ずつ、トラベルサイズの化粧品、がり勉ふうの黒縁眼鏡、黒髪のウイッグ、顔が隠れるバケツ型の帽子——そして大型の厚い封筒。

「これはここを離れてから開けたほうがいいと思うね。何者かがこの場所を突き止める可能性もなくはない。そんな場合を考えれば、この中にはいないほうがいい」

「名案だわ」

エイブはスーツケースを車のトランクに入れ、封筒をダフネに手わたすと、ロッカーを閉めた。

車は静かにフロントゲートを通過し、州間自動車道に向かう道へと出た。

ダフネがいやに慎重に封筒を開けた。指先がちょっと震えている。

「これって証拠品に手を触れたって解釈ができなくもない行為だけど、わかってるわよね」

「昨日の夜、頭のおかしいやつを使って、ベッドに入っていたぼくたち四人を焼き殺そうとしたやつなんだよ。クーパー島の警察ときたら、はっきりさせる気があるんだかないんだか。だから、彼らに真相を調べようと腰を上げさせるためにもじゅうぶんな根拠を示さないと」

「そうよね」

ダフネがおそるおそる封筒から中身を引き出した。やや小ぶりの封筒がひとつと、ラモーナの写真入りのIDのセットが出てきた。運転免許証の彼女の写真は髪が短い。スーツケースの中に入っていた黒縁眼鏡をかけ、ウイッグを着けているのだ。

ダフネはIDを脇に置き、二つ目の封筒を開いた。中から出てきたのは数枚の写真。いずれも望遠レンズを使って撮影された写真だ。写真といっしょに入っていたのは、二十年あまり前の日付の新聞記事のプリントアウトが三枚、メモ帳らしきものからの数ページのコピー。罫の入ったページに書かれた文字は乱暴で読みにくい。

最後にとんでもないものが出てきた。ノーマン・パーヴィスのカリフォルニア州の運転免許証のコピーである。

ダフネは出てきたものに目を凝らし、自分の見ているものが信じられないといった表情をのぞかせていたが、まもなく新聞記事の見出しに目を向けた。

「何が出てきた?」エイブが訊いた。

「高速を下りたほうがいいと思うわ。あなたにもじっくり見てもらわないと」

しばらくののち、エイブが車をモールの駐車場に停めてエンジンを切り、写真やコピーを手に取った。

「こいつはすごいな」とつぶやく。

ダフネがパーヴィスの運転免許証のコピーを手わたした。

「わたしたちがいま見ているこれだけど、あの忌々しいブリーフケースの中身をコピーしたものなんだと思うわ。ラモーナは自分が危険な状況に身を置いていることに気づいて、保険になりそうだと思ったものを片っ端からコピーしておいたんでしょうね」

「トム・ロマックスやイーディス・チェイスと同じミスを犯したな」エイブが電話を取り出した。

「ジャック、どうやら十八年前に壁の中に封じこめられたブリーフケースの中身のコピーを見つけたみたいだ。ラモーナが貸ロッカーに隠した逃走用スーツケースの中に入っていた。すぐに見せたいから、全部スキャンしてEメールで送るよ」

49

マデリンは、ジャックのパソコン画面に映し出されたばかりの私立探偵の免許証を食い入るように見つめた。ちょっと前まではキッチンテーブルのそばに立っていたのだが、ノーマン・パーヴィスの写真が見えた瞬間、またしても激しいめまいに襲われた。培養土が入った麻袋の山の上に押し倒され、のしかかってきた大きな体の感触がよみがえってきた。口を押さえた手が、窒息させるぞ、と脅してくる。耳の中で男のざらついた声が響く。静かにしろ。さもないと殺すぞ。おれは本気だ。マデリンは無慈悲な世界に向かって甲高い怒りの叫びをあげたかったが、息もできない。

すぐそばにあった椅子にくずおれた。あいつは死んだ。死んで東屋の下に埋められている。もうわたしに手出しはできない。しかし、そんなマントラももはや気休めにはならなかった。画面に映し出された免許証から幽霊がこっちを見あげていたからだ。あの最低男が墓の下のそのまた向こうから、再び彼女の世界をひっくり返した。

ジャックは引きつづき電話でエイブと話しながらも、マデリンのようすをじっと観察していた。マデリンは電話中のジャックの声に耳をすまそうとしてはいたが、画面の怪物から目をそむけることができなかった。

「ちょっと待て」ジャックが電話に向かって言った。片手を伸ばしてきて、マデリンの手を握った。

彼の手の感触で、悪夢にも似たトランス状態から現実に引きもどされた。パソコン画面から顔を上げ、ジャックの目を見る。

「その男は死んだ」ジャックが言った。

マデリンはうなずいた。口がきけなかった。ジャックはマデリンの手を離し、キーボードを素早く叩いた。免許証が消えた。画面はカール・シーヴァーズとシャロン・リチャーズの殺害事件の新聞記事に代わった。マデリンはそれを読んだ。今度は全身に奇妙なしびれたような感覚が広がった。

……株式仲買人とその女友だちが住宅街にある自宅で銃で撃たれ、死亡しているのが発見された……警察は麻薬が絡んでいるのではないかとの見方を強めている……

「いや」ジャックはそう言いながら、またパソコン画面に意識を振り向けた。「おまえとダフネは島に戻ってこなくていい。アリゾナへ行け。心配するな、マデリンとぼくもいっしょに行く。最終のフェリーで島を離れるから、シータック空港で会おう。フェニックス行きのチケットを四枚買っておいてくれ」

マデリンは画面から顔を上げた。ジャックが島を離れると言ったのはこれがはじめてだ。

「……この通話が終わりしだいFBIに連絡を入れて、この画像を見てもらう」さらにやりとりはつづいた。「それはどういう意味だ？　こういうものを手に入れた経緯をどう説明するのか？　そうだな、ジョーにはクライアントの依頼で無関係と思われる調査をしていたら、偶然こんなものに出くわしたとでも言っておく。いや、彼は詮索などしないさ。こっちは依頼人守秘義務を強調するし、彼にはいろいろ貸しもある。こういうことははじめてじゃない。ジョーとぼくはお互いにそのへんを理解して……」

スキャンした写真の一枚目が画面に現われた。マデリンはあぜんとしつつ、目を凝らした。ジャックがいつもどおり挨拶抜きで電話を切り、ブリーフケースの中身だったんだな。視線はさっきからずっと画面に釘付けだ。「つまり、こいつが忌々しいブリーフケースの中身だったんだな。まさかま さか、だな。きみのおばあさまとトムが怖くて警察に行けなかったのも不思議じゃない」

一連の写真はどれも、日暮れからまもない夏の宵、閑静な住宅街で撮られたものだ。空はまだ暗くなりきってはいない。それに加え、カメラマンは周辺の街灯や近隣の家々の明かりにも助けられている。

「もしイーガン・ウェブスターが祖母とトムがこの写真を見たと知ったら、二人が不慮の事故で命を落とすように手を回すことは間違いないわ」マデリンが言った。「それだけでなく、ダフネとわたし、ダフネのママも抹殺するでしょうね」

「きみのおばあさまは経営者としての決断を下した。いくら最終的な損失を考慮したとはいえ、苦渋の決断だったはずだ」

マデリンはそのままゆっくりとクリックをつづけ、つぎつぎと画像を見ていく。とびきり高性能なカメラを使ったにちがいない。周囲の暗さにもかかわらず、黄昏のジョギングのためのウエアを身に着けた男の姿がはっきりと写っている。最初の何枚かについては、黒いウインドブレーカーのフードをかぶって顔の大部分が隠れているため、男の顔立ちはわからない。それでも、男が長身で細身でアスリート体形であることはわかった。

つぎの何枚かは、その男がある平屋の玄関前の階段の上に立つ姿を写していた。玄関ドアは開いている。もうひとりの男が室内の明かりを背にしたシルエットとなって浮かびあがる。そのうちの二枚の写真には、後方にひとりの女性の姿が見える。

「被害者たちだ」ジャックが言った。「カール・シーヴァーズとその夜いっしょにいた女性――シャロン・リチャーズ――だな。女性のほうはおそらく付随的損害《コラテラル・ダメージ》かと思われる。ちょうどそのとき、いてはいけない場所にいた」

写真はまだほかにもあった。数枚は明らかにもっと家に近づき、リビングルームの窓ごしに撮ったものだ。ブラインドが閉じている部分もあるが、カメラは隙間から狙って撮っている。

このリビングルーム内の何枚かでは訪問者の顔がはっきりと見える。ウインドブレーカーのフードを脱いだからだ。シルバーブロンドの髪と骨格がすっきりと際立った顔立ちは見間違いようもない――二十年前のイーガン・ウェブスターだ。

つぎの一枚では、銃を手にしたイーガンがかがみこみ、死んだ二人を見ていた。マデリンはつぎにわが身に起こりそうな反応を意識して身構えたが、それでも衝撃は大きかった。

「まさか」マデリンはつぶやいた。「イーガン・ウェブスターが二人を撃ったのね。ひどいわ」

「写真を撮っていたノーマン・パーヴィスは、自分が何を写したのかに気づいて愕然としたにちがいない。縮みあがるほど恐ろしかったはずだ。だが同時に彼は、自分が撮ったものが脅迫のネタとして莫大な価値があることにも気づいたんだろう」

「この銃、なんだか変な形だけど」

「サイレンサーだ」ジャックが言った。

「ウェブスターは殺害を計画していたってことね」

「目的が自衛なら、ジョギングにサイレンサーを持ってはいかないな」

マデリンがクリックし、つぎの写真が映し出された。前の一連の写真より遠距離から撮られたものだが、ウェブスターが平屋の裏口から出ていく姿をかなり鮮明にとらえている。その一枚はポーチの明かりが彼を皓々と照らしており、旧式のノートパソコンが手袋をした彼の手の中にあるのがはっきりと見てとれる。

マデリンは身震いを覚え、画面から顔をそむけた。

「あなたの言ったとおりだった。イーガン・ウェブスターはカール・シーヴァーズを殺して、株式銘柄選定プログラムが入ったパソコンを盗んだのね。それにしても、ポーターことパーヴィスはどうやってウェブスターがこの夜にカール・シーヴァーズの殺害計画を実行すると知ったのかしら？」

「この夜に起きることを彼が知っていたかどうかは疑問だな。ポーター／パーヴィスは何かほかの理由で雇われて、ウェブスターを尾行していたと考えたらどうだろう。おそらくパーヴィスはこのときすでに何日かウェブスターのあとをつけていた。請求額を水増しするために、べったりくっついて時間稼ぎをしていたんだよ。殺害現場の写真が撮れたのはたんなる幸運だった」

「うーん、幸運か」

ジャックが片手をもどかしげに動かした。「ぼくの言いたいことはわかってるだろ」

「ええ、あなたの言いたいことはわかってる。つまり、こういうことね。ポーター／パーヴィスが私立探偵だったことはわかっている。それじゃ、彼にイーガン・ウェブスターを尾行させたのは誰なのか？」

「たしかなことは言えないが、雇われた探偵が既婚者を尾行したわけだから、いちばんよくある理由は、まあ、想像がつくよな」

「そうか。あのころ十二歳だったダフネやわたしですら、イーガン・ウェブスターが女たらしだって噂は聞いてたわ。島の人間は全員が知っていた。間違いないわ、証拠を押さえたいルイーザ・ウェブスターが私立探偵を雇ったということね」

「その私立探偵がもっとはるかにカネになるネタをつかんだ」ジャックが言った。「あの夜、彼がこの島に来たのは、大きな取引をするためだったにちがいない――おそらく最後の支払いを受け取りにきたんだろう。そのときはもう、ウェブスターは大富豪になっていた。私立探偵は偽名を使って、オーロラ・ポイント・ホテルにチェックインしている。用心はしていたようだ」

「脅迫に来た男がなぜいきなり消えたのかを考えて、ウェブスターはどうにかなりそうだったと思うわ」マデリンが言った。「なぜ要求がぷっつりとやんだのかも考えたはずよね」

椅子にすわったジャックが腰を前に滑らせてゆったりとした姿勢をとり、彼にしかわからない何かをじっくりと考えはじめた。「脅迫の主のことを調べようとしたこともときどきはあったはずだが、何ひとつ手がかりらしきものは見つからなかった」

「そうこうするうちに、ルイーザが誰かを雇って自分を尾行させていたのではないかとの結論に達し、彼女に質問をぶつけてみた。きっとそのときね、彼が妻から私立探偵の名前を聞いたのは」

「その情報をたどってもミスター・ポーターには行きつかなかっただろうな。それに、たとえ二つの名前が結びついたとしても、ポーター／パーヴィスは忽然と消えてしまったわけだから、問題解決にはならなかったはずだ。ウェブスター夫婦がたぶん二人して長年にわたってその謎にびくびくしていたと考えれば、それはそれでおもしろいじゃないか。脅迫のネタがいつ明るみに出ないともかぎらないんだから」

「そしていま、それが現実となったのね」

ジャックが唇を一文字に引き結び、ユーモアのかけらすら感じさせない厳しい笑みを浮かべた。

「そうだ。これまでもずっと彼らにつきまとってきたおぞましい過去だったが、いまはEメールの添付という形でインターネットにアップされ、もうすぐFBIにも届こうとしている。これでもみ消しようもなくなったというわけだ」

マデリンはキッチンの窓ごしに目を外に向け、あの東屋を思い浮かべた。

「過去の出来事のうち、わたしとダフネとダフネのママがかかわった部分についてはどうなるのかしら？」

「FBIとサンディエゴ警察が捜査に着手すれば、それ以外の部分もすべて表沙汰になる。きみとダフネとダフネのお母さんも、おそらく調書を取られるだろうが、それだけだと思うね。ダフネのお母さんがとった行動だって、自分の命だけでなく娘の命も危険にさらされるのを恐れてのことだった。表沙汰になるのが早ければ早いほど、きみとダフネの身の安全も確保される」

マデリンはそれについて思いをめぐらした。「たぶんそうなのね。どのみち、昔には戻れないわけだし」

ジャックがにこりとした。「きみのそういうところが好きだよ、マデリン。きみはすぐに――」

「――話をすぐに要点にもっていくって言いたいんでしょ」マデリンが歯を見せた。「知ってる？　じつはわたし、そこに感心するってみんなに言われるたびに心底うんざりしてるのよ」

「ぼくがきみに感心してるのはそこだけじゃないよ」

マデリンは疑いのこもる目でジャックを見た。「それ、ほんと？」

「もちろんさ」

「それじゃ、ほかにいくつか挙げてみて」

「ひとつひとつ挙げていくのは楽しそうだが」ジャックが立ちあがった。「もう少しあとにしよう。その前にしなくちゃならないことがある」

「なあに？」

「これからイーガン・ウェブスターのところへ行って、ちょっと話をする」

マデリンがはじかれたように立ちあがった。「待って。それはどうかしら？　この一件はFBIに任せたんでしょ？　イーガン・ウェブスターについてもFBIがうまくやってくれるわ。あの男は冷血な殺人鬼、それが事実だってことを知ったばかりじゃない。わたしが話をすぐに要点にもっていく人間だって、あなたいま言ったわね。だとしたら、まさしくそれが要点よ」

「そうとも言えないな。ウェブスターのような人間に理解できる激しい感情はたったひとつしかない。恐怖だ」

「たしかにそう。それはわかるわ。でももうすぐ、地元警察もだけれど、FBIが彼に迫るの。彼に恐怖を感じさせる役割はFBIに任せましょうよ」

「ウェブスターを無力化させるには、それだけではじゅうぶんじゃないと思う。彼は警察や検察に対して最強の弁護団をぶつけてくる。最終的に彼が勝つとはかぎらないが、おそらく弁護団は彼を監獄には送らずにすませるはずだ。少なくとも弁護団が時間稼ぎをしているあいだに、彼は名前を聞いたこともない小島か、逃亡犯罪人引き渡し協定を結んでいない国に逃げこむ可能性がある」

マデリンはそのあたりを議論したかったが、そんなことをしても無意味だとわかった。ジャックの言うとおりなのだ。

「わかったわ」マデリンは言った。

ジャックはおもしろがっているかのように眉をきゅっと吊りあげた。「ずいぶんあっさりしてるな」

マデリンは険しい表情で彼を見た。「もっといい考えが浮かばないだけ」

「もしもっといい考えが浮かんだら、そのときはそう言ってもらいたい」

「ええ、そうするわ」そこでしばし間をおき、ジャックの意識をじゅうぶんに引きつけたところでこう言った。「イーガンと話す場にわたしも同席させて」

「だめだ」

「そんなことでやりあってもはじまらないわ」

ジャックは黙ってマデリンをじっと見た。

「そんな早撃ちガンマンみたいな目で見ないで。マデリンは笑みを浮かべた。この一件の責任者はわたしよ。忘れた？」

ジャックは表情をこわばらせたが、答えはしなかった。その代わり、指でテーブルをとぎれとぎれに素早く叩いた。「答えを出さなきゃならない大きな疑問がひとつ残っているんだ」

「ウェブスター家の歴史を改ざんしようと決めたのは誰か？」

「そのとおり。疑問はそれだ。だが、まず第一にやるべきことからやろう。イーガン・ウェブスターに話を聞きにいく」

50

「こう言ってはなんだが、まさか今日、あなたがたがここへ来るとは思ってもみなかった」イーガンが言った。「ま、どうぞおかけください」

「すぐに失礼しますから」ジャックは言った。

マデリンが無言の指示を理解してくれたことにほっとした。椅子にすわる動きをいっさい見せなかったからだ。勘がいい、とジャックは思った。あえて敵の前ですわることがときにはあるが、それはこちらの自信を誇示したり、射撃能力が勝っていることをにおわすためだ。しかし、立ったままのほうが賢明だぞ、と常識が命じてくるそれ以外の場合――ひょっとしたら銃を抜かなければならなくなるかもしれない場合――もある。今日はその必要はないと思うが、ウェブスターのような男を向こうに回すときは用心したほうがよさそうだ。

少し前にウェブスター家の敷地内に入ったとき、屋敷全体がショックと深い悲しみに沈んでいるのを見ても意外な印象はなかった。ショックは本物だ、とジャックは思った。だが、深い悲しみについてはさほど確信がなかった。どうやらその大部分はたんなる薄いおおいにすぎず、内部は島の人びとが一様に抱いている感覚——安堵——なのだろうと思えたのだ。ジャックの見るかぎり、誰ひとりとして——例外があるとしたら唯一ルイーザだが——ゼイヴィア・ウェブスターが好きではなかったようだ。

玄関に出てきた家政婦が声を抑えて告げたところによれば、イーガンは家族とともにこもっておられる、ということだった。だがジャックが食いさがると、家政婦は奥へいったん引っこみ、主人に二人が来ていることを知らせた。再び玄関に現われた家政婦は、そのままジャックを書斎へと案内した。二人を迎え入れたイーガンは、悲しみに暮れる父親とはこういうものだろうという雰囲気をたたえていた。

「それで、私に話したいことというのは？」イーガンが訊いた。わざとらしく腕時計に目をやる。「妻と私はこれから葬儀社の担当者と会うことになっているものでね」

「ルイーザなら今朝、わたしに会いにいらっしゃいましたよ」マデリンが言った。「脅迫されました」

「聞いている」イーガンがしばし目を閉じたあと、探るような目つきでマデリンを見た。「妻の言動については申し訳なかった。妻はいま頭が混乱している状態なので、どうかご理解いただきたい。彼女はゼイヴィアの心の病が治療でよくなるとの希望を捨てきれずにいたんだ。ここだけの話、われわれはもう長いあいだ、医者やカウンセラーや最先端治療に莫大なカネを支払ってきたんだが、ついに治療法は見つからなかったようだ」

「ええ、そんなことは昨夜の彼を見れば明らかです」ジャックが言った。イーガンが非難めいた目をジャックに向けた。「私はただ、息子は問題を抱えていたことを説明しようとしているだけだ」

「これでもうあなたはゼイヴィアの問題を心配する必要がなくなったわけだが」ジャックはデスクに近づき、イーガンの目の前に持ってきたパソコンを置いた。「自分自身の問題が山ほど出てきた。このパソコンに入っている写真はすでに今日の午後、FBIとサンディエゴ警察にEメールで送信ずみで、ここから先は当局しだいということになる」

イーガンはパソコンをにらみつけてから顔を上げた。はじめて見せる用心深い顔だ。

「いったいきみは何を言ってる?」

「FBIには、カール・シーヴァーズとシャロン・リチャーズ殺害事件の捜査再開のほか、イーディス・チェイスが死亡したホテル火災についてももう一度調べるように念を押すつもりだ。われわれはこれまでホテル火災はゼイヴィアの仕業だと思っていたが、新たな証拠にもとづけば、あなたにじゅうぶんな動機があるように思えてきた」

イーガンの顔がいきなり真っ赤になった。「なんのことだかさっぱりわからないね。だが、これだけはわかる。きみの言動はうちの息子よりどうかしている」そう言いながら、電話に手を伸ばした。「警察に通報するからな」

「彼に写真を見せてやれ、マデリン」ジャックが言った。「メモも忘れずに」

マデリンはデスクの前に進み、無言のまま証拠写真の一枚目を画面に呼び出した。

イーガンは明らかに混乱しているようだが、渋い顔で画像に目を向けた。つぎの瞬間、自分が何を見ているのか気がついた。

「まさか」イーガンが声にならない声で言った。「ありえない」

マデリンはつぎつぎとクリックし、さらに数枚を見せた。古いメモ帳の数ページのうちの一枚を写した写真が出たとき、イーガンはあぜんとなった。

「もういい」ジャックが静かに言った。

マデリンはパソコンを抱え、あとずさった。

「インチキだ」イーガンが言った。顔のみならずあらゆるところが怒りと、パニックとでも言うべき何かのせいで引きつっている。「写真や書類がパソコンで簡単に加工できるくらい誰でも知っている」

「写真だけじゃなく、私立探偵がきわめて詳細なメモも残している」ジャックが言った。「彼はあなたが銃を買うところも目撃しているんだ、ウェブスター。それにサイレンサーも。そのうえ――彼はあなたがそれをラホーヤ近くの埠頭から海に捨てる瞬間の写真まで撮っている」

「嘘をつけ」イーガンが言った。「何もかも全部嘘だ。こんなものをいったいどこから手に入れた？」

「これが話せば長い話でね。ここで説明するわけにはいかないんだ。ＦＢＩには詳しいことまで伝えてある。これはオリジナルをスキャンしたコピーにすぎないが、誰がオリジナルを持っているのかは不明だ。あなた、じゃないのか？　ラモーナ・オーエンズを演じていた女を雇って、ウェブスター家の家系図を改ざんするのを手伝わせたのはあなただろう？」

「出ていけ」イーガンがデスクのいちばん上の引き出しを開けようとした。

「やめておけ」ジャックが銃を手にした。「椅子から立って、デスクから離れろ」

イーガンはジャックの銃に目を凝らした。ゆっくりと腰を上げる。そこからしぶしぶ二歩、横へ移動する。

「きみは誰をこけにしているのかわかってないようだな、レイナー」イーガンはつぎにマデリンを見た。「きみもどこまでばかな女なんだ」

「あなたが祖母を殺したのね？」マデリンが訊いた。「あなたなんでしょう。卑劣な男」

マデリンの声ににじむ危うさがジャックを不安にさせた。今日、彼女を同席させたことはやはり間違いだったかもしれない。ジャックがウェブスターに対して実行しようとしている、双方に保険をかける形の壊滅作戦に流れ弾や感情の表出は許されないのだ。成功は自制心をどこまで完璧に維持できるかにかかっている。

「そろそろ行こうか」ジャックが抑制のきいた声で言った。マデリンに向けられた言葉だが、ウェブスターから意識をそらしはしなかった。

「トム・ロマックスが死んだのだってあなたのせいよ」マデリンが言った。「あの日、ホテルでトムを殺したあと、わたしを追いつめようとしたのはあなただったの？　それともラモーナ？　どっちにしても、彼が殺されたのはあなたのせいだわ。そのあげく、状況が悪くなると、自分の息子をはめて濡れ衣を着せた」

ウェブスターがかぶりを振った。「ばかな女はこれだから困る。そもそもあのホテルは、チャンスがあったときに売ってしまえばよかったんだ。この一件が片付く前に、サンクチュアリー・クリーク・インズを廃業に追いこんでやる。わかったな？」

「マデリン」ジャックが言った。「もう行こう」

ジャックが声を荒らげることはなかったが、マデリンはようやく彼の発するメッセージを理解した。くるりと踵を返し、ドアへと向かう。ジャックはその間もウェブスターから目を離すことはなかった。

「これから先はすべて、そちらと当局のあいだのことになるが、あなたは悪知恵がはたらく。FBIの人間がドアをノックするときにはおそらくもう、名前も聞いたことのない島に行って身の安全を確保しているんだろうな。しかし、これだけははっきり言っておく。もしこの先マデリンやダフネの身が危険にさらされたときは、たとえどんな理由であれ、ぼくがあなたを追いつめるから、そのつもりで」

「さっさと出ていけ。このくそ野郎が」イーガンが怒鳴りつけた。「私にしたことのツケは払わせてやるからな。憶えておけ。忘れるな」

マデリンがドアを開けて廊下に出た。ジャックはパソコンを取り、あとを追った。標的を振り返ることは一度もなかった。ウェブスターをひとり残した書斎のドアを閉めてから、マデリンを見る。

「さ、ここを出よう」

「ええ」

ジャックは銃を握ったまま、マデリンに運転席に乗るよう指示した。万が一の場合にそなえて両手を空けておきたかったからだ。

車がフェリー乗り場に直行すると、乗船待ちの車の列ではすでにマデリンの車が二人を待っていた。

フェリーは定刻どおりに出航した。

51

マデリンはデッキの手すりにもたれ、遠ざかるクーパー島を見ていた。ジャケットのフードをかぶっている。隣に立つジャックのがっしりと大きな体が、黒い海から吹いてくる冷たい風をいくらかさえぎってくれてはいた。

「大ごとになってしまったわね」マデリンはそっと言った。「ウェブスターを脅したことで、あなた、自分を標的にしてしまったわ」

「ああするほかなかった」ジャックが言った。

それしか言わなかった。

マデリンはサングラスのレンズごしに彼を見た。彼も黒いサングラスをかけているから、その目を見ることはできない。だが、マデリンはこの何日かでジャックについて多くを学んでいた。いまの彼はもう、自分が設定した立入禁止区域の中に引っこんでいた。マデリンはその見えない境界線を越えて踏みこんでいきたかったが、どうしたらいいのか、手がかりがなかった。たとえ可能だとしても、手がかりがない。それに、もし踏みこめたとしても、ジャックがどういう反応を示すか、これまた手がかりがない。

これまでは見えない境界の手前でつねに止まってきた。なぜなら、自分には侵入する権利がないとわかっていたからだ。

しかし、今度ばかりは違った。彼はもう恋人なのだから。

「なぜああしたの？」マデリンは訊いた。「なぜウェブスターの件を当局に任せなかったの？　わたし、あなたに彼の屋敷に押しかけてくれだなんてたのまなかったわ」

「きみはこの問題に対処するためにぼくを雇った。はじめに言っただろう、ぼくはぼくが最善と判断した手段を使ってやるつもりだ、と。きみはここまで、ぼくの戦術にほぼ同調してくれた。だが今日、きみはいっしょにウェブスターに会うと言い張った。そして、きみが力学を変えた」

頭を強く叩かれたような感覚とともに一瞬にして理解したものの、しばし口がきけなかった。

「最後の脅しはわたしのせいだったのね。わたしが逆上して、彼が祖母とトムを殺したと非難したからなのね」

「どっちにしても同じことだったよ」

「もしわたしが口をつぐんでいれば、あなたは証拠写真と当局があの写真を入手していることだけをちらつかせる作戦を遂行できたということね。それならばウェブスターはＦＢＩとどう相対するかの一点に集中したはずなのに、あなたに狙いを定めることにした」

「たぶんそれはない」

「それ、どういう意味？　たぶんそれはないって？　あの男を見たでしょう。あなたをつぶすためならなんでもするはずよ」

「あいつはしばらく手いっぱいだろう。まず第一に考えるのは国外脱出だと思うね。あいつはとにかく生き残りたい男だから、ぐずぐずして当局に追われる身になる危険は冒さないさ。ぼくのことを心から憎んではいても、ぼくへの復讐を果たすために逮捕のリスクを冒すようなやつじゃない。いまはとにかくどこかへ身をひそめるんだ、と自分に言い聞かせてるだろう」

「なるほどね」ささやかながら安堵感を覚え、マデリンは大きく息を吸いこんだ。「彼が最優先するのは自分自身の生き残りってことね」

「いまこの瞬間も彼はおそらく、クルーザーに燃料を補給して外洋航海の準備をととのえておくよう、あれやこれや命じているんじゃないかな。ウェブスターがもし船までたどり着ければ、数時間とはかからずに公海に出られる。国外にいるかぎりは当局も手出しはできない。あいつはそれを知っている。彼は間違いなく、ずっと前から不測の事態にそなえての計画くらい立てていたさ」

「海外に銀行口座とか？」

「迅速な退却にそなえての手はずをととのえておかなかったとしたら、ばかとしか言いようがない」

「そこなんだけど」マデリンは考えこんだ。「わたしね、あいつが逮捕されたほうがいいのか、逃亡犯罪人引き渡し協定を結んでいない国とか島に脱出させたほうがいいのか、わからないの。だって、もし逮捕されたとしても、たぶん数時間のうちに釈放されそうな気がするわ」

「その場合、彼にはまだクルーザーに乗りこむチャンスが残されている」

「つまり、どっちにしても、あいつが監獄行きを免れる確率が高いってことね」

「それはどうかな」

「どういうこと？」

「ずっとこういう仕事をしてきて、ひとつ学んだことがある。あんまり先ばかり見すぎて間違えるってこともときにはあるんだよ。人生にはパターンに確信がもてないことがよくある。そんなときは目の前の状況に対処するほかないんだ」

マデリンは片方の手を風でもつれた髪にやり、顔にかからないように押さえた。

「なんだかあなたの恋愛に対するアプローチと同じみたいに聞こえるけど」

ジャックが笑みを浮かべた。「そうすれば、私立探偵を雇ってデート相手を片っ端から身体検査せずにすむ」

「きいたわ、そのローブロー」

「だろう。ごめん」

マデリンは彼のほうを向いた。「ジャック、わたし、ときどきあなたが怖いの」

「それについても謝るよ」

「あなたのせいで傷つくかもしれないからじゃないのよ」

「そんなことは絶対にしない」

マデリンは頭の中でその先をつぶやいていた。あなたに恋をしそうだから怖いの。

それを口にするには、いまもこの場所も相応しいとは思えなかった。ジャックの心の準備もできていないはずだ。そこで、手を伸ばして彼の手を取った。一瞬、ちょっと強引かしら、とも思いながら。

だが、ジャックの力強い手がなんだかとても用心深く、すごくがっちりと彼女の手を握り返してきた。

それでもマデリンには、とらえられたとか、握りつぶされそうだとか、蝶のようにピンで留められてしまったとか、というような感覚はいっさいなく、そう、これだわ、という爽快な感覚が全身を一気に駆け抜けた。わたしたち二人とも強くなったのよ、と思えた。あなたはいつそのことに気づくの、ジャック？

二人は霧の中へと消えていくクーパー島をじっと見守った。

「さっき、ウェブスターがもしクルーザーまでたどり着ければ、って言ったけど、あれはどういう意味だったの？」マデリンが訊いた。

「まだはっきりとはわからないが、たったひとつわかっているのは、ぼくたちはいまあの家族の内部崩壊を目撃しているってことだ。言わば噴火をはじめた火山を観測しているようなものだ。すぐ近くに立って観測したくはないだろ。だからこうして故郷《ホーム》アリゾナへと向かっている」

「故郷っていい響き」

「たしかにそうだな」

52

イーガンは山ほどのシャツを抱えてベッドルームを横切り、それをスーツケースにどさっと入れると、獰猛なまでの目つきでルイーザをにらみつけ、またつぎの服を取りにクロゼットへと引き返した。いまやルイーザを憎んでいる自分に気づいていた。その憎さたるやジャック・レイナーに対するそれに引けをとらないほどだ。あの野郎とこの女はただじゃおかないからな。

「何もかも全部おまえのせいだぞ、このばか女。おまえの大事なゼイヴィアが死んだのも何もかもだ。あの夜、サンディエゴでおれを尾行させたんだろう？　違うか？　写真を撮った私立探偵のメモ帳におまえの頭文字と昔の電話番号があったんだよ」

ルイーザはバッグをしっかりとつかんでドアのそばに立っていた。

「なんの写真？」ルイーザの声は極限まで引きつっていた。

「カール・シーヴァーズとあいつと寝ていたあばずれがいる家に、おれが行ったときの写真だ。メモ帳の何ページかを写した写真もだ。おれがこれから死ぬまで刑務所で暮らすはめになるかもしれない写真だよ」

ルイーザがはっと息をのんだ。「それじゃ、あなた、あの株の銘柄選定プログラムが欲しくて二人を殺したのね？　ずっと前からそうじゃないかとは思っていたけど、まさかそこまでは、と自分に言い聞かせてきたの。いくらあなたでもその一線を越えるはずはない、と。でも、わかってはいた。心の底ではわかっていたわ」

イーガンは嫌悪感たっぷりにルイーザを見た。「その間ずっと、おれたちはパートナーだったよな、ルイーザ。忘れたか？」

「あのころ、わたしはまだあなたがわたしを愛していてくれることを願っていたのよ。せめてほんのちょっとでも、と」ルイーザの声が落ち着いてきた。「ええ、そうよ。私立探偵を雇って、身持ちの悪い女たちのところへ通うあなたのあとをつけさせたわ。最終報告書は受け取っていないけれど。ノーマン・パーヴィスは二カ月間、週に一度のペースで請求書を送りつけてきていたのに、そのあとぷっつり音信不通になったんで、わたしは詐欺にあったものと思っていたの」

「おまえが雇ったそのごろつきが、二十年前におれを脅迫しはじめたやつだ」

「あなたはたしかに誰かに脅迫されているとは言っていたけど、あのときの口ぶりではインサイダー取引がらみか何かみたいだったわ」

「ばか言え。おまえはあれがパーヴィスだと知っていたはずだ。私立探偵からの連絡が途絶えたあとしばらくしてから、おまえはおれが脅迫されていることを知った。となれば、パーヴィスが何かを発見して、それをネタにおれをゆすっているんだろうと思ったにちがいない。むろん、おくびにも出さなかったが」

ルイーザは彼の言うことは無視した。「パーヴィスはいったいどうなったの？」

「おれが知るわけないだろう。最初の二年はゆるやかな出血にすぎなかった。おれは自分に言い聞かせてたよ。いつかあいつをこっちから探し出して始末してやる、とな。そうするうちにおれのファンドの人気がぐんぐん上昇したものだから、パーヴィスに欲が出てきた。海外口座に二百万ドルを振りこめ、と要求してきた。おれは、写真をわたせば払ってやってもいい、と言った。受け渡しの場所はこの島にしようと提案し、やつを承諾させた。こっちとしては、やつをこの島に呼び寄せれば、主導権を握ることができると踏んでのことだ。だが、やつは現われなかった。いいかい、現われなかった」

「その後、彼からの連絡は一度もなかったのね」

「最初のうちは、やつが怖気《おじけ》づいたんだろうと考えた。だが、連絡もないまま時間が過ぎていくうちに、やつに脅迫されていた人間が複数いて、その中の誰かがやつを消したのかもしれないと思うようになった。たぶんそんなことだったんだろうさ」

「でも、なぜいまになって写真やメモ帳が出てきたの？」

「そんな質問におれが答えられるわけないだろう。くそっ」

ルイーザのバッグをつかんだ手になおいっそう力がこもった。「ところで、あなた、どこへ行くつもりなの、イーガン？」

「わからないのか？」イーガンはスーツケースのファスナーを閉めた。「できるだけ遠くへ行くのさ」

「家族を捨てるつもり？」

イーガンは妻に向かってわめきたてたかったが、最後の最後で自分にはほかにもっと有効な武器があることを思い出した。振り返ればこれまでずっと、標的を魅了しつづけてきたではないか。

「ぼくがいなくなるのがいちばんいいんだよ、ルイーザ」イーガンが声をやわらげた。「わかるだろ？　それが当局やメディアの目をそらせる唯一の方法なんだよ。そうすれば、全部ぼくがかぶることができる――二十年前に同僚を殺して株式銘柄選定プログラムを盗んだ悪徳金融マンは、家族、友人、仕事仲間を長年にわたって欺き、巨万の富を築き、真実が明るみに出ると姿を消した」

「それはそれでおもしろい物語ではあるけれど、トラヴィスの選挙戦はどうなるの？　あの子をひとりここに残して後始末をさせようなんて虫がよすぎるわ」

「ぼくがいても、あの子にとっていいことはない。ぼくがいないほうが、あの子はずっとやりやすい立場で付随的な結果に対処できるはずだ。トラヴィスのことは心配しないでいい。

首尾よく難を逃れるさ。最近になってようやく気づいたが、ぼくの生き残りの才能を受け継いでいるのはあの子だ」

「それ、どういう意味？」

「現実に目を向けるんだ、ルイーザ。これが一件落着したとき、これまでの立場をがっちりと守っていられるのはトラヴィスひとりだってことにまだ気づかないのか？　わからないのか？　昨日の夜、ゼイヴィアを殺したのはあの子だ。間違いなくあの子だ」

「違うわ。ゼイヴィアはあの子の弟なのよ」

「カインとアベルの物語を聞いたことがあるだろう？　あれを思い出してみろ。トラヴィスにとってゼイヴィアはつねに邪魔者だった。ゼイヴィアが何かしでかして選挙戦を台なしにするのも時間の問題だった。トラヴィスは弟を片付けるほか道はないと気づいたんだろう。驚いたのは、あの子にそんなことをやってのける度胸があったことだ。もっとあの子を認めてやるべきだった」

「あの子がゼイヴィアを殺したなんて言わないで。あなたが本当のことを知ってるはずがないわ」

「昨日の夜、ゼイヴィアの身に起きたことを論理的に説明するとしたらそれしかない」イーガンがベッドの上に置かれたスーツケースを持ちあげた。「選対チームが何を言おうとかまわないが、ぼくたち二人はあれが自殺じゃないとわかっている。ぼくはあの船をこっぱみじんに吹き飛ばす工作などしていない。となれば、トラヴィスにちがいない。さ、そこをどいてくれ」

「いやよ」ルイーザが言った。「家族を捨てさせたりするもんですか。これまでさんざん好き勝手なことをしてきて何を言ってるの。わたしはずっとがんばってきた。どんなに多くのことを、どんなに長い年月、耐え忍んできたことか。頭がおかしくなりそうだったわ――あなたの浮気、あなたが誰も愛せない人間なんだと気づいたこと。そうよ、あなたは自分の息子すら愛することができない人間なの。いつもいつも人をだまして嘘をついて」

「だが、莫大なカネを稼いだ。そこんとこを忘れるんじゃない。きみはそのカネが大好きだっただろう？　そのカネで買えるものが大好きだった。トラヴィスの選挙出馬だって買ってやった」

「それもいまあなたがつぶしてくれたわ」

「あの夜、おれのあとをつけさせたのはおまえだろう。忘れたのか？　おまえがあんなことさえしなけりゃ、あの事件はいまも埋もれたままだった。この家族に降りかかった不幸は全部おまえのせいなんだよ」

ルイーザが突然、ただならぬ冷静さをまとった。イーガンの直感がにわかに作動する。この屋敷から脱出しなければ。いますぐに。

「ええ、そのとおりよ」ルイーザが言った。「この家族がこうなったのはすべてわたしが悪いの。だから、そのダメージを補修するために手を尽くさなければならないのもわたし」

ルイーザがバッグに手を入れ、銃を取り出した。イーガンの銃だ。イーガンはまさかという表情でルイーザをじっと見た。

「きみの自殺でトラヴィスが抱えた問題が解決するとでも思っているのか？　ま、いいさ。やりたきゃやれ」

「あなたって何もわかっていないのね」ルイーザの声は冷静そのもの、落ち着き払っていた。

「わたしは自殺なんかしないわ」

53

ニュース速報……ヘッジファンド帝国の創設者であり、次期上院議員候補者の父親でもあるイーガン・ウェブスターさんが今日、ワシントン州クーパー島にある邸内で死亡しているところを発見された。警察は射殺されたと発表した。これに関し、被害者の妻ルイーザ・ウェブスターが殺害容疑で身柄を拘束された。関係者からの情報では、ルイーザ容疑者は殺害を自白したと伝えられる。

ウェブスターさんの死亡を機に早くも、ヘッジファンド運営に関する過去の不正の噂や現在の財務状況に関する疑惑がささやかれはじめた。ＦＢＩはすでに捜査に乗り出している。

なお、この事件の捜査と並行して、ウェブスターさんの元同僚であった男女二名が殺害された未解決事件の捜査が再開されるとも伝えられ……

マデリンはパソコン画面から顔を上げた。「信じられないわ。わたしたちが乗ったフェリーが出航した直後、ルイーザがイーガンを撃ったということよね」

ダフネとエイブはシータック空港で二人を待っていた。合流した四人はいまフェニックス行きの便の出発を待ちながら、ファーストクラス向けラウンジの小さなテーブルを囲んでいた。テーブルの中央にはエイブが皿に取ってきた無料のスナック——白と黄色のチーズ&クラッカーの小さなパック、ニンジンとヒヨコマメのペーストとクッキーが入った小さなパック——が置いてある。四人とも飲んでいるのはコーヒーだ。

「本当にショックを受けているのか？」ジャックが訊いた。「おそらくルイーザは、クルーザーで逃げるために荷造りをしていたイーガンに気づいたんだろう。それが彼女にとって最後の藁一本になった」

「イーガンは、彼女とトラヴィスとトラヴィスの妻に後始末を丸投げして出ていこうとしたわけね」マデリンが言った。

「そこまでやるか、ウェブスター、だわね」ダフネが言った。「で、ルイーザは彼を撃ち殺した」

「そういう角度から見れば、驚くほどのことではないのかしらね」マデリンはそう言いながら椅子の背にもたれた。「もしかしたら本当の疑問は、彼女がそうするまでになぜこんなに長い時間を要したのかってことなのかもしれない」

「彼女はたぶん結婚生活に折り合いをつけていたんだわ」ダフネが言った。「長年いっしょにいるうちに、二人のあいだには一種の同盟関係が形づくられたのね。ウェブスターは金融帝国を提供し、それとひきかえに彼女は合衆国議会、さらにはホワイトハウスへの道をひた走る息子を彼に与えた」

「でも、すべては嘘と殺人の上に成り立っていた」エイブが言った。「誰かが過去の真実に気づいて、これを改ざんしようとした。そしてついでにゼイヴィアの問題も片付けようとした」

「ぼくはトラヴィスに賭けるね」ジャックが言った。

マデリンがジャックを見た。「一連の事件の黒幕は彼だということ？」

「つまり、こういうことだ」ジャックが言った。「トラヴィス・ウェブスターは父親にそっくりだ――真の意味でイーガンの息子であり後継者さ。彼は政界進出を決断したとき、自身の家族に関する負の情報を収集して本気で調査した。すると、ぼくたち同様、見逃せない異状を見つけた――父親が投資の世界で突然頭角を現わした事実だ」

「そして謎の多いカール・シーヴァーズ殺害事件を偶然発見して、さらに詳しく調べたにちがいないわ」マデリンが言った。「でも、彼がポーター――いえ、この場合はむしろノーマン・パーヴィスね――までたどり着いたかどうか」

ジャックがチーズのパックに手を伸ばした。「いいか、トラヴィスには家族内に情報源がいる――母親だ」

「もしトラヴィスが過去に関する疑問をルイーザにぶつけたとしたら、彼女はその昔、私立探偵を雇ってイーガンのあとをつけさせた秘密を打ち明けたかもしれないわね。ひょっとしたらそのついでに、パーヴィスは姿を消し、調査の結果は受け取っていないと言ったってこともありえる」

「当時の状況についてそこまでじゅうぶんな情報が集まれば、トラヴィスならいくつものピースを組みあわせて物語を構築しようとしたはずだ」ジャックが言った。「そして、パーヴィスがクーパー島に向かったことはたしかだが、到着からまもなく忽然と消息を絶ったと考えるに至った。最初のうちは、父親がパーヴィスを殺して死体を遺棄したと推測していたんだろうな」

「それがいちばん論理的な仮説だと思うよ」エイブが言った。

「彼はどうして、じつはそうじゃなかったと考えるようになったのかしら？」ダフネが疑問を口にした。「ここまでがわたしたちの推理どおりだとして、何がきっかけでトラヴィスはパーヴィスがあのホテルには到着していて、そのあと姿を消したと考えたわけ？」

「クーパー島みたいな島に泊まるところがそういくつもあったわけじゃないわ」マデリンが指摘した。「十八年前はオーロラ・ポイント・ホテルが島でたったひとつの大きな宿だった。それ以外はどこも小さなB&Bよ。そういうB&Bでは偽名で通すことは不可能よね」

「そこでトラヴィスは、十八年前、ポーター／パーヴィスはオーロラ・ポイント・ホテルにチェックインしたが、チェックアウトはしなかったと考えたってことか?」ジャックがかぶりを振った。「ありえるな。だが、ちょっと無理がある気もする。彼がそういう結論を導き出したのは、もっとずっと決定的なものを見つけたからだと思うね」

「彼の死んだ妹」エイブがいきなり背筋を伸ばしたかと思うと、クラッカーを脇に置き、指先を拭いてからパソコンのキーを素早く叩きはじめた。「数カ月前に麻薬の過剰摂取で死亡した妹だよ。忘れた? オーロラ・ポイント・ホテルにチェックインした夜、ポーター/パーヴィスが乗っていた車の持ち主だよ。ほら、これだ。サンドラ・パーヴィス」

「それだな」ジャックが満足げな顔を見せた。「トラヴィス・ウェブスターはその妹の居所を突き止めて、パーヴィスはオーロラ・ポイント・ホテルに到着したが、そのあと行方がわからなくなったと確信するに足る情報を入手した。そして、十八年前に起きたことを知っているかもしれない人間は唯一、変人と言われているあの管理人だけだと気づいた」

「そこでトラヴィスはラモーナを使って、トム・ロマックスに取り入らせ、彼からポーター/パーヴィスに関する情報を引き出させた」マデリンが言った。「トムが壁の中のブリーフケースの話をしたとき、彼女は鉱山の主鉱脈を掘り当てたってことだわね。保険証書が入ったブリーフケース」

「でも、トムはどうしてそんなことをしたの?」ダフネが訊いた。

「これはいまちょっと思いついただけなんだが」ジャックが言った。「トムがブリーフケースの中身を使ってイーガン・ウェブスターを脅迫できるかもしれないと思ったってシナリオも考えられなくはないな」

エイブがクラッカーを頬張ったまま動きを止めた。「なぜトム・ロマックスは突然、ウェブスターの脅迫を思い立ったの？」

「ウェブスターからカネを引き出すことができるかもしれないと考えたからさ」ジャックがもどかしそうに言った。「多額のカネだ」

「もう一度訊くけど、なぜ？」エイブが訊いた。「だって、誰に訊いてもトムはお金にはまったく興味のない人間だったんだろ？」

マデリンはコーヒーカップを手に取った。「トムの前に存在すら知らなかった孫娘が出現した。たぶん彼、たいていのおじいちゃんおばあちゃんが孫にしたがることをしたくなったんだと思うわ――遺産を遺したかったのよ」

四人はしばし無言ですわったまま、物語を反芻した。

「まだ証明できない部分もあるが、これでほとんどのピースはぴたりとはまったな」

「なんて悲しい話なの」ダフネがつぶやいた。「かわいそうなトム。孫娘に会えてわくわくしていたはずなのに」

「秘密はひとりだけが知っているときしか秘密じゃないんだ」ジャックが言った。

「そうそう、それだよね」エイブが言った。「だけど、そろそろ新しいスローガンが必要だよ、ボス。だいぶ古くなってきたよ、それ」

「これはスローガンじゃない。たんなる事実だよ」ジャックが言った。「今回の事件、ぼくたちはかなりうまく収拾がつけられたと思ってはいるが、まだ何点か不明な点がある。それを片付けないと」

「たとえば？」ダフネが訊いた。

マデリンがコーヒーカップの横を二度こつこつと叩いた。「謎の美女ラモーナ・オーエンズ」

「そのとおり」ジャックがコーヒーを飲んだ。「なんとしても知りたいのは、彼女がどこから現われて、どうやってトラヴィス・ウェブスターと手を組むことになったかだ」

「それねえ、わたしはこのテーブルにすわってる誰かさんみたいな名探偵じゃないんだけど」マデリンが言った。「たぶん——あくまでたぶんだけど——トラヴィスは父親のあまり褒められたものではないほかの資質も受け継いでいるんじゃないかしら」

ダフネが椅子の背にもたれ、ジーンズの前ポケットに手を突っこんだ。「つまり、たぶんトラヴィスも女たらしなんじゃないかということね？」

「父親に似て、ね」マデリンが言い、体を震わせてみせた。「もしわたしたちの推測が正しければ、トラヴィスが彼女を誘惑して共犯者の役をやらせ、もう用済みになったところで殺した」

「ウェブスター家というのはたちの悪い一族なんだな」エイブが感想を口にした。クッキーの包装紙をはがしてダフネの皿に置く。「あの家族と結婚するってことは、マフィアの家族に嫁ぐみたいなものだね」

「中でもいちばんたちの悪いのがトラヴィスって気がしてきたよ」ジャックが言った。

「わたしたちの仮説が一部分でも正しいとしたら、彼は一度ならず何度も殺人を犯していてもおかしくないわ」マデリンが言った。「FBIはちゃんと捜査してくれると思う?」

「友だちのジョーにはもうじゅうぶんな情報がある」ジャックが言った。「全貌をつかむまでに時間はかかるかもしれないが、ぼくは彼という人間を知っている。最後まで徹底的にやる男だ」

「トラヴィスがもし、ウェブスター家の中でいちばんたちが悪いだけじゃなく頭もいいとしたら、いまごろはもう自家用のクルーザーに乗って、どこか都合のいい島をめざしてるわね」マデリンが言った。

ジャックがつぎのチーズの包みをはがした。「たぶん」

マデリンはいまのところはもう、彼からこれ以上のことは聞き出せないと判断し、ダフネに笑いかけた。

「家に帰るのが楽しみ。まだ不明な点がきっちり解明されるまで、あなたはわたしの家に泊まればいいわ。積もる話が山ほどあるでしょ」

ダフネがにっこりした。「それ、最高のプラン」

「きみたち二人は積もる話を好きなだけするといい」ジャックがチーズを頬張りながら言った。「でも、マデリン、行き先はきみの家じゃない。少なくとも夜はだめだ。きみとダフネは、ジョーから警報解除の連絡が来るまで、ぼくの両親の家に泊まってもらう」

マデリンはジャックを見た。「なぜわたしの家じゃいけないの？」

「ぼくの実家のほうが安全だ」

ダフネが顔をしかめた。「まだ不明な点を本当に心配しているのね？」

「いちばん面倒な事態を引き起こすのは、つねに未解決の部分だからね」ジャックが言った。

54

昼下がりには気温は二十五度を軽く超えたが、この砂漠地帯では日が落ちると空気が一気にひんやりしてきた。それでもマデリンはまだ、薄手のプルオーバーとパンツ姿でパティオでゆったりとくつろいでいた。屋外用エアコンが薄ら寒い空気を寄せつけなかったからだ。ジャックとエイブの両親の家は南西部の伝統とモダンが優雅に融合した設計で、まるで砂漠の岩が自然の力によって彫られたかのような雰囲気をかもしていた。サンクチュアリー・クリークの町を眼下に見おろす山腹に建ち、峡谷とその向こうにそびえる山々を一望におさめる。

誰もがいきなり押しかけてきた予期せぬ客を歓迎できるわけではないが、シャーロットとギャレット・レイナーはこれ以上ないほどの大歓迎で迎え入れてくれた。

砂漠地帯の春の宵は、太平洋側北西部のそれとはまったく違った。広大な夜空。野生のにおい。さほど遠くないところにある荒々しい景観は市街地であっても例外ではない。闇に向かってざわついたりさえずったり吠えたりする生き物の声。それらすべてが違う世界――マデリンの世界——をつくりだしてくれた。たとえこれから自分の家ではない家で夜を過ごすとしても故郷であることに変わりはなく、じつにいい気分だった。

パティオにはマデリンのほかにシャーロットとダフネがいた。思い返せば、ジャックが事件の調査のためにクーパー島に到着して以来、マデリンもダフネもひとりでいることがなかった。

ジャック、エイブ、そして父親のギャレットはキッチンで夕食の支度をしていた。ときおり男性たちの笑い声がパティオまで聞こえてきた。よくなついた犬のマックスも彼らのそばにくっついていた。マックスっておりこうね、とマデリンは思った。明らかに、キッチンにいたほうがおいしいものにありつけそうだと考えているようだ。

ギャレット・レイナーは開拓時代の西部そのままといった感じの男だ。ひと目見ただけで、ジャックの細くてたくましい体つきと鋭い印象の顔立ち、そして何を考えているのかが読みとれない目は父親譲りだとわかる。

シャーロットはドラマチックなことが好きな陽気な女性で、今夜は南西部の夕日を連想させるあでやかで大胆な色彩のマキシドレスを着ている。ところどころに銀色がまじる黒い髪はうなじのあたりで結わえてある。話を強調しようと手を優雅に動かすたび、ゴールドとシルバーのバングルが音楽のように心地よい音を立ててぶつかりあった。

近くのテーブルには白ワインのボトルが冷やして置いてあるが、一本はすでに空になっていた。マデリンはこれほどおいしいワインを飲んだことがなかった。なぜそんなにおいしいのかと言えば、クーパー島から遠く離れ、こうして新しくできた友人に囲まれて、自分もダフネも身の危険を感じる必要がなくなったからだ。

ダフネと目が合ったとき、彼女も同じことを感じていることに気づいた。二人はお互いに相手の考えていることが簡単に読みとれた。少女だったころと同じように。マデリンはグラスを五センチほど高く上げ、皮肉めいた乾杯をした。

「長い長い長い一日の終わりに乾杯」マデリンはそう言ったあと、シャーロットに微笑みかけた。「そして初対面のわたしたちを歓迎してくださったすごくすごく寛大なご夫婦にも」

「ほんとよね」ダフネもグラスを高く上げ、大きくひと口飲んだ。

「ありがとう」シャーロットが言った。「でも心配いらないわ。わたしたち、あなたがたに会えてとってもうれしいの。ジャックとエイブから聞いたけれど、この数日、とんでもなく危険な体験をくぐり抜けてきたのよね。火事に、爆発に、殺人。それはそれは恐ろしかったにちがいないわ。ホテル経営がそんなに危険なお仕事だなんて誰も知らないでしょうね」

「今回のことはこの業界でよくあるというわけではなくって」マデリンが言った。

「あのね、ジャックからＦＢＩのプロファイリングの仕事を辞めて、友だちといっしょにハイテク警備会社をつくると聞かされたとき、数カ月と経たないうちに泣きたくなるほど退屈するだろうって思ったものよ」シャーロットが言った。「でも、そんなことはなかったわ。

そのうちにその友だちがダイビング中の事故で亡くなって、会社も倒産してね。ギャレットとわたしはそのとき、ジャックはまたプロファイリングの仕事に戻るものと思ったの。でも、あの子は自分ひとりで会社を立ちあげると言ったのよ。そりゃあたいへんだったみたい。わたしたちも金銭的に援助すると言ったのに断られた。だから、サンクチュアリー・クリーク・インズの契約が取れたときの、あの子の喜びようといったらなかったわ。あなたの会社がはじめての大口契約先なのよ」

「わたしもそう聞いています」マデリンが言った。「幸いサンクチュアリー・クリーク・インズに連続殺人犯がたくさんチェックインするというわけではないんですが、祖母はよくこう言っていました。ホテル経営はファンタジー・アイランドの運営に似ている、と。飛行機が着陸するたび、見知らぬ人びとが一夜を過ごすために訪れる。何が起きるかは想像もつかない」

ダフネがうなずいた。「たしかにそうね。ホテルに泊まるときは自分が誰だかわからない状況に期待してしまうものだわ。別世界――自分の正体を誰も知らないところ――に足を踏み入れる感覚よね」

シャーロットがくすくす笑った。「自分の正体を誰も知らない状況だからこそ、たくさんの人が売春婦に会ったり、不倫相手と寝たり、いかがわしい金融取引をしたりするためにホテルを使うんだと思うけど」

「ええ、たしかにそういう一面もあります」マデリンが言った。「ですが、サンクチュアリー・クリーク・インズはそうした向きの要求を満たすホテルではありません。本当です」

シャーロットが声をあげて笑った。

「明るい面に目を向ければ、こういうファンタジー・ビジネスには楽しいことがたくさんあるんです」マデリンは言った。「夢を実現させるお手伝いができますからね。ウエディング、ハネムーン、アニバーサリー、バースデイ、ほかにもいろいろなお祝いごとが」少しだけ間をおいて咳払いをする。「たまにですが、退屈きわまる会社のセミナーとか、フラタニティー（男子大学生の友愛クラブ）の泥酔同窓会とか、女友だちが集まっての独身最後の日のパーティーなんかもあることはありますけど」

シャーロットが好奇心をのぞかせた。「ところで、あなたのホテル・チェーンではどれくらいの頻度で宿泊客がベッドで死んでいるのを発見するのかしら？」

「しかたない、お答えしましょう」マデリンが認めた。「そういうこともたしかにあります。でも、たいていは自然死です。誓って本当です」

「信じるわ」シャーロットはマデリンを思案顔で見つめた。「あなた、お仕事が好きなのね？」

「ホテル業がですか？　ええ、好きです。たぶん祖母の血を引いたんですね」

「ねえ、あなたはどう思う？　ジャックがホテルの警備で満足できるかしら？」

「それはジャックにお訊きにならないと。でも、ええ、長い目で見れば彼に合っていると思いますね」

シャーロットがその返事に俄然興味を示した。「そう思うのはなぜ?」

「はっきりこういうわけだから、とは言えませんが」マデリンは慎重に言葉を選んだ。「実際、ジャックとそういう話をしたことはないんです。少なくとも言葉を尽くしては。でも、彼はこれまで犯罪捜査にからむプロファイリングの仕事のせいで、相当な恐怖や悪夢を体験してきたんじゃないかと思います。ですから、いまでもまだ自分にできる最高の仕事をしたい——凶悪犯からみんなを守りたい——と思う一方で、もっとふつうの生活が許される形でそうする必要があるということもわかっているらしくて」

マデリンはまたワインを飲み、トルティーヤチップを口に運ぼうとして、こちらを黙ってじっと見ているシャーロットに気づき、宙で手を止めた。

つまんだチップを口には入れず、手を下げた。「ごめんなさい。ジャックの考えを憶測で口にするべきではなかったですね。彼の意図を勝手に推し量る権利なんてわたしにはありませんでした」

「いいのよ」シャーロットの笑顔が微妙だった。目は潤み、声もかすかに裏返っていた。

「わたしはただ、息子の転職に関するあなたの意見がなんだかすごく——洞察力に富んでいるなと思っただけ。あら、そうだわ。よろしければちょっと向こうへ行って、夕食の支度がどうなっているのか見てきたほうがよさそう」

シャーロットが寝椅子から立ちあがると、バングルが軽やかな音を立て、色鮮やかなドレスのスカートがふわっと渦を巻いた。片手にペーパーナプキンを持っている。そして開け放したままの引き戸から奥へ向かって歩きながら、こっそりと目のあたりを押さえていた。

マデリンは残念そうにダフネを見た。「あんなこと言うんじゃなかったわ」

「気にしなくても大丈夫」ダフネが言った。「エイブから聞いたけど、共同経営者が死亡したあと、家族はジャックのことをすごく心配していたんですって。友だちを助けられなかったことで、自責の念に駆られているんじゃないかと。生き残った者の罪悪感とかってあるでしょう。どうも友だちの妻と家族までが、ジャックにも責任があるとはっきり言ったらしいわ。ジャックの婚約者は彼を捨てるし、そうこうするうちに会社は破産の危機に瀕するし。ジャックは会社設立に注ぎこんだものをすべて失ったわけ。新聞にいろいろ悪評を書き立てられたりもしたそうよ。とにかくもうさんざんだったみたい」

「ジャックはそういう責任を全部とったのね」

「ええ、そう。エイブによればね」

「彼、誰かをかばっていたんだわ」マデリンが言った。

ダフネは何か言いかけたが、すぐに口をつぐみ、唇を開いたままマデリンの肩ごしにその後ろを見た。

「息子が誰かをかばってるってこと、どうしてわかるの？」シャーロットが静かに訊いた。

その声にマデリンは凍りついた。だが、もう引き返せない。

「ジャックはそういう人です」マデリンは言った。

張りつめた空気の中、まもなくシャーロットが言った。

「そうなの。ジャックはそういう子なの。誰もがそれを理解してくれるわけじゃないわ。でも、マデリン、あなたがわかってくれてすごくうれしいわ」

55

「わたし、午後のフェリーに乗ることにするわ」パトリシアが言った。「今夜はシアトルのホテルに泊まるわね」

誕生パーティーのために買ったデザイナーズ・ドレスを丁寧にたたんでスーツケースにおさめた。なぜそれをわざわざ荷物の中に入れるのか、自分でもわからなかった。それを着る機会がまた訪れるわけではない。少なくとも近い将来には。そのドレスを選んだのは、候補者の妻には申し分のない一着だったからだ。理想的なブルー。胸と脚が控え目にのぞく、気品を感じさせるカット、高価ではあっても、法外ではないお値段。上流ふうではあっても、洗練されすぎてはいない。

候補者の妻たる者は、〝どことなく魅力的〟と〝われこそはといった派手さ〟のあいだのきわどい境界を歩かなければならない。自立した人間であるところを見せながら、同時に夫が世界を変えることができると心から信じて疑わない妻であるところも示さなければならない。

去年一年はその役割に徹して過ごし、光り輝く自分に気づいた。そこまで専念できたのは、この国で最強の権力者たちのひとりの妻となる栄光の未来を思い描いていたからだ。そうすることで未来への扉が開けるのだから。

しかし、芝居の第一幕の幕は下りてしまった。このへんでそろそろ損失を食い止めて、つぎの役を探したほうがよさそうだ。この美貌がいつまでも維持できるわけじゃない。

そうだ、候補者の妻のドレスはもう必要ないわ。パトリシアはスーツケースからそれを引っ張り出すと、ドレッサーの横の小さなごみ箱に放りこんだ。ブルーの生地がへりからふわりと垂れ、床まで届いた。

うれしいことにスーツケースに余裕ができた。またクロゼットの前に行き、つぎには靴をどうするかを考えた。

トラヴィスがベッドルームのドアのところから彼女を見ていた。「せめて父さんの葬儀には出てもらえないかな？」

「その必要があるとも、それが役に立つとも、思えないのよ」パトリシアは黒のパンプスを手に取り、非難めいた目でじっと見つめた。候補者の妻の靴だわ。それもドレスの上に投げ捨てた。「こういう状況ですもの、ごく小さな内輪の葬儀になるでしょ。そうなれば、誰もわたしがいないことになんか気づかないわ」

「メディアが気づくさ」

トラヴィスの声はあからさまにいらついていた。失いかけている彼女にすがるような響きすら一瞬感じられたが、そこはトラヴィス・ウェブスターだ。彼が気にかけている人間は彼自身だけ、そして頂点へのぼりつめることだけだ。

とはいえ、ウェブスター家の人間を怒らせたら危険だ。

パトリシアは最近になってそれを痛感していた。だから彼のほうを向き、悲しそうな切なそうな笑みをたたえた。

「もちろん、あなたがそのほうがいいと思うなら、葬儀には戻ってくるわ」嘘をつく。「でも、いまはしばらくひとりになりたいの。考える時間が必要なのよ」

「離婚弁護士を探す時間ってことだな、つまり」

「ううん、トラヴィス、わたし、あなたと別れるつもりはないわ。レイクハウスに行こうと思っているだけ。あなたも好きなときに来て。いまのこの危機状態が去ったら、そのときはわたしたちの未来について話しあいましょう」

「ああ、ぼくに未来はあるさ。くそっ。メディアの熱狂も数週間もすれば下火になる。今朝、母さんの弁護士と相談したんだが、正当防衛の線で進めるつもりだと言っていた。彼は母さんは無罪になると思うって」

「それ、ほんと？」

「ほんともほんとさ。いいかい、父さんはどうやら二十年前に人を二人殺しているんだよ。

母さんが父さんに殺人のことを突きつけたら、父さんはかっとなって母さんの首を絞めようとした。母さんは父さんを撃ったけど、正当防衛だよ」

パトリシアはそれについて考えをめぐらした。にこりとして、かぶりを振った。「うまくいくかもしれないわね」

「うまくいくさ」トラヴィスが確信たっぷりに言った。

「問題は、あなたが選挙に出られるかどうか。少なくとも今度の選挙はむずかしいわ。有権者が忘れる時間が必要でしょ」

「来年は一年かけて、家族が起こしたゴタゴタを一掃しようと思ってる。最終的には何ひとつ問題が残らないようにしてみせるよ」

何ひとつ問題が残らないようにできると思っているとしたら、あなた、どうかしてるわ、とパトリシアは思った。だが、もちろん声に出しては言わなかった。ウェブスター家の人間は全員が人を殺せることが、いまやもうはっきりわかっていた。彼との結婚はマフィアのファミリーに嫁いだも同然だった。これからは自分の身を守らなくては。とりあえずこの島から脱出して、そのあとはどこかへ行方をくらまそう。

パトリシアは二人がこの難局を乗りきれるかどうか、その可能性を考えて困惑しているふりをした。

「選対チームがこの状況にうまく対処してくれれば——お義父さまが諸悪の根源だったとい

うふうに見せてくれれば――あなたには起死回生のチャンスがあるわね」

「それだよ、それ」トラヴィスが言った。

彼がまとった空気が少しだけ明るくなった。輝かんばかりと言ってもいい。一瞬にして彼は再び理想の候補者に戻った。驚くべきカリスマを放っている、とパトリシアは思った。トラヴィスという人間は、人をわくわくさせたりうんざりさせたりが思いのままにできるのだ。おそらく政治家への道に戻る術《すべ》もなんとか探り出すはずだ――その前に誰かに殺されなければ、の話だが。それはさておき、パトリシアの当面の狙いはこの呪われた島から脱出することだった。

「わたし、あなたを信じてるわ。そのうち必ず出馬できる日が来る。この国のためにもやらなくちゃ。国民は強いリーダーシップを求めているんですもの。でも、いまのわたしはひとりになることが何より大事。ストレスからの解放が必要なの」

トラヴィスが訝しげに目を細めた。「なぜ?」

その瞬間、ぱっと閃いた。心してゆっくりと、パトリシアは片手をおなかにもっていった。

「わたし、妊娠したような気がするの」

トラヴィスは言葉を失い、彼女をじっと見た。「ほんとか?」

「ううん。でも、可能性があるの。わたしがなぜメディアの攻撃をかわしたいか、これでわかってもらえた? ストレスのせいで赤ちゃんを失ったりしたくないのよ」

「赤ん坊か。ぼくの新たなイメージを構築するのに大いに役に立ちそうだ」トラヴィスが感慨をこめて言った。

「ええ、もちろんそうだと思うわ。妊娠って口実があれば、わたしがいなくてもしばらくはうまく言い逃れができるでしょ」

トラヴィスがパトリシアをまじまじと見た。「あのレイクハウスに行きたいんだね?」

「あそこはいつだって、わたしたちにとって心休まる隠れ家だったわ。メディアもあそこのことは知らないし」

「名案だ」トラヴィスはくるりと踵を返して部屋をあとにしようとしたが、すぐにいったん足を止めた。「ここの騒ぎに収拾がつきしだい、ぼくも行くよ。ぼくたち二人がしばらく姿を消したところで、困る人間は誰もいないだろう」

「たしかにね」

「きみの荷物を運ぶように誰かをよこすよ」

「ありがとう」

トラヴィスが立ち去るのを待ってから、パトリシアはふうっと大きく息をつき、再び荷造りに戻った。嘘をついた。赤ん坊などいやしない。そんなことにならないよう、細心の注意を払っていた。少なくともトラヴィスがはじめての国政選挙に勝つまでは、と。

トラヴィスに嘘をつくのはこれがはじめてではないが、彼だってわたしに嘘をついてきた。

ウェブスター家の人間は危険きわまりない。
早いところ、この島を出なくては。

56

マデリンはダフネが隣りあうベッドで寝入るのをじっと待ってから、上掛けをはいでベッドを出た。

「どこへ行くの?」ダフネが寝ぼけ声で訊いた。

「ごめん。起こすつもりはなかったのよ。なんだか眠れなくって。リビングルームに行って、Eメールのチェックでもしてくるわ」

「ジャックによろしく」

「ジャックとこっそりランデブーするわけじゃないわ」

「そうすればいいじゃない」

「さ、また寝て」

「わかった。楽しんでらっしゃいね」

ダフネが寝返りを打ち、上掛けを引きあげて肩をおおった。

カーテンは開けてある。そこから砂漠の月明かりが部屋に入ってきていた。マデリンはローブをはおり、スリッパをはくと、部屋を横切って小さなデスクの前に行き、パソコンを取ってドアに向かった。

マデリンとダフネに与えられた部屋は客用スイートルームで、ベッドが二つの優雅なベッドルームに専用のバスルームが付いている。ジャックとエイブは家の反対側に位置する部屋を使っている。

常夜灯の明かりに照らされた廊下を進み、ガラス張りの広々したリビングルームへと入っていく。赤錆色の低いソファーに腰かけ、片方の脚をもう片方の下に入れて曲げ、パソコンを立ちあげた。犬のマックスがのそのそと部屋に入ってきて、ラグの上にのびのびと横たわった。マデリンは手を下に伸ばしてマックスの耳のあたりをかいてやった。

そして、検索を開始した。

探していた情報を得るまでにさほど時間はかからなかった。目新しい情報は何ひとつなかったものの、今夜はこれまでとは違う視点からじっくり考えた。いまでは、彼の過去についてなら数カ月前とは比べものにならないくらいいろいろ知っている。

昨夜遅くメキシコの人気リゾートタウン沖で、カリフォルニア州サンノゼのハイテク警備会社の代表取締役兼CEO、ヴィクター・イングラム氏の遺体が発見された。地元警察の発表によると、イングラム氏はダイビング中の事故で死亡したらしい。イングラム氏は友人であり共同経営者でもあるジャック・レイナー氏とともに、水中銃を使ってのフィッシングのためにダイビングしたが、海中洞窟内を探検中にはぐれてしまったという。

イングラム氏の遺族は妻と子ども二人。彼の死後、レイナー氏と共同で設立した警備会社は深刻な財政難に陥っているとの噂もささやかれている。

57

閉所恐怖症を引き起こしそうなクーパー島の暗い世界から来たせいもあり、砂漠の夜景は見た目のみならず感触も気持ちがよかった。

ジャックは母親のサボテン・ガーデンを囲むフェンスのいちばん下の段に片足をのせ、くつろいだ姿勢で夜に浸っていた。自分の中で何かが少しずつなごんでいた。マデリンからの電話でクーパー島に飛んで以来、ずっと神経を張りつめた状態で走りつづけてきたが、今夜は彼の両親の家で彼女の身の安全を確保したことで、はじめて緊張を解くことができたからだ。少なくともしばらくは安心だ。

庭を曲がりくねりながらめぐる砂利敷きの小道を、革靴で踏みしめる音が聞こえてきたが、あえて振り返ることはしなかった。父親の足音であることはわかっていた。

ギャレットがジャックのかたわらに来て足を止めた。彼も息子同様、片足を低い横木にのせて、峡谷の両側に点在する家々できらめく明かりに目をやった。

「おまえが庭に出る音がしたような気がしてな」ギャレットが言った。「クライアントのことがまだ心配なのか？」

「いや、ここなら安全だ」

「そうさ。目の玉が飛び出るような専門家を雇ったおかげで、セキュリティーは万全だからな」

「目の玉が飛び出るはちょっと言い過ぎだと思うけど、その専門家も今夜は父さんがグレードアップ・バージョンを選んでくれたことに感謝してるよ」

「犬もいるしな」

「大声で吠える犬はいつだってハイテクに勝るんだよ」

「安上がりでもある」ギャレットがフェンスの最上段の横木にもたれた。「それじゃ、何が心配なんだ？」

「未解決な点がまだいくつかあってさ。ほとんどはインターネットでチェックできるし、FBIの知り合いも捜査状況は知らせてくれると言ってくれた。だが、もしウェブスター家の誰かが監視下を離れたら、なんとしてでもそれを知っておかないと」

「聞いてるかぎりじゃ、そのウェブスター家の連中ってのはめちゃくちゃな家族らしいな。ガラガラヘビの毒ででも育てられたんだろう」

「まあ、それに近いな」

「だが、もう何人も残ってはいないんだろう。ええと、まずひとりの息子が船の爆発で死に、父親は母親に射殺され、撃った母親はもう逮捕されてて――」

「ルイーザ・ウェブスターは釈放された。正当防衛だったと主張したんだよ。ジョーから聞いたところじゃ、彼女はまだ島にいるそうだ」

「その女が心配なのか？」

「まあね。今回のことで、彼女は自分の意志で銃を取って、人を殺す人間だと証明されたわけだから」

「あとはもうひとりの息子とその妻だな」ギャレットが言った。

「ジョーが二、三時間前にくれたメールによれば、トラヴィスの妻――パトリシア――が地元警察に、義母による義父射殺が計画的だったとは思えないと言ったそうだ。そのあと彼女は荷造りをして、夕方のフェリーで島をあとにした」

「状況を考えれば、その嫁の立場にある賢明な女性なら、彼女でなくとも島から逃げ出したくなると思うよ」

「パトリシア・ウェブスターは、何があろうと夫を支える献身的な政治家の妻の役割を演じるつもりはなさそうだ」

「残るはトラヴィス・ウェブスターだ。おまえが心配しているのはその男だろ？」

「こいつがどうにも理解できない男でね」ジャックは言った。「そう、心配の種はこいつなんだよ」

ギャレットが鼻を鳴らした。「おまえは言ってたよな、そいつは政治家として成功するのに必要な資質をそなえている、と」

「ああ、そのとおり。理想的な候補者だとの呼び声が高いが、彼の世界はいま、がらがらと音を立てて崩れかけている。そういう事態に陥ったとき、人間がどう反応するかはわかりにくい」

「だが、FBIにいる友だちがそいつを見張っているんだろう？」

「もちろん。ジョーはトラヴィスに最大の関心をもっている。というのは、ジョーとそのチームは、イーガン・ウェブスターがこの何年かに投資家たちからだまし取った何百万ドルの行方が知りたいからだ。おそらくカネは海外の銀行に預けてあるんだろうが、トラヴィスを見張っていれば、彼がそこへ案内してくれる可能性がある。隠し金が見つかれば、ジョーのチームとしては大手柄になるんだよ」

「おまえはトラヴィスが父親の秘密を知っていると思うのか？」

「思うに、トラヴィスって息子は、イーガン・ウェブスターが思っていたよりちょっとだけタフで、ちょっとだけ頭の回転がよくて、ちょっとだけ無慈悲な男なんだよ」

「トラヴィスが父親と同じように数人の人間を殺したって証拠は？」

「確たる証拠はないが、トラヴィスが上院議員選挙への出馬を決意したことが、一連の出来事の引き金になったような気がしているんだ。まず手はじめにイーディス・チェイスを殺す」

「おまえはホテル火災が殺人だったと確信があるんだな？」

「これまでに起きたこと全部を考慮すれば、イーディス・チェイスの死は偶然の一致では片付けられないよ」

「偶然の一致もないわけじゃない」

「わかってるよ、それくらい」

「つまりおまえは、トラヴィスはみんなが思っているよりもう少し危険な人間だと考えているってことか」

「ああ」

ギャレットが大きく息を吐いた。「自分の息子を過小評価していたのはイーガン・ウェブスターだけじゃなさそうだ」

ジャックはこっくりうなずいたが、何も言わなかった。

並んで立つ二人を包んだ夜がいちだんと更けていく。

「シャーロットがおまえのマデリンを好きだと言っていたよ」ギャレットがしばし間をおいてから言った。「おれもだ」

ジャックは峡谷の両側にちりばめられて輝く宝石に目を凝らした。「彼女のことはぼくも好きだ。すごく好きだ。だが、ぼくのマデリンってわけじゃない」

「さっき、トラヴィス・ウェブスターの世界ががらがらと音を立てて崩れかけていて、そのせいで彼の行動が予測しがたくなっている、と言ったな」

「それがどうかした？」

「おまえの世界は二年前に崩れ落ちたが、おまえはウェブスターのように予測不可能ではなかった。おれたちはみんな、おまえが自力で立ち直るとわかっていた。しかし、おまえはその過程でみずからに厳しいルールを課した。そうすることで、二度と失敗しないようにと考えてのことだったんだろうが」

「二年前は不意をつかれたんだよ」

「遅かれ早かれ、そういうことは誰にでもあるさ」ギャレットが言った。「まあ、おまえの場合ほど劇的じゃないにしろ、ままあることだ。いくら厳しいルールを課したところで、自分の身を守れるわけじゃない」

「いったい何が言いたいの？」

「そろそろ自分が決めたルールを見直してもいいころじゃないかと思ってな。自分に課した縛りをゆるめてやれ」

「そう簡単に言われても」

「簡単だよ。二年前におまえが決めたルールだ。ということは、それを破っていいのはおまえだけだ」

ギャレットはそう言うと、くるりと向き直り、小道を歩いて家の中に入っていった。
そしてまた、ジャックは庭でひとりになった。

58

大きな家のどこかからドアが静かに開いて閉まった音が聞こえた。数分前にもかすかな音が聞こえたから、これで二度目だ。二人の人間が砂漠の夜に出ていき、二人ともが戻ってきたことになる。ひとりは家の反対側のほうに歩いていき、もうひとりはこちら側に向かって廊下を歩いていた。マデリンにはそれがジャックの足音だとわかっていた。

マデリンがすわっている広いリビングルームのガラス窓が並ぶ側からはサボテン・ガーデンの一部が見えるから、おそらくジャックは家の中に戻ろうとしたときにパソコンの光に気づいたのだろう。

マックスがもぞもぞと動き、ぎゅっと伸びをしてから立ちあがった。

だが、マックスが駆け足で部屋を横切って彼を迎えにいく前から、マデリンはもう彼がそこまで来たことを感じとっていた。小さな戦慄となって全身を駆け抜けるその感覚。室内の陰影の微妙な変化、あるいは室内の空気の流れのかすかな変化に対する身体的反応に過ぎないのかもしれないが、そういえばいつもこんなふうだわ、とマデリンは気づいた。ジャックがそばに来ると、彼女にはそれがわかるのだ。この数日間というもの、彼とはどこかで共鳴しているような気がしていた。

「こんな遅くに仕事か?」ジャックが訊いた。

マデリンは振り返って彼を見た。リビングルームの入り口に立った彼がこちらをじっと見ていた。彼のユニフォームとマデリンが思うようになったいでたち――黒のズボン、黒の丸首Tシャツ、ローカットブーツ――である。

マデリンは反射的にパソコン画面を閉じようとしたが、キーボードの上で指が動きを止めた。

「仕事じゃないの。好奇心に負けたとでも言おうかしら」

マデリンはパソコンを椅子の横のテーブルに置き、ジャックからも画面が見えるように回転させた。彼の視力が完璧なことを知ってはいても、いま彼が立っている位置からでは小さな活字が読めるはずはないと踏んでいたのだ。

いつもながらの氷のような静けさが彼を包んだかと思うと、いやにゆっくりした足取りで彼が近づいてきた。その足が止まったのは、パソコンから少し離れたところでだった。

「きみのおばあさまはそのことを知っていながら、ぼくを雇った」ジャックが抑揚のない口調で言った。「きみも知っていただろう」

「ええ。でも、今夜はどうしても知りたくなったの」

「何を？」

「なぜあなたがみんなに本当のことを全部言わなかったのか」マデリンは画面に映し出されたニュースアカウントを指し示した。「海中洞窟で何かが起きたそうだけれど、わたしにはどうしても事故だとは思えないわ」

ジャックはマデリンをしばらくじっと見ていた。「どうしてそう思う？」

「わたしはあなたを知っているわ、ジャック」

「そう思っているのか？」

マデリンは顔が赤くなるのを感じた。これは彼の私事だ。わたしに答えを無理やり聞き出す権利はない。マデリンは息を深く吸いこむと、組んでいた脚をほどいて立ちあがり、ジャックと向きあった。

「ごめんなさいね。細かいことを探ろうだなんて間違っていたわ」

ジャックは光を放つ画面のほうに片手を伸ばした。「これはすべて公式に発表したことだ。ハイテク産業の業界メディアが何日にもわたって記事を載せつづけたんだ」

「そうみたいね。でもやっぱり、好奇心に駆られてあなたの私的な過去を詮索しようとするなんて、してはいけないことだわ。そんな権利、わたしにはないもの」

「かまわないさ。いま言ったように、公式な記録として残っていることばかりだ」

「あなたはかまわないかもしれないけど、そういうことじゃないの」

「あなただってわかっているでしょう」マデリンは言った。「二年前に起きたことであなたの将来が大きく変わってしまったのに、あなたはなりゆきに任せた。そんなこと、あってはならないわ。いずれにしても、わたしがいっしょにいるあなたの将来についてはいや」

「なぜ？」

「だからと言って、どうするつもりだ？」

罪の意識を押しのけて怒りがこみあげてきた。

「物ごとには必ずパターンがあると言っているのはあなたでしょ。それなのに、あなたから聞く話ではパターンが見つけられないの。何もかもが曖昧で、理由がばらばらなの。あなたの会社の財務は健全だったのに、あなたはみんなに会社は深刻な問題を抱えていたと思わせた。そして会社を売却もせず、ひとりで経営することもせずに意図的に閉鎖した。あなたがそうした理由、わたしにはひとつしか思い当たらないのよ。つまり、あなたは誰かをかばおうとしている」

ジャックの喉の奥深くでかすれた声が響いた。「わかったのか」

「さほどむずかしくはないわ」マデリンは両手を大きく広げた。「あなたは失敗した。ミスをした。そうよね？」

「知っていると思うが、ぼくは辣腕プロファイラーだ」ジャックの声が痛々しい。「パターンを発見できなければいけない人間だが、ヴィクター・イングラム——そしてもうひとりの人間――に関しては多くの手がかりを見逃してしまった。ぼくがばかだったんだ」

「それはよくわかるわ。でも、あなたが失敗してもいない会社の失敗の責任を背負ったのは、ミスをしたからってだけじゃなかった。あなた、いったい誰をかばおうとしたの？」

長い沈黙があった。マデリンがもうだめかと思ったそのとき、ジャックが肩をすくめた。

「ヴィクターの奥さんと子どもたちを守らなければ、と自分に言い聞かせていた。家族はみんな彼を愛していたからね。家族にとって、彼は等身大以上のヒーローだった。そのイメージを壊すわけにはいかなかった。彼らにはそれしか残っていないんだから」

マデリンははっと息をのんだ。「お金の問題じゃないとしたら、いったい何があったというの」

「ヴィクターとはFBIのコンサルティング・チーム時代からいっしょだった。彼はコンピュータが専門で、すごく優秀だった。チーム一の切れ者だと自分で思っていたし、たいていのときはたしかにそうだった。独立して、ハイテク産業向けの警備会社を設立しようと言いだしたのも彼だ。ぼくもそろそろプロファイリングの仕事を卒業しようかと思っていたところだった。自分のビジネスを自分で管理したかった」

「モンスターたちのプロファイリングに嫌気がさしていたのね」

「解放されたくてたまらなかったときだったんで、ヴィクターとの共同経営の話に飛びついた。彼はインターネットにかけてはまるで魔術師だった。動機と行動パターンを見出すことができるのはぼくだ。二人が組めばすごいチームになるはずだった。最初のうちはそのとおりになった」

「何があったの？」

「誰にでも弱点がある。ヴィクターのそれは女だとわかった。その女はとびきりの美人で、悪いやつらの手先だった。そしてヴィクターを利用して、うちのクライアントの機密へのアクセス方法を入手した」

「産業スパイってこと？」

「ああ、そうだ」ジャックが窓際へと歩いていき、たたずんだ。「ぼくはとんでもないばかで、メキシコへダイビング旅行に行くまで何が起きているのかを知らなかった」

「でも、あとから考えれば？」

ジャックがちらっと振り返った。口もとがゆがみ、ユーモアのかけらすらない笑みが浮かんでいた。「あとから考えれば、パターンは見えていた――ささやかなものではあったが。だが、どんな異状もヴィクターが言葉巧みに言い逃れていた。さっきも言ったが、彼はコンピュータの天才で、ぼくは違う。だから、パターンを見つけても、それが教えてくれていることの受け入れを拒んでいた。だが、ぼくからの質問の回数が多くなりだすと、ヴィクターは不安になってきた」

「そこで、あなたをダイビング旅行に誘った」

「海中洞窟を探検したがったのは彼だ。前人未踏ってわけじゃない。洞窟の底のほうへ向かう誘導綱が張られていて、それをつかんでいるかぎり安全なんだ。彼が、先に行け、と懐中電灯で合図を送ってきた。そしてぼくを狙って水中銃を発射した。幸運だったのは、発射された銛がぼくのタンクに当たったことだ。おかげで死なずにすんだ」

ジャックが黙りこんだ。

マデリンも窓際に行き、ジャックのすぐ隣で足を止めた。彼の腕に片手で触れる。戦闘体勢並みの緊張から伝わってくるのは、彼がいま頭の中で当時の出来事を再現させているからだろう。マデリンは何も言わなかった。彼の腕に触れた手を離しもしなかった。いま自分が彼に与えることのできるせめてもの慰めはこれくらいだと思ったからだ。

するとしばらく間をおき、ジャックが再び口を開いた。

「水中で思わず振り返ったとき、ようやく何が起きているのか、現実を受け入れることができた。ヴィクターはぼくを殺すつもりだったんだ。だが、予期せぬことに銛が命中しなかった。彼は予備のプランは考えていなかった。ヴィクターは予備のプランを考えたことなどない男だったんだよ」

「そりゃあ、チーム一の切れ者ですものね」

「銛が命中しなかったと気づいた彼はパニックを起こした。水中銃を捨てて、今度はナイフを握った。そしてぼくに向かって泳いできた。ぼくは彼の下をすり抜けようと思って、洞窟の底へと向かい、懐中電灯のスイッチを切った。そのほうが狙いがつけにくいと思ったからだ。あたりが真っ暗になった……本当に真っ暗だった」

「ヴィクターは懐中電灯は持っていなかったの？」

「ベルトに一個、あることはあったが、水中銃を撃つときに両手を自由にしておきたかったんだろうな。的をはずしたことに気づいてからは、ナイフでぼくに襲いかかることしか頭になかったんだ。だから周囲が真っ暗になると、ヴィクターのパニック状態は極限に達した。水中で手っ取り早く人を殺す方法などないからね。何がなんだかわからなくなったヴィクターは、そんなときにたいていのダイバーがすることをした。本能的に水面に向かおうとしたんだ」

「でも、誘導綱は洞窟の底に向かっているってさっき言ったわよね」

ジャックはマデリンを見た。「ああ、そうだ。ぼくが洞窟から出るときもそれを頼りに進んだ。ぼくだってそのときは冷静とは言えない状態だった。心拍数が上がっていたから、危険なレベルで酸素を使っていたはずだ。洞窟の外に出てはじめて、ヴィクターがあとについてきていないことに気がついた」

「それで、あなたは洞窟の中に引き返した」

「あの中に残したままには……できなかった。彼の奥さんや子どものことが頭から離れなかった。そのときもまだ、いまの出来事はすべて事故だった、と思いこもうとしていたが、それも彼が死んだことに気づくまでだった。エアーはタンクにまだいくらか残っていたが、パニックのせいでレギュレーターのマウスピースを吐き出してしまい、溺死した。こういう事故はみんなが考える以上に頻繁に起きているようだ」

「あなたはヴィクターの遺族に本当のことを話さなかったのね？」

「話す意味がないと思った。家族にとっては彼が死んだだけでも痛手なのに、その苦痛と悲しみをもっとふくらませたくなかったんだ。それに、洞窟で起きたことに関する証拠は何ひとつなかった」

「彼の不倫相手だったその女性はどうなの？」

「ぼくの婚約者か？　それもうまくいくはずがなかった」

「あなたのなんですって？」マデリンはジャックをじっと見た。「あなたの婚約者が産業スパイだったの？」

「そうなんだ。間抜けな話だろ？　カリフォルニアに戻ってからパターンをじっくりと見据えて、ついに全貌がつかめた。ジェニーとはごく短い時間だったが、話もした。彼女はそのまま去っていった。警察に通報する意味もなさそうだった。産業スパイは立証が困難だから、被害にあった企業もめったに告発しないものなんだ。秘密が盗まれたあと、さらなる秘密が暴かれるような事態は避けたいというのが本音だ」

「ジェニーはその後、どうなったの？」

「最後に聞いたところでは、いまは東海岸にいるらしい。大金持ちと結婚してね」

マデリンは深呼吸をひとつした。「なるほど」

「なるほど？　ぼくが重大な秘密を打ち明けたっていうのに、言うことはそれだけか？」

マデリンはいろいろ考えてみた。「ううん。わたしが言おうとしたのは、つまり、あなたが恋愛に対して臆病な理由がわかったっていうことなの」

「臆病じゃないさ」

「ううん、臆病。わたしと同じ。わたしたち二人とも、間違いを犯すのを怖がってるのよ。でも、わたしがいま何を考えているかって言うと、わたしたち、もうお互いの秘密を知ったわけだから、結婚してはいけない理由がなくなったわね」

マデリンはついに高い崖っぷちから飛び降りた。自分でもわかっていた。

ジャックはまるまる六十秒間、ひと言も発しなかった。マデリンは息を殺して一秒二秒とカウントしていたから、六十秒間にほぼ間違いはない。

力強いジャックの両手がマデリンの顔を両側から包んだ。彼女を見つめる目は険しい。

「ぼくに結婚してほしいと言っているのか？」

マデリンはようやく息をつけた。「ええ、そう。返事を聞かせてもらえる？」

「イエス」

マデリンは何がなんだかわからず、目をしばたたいた。「それ、どういう意味？」

「イエスって意味だよ」

ジャックが両腕をマデリンに回し、ぎゅっと抱きしめた。彼女がどこかへ飛んでいってしまうのを恐れるかのように。

「愛してる」ジャックが髪の毛を通してささやいた。「きみがぼくをクビにしようとしたとき、きみのオフィスではじめて会った日からずっと愛してた」

「わたし、あなたをクビにしようとなんかしなかったわ」マデリンが彼のシャツに言った。「あのときはただ、ホテルの警備はあなた向きの仕事ではないかもしれないから、何かほかのビジネス・チャンスを探すべきだって提案しようとしただけ」

「つまり、ぼくをクビにしようとしたんだよ。だが、こういう状況だ。過去のことは喜んで水に流すことにしよう」

「よかった。ほんとによかったわ」

ジャックは、たったいま檻から放たれた男の胸にだけわきあがる情熱をこめてマデリンにキスをした。マデリンには彼の反応がよく理解できた。なぜなら、彼女自身もごく最近、ようやく目には見えない獄舎から外に出られたばかりだったからだ。

59

ベッキー・アルバレスが少し開いたままになっているジャックのオフィスのドアを、ドンと一度だけ叩いた。

「なんだい?」ジャックはパソコンから顔を上げようともしない。

「イーディス・チェイスが死亡したホテル火災について新事実を入手しました」

ジャックは画面に映し出されたデータの解読を中断し、デスクチェアを回転させてベッキーのほうを向いた。

「聞かせてくれ」

ベッキーは速足で部屋に入ってくると、デスクの前で足を止め、ノートをぱらぱらとめくった。

「火災が発生した夜、イーディス・チェイスが宿泊していたペントハウスを担当していた清掃員の行方をつかみました。その清掃員の記憶によれば、当日、火災発生以前にその階で見知らぬ男を見かけたとのことでした。ホテルのメインテナンス担当者の制服を着用した男です。清掃員は男に見覚えがなかったため、ホテルの警備上の規約にしたがい、わざわざ話しかけたそうです」

「つづけて」

「するとメインテナンス担当者は、自分は新入りだと言い、ペントハウスの空調システムに問題が発生したので調べてくるよう命じられたと説明しました。清掃員との短いやりとりのあと、男は立ち去りました。その際、業務用エレベーターではなく階段を使ったので、清掃員は奇妙だと思ったそうです。一階まではすごい段数ありますからね」

「その清掃員は見覚えのないメインテナンス担当者の件を上司に報告したのか？」

「はい。でも、そのあたりがどうもはっきりしないんです。清掃主任はその件をメインテナンス主任にたしかめましたが、ペントハウスでの作業命令の件も新人が雇われた件も誰も知りませんでした。メインテナンス主任が警備主任にその旨を伝えたところ、警備員に用心のためにペントハウスを調べにいかせましたが、異状は見つかりませんでした。なお、防犯カメラの映像もチェックしてもらいましたが、男はキャップと眼鏡を着けており、顔は確認できません。風体について判明したことはせいぜい、身長は六フィートちょっとで、アスリート体形といったところです」

「ウェブスター家の男三人、全員に当てはまる」

「清掃員は、メインテナンス担当の男は間違いなく三十代だと言っていました。ですから、ウェブスター家の男だとすればゼイヴィアかトラヴィスですね」

「男は当日、事前にペントハウスに行って配線などの準備をととのえておき、夜になって舞いもどり、爆発炎上の引き金を引いた。さらに、イーディス・チェイスを炎から脱出させないようにするため、火災現場にいなければならなかった。おそらく男は部屋に押し入り、彼女を殺害した。殺害の証拠は火災がすべて消してくれると踏んでのことだ。彼女の死亡を確認した男は、ほかの客や従業員とともにホテルの外に出た。非常階段を使い、群集と騒ぎにまぎれて姿を消した」

「それでほぼ説明がつきますね」ベッキーが言った。

「防犯カメラの映像のコピーを送ってくれ」

「そうおっしゃると思い、すでに送ってあります」ベッキーがドアに向かって歩きだした。

「ところで、お母さまからお電話がありました。今夜の夕食のチレス・レエノス（大型の唐辛子にひき肉とチーズを詰めて揚げるメキシコ料理）はあなたが当番だから忘れないでね、ということです」

ジャックはパソコン画面に視線を戻した。「了解。ありがとう」

「わたしはこれで帰りますが」ベッキーが腕時計に目をやった。「もっと何かありますか？」

「いや、もう帰っていいよ」

「お帰りになるときは警報装置のセットを忘れないでくださいね」

「じつは、ベッキー、ぼくは警備会社を経営しているんだよ。戸締りなら任せてくれ」

「いちおう言っておこうと思っただけのことです。このごろ、なんだかうわの空って感じがしないでもなかったので」

「いろいろあったからね」

ジャックが顔を上げた。「清掃員を見つけてくれた件、お手柄だったよ」

「信じられないかもしれませんけど、そうだろうなと思ってました。では明日」

ベッキーが受付エリアへと出ていき、まもなく表のドアが閉まる音がした。

「昇給を考える時期になったら思い出してくださいね」

防犯カメラの映像はおもしろかったが、ベッキーの言ったとおりだった。メインテナンスの制服を着た男が、ゼイヴィアなのかトラヴィスなのかがはっきりしない。しかしながら、そのどちらに動機があったか？

トラヴィスだ。

ジャックは椅子を立ち、壁に掛けてあったしわくちゃなスポーツジャケットをつかみ取ると、明かりを消してドアに向かった。零細企業経営者としては一セントたりとも無駄にはできない。

表のドアまで行ったところで足を止めてジャケットを着、警報装置をセットした。頭の中ではチレス・レエノスの材料のリストをつくっていた。メキシコトウガラシ、チーズ、卵。サルサソースの材料も考えておかなければ。トマト、タマネギ、セラーノ、ライム……

マデリンのために料理をつくるのは楽しいが、今夜の夕食はまたいちだんとわくわくしていた。もうすぐ妻になる女性のために料理するのだ。未来がこれほど明るく見えるのは本当に久しぶりだ。エレベーターホールに向かって歩く。

同じ階にオフィスを構える保険代理店と結婚カウンセラーはもう今日の仕事を終えたようだ。それ以外の二つのオフィスは現在空き室になっている。少し前の景気後退の犠牲になってしまったのだ。

ビル管理のカートが廊下に置かれていた。モップ、箒、トイレ掃除用ブラシ、そのほか各種掃除用洗剤のボトルが、よその星の植物の枝葉よろしくカートから突き出している。

エレベーターホールまでもう少しのところで、後方にある非常階段の扉が開く音が聞こえた。

「動くな」声を抑えたトラヴィスが命じた。

ジャックは立ち止まる。

「こっちを向け」トラヴィスが言った。「ゆっくりとだ。ジャケットの前を開け。銃を持ってるかチェックする」

ジャックは後ろを向いた。トラヴィスはビル管理要員のグリーンの作業服を着ている。

ジャックがジャケットの片側をはだけた。

トラヴィスが鼻を鳴らした。「銃はない？　ほう。どういうことだ？　クーパー島にいるときは持っていたのにな。だが、堂々と携帯できるアリゾナに帰ってきたというのに、仕事場に銃を持ってきてはいない？　けちな警備スペシャリストもこれまでだな」

「警備アナリストと言ってもらいたいね」

「どういう意味だ、それは？」

「きみのような人間を分析する。そういう人間がつぎに何をするかを予測するんだ。だが、認めざるをえない。きみには驚かされたよ、トラヴィス」

「ばか言え」

「きみの頭の回転がもしみんなが思っている半分でもよければ、いまごろはもう国外に逃走して、おやじさんのファンド運営から掠め取ったカネを預けてあるあの島めざしていただろうに」

「海外口座のことを知っているのか？　ま、そんなことはどうでもいい。向こうへ行けば、ＦＢＩもおれに手出しはできなくなるんだ」

「おやじさんはきみがカネを流用していることに気づいちゃいなかったのか？」

「ああ。これっぽっちも。おやじは古いプログラムが昔のようには機能しなくなっていると思いつづけていたが、じつは三年前、おれがシステムに微調整を加えたんだ。政治ゲームに参入するには大金が必要になるとわかったからだ」

「なぜきみはおやじさんに、選挙資金を出してくれ、とたのまなかった？」

「イーガン・ウェブスターは人に何かを与えれば、与えたぶんだけ剝奪する男だ。親愛なるわがおやじは、人を支配するためにカネを利用する。おれはおやじに支配されたくなかった」トラヴィスはレイナー・リスク・マネージメントのドアを手ぶりで示した。「行こうか。中に入ろう」

「なぜだ？」

「黙って言われたとおりにしろ」

ジャックは暗証番号を入力し、ドアを開けた。トラヴィスはジャックのあとから受付エリアに入り、ドアを閉めた。嘲《あざけ》るような表情でオフィス内に目を走らせる。

「冗談じゃなく、ちんけな会社なんだな。いったいどうやってサンクチュアリー・クリーク・インズを釣りあげた？」

「説得力があるんだろうな、きっと。好奇心から訊くが、今回もイーディス・チェイス殺害を隠蔽したときや、マデリンとぼくをオーロラ・ポイント・ホテルで殺そうとしたときと同じ手口を使って、謎の爆発炎上ってことになるのか？」

「すべて推理してみたのか。大したものだ。質問に答えよう。今回は放火のシナリオを準備する時間がなかった。いずれにせよ、もうゼイヴィアがいないんじゃ意味もない」

「前の二件は、もし本格的な捜査がおこなわれた場合、ゼイヴィアに罪をかぶせる狙いがあったわけだな」

「ああ、そういう計画だった。くそっ、いったいなんだってマデリン・チェイスとおまえは倉庫の爆発で死ななかったんだ？　警察には、自動車修理用ピットの中に伏せたと話したって噂だったが」

ジャックは質問を無視した。「爆薬を仕掛けたクルーザーにゼイヴィアを乗せたのはどういうことだったんだ？　実の弟を殺す計画を立てるのは、いくらなんでも少しは後ろめたかっただろう」

「あのときの気分を知りたいのか？　大いにほっとしたね。わが家のゴールデン・ボーイは歩く時限爆弾だったからな」

「あの夜、きみはその時限爆弾に点火したわけだ。弟をぼくたちが滞在していた家に送りこみ、放火させようとした」

「ゼイヴィアは昔ながらの時計みたいだった――あいつが爆発するのを見たければ、ネジを巻いて進ませたい方向を示せばよかった。あの日はあんたのほうを向かせた。もしあいつが失敗したとしても――現実に失敗したわけだが――少なくともあいつだけは消せると踏んだ」

「どうやって弟に点火した？」

「あの日の夕方、弟を誘ってビールを飲みにいき、やさしいママとパパがまたおまえを施設に送り返そうと画策しているぞ、と言った。それもこれもあの男のせいだ、とも。ついでに、あの家への放火って発想をあいつの頭に植えつけた。そして、もしあの男とマデリン・チェイスに復讐するなら、そのあとはおれが船を準備してこの島から逃がしてやると確約した。イーガンとルイーザがおまえがいないことに気づいたときはもう後の祭りだとも言った」

「だが、イーディス・チェイスのときは彼を送りこまなかったんだろ？　倉庫を爆発させるときも彼を利用しなかった。その二件はきみがじかに手を下している」

「ああ、そうだ。ゼイヴィアがぬかりなく仕事をこなすとは思えなかったからだ。どうにも不安定なやつなんだよ。イーディス・チェイスの死亡は、あんたやマデリンのときもそうだが、この目で確認する必要があった。しかしいま、計画は全部失敗だったとわかった。あんたのおかげだよ」トラヴィスが銃を少しだけ上げた。「遅かれ早かれ、あんたの死体がこのオフィスで発見され、侵入者が驚いての仕業だろうってことになる」

「一方、きみはあの島とあそこにあるカネに向かって移動ってわけか」

「計画どおりにはいかなかったが、いまとなってはもうそれでいい。カネがあらゆるものを変えてくれるさ。うなるほどのカネがルナ・ヴェルデ島でおれを待っているんだ」

「いや、実際のところ、どうだろうな」

「くそっ、いったい何を言ってる？」

「このレイナー・リスク・マネージメント社には誇るべきハッキング技術があるんだ。ぼく自身が天才だとは言わないが、コンピュータにかけては信じられないほどの才能を発揮する弟がいてね。今朝の四時ちょっと過ぎ、弟はきみがルナ・ヴェルデ島に開いた口座から十ドルを差し引いた全額を吸いあげた。十ドルを残したのは、われわれとしてもきみの口座を完全に閉じたくはなかったからだ」

「嘘をつけ。この野郎」

「それじゃ、自分でたしかめたらどうだ」

「あんたの言うことなど信じちゃいないが」トラヴィスが言った。

そう言いながら、作業服のポケットに手を突っこみ、タブレットを引き出した。受付デスクにそれを置く。暗証コードと番号を入力するとき、銃を持つ手がわずかに揺れた。

「入った」ジャックが言った。

トラヴィスがぎくりとして顔を上げた。「えっ――?」

その瞬間、FBIの文字が前後にくっきりと入った、黒いジャケットを着た捜査官がドアを破って突入してきた。室内はにわかにカオスと化した。

つぎの瞬間、トラヴィスは床に顔を突っ伏す体勢で押さえつけられていた。タブレットはひとりの捜査官の手の中にある。銃はべつの捜査官が押収ずみだ。

ジョーが一段落したカオスの中からジャックに近づいてきた。

「録音は?」ジョーが訊いた。

「ひと言もらさず」ジャックがジャケットを脱ぎ、シャツの中に手を差しこんでデジタル・

ボイスレコーダーを取り出すと、それをジョーに手わたした。「あとは任せる」

トラヴィスが顔を上げた。ボイスレコーダーをにらみつけ、ついでジャックに視線を移した。

「あんたんとこはたんなるちんけな警備会社だと誰もが言ってた」

「たしかにちんけな警備会社だが、大志を抱いてる」ジャックが言った。

60

ダフネはマデリンのオフィスの窓辺に立ち、サンクチュアリー・クリークの眺めに見入った。

「あれから十八年間、あなたはここで暮らしてたのね」

マデリンもゆったりと歩いて隣に行った。「おばあちゃまと二人、クーパー島をあとにしてからはずっとここよ」

今日のマデリンはいつになく緊張している、とダフネは感じた。思いきって跳ぼうと身構えながらも、着地がどうなるかを懸念しているといったふうなのだ。

「昔からわかっていたわ、あなたはいつか自分のビジネスを立ちあげるんだろうなって」ダフネが言った。

「それもわたしの話をすぐ要点にもっていく傾向を観察してのご意見？」

「ううん、そうじゃないわ。これはサンクチュアリー・クリーク・インズの役員室にぴたりとおさまってる姿を目のあたりにしての意見。あなたは生まれながらの経営者なのよ、マディー」

「そうねえ、たしかにこういう仕事場で育てられたようなものだから」マデリンがそこで少し間をおいた。「あなたはどう？　やっぱりデンバーが故郷？　それとも、デンバー以外の土地での仕事も考えなくはない？」

「それ、どういうこと？」

「たぶん、デンバーって土地への執着があるかどうか訊いているんだと思うけど」

「デンバーに戻っても、とくに何があるわけじゃないわ。ただ、クライアントが何人かいるくらいね。なぜそんなこと訊くの？」

マデリンは部屋を横切ってデスクの後ろに戻った。「サンクチュアリー・クリーク・インズはいま、長期にわたる改修工事に着手しようとするところなの。ホテルすべてを時代に合わせて新鮮な装いにする必要がある一方で、ひとつひとつに個性ももたせなければならないわ。このホテル・チェーンをお客さまにご愛顧いただくために、わたしたちは各ホテルにそれぞれお客さまのニーズに合った独特の空間を築くことに心血を注ぐ。これがわが社の核とも言える信条のひとつ」

「わかるわ。それで？」

「各ホテルにそれぞれデザイン・チームがつくられることになるけれど、この本部ですべてのプロジェクトを監督する人間が必要なの。工期は五年で、その完了時にはまたそろそろつぎの改修をはじめなければならない。ホテルの改修って終わりがない作業なのよ」

強力なドラッグにも似た高揚感がいきなりダフネをとらえた。天にも昇る心地。

「ひょっとしてあなた、わたしにその主任デザイナーの採用面接を受けたらどうかって誘ってくれてるの？」

「じつは、あなたにその仕事を引き受けてもらいたいの。もし承諾してもらえたら、こんなにうれしいことはないけど、ホテル・チェーンの内装デザインは興味ないってことなら、それはしかたがないわ。個人的な居住空間やオフィスのデザインとはまったく違うことはわかってるから。サンクチュアリー・クリーク・インズではファンタジーを――」

「引き受けるわ」ダフネが言った。

マデリンが目をぱちくりさせた。「ほんとに？」

「だって、デンバーに戻りたいとは思っていないし」

「わたし、この場で卒倒して、冷たい布をおでこに当ててもらわなきゃならなくなるかもしれない。だって、まずジャックが結婚すると言ってくれて、つぎはあなたがサンクチュアリー・クリークに移り住んで、ホテル改修の仕事を引き受けると言ってくれたんですもの。人生って悪くないわ」

「それは同感」

「あなたがこの町に引っ越してくると知って大喜びするのは、なんだかわたしひとりじゃないって気がするわ。エイブ・レイナーも大喜びよ、きっと」

「そうなの。彼からデンバーに引っ越そうかと思ってるって聞いたとき、わたしもそう思ったわ」

「ふうん、そういうことだったのね」

「でも、わたしが欲しいものはすべてここサンクチュアリー・クリークにあるんだと気がついたから」ダフネが言った。「エイブが引っ越す必要なんかなくなったわ」

「ここが故郷《ホーム》になるわ」マデリンが言った。

「わたし、ずうっと前から自分の故郷が欲しかったのよ」

61

濃い霧の中に廃墟となったホテルがぼんやりと浮かびあがった。

「ホラー映画のシーンみたいじゃない？」ダフネが声をかけてきた。

「『オーロラ岬の悪夢』だわね」マデリンが答えた。レンタカーの窓ごしにその眺めに目を凝らす。「早いとこ処分したいわ。買い手が見つかるといいけど」

マデリンが、クーパー島に戻ってトム・ロマックスのコテージを片付け、ホテルを売却すると告げたとき、ダフネはいっしょに行くと言い張った。ジャックもだ。「きみをひとりであそこへ行かせるわけにはいかない」と言って譲らなかった。サンクチュアリー・クリークのオフィスはエイブに任せてきた。

三人が島に到着したのは少し前だが、ジャックは最後にもう一度、警察署長と話をしてくると言った。ダンバー署長にこの事件がどう解決されたか、詳細を伝えてくるという。警官は答えが知りたいものなんだよ。それに、ダンバーにはその権利がある。こういう仕事をしていると、警察といい関係を保つ必要もあるんだ。いつなんどき便宜をはかってもらう必要が生じるかわからないからね。

島の小さな警察署でジャックを降ろしたあと、二人はオーロラ岬に向かった。

ダフネがシートベルトをはずして助手席のドアを開けた。「買い手は見つかるって。客観的に見れば、オーロラ岬はすごく魅力的な土地だもの。いい骨も埋まっているし」

「そうよね」マデリンも運転席から降りた。「そもそもおばあちゃまがここを買った理由もそれだもの。企業の保養所とか研修所の企画を専門にする会社に話をもちこんだらいいんじゃないかと思っているの。サンクチュアリー・クリークに戻ったら、いくつかに電話を入れてみるわ」

ダフネがＳＵＶのボンネットの向こうからマデリンに笑いかけた。「あなたからそういういかにもビジネスウーマンって考えがまた聞けてうれしいわ」

「こちらこそ、また秘密の姉妹がそばにいてくれてうれしいわ」マデリンが言った。

ＳＵＶの後部を開けて、空のスーツケース二個を引き出した。そのひとつをダフネが持つと、二人は並んでトムが数十年にもわたって家と呼んでいたコテージに向かって歩きだした。

濃い霧のせいで、小さな建物は数ヤード手前まで来たときにようやく見えてきた。

マデリンにつづいてダフネがコテージの中に入り、手のつけようのないちらかりぐあいを目のあたりにして、ぴたりと足を止めた。「ここで何をするか、目的はあるんでしょうね？」

「ええ、あるわ。ここにあるものの九十九パーセントは無視していいの。誰が買い取ってくれるにしろ、このまま処分してもらうつもり。ホテルの家具と同じようにね」

「ロビーにある家具のうちのいくつかは、アンティークとしての価値があるわ」

「それはわかっているけど、わたしはいらない。あなたは？」

ダフネがぶるぶるっと体を震わせた。「いるもんですか」

「今日ここに来たのは、トムの遠縁か誰かにつながるものがないかをもう一度探してみようと思ったからなの。存在すら知らなかった孫娘がいたことを、トムは明らかに信じようとしたわけでしょ。だとしたら、いまもどこかに彼がこの世を去ったことを知らせたほうがいい人がいるかもしれないと思って」マデリンはそこでちょっと間をおいた。「それに、わたし自身も彼の写真を何枚か取っておきたいの——一枚か二枚でいいから、彼のサイン入りの、フレームに入ったのを」

ダフネがためらいがちに言った。「わたしもだわ——わたしたち二人が写っている写真を一枚」

「わたしも」

「そうよね。それじゃ、わたしはベッドルームからはじめるわ。この前はあそこまで手が回らなかったから」

マデリンはキッチンに行き、引き出しをつぎつぎに開けていった。

気が滅入る仕事だ。誰でもキッチンの引き出しにはガラクタを入れたままにしてあるものだが、トムのそれは世界レベルの考古学的遺跡とも言うべきで、何十年前からの遺物が詰まっていた。黄ばんだ新聞の切り抜きに素早く目を通していくと、とくにテーマがあるわけでもなさそうだ。色褪《あ》せた写真が詰まった引き出しもあったが、そのほとんどはトムのお気に入りの被写体――風景、夕日、そして廃墟と化したオーロラ・ポイント・ホテル――を写したものだ。

リビングルームに移動しようとしたとき、ふと壁に画鋲で留められたあの切り抜きに目がいき、足を止めた。トラヴィスの妻パトリシアがコーンブレッドを詰めたピクニックバスケットを披露する写真が掲載されている。

パトリシア・ウェブスター、地域のピクニックで
手づくりコーンブレッドのレシピを公開

ミセス・ウェブスターはみなの要望に応え、このコーンブレッドは一家に古くから伝わる秘密の材料を使ったものだと前置きして……サワークリームだと明かした。

〝サワークリーム〟に赤ペンで下線が引かれている。

トムはいつだって缶詰のビーンズ&ライスで食事をすませていたような男だった。どうしてその彼がわざわざパトリシア・ウェブスターの新聞記事を切り抜いたのか？　そしてなぜ〝サワークリーム〟に下線を引いたのか？

マデリンはダフネに見せようと思い、画鋲を引き抜いて切り抜きをはがした。すると、新聞記事の裏側から写真が一枚、床に落ちた。

どういうことかわからないまま、マデリンの目はしばらくそれに釘付けになった。写真に写っているのはラモーナで、コーンブレッドをのせた皿を高く上げ、カメラに向かって笑顔を見せている。

写真をひっくり返して日付を探す。裏側にはトムが走り書きした文字があった。家族のレシピ――サワークリーム。日の出の姉妹

全身を寒気が走った。新聞の切り抜きと写真を手に、リビングルームへと戻った。

「ダフネ、ちょっとこれを見て。いま見つけたんだけど」ベッドルームに向かって呼びかける。

リビングルームの真ん中あたりで立ち止まり、壁をおおった何点ものフレーム入りの写真をじっくりと見た。〝日の出の姉妹〟はその中央に飾られていた。燃え立つような胴色と金色の日の出を背にシルエットで浮かびあがるホテルを撮った一枚だ。マデリンとダフネが崖の上に立ち、眼下に広がる海を見おろしている。未来に胸を躍らせる二人の少女。

トムがいまわの際に口にした言葉がよみがえった。きみは小さいころから私の日の出が好

きだった。

マデリンは壁の前に行き、そのフレームをはずした。すると、裏側に封筒がテープで貼りつけられていた。期待と不安で胸がざわついた。

「ダフネ？　なんだかすごいものを見つけちゃったみたい」

封筒を開き、デスクの上に中身を出した。写真が何枚かぱらぱらと落ちた。一枚目は、高級SUVの運転席から降りてくる男を撮ったものだった。車が停まっているのは郊外のコンドミニアムの前の駐車場。男はサングラスとひさしのついたキャップで顔の大部分を隠している。しかし、SUVは間違いなくトラヴィスが乗っている車だ。撮影者はこの場面でナンバープレートが写りこむように気を配っている。それがトラヴィスの車であることを立証するのにじゅうぶんだ。

二枚目は、コンドミニアムから出てくる女を別の角度から写していた。その女も黒いサングラスをかけている。おしゃれなパーカのフードが顔の一部を隠していたが、長い脚とほっそりした体形はすぐにそれとわかる。ラモーナだ。

トムはある時点から彼女を疑っていたにちがいない、とマデリンは気づいた。存在すら知らなかった孫娘など本当はいないと知った彼はどんなにつらかっただろう。自分が利用されていたことに気づいた。マデリンに電話してきて、じかに話さなければならないことがあると言ったのはこのときなのだ。

三枚目の写真を手に取った。衝撃のあまりの大きさにマデリンは全身を揺さぶられた。その写真の意味を理解しようと、数秒間じっと目を凝らした。そして写真をいったん置き、トートバッグに飛びついて電話を探した。廊下に向かって大声で叫びながら、ジャックの番号を呼び出した。

「ダフネ、こっちに来て。見てほしいの、すごいものが――」

リビングルームに現われたダフネは、ひとりではなかった。パトリシア・ウェブスターがいっしょにいた。手にした銃をダフネの頭に向けている。

「ごめん、マディー」ダフネが小声で言った。

パトリシアは空いているほうの手で電話を指し示し、声は出さずに〝切って〟と口を動かした。命令を強調するため、銃身をダフネの頭にぎゅっと押し当てる。

「どうした？」ジャックが彼特有の口調で訊いた。

「ごめんなさい」マデリンは電話に向かって静かに言った。「間違えてあなたの番号を押してしまったのよ、ジャック」

「写真の整理はうまくいってる？」

「まああってとこ。そうだわ、あなたが言ってたあのレシピ、見つけたわ」

「レシピってなんの？」

「キッチンの壁に留めてあったあれ。憶えてるでしょ。あなた、試してみたいって言ってたじゃない」

「ぼくの記憶じゃ、あのときたしか、コーンブレッドにサワークリームなんか使わないと言ったが」

「わたし、一度試してみようかと思ってるの。あっ、もう切らなきゃ。まだまだやらなければならないことが山ほど残ってるのよ」

マデリンは通話を終わらせた。

「それでよし」パトリシアの声は緊張のせいか鋭かった。「なかなかうまくやったじゃないの。それじゃ、その調子で言われたとおりにすれば、何もかもすぐに終わるわ」

「ねえ」マデリンが話しかけた。「ここであなたに会うなんて、ちょっと驚いているんだけど。だって、もしわたしがあなたの立場だったら、クーパー島からできるだけ遠いところへ行ってると思うのよ」

「わたしはここであなたが戻ってくるのを待っていたのよ、マデリン。必ず戻ってくるってわかっていたの。遅かれ早かれ、あなたはこのホテルを始末しなければならなくなるでしょう。そのためには絶対またここに戻ってくると確信があったのよ。想定外だったのは、あなたが友だちを連れてきたことだわね」

「そうだったのね」マデリンは言った。「つまりあなたは、遠大な計画が頓挫をきたした原因はわたしだと思った。復讐しなくちゃってわけね。ちょっと教えて。あなたとラモーナ・

オーエンズ——彼女の本名はこの際どうでもいいわ——が詐欺に取りかかったのはどれくらい前のことなの？」

「二年前よ。ほんと、むかつく。言っとくけど、これは詐欺なんかじゃないの。これはわたしの夢——何もかもがずっと手に入れたいと思ってきたものなのよ。それがわたしの人生になるはずだった。トラヴィス・ウェブスターをただ誘惑するだけなら、すごく簡単だったでしょうね。彼って女にかけては父親そっくり。かわいい子が近づいてくれば、およそ誰でもいいんだから」

「でも、あなたは簡単に寝る子のひとりにはなりたくなかった。彼と結婚したかったのね」

「彼には成功する男の要件がすべてそなわっていたわ——ルックス、カリスマ性、親の資産——何もかも。だけど、最初のうち、彼はそんなこと眼中になかった。出会ったころの彼は、父親のネズミ講式販売方法が破綻をきたす前にヘッジファンドのお金を父親からぶんどることしか頭になかった。トラヴィスの夢を大きいものにしたのはこのわたし」

「あなたが真の権力——政権の要職についてくるたぐいの権力——の幻影で彼の目をくらませると、彼はその未来図に夢中になった」

「自分にはお金と権力を手にするために必要な条件がそなわっている、と男に確信させるのはさほどむずかしくはないわ」パトリシアは言った。「男って自分が売り物にしているものをつねに信じていたいのよ。だから、ヘッジファンド関係の男たちをだますのは簡単。ラモーナとわたしでつぎつぎに引っかけたわ。でも、ウェブスターはわたしたちの未来への切符になると踏んだわけ。政界進出も夢じゃない玉だったから。真の権力は政界にあるのよ」

「そこで彼に、政界でトップにのぼりつめるにはあなたが必要だと思いこませたのね」マデリンは言った。「彼を操って結婚までもちこんだ。ウェブスター家には消さなければならない過去がいろいろあることに、あなたが気づいたのはいつだったの？」

パトリシアの表情が怒りのせいでこわばった。「あいつ、父親のヘッジファンド設立に関してちょっとおかしな点があったなんて、結婚式がすむまでひとことも言わなかったのよ。少ししてからだわね、イーガンにはいくつか秘密があるとあいつが認めたのは。自分の家族の過去を掘り起こしているうちに発見したのよ」

ダフネがわずかに動いた。「トラヴィスが本気で出馬を決めるやいなや、メディアは彼の過去を探りはじめると考えてのことね」

「まさかカール・シーヴァーズとシャロン・リチャーズの死亡事件が問題になるなんて、わたしたち思ってもみなかったのよ。あの事件、彼の父親が関与したなんて証拠は何ひとつないんだから。トラヴィスにとっては、頭のいかれた弟と父親の金融操作が選挙戦で障害になるかもしれないって心配のほうが大きかったの。ゼイヴィアを永久的になんとかする必要があるって最初に言いだしたのはトラヴィスだったわ」

「ところで、あなたは何がきっかけで、シーヴァーズとリチャーズの殺害事件がもっと重大な問題になるかもしれないと気づいたの？」マデリンは訊いた。

「トラヴィスが上院議員に立候補する計画を義母に話したときだったわ。彼女、大喜びしたけど、ある未解決事件がイーガン・ウェブスターのヘッジファンド設立と時期や場所が一致しているんで心配だって話を彼がしたら、ルイーザがとたんにおどおどしだしたの。最後には泣き崩れてね、トラヴィスに本当のことを打ち明けたわけ。イーガンが誰と寝ているのかを突き止めるために私立探偵を雇って尾行させたって話。そのあと、私立探偵が音信不通になったかと思ったら、イーガンから脅迫を受けてると聞かされた。インサイダー取引疑惑か何からしいって。それを聞いてルイーザはびびった。脅迫の主は自分が雇った私立探偵なんじゃないかってぴんときたのよ。でも、そんなことをイーガンに言えるはずがないでしょ。そのまますっと黙っていた」

「すると、今度はその脅迫の主が失踪して、要求も止まった」

「トラヴィスがルイーザから聞いたところだと、彼女はいったいどう考えたらいいのかわからなくて、引きつづき黙っていたんですって。だけど、トラヴィスは心配でたまらなかったみたい。それで、彼とわたしは相談して、ルイーザが雇った私立探偵の身に何が起きたのかを突き止めることにしたの。それを手伝ってくれたのがラモーナ。あの子を信用してたのよ」

「それまでも手を組んで詐欺をしていたんですものね」

「まあね。ラモーナはパーヴィスって私立探偵の妹の居所をきっちりと突き止めたわ。その女ってのがジャンキーでね、もうずっと前からヤクびたりだったもんだから、ラモーナはヤクを餌に話を聞き出したの。そうしたら、兄は彼女の車を借りて太平洋岸北西部のなんとかいう島に出かけたことがわかった。なんだかでっかい儲け話があるみたいで、もうすぐ大金持ちになるって言ってたんだって。現ナマは妹にも分けてやるって約束してたそうよ」

「なのに、その兄からは以来ぷっつりと連絡がとだえた」

「しかも長期にわたる麻薬常習者だから、失踪した兄を探すなんて無駄遣いはしなかった」パトリシアが言った。「でも、パーヴィスの失踪後、オフィスが入っていたビルの大家が部屋を掃除して、何もかもを段ボール箱に詰めて近親者である妹のとこに置いていったの。彼女はそれをクロゼットに押しこんで、二度と目もくれなかったらしいけど、ラモーナはまたヤクをあげるからって約束して、ファイルの入った箱をまるごともらってきたってわけ」

「そのあと、パーヴィスの妹を最後のヤクで殺したのね」ダフネが言った。

パトリシアは肩をすくめた。「あの子はただ、すごく純度の高いヤクを持っていっただけ。ジャンキーの過剰摂取死なんて珍しくもなんともないわ」

「で、ファイルの中には何かあったの？」マデリンが訊いた。

「未開封のクレジットカードの請求書。海岸沿いのスタンドで何度も給油してたわ。最後の給油はクーパー島行きのフェリー乗り場からそう遠くないスタンドでだった」

言った。

「そこであなたとトラヴィスは、パーヴィスはクーパー島までは来たと考えた」マデリンが言った。

「そのときはトラヴィスはもう、私立探偵がシーヴァーズと女が殺された事件とイーガンをつなぐ証拠をつかんでいたことまでは確信していた。もしパーヴィスが島まで来たとしたら、そしてもしイーガンが彼を殺していないとしたら——ルイーザによれば、それは間違いなさそうだった——パーヴィスが投宿した可能性がある場所はたったひとつしかない」

「オーロラ・ポイント・ホテルね」マデリンが言った。「すべてはあそこで終わった」

「パーヴィスの身に何が起きたのかは見当もつかなかったけど、実際、あなたのおばあさんはパーヴィスがチェックインした日から一週間と経たないうちにホテルを閉めたでしょう。当然、何か関係があるんじゃないかって思ったわ。トラヴィスはイーディス・チェイスが脅迫のネタを手に入れたんじゃないかと心配になった。そして、もし誰かが真相を知っているとしたら、それはあのトム・ロマックスだろうという結論に至った」

「それでラモーナがトムの孫娘のふりをしたのね」ダフネが言った。

「ええ、そうよ」

「つまり、ラモーナは計画の各段階で大事な役割を果たしてきたわけよね。それなのに、トラヴィスはなぜ彼女を殺したの？」マデリンが訊いた。

「彼じゃないわ」パトリシアが言った。

「うそっ」マデリンがつぶやいた。「あなただったの?」

パトリシアの顔が斑模様に赤らんだ。銃を持つ手が震えている。「あの夜、ダイナー裏の駐車場へあの子に会いにいったのはこのわたし。あの子はトラヴィスが来るものと思っていたのよ。彼は今度の仕事の報酬として数十万ドル払うと約束していたから。あの子はもう抜けたかったの。この国を出たかったのね。怖気づいてたもの。だから支払いを要求してきたの」

「ラモーナって誰なの?」マデリンは訊いた。「なぜあなたは彼女が信用できると思っていたの?」

「わたしの妹だからよ」パトリシアが声を張りあげた。

怒りのせいであたりの空気がぴりぴりした。

「自分の妹を殺したの?」ダフネが言った。

「あの子、あいつと寝てたのよ」パトリシアの声が引きつっている。「あの二人、わたしに隠れてやってたの。あの子、わたしを裏切ったのよ。実の妹に夫を寝取られたのよ、わたし」

「でも、あなた、どうしてここへ戻ってきたの?」ダフネが、頭に銃を突きつけられているとはとうてい思えない、冷静な声で訊いた。「たしかにマディーの言うとおりよ。いまごろはもう、どこか国外に向かっていなくちゃおかしいわ」

「そういうわけにはいかないのよね」マデリンが言った。「探している写真を見つけるまでは。そうでしょ、パトリシア？　あなたがただわたしを殺すためだけに、ここに来たとは思えないわ。あなたがここに来たのは、ラモーナから警告されていたからよね。トム・ロマックスがあなたたち三人がぐるになってこのいかさまを仕掛けたことに気づいたって」

「あの子、写真があるって言ってたのよ」パトリシアはガラクタがあふれかえる部屋を絶望的な表情で見まわした。「自分で探し出そうとしたけど、無理だわ。ロマックスってなんでもかんでもためこむ男だったのね。だから今日、ここでまた火事が起きるの。そして焼け跡からあなたの死体と友だちの死体が発見される。火事の原因は電気系統の配線の不具合。こういう古い家にはよくあること。トラヴィスがそう言ってたわ。彼、機械とか電気とかに強かったの」

「あなたが探してる写真ってこれかしら？」マデリンが訊いた。

そして三枚の証拠写真のうち、最初の一枚を差し出した。パトリシアが空いているほうの手でひったくるようにそれを取り、じっと見た。何秒間か意識がそれたが、銃身は微動だにしない。そしてすぐまた顔を上げた。

「これ、ラモーナがシアトルに借りていたコンドミニアムの前にいるトラヴィスね。あいつ、あの子に会いにここへ行ってたのね。ここでやってたのね。ほかのも見せて」

「いいわよ。わたしのお気に入りは、ラモーナとあなたが小さなダイナーでコーヒーを飲んでいるこれ。あなたたち二人が知り合いだってことがよくわかる写真。警察は間違いなく興味を示すでしょうね。ラモーナ殺しの犯人をトラヴィスとするには証拠が足りないらしいから。この写真を見れば、あなたたちとラモーナが親しかったことがよくわかるものね。即、あなたが容疑者ってことになるわ」

パトリシアの顔が真っ赤になった。「ロマックスはわたしたちがいっしょにいるところを見たの？　その写真、こっちにちょうだい」

ダフネはマデリンをじっと見ていた。マデリンは〝日の出の姉妹〟のフレームをぎゅっと握りしめ、ダフネに無言のメッセージを送ろうとした。

「ほら、好きなだけ見たらいいわ、パトリシア」

マデリンが残った写真をパトリシアめがけて投げつけた。写真は部屋のあちこちに舞いあがり、ひらひらと宙を泳いでから床に降りそそいだ。

「何すんのよ」パトリシアが甲高い叫びを上げた。

銃をマデリンに向けようとする。

ダフネが体を横にかたむけ、パトリシアにぎこちなく体当たりした。パトリシアは倒れこそしなかったが、よろめいた。

銃声が轟いた。マデリンは左の太腿にひんやりした感覚を覚えたが、すでに写真をおさめたフレームを両手でがっちりとつかみ、つぎの行動に移っていた。

全体重をかけてフレームの鉛細工の枠をパトリシアに叩きつける。

パトリシアが悲鳴を上げながらよたよたとあとずさり、完全に体勢を崩してしたたかに尻もちをついた。銃が床に落ちる。ダフネがさっと手を伸ばす。

マデリンがもう一度、フレームを振りおろすと、パトリシアはそれをなんとかかわかそうと片手を上げた。ガラスが砕け散る。

「二人ともあなたが殺したのよ」マデリンは叫んだ。痛みと悲しみと怒りがないまぜになった危うさいっぱいのカクテルが、体の内から熱くうねりながら噴き出してきた。金属枠のフレームをパトリシアの頭と肩にこれでもかこれでもかと叩きつける。あたりに血が流れる。「おばあちゃまとトムが死んだのはあなたのせいよ。悪いのはあなた」

「おかしなこと言わないでよ」パトリシアが立ちあがった。ショックとパニックのせいで、目には炎がめらめらと燃えている。「やめて。とにかくやめて。あなた、どうかしてる」

あわただしく逃げようとしたが、壁と古びた長椅子のあいだで動きがとれなくなった。マデリンは金属枠でおまけの一撃を見舞おうとパトリシアに迫った。

「マディー、もうそこまで」ダフネが大声で言った。「流れているのはあなたの血よ。もうやめて」

両手を振りおろしかけたとき、フレームを奪い取られた。

「それくらいにしとけ」ジャックが穏やかに言った。「あとは引き受けた」

怒りと悲しみと痛みでかすむ目でジャックを見つめた。

「ジャック」マデリンがつぶやく。

「この女を殺したい気持ちはわかるが、いいか、それはやめておいたほうがいい」

マデリンはジャックの言ったことを理解しようと懸命に考えをめぐらした。そんなマデリンをジャックは、すすり泣くパトリシアからやさしく引き離した。

「わかったわ」やがてマデリンが言った。「わかった」

「くそっ」ジャックが言った。「ダフネの言ったとおりだ。この血はほとんどきみのだ」

マデリンは目を落とし、左足のデニムがぐっしょりと血に染まっていることに気づいた。

「やだ」マデリンが言った。

部屋の中がぐるぐると回りだした。

ジャックがマデリンをさっと抱きあげ、たわんだソファーに横たえた。出血する傷の部分を上からぎゅっと押さえる。

「痛いっ」マデリンが思わず声を上げた。

ジャックはその声を無視し、そのまま強く押さえこむ。

警官のひとり——おそらく署長だろう、とマデリンは思った——が部下のほうを向いた。

「救急箱を取ってこい、マイク」彼が命じた。「救急車も呼べ」

警官がコテージから出ていった。

ダフネがジャケットを脱ぎ、ソファーのかたわらにすわる。

「ジャック、ここはわたしが」

ジャックは少したためらったが、間に合わせの圧迫包帯をつくっているダフネを見て、脇へよけた。

マデリンはジャックを見あげた。彼の目が怒りに燃えていた。

「わたしのメッセージ、伝わったのね」マデリンが言った。

「手づくりコーンブレッドにサワークリームを入れると聞いたとたん、不安になったよ」

マデリンがさも満足げにこっくりとうなずいた。「愛してるわ」

「愛してるよ」

ダフネは傷に圧をかけつづけている「どう、マディー?」

「めちゃくちゃ痛い。ねえ、ダフネ、わたし、あなたがあの女に殺されるんじゃないかと思ったのよ」

「よかった、殺されなくて。あなたは命の恩人よ、マディー」

「わたしが?」

「ええ、そう。と言うか、わたしたち二人の命を救ったわ、実際には。わたし、もう怖くて怖くて」

「あなたがわたしの命を救ってくれた、あの夜のわたしみたい。でも、二人とも無事でよかったわ」

「ほんと、無事でよかった」

「秘密の姉妹は永遠に不滅だったっけ？」

「永遠に」ダフネが言った。

マデリンはぐるぐる回る宇宙と痛みに抗うのをそこでやめ、ゆるやかな眠りへと落ちていった。

「なんだか信じがたいけど、トムはコーンブレッドのレシピがきっかけで、ラモーナが本当に孫娘かどうかを疑いはじめたのよね」マデリンが言った。「でもね、トムって料理はほとんどしないのよ。パトリシアとラモーナのレシピの秘密の材料が同じだってことに気づいたなんてびっくりよ」

「おそらく彼は、それ以前からいくつかの細かな点には気づいていたんだろうが、気づかなかったことにしようとしていたんだと思うね」ジャックが言った。「存在すら知らなかった孫を装うっていうのは、けっこう高等技術を要する詐欺だ。長いことその役を演じつづけるのはむずかしい」

62

四人がマデリンの病室に集まった。ここはシアトルの病院である。マデリンは銃弾を受けたあとすぐに、クーパー島からドクターヘリでシアトルの病院に運ばれた。ジャックとダフネはレンタカーで病院に向かい、ちょうどマデリンが手術室から出てきたときに到着した。二人ともひと晩じゅうベッドのそばを離れずに付き添った。エイブは翌早朝、フェニックスから飛行機でやってきた。

執刀医は、傷はきれいに治るから心配いらない、とみなを安心させながらも、興味深い傷跡は残るが、と付け加えた。

「きっとラモーナは何度かミスをしてたんだよ」エイブが言った。「でも、そのレシピが最後の決め手になったんだろうな。新婚ほやほやのミセス・トラヴィス・ウェブスターが披露したコーンブレッドのレシピの秘密の材料とぴったり一致するって確率はどれくらいだろう?」

「レシピじゃないわ」ダフネが言った。

三人がいっせいに彼女を見た。

ダフネはバッグに手を入れ、トムが撮ったラモーナの写真を一枚取り出した。ベッドサイドのテーブルにそれを置く。もう一度バッグに手を入れたダフネが、コーンブレッドを前にしたパトリシアの新聞に載った写真のコピーを出した。

「トムはカメラを持たせたらアーティストだったわ」ダフネが言った。「レンズを通してアーティストの目でものを見ていたの。ほら、見て。パトリシア・ウェブスターの写真をラモーナの写真と比べると、輪郭にひょっとしたら家族かもしれないと思わせる共通点があるわ。これはわたしの勘だけど、トムはある時点で二人が似ていることに気づいて、疑いはじめたんじゃないかな」

「それだ」エイブが指をぱちんと鳴らした。「たしかにそうだよ。鋭いね、きみ。もしトム・ロマックスがすでにラモーナを怪しんでいたとすれば、コーンブレッドのレシピを機に本気で真相を突き止めたくなってもおかしくない」

「そこで、島をあとにした彼女の尾行を開始する」ジャックが言った。「彼女が借りていたコンドミニアムを突き止めて、ラモーナとトラヴィスがいっしょにいる一連の写真を撮り、ラモーナとパトリシアがコーヒーを飲んでいる写真も撮った。自分はだまされていたと気づいたのはそのときだが、遅すぎた。すでにラモーナにブリーフケースとその中身について話してしまったあとだった。トムがいくつもの出来事をすべて考えあわせてぴんときたときには、ラモーナもブリーフケースもとっくに影も形もなくなっていた」

「トムはウェブスターを脅迫するつもりじゃなかったってことか？」エイブが言った。

「もしかしたらそうかもしれないが、ぼくはそれはないと思う」ジャックが言った。「トム・ロマックスは胸におさめていた秘密を孫娘とやらに打ち明けるミスを犯した。その女は壁の中からブリーフケースを取り出した。その後、ラモーナが怪しいと気づいたトムは——おそらくはブリーフケースをもっと安全な場所に移すつもりで――二〇九号室に行った。すると、そこにブリーフケースはもうなかった」

「トムがわたしに電話をくれたのはそのときだったのね」マデリンは重ねた枕にもたれて上体を起こしたが、その瞬間、太腿に鋭い痛みが走り、はっと鋭く息を吸いこんだ。ジャックが顔をしかめ、ぱっと立ちあがってコールボタンを押そうとした。マデリンはかぶりを振った。「大丈夫」

ジャックは納得のいかない表情だったが、おとなしく椅子に腰を下ろした。

「トムはわたしに、じかに話さなければならないことがある、と言ったのよ」マデリンは先をつづけた。「わたしが到着したちょうどそのとき、トラヴィスはトムの死因を事故死か、あるいは居直り強盗の仕業に見せかけようと細工しているところだった」

「トラヴィスはきみの車が車寄せに停まる音を聞いて」エイブがその先をつづける。「二階にいったん身をひそめた。だが、このチャンスにいっそのこと、きみまで始末してしまうのも悪くない、と思いついた。彼にしてみれば、すでにもうおばあさまを始末したあとだったからね。きみがブリーフケースの中身をどこまで知っているかについて確信はなかったものの、トムがきみに連絡したことは明らかだから、やはりいっしょに片付けてしまおう、と考えたわけだ」

「でも、彼にそのチャンスはなかった。なぜなら、わたしがそれより前に警察に連絡を入れていたから。しかもそのあと、現在のホテルの警備会社にも連絡を入れたから」

「そして悪いやつらに二度とチャンスは訪れなかった」ダフネの口調はきっぱりとしていた。

「わがレイナー・リスク・マネージメント社は、お客さまに第一級のサービスを提供することを誇りにしております」エイブがダフネに言った。

「デンバーのわたしのコンドミニアムを家探ししたのはやっぱりラモーナなのかしら？」ダフネが疑問を口にした。

ジャックがうなずいた。「それはトラヴィスが認めた。ラモーナをあそこに送りこんで、きみが十八年前の出来事についてどこまで知っているのかを把握しようとした。ラモーナは結局何も見つけられなかったが、いちおうパソコンを持ち出した」

「そこなの。おかげでいまパソコンがないのよ、わたし」ダフネが言った。

「これを機に新しいのに替えたらいい。何がいいか、選ぶときは相談に乗るよ」エイブが言った。

「お願いね」

エイブがにこりとした。「いまも言ったとおり、わが社のサービスはあらゆる分野を網羅しておりまして」

ダフネがマデリンを見てウインクしてから、エイブにきらきらした笑顔を向けた。「ねえ、二人でラテを買いにいかない？　聞いたところじゃ、シアトルにはスターバックスがあるらしいわ」

「それ、ほんと？」エイブが寄りかかっていた窓枠をぎゅっと押して離れた。「すごく進歩的な町なんだね」

二人はマデリンとジャックを残して廊下へと出ていった。ジャックは椅子から立ちあがり、ベッドのかたわらに立つと、おおいかぶさるようにしてマデリンの手を取った。彼の手の力強さがマデリンには心地よかった。生涯よりどころにできそうな力強さだ。

「本当に大丈夫なのか？」

「ええ、大丈夫」マデリンは微笑んだ。「ここのところ、いろいろとあわただしかったけど、気持ちが変わったりしてない？　まだ結婚の決意は揺るがない？」

「誰かに聞いてないかな、ぼくはいったんこうと決めたら、まるで貨物列車みたいだって？」

「そういう特異な性格だってことは一、二度聞いたような気がするわ。たしか、進路に立つ者には選択肢は二つ——よけるか、飛び乗るか」

「きみは飛び乗るつもり？」

「目的地までずっと」

ジャックは手すりを越えて身をかがめ、マデリンにキスをした。顔を上げた彼のまなざしからは生涯にわたる誓いが伝わってきた。

「きっとうまくいくよ」ジャックが言った。

「そうね。すごくうまくいくと思うわ」

訳者あとがき

サンファン諸島はピュージェット湾北部にある島群で、ワシントン州シアトルとカナダのバンクーバーのほぼ中間に位置する。十八年前、その中のひとつクーパー島でひそやかに、だがこのうえなく凄惨に、ある事件が起きた。当時十二歳だった本書のヒロイン、マデリン・チェイスはその直後に、オーロラ・ポイント・ホテルを経営していた祖母とともに島を離れる。ホテルはそのまま廃業となり、大の仲良しだったダフネ・ナイトともせわしく別れてしまった。そのダフネもホテルで働いていた母親とともに島を離れ、以来二人は会うことがなかったばかりか、どこで暮らしているのかすら知らないほどの絶縁状態になってしまった。

いま、マデリンはアリゾナ州サンクチュアリー・クリークを本拠地とするおしゃれなホテル・チェーンを祖母から相続したばかり。新任の代表取締役兼CEOの重責をこなす一方で、恋愛問題も抱えていた。彼女の恋愛はこれまで失敗の連続だったが、これもさかのぼればクーパー島の事件がそもそもの原因である。長い年月を経たいまもまだ、事件で負った心の傷は癒えていなかった。だから新たな交際相手が現われるたび、祖母が生前に契約した警備会社の経営者ジャック・レイナーに身辺調査を依頼しているのだった。

ジャックは仕事の一環とはいえ、マデリンのデート相手の身辺調査に辟易していた。マデリンの祖母から彼女を紹介されたときからずっと、彼にとってマデリンは気になってしかたがない存在、できることなら自分がデートしたい女性だったからだ。じつは、一見カウボーイ風、元FBIのコンサルタントというジャックも心に深い傷を負っているという点はマデリンと同じだった。やはりある事件をきっかけに恋愛が長続きすることはなくなっていたのだ。

そんな二人が殺人事件をきっかけに急接近する。現場はクーパー島のオーロラ・ポイント・ホテル、殺されたのは祖母とマデリンが島をあとにして以来、廃業したホテルの管理を任せてきたトム。トムはその直前に、話さなければならないことがある、と電話でマデリンを呼び寄せていた。そして島に到着したマデリンの目の前でこときれた。トムは死に際に、「ブリーフケース」「しくじった」「きみは私の日の出が好きだった」といった脈絡がつかめない言葉を遺した。それと同時にマデリンの身にも危険が迫る。

連絡を受けて島に急行したジャックに、マデリンは十八年間口をつぐんできた暗く重い秘密を彼に打ち明けた。トム殺しの鍵が十八年前に島で起きた事件にあることは間違いない。

かつて起きた事件の秘密を共有する祖母とトムのあいつぐ死……ジャックは残る二人、ダフネとその母を探し出さねば、と考える——。

本書は、アマンダ・クイックの名でヒストリカル・ロマンスのヒット作を書きつづけるジェイン・アン・クレンツが、本名のほうで二〇一五年に発表したばかりのコンテンポラリー・ロマンスです。前述のクーパー島とサンクチュアリー・クリーク、さらにはサンディエゴをも舞台に加えて殺人事件を追うスピーディーな展開もさることながら、ヒロインとヒーローのみならず、善悪両サイドに興味をそそる登場人物を配して魅力を振りまかせ、ディテールにもこだわりをちりばめたストーリーテリングからはさすがの筆力が伝わってきます。

本書訳出中、何度となく出てきた〝ヘッジファンド〟が気にかかりました。クーパー島に君臨するイーガン・ウェブスターがヘッジファンド運用者として巨万の富を築いたとあります。これまでヘッジファンドというのは投資信託の延長線上にあるものという漠然とした認識しかなかったのが、漠然度を下げるべく調べてみたところ、おぼろげながら判明したことがありました。つまり、一般人にヘッジファンドからの誘いは来ない、ということ。投資を募って運用するという点は同じだが、公募と私募の違いがあり、投資信託は証券会社や大手銀行が不特定多数を相手に募り、ヘッジファンドは資産運用会社が特定の富裕層だけから募る。一般人相手の投資信託に比べ、富裕層が相手ならば少数からでも百億から一千億が集まる。そして運用はプロ中のプロといわれる人たちが成功報酬制でおこなっているから強い……。さらに違う点は取引手法。投資信託が運用手法に制限をかけられているのに比べ、ヘッジファンドは比較的自由に先物取引や信用取引なども取り入れて、相場の上げ下げにかかわらず利益を得ようとする仕組みなのです。そもそも〝ヘッジ（避ける）〟は、相場に連動して資産が目減りするリスクを避けるという意味――というわけで、イーガン・ウェブスターがどれほど稼いでどれだけタックス・ヘイヴンに貯めこんでいたかは想像に難くない、と納得がいったしだいです。

本作とは直接関係のない（？）俗っぽいお財布事情の話に脱線してしまい、大変失礼いたしました。このたび、アマンダ・クイック名義の『その言葉に愛をのせて』につづき、ジェイン・アン・クレンツ作品を訳させていただき、ヴィクトリア朝時代のロンドンと現代のアメリカを書きわけてリフレッシュするこの作家のモチベーションの一端を垣間見た気がしました。

アマンダ・クイック／ジェイン・アン・クレンツ／ジェイン・キャッスルのさらなる活躍に期待したいと思います。

安藤由紀子

ザ・ミステリ・コレクション

夜《よる》の記憶《きおく》は密《ひそ》やかに

著者　ジェイン・アン・クレンツ
訳者　安藤由紀子《あんどうゆきこ》

発行所　株式会社 二見書房
東京都千代田区三崎町2-18-11
電話 03(3515)2311［営業］
03(3515)2313［編集］
振替 00170-4-2639

印刷　株式会社 堀内印刷所
製本　株式会社 関川製本所

落丁・乱丁本はお取り替えいたします。
定価は、カバーに表示してあります。

ISBN978-4-576-16112-9
http://www.futami.co.jp/

この恋が運命なら

ジェイン・アン・クレンツ

寺尾まち子［訳］

大好きだったおばが亡くなり、家を遺されたルーシーは少女時代の夏を過ごした町を十三年ぶりに訪れ、初恋の人メイソンと再会する。だが、それは、ある事件の始まりで…

眠れない夜の秘密

ジェイン・アン・クレンツ

喜須海理子［訳］

グレースは上司が殺害されているのを発見し、失職したうえとある殺人事件にかかわってしまった過去の悪夢にうなされ始める。その後身の周りで不思議なことが起こりはじめ…

許される嘘

ジェイン・アン・クレンツ

中西和美［訳］

人の嘘を見抜く力があるクレアの前に現われた謎めいた男ジェイク。運命の恋人たちを陥れる、謎の連続殺人。全米ベストセラー作家が新たに綴るパラノーマル・ロマンス！

消せない想い

ジェイン・アン・クレンツ

中西和美［訳］

とある殺人事件の容疑者の調査でハワイに派遣された特殊能力者のグレイス。現地調査員のルーサーとともに事件に挑むが、しだいに思わぬ陰謀が明らかになって…!?

楽園に響くソプラノ

ジェイン・アン・クレンツ

中西和美［訳］

特殊能力を持つゆえ恋人と長期的な関係を築けずにいた私立探偵のクロエ。そんなある日、危険な光を放つ男が訪れ、彼の祖先が遺したランプを捜すことになるが…

夢を焦がす炎

ジェイン・アン・クレンツ

中西和美［訳］

西岸部の田舎町にたどり着いたイザベラは調査会社のアシスタントになる。経営者のファロンとともに調査の仕事を続けるうちに彼に強く惹かれるようになるが…